모나코 _1

모나코 1

김광호 장편소설

도서출판 아담

모나코 1

초판 1쇄 발행   2022년 4월 20일

작가   김광호
펴낸곳   도서출판 아담
디자인   이현솔
편집   이은정
등록번호   제 311-2009-2호
주소   서울 은평구 갈현로27길 13-11 예일빌라 104호
전화   010-8334-2724
팩스   02-382-2725
이메일   3822724@hanmail.net

ISBN   979-11-64200-06-1
가격   14,000원

1

어릴 때다. 초등학교 때… 학교를 마치고 돌아오는 길목에서 병아리를 팔고 있었다. 솜털뭉치처럼 작고 귀여운 병아리들이 상자 안에 모여 있었다. 당장이라도 한 마리를 사고 싶었지만 엄마의 허락 없이는 아무 것도 하면 안 되는 것으로 철썩같이 믿었던 그때의 나는 꾹 참고 집으로 돌아와 엄마에게 물었다.

"엄마, 학교 앞에서 병아리 팔던데, 내일 한 마리 사와도 돼?"

엄마는 단호히 안 된다고 했다. 그 이유는 간단했다. 한 마리를 사면 외로워서 금방 죽고 두 마리는 너무 많다는 것이다.

병아리 한 마리는 외로워서 금방 죽는다는 엄마의 말이 아주 오랫동안 나의 기억에 남았다. 그 후에도 병아리를 파는 모습을 여러번 봤지만 한 번도 산 적이 없다. 만일 엄마의 말이 나로 하여금 병아리를 못 사게 하려는 의도로 지어낸 것이라고 생각했다면 나중에라도 샀을지 모른다.

하지만 아무 것도 몰랐던 나였음에도 한 마리를 사면 외로워서 죽는다는 엄마의 말이 실감났다.

엄마는 본인이건, 자식이건, 외로움을 느끼는 것에 극도의 경계심을 가졌던 것 같다. 이를테면 내가 듣는 음악이 밝고 화사한 것이 아니라면, 마치 외로움의 그림자조차 쫓아내려는 것처럼 부산하게 말하고는 했다.

"이런 음악 왜 듣니? 청승 맞게. 이런 건 나이 들어 할 일 없는 사람들이나 듣는 거야."

엄마의 외로움에 대한 경계심이 주로 나였던 걸 생각하면, 어쩌면 내 속에는 남들보다 그 '외로움'에 다가갈 조짐이 더 많아 보였던 건지도 모르겠다. 확실히 내가 좋아하는 음악이나 영화, 문학 작품들은 지금 이곳이 아닌 미지의 어떤 곳을 지향하는 경우가 많았다.

성장기의 아이는 부모의 기대를 만족시키려 안간힘을 쓰기 마련이므로, 나는 가급적 많은 친구를 사귀려 했고, 그 애들과 떠들썩하게 어울리는 것은 물론이고, 나 자신이 무리의 주인공이 되도록 노력했다. 여름이면 친구들과 어울려 물놀이를 갔고, 각자의 생일이면 당사자의 집을 찾아가 왁자지껄하게 떠들고 놀았다. 그때의 나는 '엄마, 나 이 정도면 외로운 거 아니지? 라는 심정으로 엄마를 의식했던 것 같다. 내게는 남동생이 한 명 있다. 그런데 남동생이 생긴 이유도 엄마다웠다. 나 혼자는 외로울 것 같아, 한 명을 더 낳았다는 것이다.

나는 70년대에 태어나 80년대에 초 중 고등학교를 다녔다. 우리 집은 그 당시 흔치 않은 2층 양옥집이었다. 허름한 영세 가옥이 거의 다였던 내가 살던 동네에서 우리 집은 감시탑이라도 되는 것처럼 우뚝 솟아 있었다.

우리집 1층에는 아버지의 가게가 있었다. 아버지는 가구점을 했는데, 꽤 잘 되는 편이었다. 나중에 아버지는 지난 날을 회고하며 운이 좋았다고 말하고는 했다. 아버지의 사업 수완이 남다른 것도 성공의 이유가 되었겠지

8

만, 그보다는 시대가 가난을 뒤로하고 풍요의 시기로 급격히 바뀌며 고급 가구에 관심을 갖는 사람들이 늘어난 이유가 컸다.

내가 살던 동네만 하더라도 80년대로 접어들며 영세 가옥은 서서히 자취를 감추었고 번듯한 아파트가 들어서기 시작했다. 이제 막 삶의 여유를 누리기 시작한 그들이 가장 먼저 한 일은 새 가구를 들여놓는 일이었다. 번쩍번쩍 빛이 나는 새 가구는 그 당시 중산층의 상징이었다.

어려운 시절에는 아버지를 도우며 정신없이 살림과 일에 치여 살던 엄마는, 어느 정도 윤택해지면서 집 밖으로 진출하기 시작했다. 내가 중학교에 진학하자 엄마는 학부모들을 규합하여 친목회를 만들었고, 동창생들 가운데 죽이 맞는 몇 명들과 어울려, 또 친목회를 만들었다. 심지어는 다니는 수영장 멤버를 모아 친목회를 만들기도 했다. 모임의 대표나 총무 중 하나는 반드시 엄마가 맡았다.

집안일은 파출부를 고용해서 해결했고, 나와 남동생은 일찍부터 과외 지도를 받았다. 집 밖으로 나도는 엄마 때문에 상처라도 받았나보다고 생각하는 사람들도 있겠지만, 그때의 내게는 부지런하게 외부 활동을 하는 엄마가 동경의 대상이었다. 어쩌면 아무리 부정하려 해도 내 속의 깊숙한 곳 어딘가에는 외로움이 있다고 생각했기에, 그것과 너무나 동떨어진 것처럼 보였던 엄마의 삶을 동경한 것인지도 모르겠다.

엄마의 덕도 적지 않게 보았다고 생각한다. 제대로 된 현대인은 문화생활을 누릴 줄 알아야 한다는 가치관을 가진 엄마 덕분에 나는 남들은 잘 모르는 유명한 연극이나 공연, 우리나라에는 아직 수입이 되지 않았던 작품성 있는 영화들을 원 없이 감상할 수 있었다. 물론 엄마가 그런 것에 대해 무슨 조예가 있어서라고는 생각하지 않는다. 그저 엄마는 '현대인으로

서의 품위'를 누리고 싶었던 것이다.

영화!

지금도 영화를 생각하면 가슴이 설렌다. 엄마는 친목회 멤버들과 문화원을 다니며 남들은 모르는 유명하지 않은 영화를 감상하고는 했는데, 그럴 때 종종 나를 데려가고는 했다. 이와이 슌지, 끌로드 를루슈, 장뤽 고다르, 뤽 베송… 수많은 거장이 빚어낸 환상적인 영상들을 접하고 나면 나는 전혀 다른 세계를 유영하고 있는 듯한 기분에 젖어들고는 했다. 그런데 엄마를 비롯한 친목회 멤버들은 나와 달랐던 것 같다. 영화가 상영되는 동안 무료함을 못 이기고 극장을 들락거리는 아줌마도 있었고, 영화가 끝나고 불이 들어왔을 때까지 세상모르고 잠에 빠진 아줌마도 있었다.

엄마는 졸지 않고 마지막까지 스크린에 시선을 고정시키고는 있었지만 영화의 테마를 제대로 이해한 건지는 나도 알 수 없었다. 어쩌면 그분들에게는 외국 문화원에서 영화를 감상하는 그 '시간'이 의미가 있었던 건지도 모르겠다고, 나는 나중에 생각했더랬다.

정작 사춘기 시절의 나를 흥분 시킨 최고의 영화는 지극히 대중적인 헐리우드 영화 한 편이었다. 바로 '해리가 샐리를 만났을 때.'라는 로맨틱 코미디 영화였다. 이 영화는 나 자신이 서서히 여자라는 자각에 휩싸일 무렵의 내게 큰 문화적 충격을 주었다.

이 영화는 1990년대 초에 개봉했는데, 천재적인 로맨틱 코미디 영화로 큰 화제가 되기는 했지만 국내 흥행 성적은 생각만큼 잘 되지 않았다는 걸 나중에 알게되었다. 그렇지만 이 영화의 영향으로 한국 영화계에는 로맨틱 코미디 영화의 붐이 일었다고 한다. 영화의 스토리도 재밌었지만 그보다 더 나를 매료 시킨 건 남자 주인공인 해리였다. 그의 외모, 그의 위트,

그의 미소, 나는 그의 모든 것이 좋았다.

친구들이 톱가수들에 열광할 때, 나는 영화 속 해리에 빠져 정신을 못 차렸다. 나 역시 샐리 같은 성격을 가진 여자가 되고 싶었고, 어딘가에 꼭꼭 숨어있을지 모르는 해리를 찾아내 영화와 같은 러브스토리의 주인공이 되고 싶었다. 하지만 이 영화를 보여준 엄마는 나와는 감상평이 전혀 달랐다.

"무슨 남자가 저렇게 가볍다니!"

세상에! 저렇게 위트 있고 똑똑한 남자를 가볍다는 한 마디로 폄하를 하다니! 나는 도저히 엄마를 이해할 수가 없었다. 험프리 보가트나 알랭드롱 같은 왕년의 스타들을 흠모했던 엄마가 보기에 이 영화의 주인공인 해리가 가볍고 경망스럽게 보였을지도 모르겠다.

하지만 나는 바로 그 가벼움 때문에 해리가 좋았다. 엄마가 좋아하는 험프리 보가트나 알랭드롱이 지나간 시대의 인물이라면 해리는 다가오는 새 시대를 상징하는 인물이었다. 코트 깃을 세우고 세상사의 고뇌를 짊어지기라도 한 것 같은 분위기의 남자들에게는 안녕을 고하고, 말발 좋고 유머감각이 풍부하며, 여자를 지루하지 않게 만드는, 그런 남자가 환영 받는 시대가 도래했다는 걸, 엄마는 모르고 있었던 것이다.

"이것아, 영화는 영화고, 현실은 현실이야. 언제 철이 들지…"

내가 해리 같은 남자를 이상형이라고 밝히자 엄마는 혀를 차며 충고를 했다. 슬프게도 엄마의 말은 틀린 게 아니었고, 더 슬프게도 나는 오랫동안 그것을 깨닫지 못했다. 엄마가 험프리 보가트나 알랭드롱 대신 근면 성실한 가구점 사장을 남편으로 선택했던 것처럼, 나 역시 눈앞의 현실에 좀 더 충실했더라면, 그 많은 날들의 방황은 없었을 것이다!

이제 나의 첫사랑 이야기를 하려고 한다. 하지만 대단히 별다른 이야깃

거리가 있는 건 아니다. 여자건 남자건 사춘기라면 대부분이 그러하듯이 나 역시 학교 선생님을 사랑했다.

그는 음악 담당이었다. 서른 안팎의 나이였는데, 누구는 28살이라고 했고, 또 누구는 31살이라고도 했다. 담임을 맡지 않은 기간제 교사였기 때문에 그의 신상은 자세히 알 수 없었다. 어쩌면 그래서 더 미스테릭 했는지도 모르겠다.

그는 어느 날 갑자기 나타났다. 그전까지 음악 담당 교사는 50대 초반의 그렇고 그런 평범한 남자였는데, 전근을 가게되면서 그가 바람과 함께 나타난 것이다.

우리는 새로 부임해온 음악 선생이 미혼의 젊은 남성이라는 소문을 듣고 잔뜩 기대한 채 수업이 시작되기를 기다렸다. 그리고 복도 저편에서부터 한 남자가 걸어와 교실 안으로 들어왔다. 그가 교단에 서자 교실 여기저기에서 실망의 한숨 소리가 들렸다. 그는 작은 키에 평범한 사나이였다.

"음악은 가장 원초적인 예술입니다. 음악을 모르면 인생도 모르는 것입니다. 여러분은 저에게 음악 수업을 듣게 된 것을 큰 행운이라고 생각하게 될 것입니다."

그는 진지했고, 어떤 면에서는 교사가 아니라 예술가처럼 보이기도 했다. 그의 수업은 자유분방했다. 교과서에 실린 음악에 치우치지 않고, 뉴에이지 음악, 팝송, 그때 유행하던 가요까지 폭넓게 수업 도구로 삼았다. 그의 외모 때문에 실망했던 아이들은 차츰 그의 열정에 반하기 시작했다.

어느 순간부터 내 눈에 그가 해리처럼 보이기 시작했다. 영화 속 해리 역시 잘생긴 얼굴은 아니다. 그러나 보통 남자들과는 다른 매력이 그를 돋보이게 하는 것이고, 샐리로 하여금 사랑에 빠지게 만드는 것이다.

그렇다!

내가 음악 선생을 좋아하게된 것은 여느 남자와 다르다고 생각했기 때문이다. 그는 쇼팽에 대해, 슈베르트에 대해, 비틀즈와 롤링스톤즈에 대해 이야기 했다. 단순히 음악 이론으로만 설명하는 것이 아니라 그들의 삶과, 그들의 사랑과, 그들의 인생에 대해 많은 이야기를 들려주었다. 그런 수업은 다른 음악 교사에게서는 전혀 들을 수 없는 내용이었다.

나는 그를 좋아했지만 그렇다고 달리 무슨 시도를 해 보는 것 까지는 생각 하지 못했다. 특별히 내가 순진해서가 아니라, 그 나이라면 으레 그렇기 때문이다.

반장만 아니었으면 그에 대한 감정은 한 순간의 짝사랑으로 지나가고 말았을 것이다. 반장이라는 프리미엄 덕분에 그녀는 음악 선생과 조우할 기회가 많았다. 작곡가에 대한 정보나 곡에 대한 설명을 프린트해서 아이들에게 나누어 주고 그것으로 수업을 하는 경우가 꽤 있었는데, 반장에게 그 준비를 맡기기도 했고, 또 음악 감상을 위한 기기 설치 같은 것도 반장의 주도로 이루어졌다. 그러다 보니 음악 선생과 반장의 사이가 남다른 것처럼 비춰졌던 것 같다. 그렇다고 둘 사이가 이상하다는 식의 소문은 아니었고, 그냥 다른 아이들보다는 친해보이는 정도였다.

그런데 문제는 반장이 음악 선생에게 흑심이 있었다는 것이다.

"음악 선생님이 오늘 날더러 조신한 여학생이라고 했어. 조신하다는 거 무슨 뜻이니?"

음악 선생을 만나고 온 반장은 한껏 흥분한 얼굴로 아이들에게 떠벌렸다. 나는 믿을 수가 없었고, 설령 그런 뉘앙스의 말을 했더라도 반장이 생각하는 의미와는 전혀 다를 것이라고 생각했다. 아니, 사실은 믿고 싶지 않았던 것이고, 그 저변에 있는 건 음악 선생에 대한 연정과 반장에 대한 질투심이었다.

나는 아직 어렸지만 남자라는 존재의 특성이 유혹에 약하다는 것쯤은 알고 있었다. 음악 선생을 좋아하는 반장이 무슨 수를 쓸지도 모른다고 생각하니 은근히 초조해졌다. 나도 상식적인 여학생이라서 선생님과 제자가 맺어지는 게 거의 불가능한 확률이라는 건 잘 알고 있었다. 만일 반장이 나대지 않았으면 나는 나의 감정을 꽁꽁 숨긴채 잊혀지기를 기다렸을 것이다.

나의 해리가 교양머리라고는 눈꼽만큼도 없는 반장 따위에게 넘어가는 불상사는 절대로 막고 싶었다. 나는 음악 선생에게 나의 존재를 어떻게 알려야 좋을지 궁리하고 또 궁리했다.

평소의 나는 너무나 평범하고, 있는 듯 없는 듯 자리를 지키고, 학교 성적도 상위권인 모범적인 여학생이었다. 그런 내가 느닷없이 좋아한다는 고백을 하면 역효과만 부를 것이었다. 나의 매력을 충분히 어필하면서, 은근히 내가 좋아한다는 걸 알리고 싶었다.

수업이 끝난 어느 날, 나는 교무실로 음악 선생을 찾아갔다.

"안녕하세요?"

내가 인사를 하자 그는 의아한 얼굴로 나를 쳐다보았다.

"2학년 5반 채수희지? 그런데 무슨 일로?"

"죄송해요, 선생님. 아까 음악실에 시계를 두고 왔어요."

"그래? 아무 것도 없는 거 같던데…"

"혹시 다른 곳에 뒀을지도 모르지만, 아무래도 음악실에 둔 것 같아요."

"그럼 어떡할까?"

"음악실 열쇠를 주시면 제가 찾아보고 올게요."

"아, 그러면 되겠구나."

나의 해리는 일말의 의심도 없이 서랍속에서 열쇠를 꺼내 건네주었다. 나는 일단 작전이 잘 먹혀들어간다는 생각에 흡족해하며 음악실로 갔다.

음악실 안에는 그랜드 피아노가 한 대 있었다. 나는 초등학교 1학년 때부터 피아노를 배워 피아노 연주에는 일가견이 있는 편이었다. 봄가을의 정기음악회 때 전교생을 대상으로 연주 실력을 과시한 적도 있었다.

나는 마치 오늘을 위해 피아노를 배우기라도 한 것처럼 흡족한 마음으로 피아노 앞에 앉았다. 그리고 시간이 흘러가기를 기다렸다. 아마 지금쯤 그는 열쇠를 들고 간 여학생이 돌아오지 않는 게 신경 쓰이기 시작할 것이다. 그러다가 아무래도 이상하다는 생각에 자리에서 일어나 음악실로 향할 것이다.

다시 어느 정도 시간이 흐르기를 기다렸다가, 나는 적당한 시점이라고 생각될 때쯤 건반에 손을 올리고 연주를 시작했다.

쇼팽의 즉흥환상곡.

그가 이곡을 좋아하는지 그렇지 않은지는 나도 모른다. 그러나 내 예감에는 그의 성향과 잘 맞아떨어질 것 같았다. 일부러 건반을 누를 때 힘을 주었다. 이렇게 하면 은은한 피아노 소리가 복도에까지 흘러가, 복도를 걸어오는 그의 귓가에까지 닿을 것이다.

나의 작전은 너무나 완벽하게 맞아떨어졌다. 내가 즉흥환상곡의 절반가량을 연주하고 있을 때, 문 열리는 소리가 들리고, 그 다음에는 발자국 소리가 들리고, 그 발자국이 나의 바로 뒤에서 멎는 소리가 들렸다. 나는 바로 연주를 멈추고 뒤를 돌아보는 바보 같은 짓은 하지 않았다. 이 로맨틱

한 시간을 좀 더 즐겨야 한다. 나는 아무 것도 모르는 표정으로, 마치 음악에 빠져 있는 것 같은 표정으로, 눈까지 지그시 감고 연주를 계속했다.

나의 머리에, 나의 시선에, 그리고 나의 팔과 다리에, 그의 시선이 닿는 게 느껴졌다. 그는 나를 새롭게 볼 것이고 어쩌면 사랑에 빠질지도 모른다. 하지만 너무 무거운 사랑은 싫은데… 영화속의 해리만큼… 그만큼만 나를 좋아한다면 나는 샐리처럼 아름다운 여성이 될 것이다.

그런 생각을 하며 연주를 하고 있는 나의 귓가에 묵직한 남자의 목소리가 꽂혔다.

"채수희!"

나는 연주를 멈추고 뒤를 돌아보았다. 그리고 나는 까무라칠 뻔했다. 검은 얼굴에 특공대인지 해병대인지 하여간 이상한 군대를 갔다왔다는 소문의 주인공… 남북한이 극한 대립을 하고 있는 우리나라에서는 여성도 군대를 가야 한다고 주장하는… 그래서 수업을 따라오지 못하면 엎드려뻗쳐를 비롯한 각종 기합으로 여학생들을 공포에 떨게 만드는 주인공… 바로 체육 선생이 내 뒤에 서 있었던 것이다.

"수업 끝났으면 집에 가야지 여기서 뭐하고 있는 거야?"

"죄송합니다. 뭘 좀 두고 간 게 있어서."

나는 그대로 주저앉을 것처럼 후들거리는 다리를 겨우 움직여서 음악실을 나왔다. 그제서야 음악 선생이 복도 끝에서 걸어오고 있었다. 나는 그에게 열쇠를 건네주고 도망치듯 학교를 빠져나왔다. 그날 밤 나는 전쟁 꿈을 꾸었는데, 체육 선생이 나의 상관으로 나타나 그에게 죽도록 기합을 받는 꿈을 꾸다가 깨어났다.

2

　요즘 골치 아픈 문제가 하나 생겼다. 오용배라는 이름의 한 물 간 가수 때문이다. 그는 내가 경영하는 나이트 클럽에 전속으로 출연하고 있다. 그가 내 업소에 출연한 것은 2년째인데, 그의 출연이후 나의 나이트 클럽은 대박을 쳤다.

　내가 일방적으로 그의 덕만을 본 건 아니다. 그가 우리 업소와 계약을 했던 시기는 그의 인기가 나락으로 떨어졌을 때였다. 한 때 국내의 톱가수였으나 1990년대 후반으로 접어들며 그를 포함한 전통적인 발라드 가수들은 메리트가 없어졌고 비쥬얼로 승부하는 댄스 가수들이 그 자리를 차지했었다. 오용배는 인기 하락을 마케팅으로 만회하려 막대한 자금을 뿌렸으나 대세를 거스를 수 없었고 오히려 빚만 잔뜩 지게 되었다는 것이다.

　바로 그때 내가 사채 해결을 미끼로 그를 스카웃했다. 그는 나의 제안을 거절할 여유가 없었다. 오용배는 적응력이 뛰어난 인간형이었다. 그는 발라드 가수임에도 무대에서 댄스곡을 열창했고 춤까지 추었다. 방송에서는 볼 수 없었던 그의 또다른 매력에 손님들은 열광했다. 무엇보다 내가 경영하는 나이트 클럽에만 출연한다는 희소성이 손님들을 붐비게 한 중요한 이유였다.

그런데 이제 그와의 계약 기간이 종료를 얼마 안 남기고 있었다. 나는 황금알을 낳는 거위를 고이 내보내줄 수 없었다.

"오 선생, 딱 1년만 더 합시다. 계약금은 서운하지 않게 해 드리리다. 오 선생이 떠나면 우리 나이트 클럽이 앙꼬 없는 찐빵 신세라는 거 잘 알지 않습니까?"

나는 그를 룸살롱으로 데려가서 애원하는 수준으로 설득을 시도했다. 하지만 그는 냉정했다.

"죄송합니다. 사실 나는 원래 업소 출연은 하지 않는 가수입니다. 그런데 김 사장님이 하도 원하셔서 딱 2년만 하고 그만 둘 생각으로 계약을 했던 것이고요. 이제 계약이 끝났으니 본업인 가수 활동으로 돌아갈 생각입니다."

나는 그가 거짓말을 하고 있다는 걸 잘 알고 있었다. 그는 이 계통에서 자신의 몸값이 천정부지로 치솟고 있다는 걸 알고, 어서 계약이 끝나기만을 학수고대 하고 있는 것이다. 그 후에도 나는 여러 경로로 오용배에게 재계약을 부탁했다. 하지만 그는 요지부동이었다. 나는 정상적인 비즈니스로는 해결이 어렵다는 걸 깨닫고 최후의 방법을 쓰기로 했다.

이쯤에서 대충 눈치 챘겠지만 나의 직업은 깡패다. 물론 대외적으로 나는 나이트 클럽의 사장이지만, 그건 명함에나 나오는 직업이고, 사람들은 내가 깡패라는 걸 아주 잘 알고 있다. 깡패가 하는 일은 뻔한 것이다. 원하는 것을 정상적이지 않은 어떤 방법으로 쟁취하는 것이다. 그것은 한 마디로 말하면 '주먹과 술수'이다. 모든 방법을 총동원해서 상대방으로 하여금 이쪽에 굴복하게 만드는 것, 그것이 내가 하는 일이며, 그렇게 나는 살아 왔다.

나는 오용배에게 전화를 걸어, 그쪽 입장대로 잘 처리해 줄테니 마지막 으로 술이나 한 잔 하자고 말했다. 오용배는 뜻밖에 내가 순순히 자신을 놓아주려하자, 상당히 감격해서 약속에 응했다. 나는 조촐하게 소주나 한 잔 하자고 하면서 그를 평범한 곱창집으로 데려갔다.

나는 그의 잔에 술을 따라주면서 말했다.

"오 선생, 마지막으로 한 번 더 부탁합시다. 딱 1년만 어떻게 안되겠습 니까?"

다시 그 이야기가 나오자 오용배의 얼굴이 곤혹스러워졌다.

"사장님 오늘은 그 이야기 안 하기로 하지 않았습니까? 저도 괴롭습니 다."

"오 선생도 우리 업소 덕 좀 보지 않았나요?"

"그건 그렇지만 2년이면 충분했다고 생각합니다."

"정 그렇다면 할 수 없죠. 술이나 마십시다."

나는 슬쩍 건너편 테이블 쪽을 쳐다보았다. 그곳에는 내가 대기시킨 세 명의 후배가 술잔을 기울이고 있었다. 나는 그들 가운데 가장 서열이 높은 기성범에게 눈짓으로 사인을 보냈다. 그러자 기성범은 알았다는 의미로 고개를 끄덕이고 나서 다른 두 명과 함께 일어섰다. 그들은 일부러 취한 척을 하며 오용배 쪽으로 걸어오다가 그를 밀치며 넘어졌다.

오용배가 술을 쏟으며 넘어지자, 기성범이 그의 뒷덜미를 잡아 일으키며 일갈했다.

"이런 쓰벌넘이! 왜 지나가는 사람 다리를 걸고 지랄이여?"

오용배는 사색이 되었다.

"아니, 그게 무슨 말씀입니까? 당신이 가만히 있는 나를 밀쳤잖소."

"뭐? 똥싼놈이 성낸다더니, 이 개새끼가 사람을 넘어뜨려놓고 사과를 안 하네."

다른 두 명이 나섰다.

"니가 지금 다리 거는 거 내가 봤어."

"이 새끼 이거 상습범 아녀?"

세 명이 험악하게 에워싸자 오용배는 구원을 바라며 나를 쳐다보았다. 나는 모르는 체 하며 안주를 집어먹었다. 세 명의 후배는 오용배를 구석으로 데려가 계속 협박했다.

"나 다리 다쳤으니까 치료비 내놔, 씨벌넘아!"

"왜 이래요? 당신들 누군데 이래?"

오용배는 카운터쪽을 향해 외쳤다.

"사장님! 여기 경찰 좀 불러주세요."

하지만 우리쪽 사람인 곱창집 주인은 슬그머니 안쪽으로 피해버렸다.

"경찰 좋아하네. 이거나 먹어라 씨벌넘아!"

후배 가운데 주먹이 맵기로 소문난 조영철이 오영배의 얼굴을 주먹으로 가격했다. 얼굴을 정통으로 맞은 오용배는 비명을 지르며 주저앉았다. 다른 후배인 양정기가 오용배의 사타구니를 걷어찼다. 다시 오용배는 비명을 질렀다. 그 뒤로 세 명은 오용배를 무자비하게 짓밟기 시작했다.

나는 적당한 타이밍이 될 때를 기다렸다가 자리에서 일어나 오용배 쪽으로 걸어갔다.

"형씨들, 왜들 그러십니까?"

"제3자는 빠져요."

"그럴 수 없습니다. 이분은 저하고 호형호제하는 사이입니다."

"그래요? 이 개새끼가 먼저 시비를 걸어서 분위기가 이렇게 됐는데, 아저씨가 잘 아는 사람이라고 하니까 이만 하죠."

그리고 세 명은 곱창집을 나갔다. 오용배는 거의 기절 직전의 상태였다. 나는 그를 부축해서 병원으로 데려갔다. 나는 의사에게 계단에서 넘어졌다며 응급실에서 치료를 받게 했다. 오용배는 다음날 새벽에 깨어났다.

"좀 어떠세요? 내가 아니면 큰일 날 뻔했습니다."

모든 게 나의 계략하에 이루어진 사건임을 잘 알고 있는 오용배였지만 또 무슨 봉변을 당할지 알 수 없으므로 잠자코 있었다.

"오형, 내 말 잘 들어요. 세상이라는 게 자기 잘 났다고 혼자 살 수 있는 게 아닙니다. 남의 어려운 처지도 돕고, 서로 상부상조하며 사는 게 인간사 아니겠습니까. 오늘도 보십시오. 만일 내가 그 자리에 없었으면 오형이 무슨 일을 당했을지 어찌 압니까? 어쩌면 지금 세상을 하직했을지도 모르는 거 아닙니까?"

죽었을지도 모른다는 말에 오용배의 얼굴이 진짜 사색이 되었다. 그 말은 내 한 마디로 죽을 수도 있다는 의미였기 때문이다. 나는 계속 압박했다.

"아까 그 사람들 아무리 봐도 보통 내기가 아닌 것 같은데, 오형 한 사람으로 끝내지 않고, 가족에게까지 위해를 가할지도 모릅니다. 큰 아들이 용신초등학교 3학년이죠? 아닌가요? 서초동에 있는 용신초등학교?"

아들 이야기가 나오자 더는 버틸 재간이 없다고 생각한 오용배는 고개를 떨구었다. 나는 이쯤에서 슬그머니 계약 이야기를 꺼냈다.

"오형, 딱 1년만 더 합시다. 진짜 이게 마지막입니다."

오용배는 눈물을 떨구며 고개를 끄덕였다. 나는 고맙다며 그의 어깨를 두드리고 병원을 나왔다. 그날 오후 오용배는 1년 연장 계약서에 사인했다.

당분간은 오용배를 더 이용해 먹을 수 있다고 생각하니 저절로 입가에 미소가 지어졌다. 거액을 들고 앞다투어 그를 잡으려던 여러 업소들은 그가 1년 더 나의 나이트 클럽에서 공연을 하게 되었다는 걸 이해할 수 없을 것이며, 무슨 수를 썼는지 궁금해 미칠 것이다.

직업이 깡패라는 건 절대로 자랑스러워할 일이 아니라는 건 잘 알고 있지만, 남들이라면 엄두도 못 내는 이런 방법으로 문제를 해결하고나면 자부심이 생기는 건 또 어쩔 수 없는 일이었다. 나는 언제부터 이 길로 접어들었을까. 나는 그때를 정확히 기억하고 있다. 1983년도 가을이었다.

나는 그때 고등학교 1학년이었는데, 사실 그때까지 남과 유별나게 다투어본 적은 없었다. 그냥 아이들끼리 치고 받고 하는 정도야 있었겠지만 특별히 싸움을 좋아하는 축은 아니었다. 다만 어려서부터 운동은 좋아했다. 다른 과목은 형편없는 와중에도 체육 과목만은 상위 클래스여서, 체육 선생이 운동부에 가입하라고 권유했을 정도였다. 하지만 지지리도 못사는 집안 환경 때문에 비용이 많이 들어가는 운동부에 가입할 입장이 아니었다.

내가 속한 반에는 껄렁껄렁한 아이들이 몇 명 있었다. 아침에 등교를 하면 그 애들이 교단을 장악하고 아이들에게 설교 같은 걸 하고는 했다. 마치 자기들이 상급생이나 된 듯이 아이들을 대상으로 훈계하는 꼬락서니가 꼴사납기는 했지만, 그 애들이 나를 건드리지 않는 이상 나 역시 그들의 행태에 무관심으로 일관했다. 그런데 어느 날 그들이 먼저 내 영역을 침범했다.

"우리 6반이랑 3반이랑 축구 시합을 하기로 했어. 이건 우리 반의 명예가 걸린 일이니까 전부 다 협조를 해줘야 해. 토요일 수업 끝나고 시합을 하는데, 음료수도 있어야 하고, 밥도 먹어야 하기 때문에 각자 1천 원씩 각출해야겠어.”

상당히 뚱뚱하고 나이가 들어보이는 윤종수라는 아이였다. 그의 말인즉, 자기네들이 다른 반 아이들과 축구시합을 하는데, 반 대표로 하는 시합이므로 회비를 걷겠다는 것이다. 보나마나 노는 아이들 끼리 시합을 벌이겠다는 것인데, 축구 시합과 아무 상관없는 모든 아이들에게 회비를 걷겠다는 발상이 웃겼다.

하지만 상대는 우리 반을 휘어잡고 있는 패거리였다. 대부분의 아이들은 괜히 봉변당하고 싶지 않은 마음에 순순히 1천 원을 냈고, 못 내는 아이들은 다음에 내기로 했다.

나는 맨 뒤에서 두 번째의 구석 자리에 앉아 있었는데, 윤종수와 그의 패거리 친구인 도민기가 차례차례 돈을 걷다가 내 쪽으로 왔다. 사실 나는 남이 돈을 내건말건 그런 건 참견하고 싶지 않았다. 단지 나는 그런 부당한 일에 도움을 줄 생각이 전혀 없었다.

“김범주, 너도 천 원만 내라.”

윤종수는 뒤에 서 있고 그의 똘마니인 도민기가 내 앞에 모자를 내밀었다. 모자 안에는 천 원짜리가 수북히 쌓여 있었다.

그때까지 남들과 싸워본 적이 드물었던 나는 돈을 낼 생각도 없었지만 그렇다고 괜히 트러블을 만들고 싶지 않은 마음에, 자리에서 일어서서 나가려고 했다. 그때 윤종수가 내 어깨를 붙잡았다.

“김범주, 귀 먹었냐?”

나는 손을 뿌리치며 응대했다.

“너네가 축구 시합을 하는데, 왜 내가 돈을 내야 해?”

"못 들었어? 반 대표로 하는 시합이라니까."

"누가 너희를 대표로 뽑기라도 한 거냐?"

내가 세게 나오자 윤종수의 눈초리가 바꼈다.

"이 새끼가… 삐딱하게 나오네."

윤종수 뒤로 그의 패거리 몇 명이 몰려들었다. 여차하면 나를 집단으로 폭행할 기세였다. 나 자신이 운동으로 단련되었다고는 하지만 싸움에 일 가견이 있는 이들과 맞부딪치면 무슨 일을 당할지 알 수 없었다. 그랬음에 도 이상하게 지고 싶지 않았다.

"나는 죽어도 못 내니까 알아서 해."

그리고 나가려는데, 패거리들이 막아섰다.

"김범주, 한 번 해볼래?"

"뭘 해봐?"

"우리한테 죽어볼 거냐고."

그 순간 나 자신도 생각하지 못한 말이 입밖으로 튀어나왔다.

"좋다. 그럼 치사하게 여러 명이 이러지 말고 너랑 나랑 1:1로 붙자."

"좋다."

윤종수가 동의를 해서 점심시간에 설립자 동상 근처의 빈터에서 1:1로 맞붙기로 합의 했다. 점심을 먹고 약속 장소인 설립자 동상 근처로 가보니 아이들이 꽤 많이 모여 있었다. 학교에서 유명한 불량 써클 멤버인 윤종수 와 내가 1:1로 결전을 벌인다는 소식을 들은 아이들이 몰려든 것이다.

누군가와 정면으로 맞붙어 싸우게 된 건 그때가 난생 처음이었다. 사실 나는 복싱에도 관심이 있어 거울 앞에서 쉐도우 복싱을 하고는 했었는데, 그럴 때마다 누군가를 상대로 주먹질을 하는 상상을 하고는 했었다. 어찌

보면 상상이 눈앞의 현실이 된 격이었다.

윤종수가 천천히 걸어왔다. 패거리 가운데서 가장 덩치가 큰데다가 나이도 동급생들보다 한 살 많다는 이야기가 있었다. 그런데 기이하게도 나는 위축 되지 않았다. 오히려 나를 바라보는 그의 눈빛에서 두려움이 읽혔다.

선방은 그가 먼저 날렸다. 윤종수는 욕지거리를 퍼부으며 오른팔을 뒤로 뺐다가 곧장 스트레이트로 주먹을 뻗었다. 힘이 실린 주먹이어서 부웅하고 바람소리까지 날 정도였지만 움직임이 둔해서 나는 가볍게 피했다. 그러자 그는 왼팔로 크게 원을 그리며 나를 조준했는데, 이번에도 나는 상체만 뒤로 살짝 제껴서 피했다. 연타를 두 번 피하고보니 지지 않겠다는 확신이 생겼다.

당황한 윤종수는 필사적으로 주먹을 휘저었다. 나는 좌우로 주먹을 피하다가 빈틈을 발견하고 주먹을 뻗었다. 그때 마침 그가 내 쪽으로 달려드는 와중이어서 나의 주먹은 엄청난 강도로 그의 턱주가리에 명중했다. 수박이 쪼개지는 것 같은 소리가 들릴 정도였다.

그것으로 승부는 갈렸다. 윤종수는 비명 소리를 내면서 앞으로 휘청거렸다. 나는 기회를 놓치지 않고 발로 그의 정강이쪽을 가격했다. 중심을 완전히 읽은 윤종수는 흙바닥 위로 나뒹굴었다.

패거리는 자신들의 보스격인 윤종수가 힘도 제대로 써 보지 못하고 무너지는 걸 목격하고 공황 상태에 빠진 모습이었다. 그들은 집단으로라도 나를 공격하고 싶었겠지만 1:1의 싸움이라는 룰을 잘 알고 있는 아이들의 시선 때문에 자제할 수밖에 없었을 것이다.

나는 집으로 돌아오는 버스 안에서 내내 내 주먹을 살펴보았다. 신기했다. 반에서 가장 건들거리는 윤종수를 단 한 번의 가격으로 다운시켰다는 게 믿어지지 않았고, 어쩌면 내가 이 방면에 남들은 모르는 재능이 있을지도 모른다고 생각했다.

그리고 얼마 뒤의 일이었다. 학교를 마치고 집으로 가는 버스를 기다리고 있는데, 오토바이가 달려와 내 옆에 멎었다. 내가 돌아보자 한 남자가 헬멧을 벗고 내게 말을 걸었다.

"네가 김범주냐?"

"그런데요?"

"네가 윤종수를 한 방에 보내버렸다며?"

딱히 외모가 삐딱한 건 아니었지만 스타일 자체에서 건달 분위기가 풍기는 남자였다. 윤종수가 속한 패거리같다는 생각이 들면서 긴장이 되었다. 어쩌면 복수를 위해 나를 찾아온 것일 수도 있었다.

그는 웃으면서 내 어깨를 두드렸다.

"운동 좀 했냐?"

"좀…"

"남자끼리 싸웠다고 꽁하면 안 되잖아. 화해해야지."

그는 자신의 오토바이 뒷자리에 타라고 했다. 자세한 설명을 듣지는 못했지만 윤종수가 속해 있는 써클의 선배임이 분명한 듯했다. 지금 생각하면 그 순간이 내 인생의 갈림길이었던 것 같다. 만일 내가 그들의 세계에 관심이 없었다면 그냥 거절하고 내 갈 길을 가면 되었다. 하지만 나는 무언가에 이끌리듯 그의 오토바이 뒷자리에 올라탔다. 어쩌면 그것은 운명이었을지도 모르겠다.

그가 나를 데려간 곳은 낡은 건물의 2층 사무실이었다. 흥신소라는 간판이 붙어 있었지만 안에 들어가보니 건달끼가 다분한 남자들이 모여 고스톱을 치고 있었다. 한쪽에는 윤종수와 도민기가 나란히 앉아 있었다. 내가 들어서자 고스톱 판이 치워지고 술상이 차려졌다. 나도 그들도 술에 취하자 격의가 없어졌다. 윤종수와 화해를 한 것은 물론이고, 다른 사람들과도 형 동생 하는 사이가 되었다. 그렇게 나는 그 세계에 첫 발을 내딛었다.

3

해리를 닮은 음악 선생에 대한 나의 연정은 꽤 깊었고, 오래갔다. 첫사랑이란 으레 그런 것이라고 쉽게 말 하지만, 그것을 겪는 당사자는 세상에서 자기 자신만큼 괴로운 사람은 없다고 생각하게 된다. 세상이 내 것이 된다고 하더라도 그 사람이 내 것이 아니면 결코 행복할 수 없는 것, 그것이 열병과도 같은 첫사랑이다.

나는 나의 감정을 누구에게도 털어놓지 않았는데, 엄마는 직감으로 내가 이상하다는 걸 눈치챈 것 같다. 식탁에서 아침을 먹는 내게 지나가는 말로 이렇게 말했다.

"이성을 너무 좋아하면 상사병이라는 것에 걸리는데, 이 병으로 죽은 사람도 있다더라."

가슴이 덜컥 내려앉았다. 물론 나는 외형적으로 크게 달라진 게 없었지만 속은 시커멓게 타들어가고 있는 와중이었다. 이래도 아무 이상 없을까 라는 걱정이 늘 한 켠에 있었는데, 상사병으로 죽은 사람도 있다는 엄마의 말을 듣자니 오싹했다. 나의 사랑은 지고지순한 것이지만 그렇더라도 죽기는 싫었다.

나는 정신을 차리고 공부에 전념해야겠다고 다짐했다. 음악시간이 되면 여전히 설레기는 했지만 사랑이라는 것도 노력으로 통제가 가능하다는 걸 알았다. 나는 서서히 짝사랑의 어두운 터널에서 빠져나오고 있었다.

그런데 기회라는 건 전혀 예상치 못한 때, 전혀 예상치 못한 방법으로 다가오기도 하는 모양이다. 그때 계절이 봄이었는데, 내가 다닌 학교에서는 봄과 가을에 한 번씩 음악회라는 걸 열었다. 강당에서 전교생이 모인 가운데, 교사나 학생 중 선정된 인원이 노래를 하거나 연주를 하는 행사였다.

그 행사에서 음악 선생이 독창으로 테너 곡을 부른다는 소문이 전해졌다. 아이들은 술렁거렸다. 누구도 드러내지는 않았지만 이번 음악회의 주인공은 음악 선생이 될 것임을 속으로 다 알고 있었다.

그런데 수업 시간에 음악 선생이 뜻밖에도 나를 불렀다.

"채수희! 네가 우리 학교에서 피아노 연주 가장 잘한다면서?"

"가장 잘하는지는 모르겠지만 음악회 때 피아노 연주한 적은 있어요."

"그럼 이번에 내가 독창할 때 피아노 반주 좀 해주지 않을래?"

그는 엔리코 까루소의 '그대의 찬 손'이라는 테너곡을 부르기로 했다는데, 이 곡은 상당히 까다로운 편이라서 어지간한 피아노 실력으로는 어려워, 피아노를 잘 친다는 소문이 자자한 내게 부탁 한다는 것이었다. 음악회가 시작 될 때까지는 열흘이나 남았다. 그동안 매일 음악 선생과 단 둘이 연습을 한다는 상상만으로도 머릿속에서 핑크빛의 하트가 번쩍번쩍 했다. 하지만 나는 여자다. 속으로 아무리 좋다고 하더라도 냉큼 나서는 짓은 무덤을 파는 일이라는 걸 잘 알고 있다.

"제가 잘 치는 편이기는 하지만 레슨을 오래 안 받아서 아무래도 자신이 없어요."

"선생님들이 죄다 너를 추천하던데?"

"죄송해요. 옛날 실력이 나올지 몰라서요."

"그럼 누가 좋을까…"

바보 같은 그는 의례적인 나의 사양에 금방 포기하고 다른 반주자를 찾으려 하고 있었다. 피아노를 좀 친다는 아이들이, 마치 왕의 점지를 바라는 궁녀들처럼 애타는 눈빛으로 음악 선생을 바라보고 있는 것처럼 느껴졌다. 음악 선생은 아이들을 쭉 살펴보다가 결심을 한 듯 누구 한 사람을 지명하려 하고 있었다. 위기다! 기회를 이렇게 날려버릴 수는 없다!

"선생님!"

"응?"

"제가 그동안 레슨을 안 받아서 처음에는 연주가 좀 어색할텐데, 그래도 좋다면 해 볼 생각은 있어요."

"어차피 열흘 가량 남았으니 그동안 연습을 하면 되잖아."

"그럼 오늘 하루 시간을 좀 주세요. 고민을 해 볼게요."

"그럴래?"

나를 흘겨보며 입을 삐죽거리는 아이들의 시선이 느껴졌지만 개의치 않았다. 그날 집으로 돌아가는 나의 발걸음은 다른 날과 달랐다. 왕에게 점지 받은 후궁이라도 된 것처럼, 나는 조신하게 거리를 걷고 있었다. 그 다음날 나는 교무실을 찾아가 음악 선생에게 고민 끝에 반주를 하기로 결정했다고 말해주었다.

그때를 떠올리면 지금도 설렌다. 나는 그날부터 수업을 마치고 음악 선생과 단둘이 음악실에서 음악회 연습을 시작했다. 나의 해리는 테너로 '그대의 찬 손'을 불렀고 나는 피아노를 연주했다. 음악실에는 그와 나, 둘뿐이었다. 첫 날은 다소 어색해서 몇 번 반주를 맞춰보는 것으로 끝났고, 다음날은 연주가 끝나자 그가 중국집에서 요리를 시켜서 함께 먹었다. 나는 자장면을 먹었는데, 단숨에 그릇을 비우고 싶은 욕구를 참으며, 반만 먹고 다소곳이 젓가락을 내려놓았다.

"왜 남기니?"

"많이 안 먹어요."

"그렇게 먹고 체력이 유지가 돼?"

"체질이 많이 못 먹는 체질이에요."

자장면 곱배기에 탕수육 한 접시를 가뿐하게 비우는 나의 식성을 잘 아는 엄마가 이 자리에 있었다면 기절초풍했을 것이다.

"음악은 많은 에너지를 필요로 하기 때문에 잘 먹어야 해. 내가 이탈리아에서 공부 할 때는 피자 세 판하고 스파게티 두 접시는 기본으로 먹었어."

"이탈리아에서 공부 하셨어요?"

"그랬지. 내가 소싯적에는 테너 가수로 성공하는 게 꿈이었지."

"어울리실 것 같아요."

"꿈은 꿈일 뿐이야. 그쪽이 워낙 경쟁이 치열해서… "

그는 말 끝을 흐렸는데, 그 순간 그의 표정에서 지나간 과거에 대한 회한이 언뜻 읽혔다.

"어쩐지… 선생님 수업에는 깊이가 있어요."

"정말이니?"

"그럼요."

"하하, 그렇다면 다행이구나. 나는 나의 수업 방식을 아이들이 생경하게 받아들일까봐 늘 걱정하는데."

"천만에요. 아주아주 재밌고 유익해요."

"교과서대로만 하면 음악이란 따분하고 고루한 것이라는 인식을 심어줄 수 있어. 그래서 가능하면 즐겁고 재밌게 음악을 받아들이게 하려고 노력하는 편이지."

그는 음악 수업에 대한 평소의 지론을 길게 설명해 주었고 나는 얌전히 그의 말에 귀를 기울였다. 그리고 적당한 시점에 자리에서 일어나 주전자의 물을 컵에 따르고 그 앞에 내놓았다. 나의 작전은 꽤 성공적이어서 그는 컵의 물을 입으로 가져가며 범상치 않은 눈길로 나를 건너다보았다.

그리고 컵을 내려놓더니 얼굴을 붉히며 말했다.

"어쩐지 너하고 호흡이 잘 맞아서 성공적인 음악회가 될 것 같구나."

나 역시 얼굴을 붉히고 고개를 약간 숙이며 모기만한 목소리로 응대했다.

"저도요…"

그날 헤어지고 돌아오는데, 거리의 레코드 점에서 대학가요제 대상곡인 '눈물 한 방울로 사랑은 시작되고.'가 흘러나왔다. 나는 잠시 걸음을 멈추고, 그 곡을 허밍으로 따라불렀다. 야릇한 기분이 전신을 휩싸고 돌았다. 무엇보다 해피한 것은 음악회가 아직도 9일이나 남았다는 것이다. 오늘 분위기로 봐서는 아무래도 심상치 않았다. 반드시 대사건이 벌어질 것만 같았다. 그 생각을 하자니 가슴이 콩닥콩닥 뛰고 머리털이 쭈뼛쭈뼛해졌다. 영화 '해리와 샐리가 만났을 때'의 라스트 신이 머릿속에 그려졌다. Auld Lang Syne이 울려퍼지는 가운데, 둘은 사랑을 확인하고 키스한다. 영화 속 주인공은 어느새 나와 음악 선생으로 바뀌었다.

다음날 나는 오늘은 그와 또 어떤 감미로운 일이 벌어질지 잔뜩 기대하며 등교했다. 조회가 끝나고 첫 수업을 준비하고 있는데, 수다스럽기로 소문난 이미영이라는 아이가 헐레벌떡 뛰어들어오더니 소리쳤다.

"음악 선생님이 계단에서 넘어져 병원에 실려갔대!"

아니, 이건 또 무슨 운명의 장난이냐. 가슴이 철렁 내려앉아, 이미영이 하는 말에 귀를 기울여보니 나의 해리가 교무실로 향하는 계단을 오르다가 미끄러져서 나뒹굴었다는 것이다. 다리에 골절상을 입고 앰뷸런스에 실려 병원에 가있다고 했다.

단둘이 오붓하게 음악회 연습을 하는 상상으로 들떠 있던 내게 얼음물이 한 바가지 퍼부어진 격이었다. 나는 그의 독창 반주자였기 때문에 점심시간이 끝나고 문병을 가도록 담임이 조치를 해 주었다. 병원에 가보니 복도에 체육 선생이 서 있었다. 이야기를 들어보니 음악 선생은 체육 선생과 함께 계단을 오르다가 넘어졌다고 한다.

"계단에서 발을 헛딛었어. 내가 옆에 있었으니 이 정도지 그렇지 않았으면 큰일 날 뻔 했다고."

병실 안의 음악 선생은 의사에게 조치를 받고 있는 중이라기에 체육 선생과 의자에 나란히 앉았다. 나는 입을 다물고 있었는데, 그가 나를 힐끔힐끔 훔쳐보더니 입을 열었다.

"채수희, 지난번에 음악실에서 연주 하는 거 멋지더라."

얼굴을 보니 야릇한 미소까지 짓고 있었다. 햇볕에 그을려 새까만 얼굴에, 도무지 감정이라고는 없을 것 같은 투박한 얼굴의 그가 웃으며 말을 거는 모습을 보자니 등골이 오싹한 느낌이 들었다.

"네가 피아노를 치는 뒷모습이 예뻐보이더라고, 허허."

이건 작업임이 분명하다.

"오해는 하지 말라고. 제자로서 예뻐보인다는 뜻이니까, 허허."

나는 괜히 말을 섞으면 오해가 생길 수 있다는 생각에 입을 다물고 있었다. 그러자 머쓱해졌는지, 그는 딴 데로 시선을 돌리며 딴청을 피웠다.

이윽고 병실에서 의료진이 나왔다. 나는 체육 선생을 따라 병실 안으로 들어갔다. 음악 선생의 상태를 보니 생각보다 훨씬 심각했다. 잠깐 치료를 받고 퇴원하면 다시 연습도 재개하고 음악회에도 함께 참석할 수 있을지 모른다는 기대가 있었는데, 침대에 누운 음악 선생의 다리는 북극곰의 다리보다도 더 두꺼운 붕대가 감겨서 허공에 매달려 있었다.

"이거 미안해서 어쩌냐. 평소 같으면 모르지만 하필 음악회를 앞두고 왜 이런 일이 생겼는지…"

"아니에요. 제 걱정은 말고 선생님 몸조리나 잘 하세요."

"그래, 아무래도 음악회 출연은 다음 기회로 연기를 해야겠구나."

"네, 가을에도 음악회를 하니 그때는 꼭…"

나는 아무렇지도 않은 듯이 말을 했지만 속이 쓰라렸다. 영화 속에는 이런 장면이 없다. 해리는 결코 계단에서 넘어지지 않는다. 하지만 이것이 눈앞의 현실이니 어쩌랴.

그런데 그때 멀뚱히 서 있던 체육 선생이 끼어들었다.

"장 선생, 내가 좀 도와줄까?"

"도와주다니, 어떻게요?"

의아하게 쳐다보는 나와 음악 선생에게 체육선생은 얼굴을 붉히며 대답했다.

"이 학생이 음악회에서 연주를 한다고 잔뜩 기대를 했을 텐데, 이대로 무산되는 게 안타까워서 말이오. 실은 나도 소싯적에는 음악에 일가견이 있었다오. 그래서…"

체육 선생의 말을 들으며 스토리가 이상한 방향으로 진행된다는 위기감이 들었다. 하지만 제지하기에는 너무 늦었다.

"순전히 이 여학생을 실망시키지 않으려는 뜻에서 말이오… 장 선생 대신 내가 노래를 하면 어쩌나 하는 생각이 들더란 말이오. 물론 장 선생처럼 수준 높은 노래는 못하지만 청중을 실망시키지 않을 정도의 실력은 있기에 하는 말이라오."

나는 잠자코 있었지만 머릿속에서 열불이 뻗치는 듯 했다. 체육 선생과 음악회에 나란히 서는 모습은 상상만으로도 싫었다. 하지만 엄연히 교사와 제자 사이에, 내가 나서서 싫은 감정을 표현할 수는 없었다. 나는 음악 선생이 어서 체육 선생의 황당한 상상을 자제시켜주기를 바랐다.

"음악회도 며칠 안 남았는데…"

"실은 내가 평소에 연습해 둔 곡이 있어서 말이오."

그리고 보니 체육 선생이 음악 선생보다 열 살은 연상이었고, 교사 경력도 10년 이상 위였다. 그러니 음악 선생이 대놓고 체육 선생의 제안을 무시할 수는 없는 입장이었다.

"꼭 하시겠다면 말릴 수는 없지만 쉽지 않으실 텐데…"

"그렇다고 이 어린 여학생을 실망시킬 수는 없지 않소."

나는 다급히 외쳤다.

"아니에요. 제 걱정은 마세요. 저는 괜찮아요."

내가 괜찮다고 하자 체육 선생은 다른 핑계 거리를 만들었다.

"그것도 그렇고, 이미 예정된 행사를 취소하는 것도 청중들에 대한 예의가 아니지."

그의 표정과 말투를 보니 죽어도 나와 함께 음악회에 참석해야 한다는 의지로 충만해 있는 듯 했다. 어쩌면 일을 이렇게 만들려고 일부러 계단에서 음악 선생을 밀어버린 것은 아닐까.

"정말 하실 수 있겠어요?"

"내가 하고 싶어서 이러는 게 아니라, 누군가는 희생을 해야 하기 때문에 말이오."

"꼭 그러시겠다면…"

왜들 이래? 정말 체육 선생과 연습도 하고 음악회도 참가 하는 거야? 이말도 안 되는 황당한 일이 실제로 일어나는 거야? 기가 막혀서 말이 안 나올 정도였지만 거절할 명분이 없었다. 세상 살다보면 절대로 표현하면 안 되는 경우가 있다. 대표적인 것이 상대가 싫기 때문에 거절하는 일이다. 당신이 싫다,라는 표현은 상당히 솔직한 것이지만, 그것을 액면 그대로 표현할 수 없는 것이 또한 세상사다. 그래서 대개 갖가지 핑곗거리를 만들어 에둘러 거절하는 게 보통인데, 지금 이 상황에서는 어떤 핑곗거리를 대야 좋을지 생각이 나지 않았다.

체육 선생은 음악 선생의 손을 다독이며 말했다.

"장 선생, 내가 어떻게 해볼 테니 걱정말고 몸조리나 잘 하시오."

그래서 나는 어쩔 수 없이 다음날부터 음악실에서 체육 선생과 음악회 연습을 함께 하게 되었다. 그는 가곡인 '바위고개'라는 곡을 선택했다. 하지만 첫 연습부터 문제가 터졌다. 곡 후반부의 고음에서 체육 선생은 발작적으로 기침을 터트렸는데, 얼굴까지 시뻘개져서 금방 졸도할 것처럼 보였다. 그래서 어쩔 수 없이 트로트 가요인 '섬마을 선생님'이라는 곡으로 바꾸어 연습을 했다. 나는 뽕짝 리듬으로 반주를 했고 체육선생은 대폿집에서 거나하게 취한 듯한 포즈로 그 노래를 불렀다. 음악회에서 트로트 가요를 부른 사람은 체육 선생이 처음이었고, 그것은 학교 내에서 두고두고 화제가 되었다.

4

    내가 속한 써클의 명칭은 '불나방'이었다. 죽을 줄 알면서도 불 속으로 뛰어드는 불나방 같은 존재라는 것인데, 나중에 생각해보니 깡패 조직 이름치고는 어딘가 처량 맞아보인다는 생각이 들기도 했다. 그때 내가 살던 지역에는 몇 개의 크고 작은 깡패 조직이 있었는데, 그중에서 내가 소속된 불나방이 가장 널리 알려진 데다가 규모도 컸고, 그다음으로는 '철조망'이 있었다.

    철조망은 신흥 조직이었는데, 아직 우리보다는 세가 약했지만 상승세가 무서울 정도였다. 철조망의 리더는 최은규라고, 나이는 20대 초반이며 소년원 출신이었다. 철조망이 갑자기 부각된 것은 '흥남교'라는 조직을 와해시키고 그 세력을 흡수한 까닭이었다. 내가 살던 지역에는 흥남교라는 교각이 하나 있었는데, 그곳을 중심으로 활동하던 패거리가 흥남교였다.

    최은규가 소년원에서 출소하자마자 철조망을 만들었는데, 위기를 느낀 흥남교가 결투를 신청해, 야산에서 대규모의 패싸움이 벌어졌다고 한다.

그때 흥남교의 리더인 노대석이 인대가 끊어지는 큰 사상을 입었고 다른 조직원들도 크게 다쳐서 결국 최은규에게 무릎을 꿇을 수 밖에 없었다는 것이다.

여차하다가는 철조망 패거리에게 잡아먹힐지도 모른다는 위기감을 느낀 불나방 수뇌부는 무엇보다 '인재'를 끌어들이는 게 급선무가 되었다. 그래서 윤종수를 한 방에 보내버린 내게 손을 내민 것이다.

불나방은 오래된 연혁만큼이나 굳건한 조직이었다. 리더는 40대 중반의 오차산이라는 사람이었는데, 기이하게도 폭력 조직의 리더이면서 정부 산하 조직인 청소년 선도 위원회의 위원장이라는 자리에 앉아 있었다. 물론 대외적으로 그가 폭력 조직의 리더라는 건 드러나지 않았지만, 알만한 사람은 다 알고 있는 일이었다.

세상사가 대개 그렇지만, 폭력 조직의 존재 목적은 각종 이권이었다. 영화 속에서는 깡패들이 의리로 뭉쳐 있는 듯이 나오는 경우가 적지 않은데, 그것은 실상을 모르기 때문에 나올 수 있는 발상이다. 대규모의 유흥업소부터 시장 좌판에 이르기까지 폭력 조직의 손길이 미치지 않는 곳이 드물 정도였고, 거두어들이는 수입도 엄청나다. 그러다 보니 이권을 지키기 위해 더욱 비정해지고 살벌해질 수 밖에 없는 것이다.

그 당시의 나는 그런 건 제대로 모를 때였고, 나 자신이 혼자가 아닌 패거리의 하나가 되었다는 것에서 오는 안정감을 느꼈다. 집안 환경도 열악한데다가 학교 성적도 형편없고, 달리 목표가 있는 것도 아니었던 내게 폭력 조직은 뿌리치기 힘든 유혹이었다.

"충성심만 있으면 먹고 사는 건 해결해 줄테니 걱정 말라고."

나를 오토바이에 태워 그들의 사무실로 데려간 방종만은 틈틈이 그런 식의 말로 나를 안심시켰다. 방종만은 그때 20대 초반으로 중간 보스 정도였다. 10대 조직원들은 모두 그의 관리하에 있었다. 우리끼리는 그를 '좆만이'라고 불렀다.

하여간 그 후 나는 학교에서 더 이상 독고다이가 아니었다. 윤종수를 비롯한 패거리는 모두 나를 중심으로 뭉쳤다. 요즘말로 '짱'이 된 것이다.

짱에게는 권위도 있는 만큼 책임도 따랐다. 문제가 생겼을 때 전면에 나서서 해결해야 하는 책무가 있었던 것이다.

내가 다니던 학교에는 짱구라는 별명의 교사가 있었다. 과목은 기술이었는데, 그는 교내의 군기반장으로 통했다. 항상 길다란 몽둥이를 들고 다니며, 껄렁껄렁한 아이들을 향해 무차별 폭력을 휘둘러서 악명이 자자했다. 대개 어느 학교에나 그런 교사가 한 둘은 있기 마련인데, 문제는 내가 속한 불나방의 조직원이 그에게 가혹하게 두들겨 맞았다는 것이다. 그냥 적당히 얻어터지는 정도라면 아무리 폭력 조직이라 하더라도 교사까지는 건드리지는 않는 것이 관례인데, 맞은 아이가 병원에 입원할 정도로 심하게 폭행을 당한 데다가 때린 이유도 '싸가지가 없어서'라는 애매한 것이다보니 이대로 넘어갈 수 없다는 분위기가 되었다.

방종만이 패거리를 사무실에 집합시켜놓고 분위기를 잡았다.

"씨발, 선생이라고 이래도 되는 거야? 이유도 없이 반병신을 만들어도 되는 거냐고. 안 그래?"

나를 비롯한 패거리들은 일제히 맞다고 대답했다.

"이건 그냥 못 넘어가겠어. 이 새끼를 아작 내자."

방종만의 결정으로 짱구에 대한 테러가 모의되었다. 작전은 단순한 것이었다. 퇴근하는 짱구를 집단으로 구타하자는 것이다.

"범주야, 할 수 있지?"

방종만은 내가 주도해 주기를 바라고 있었다. 나는 거절할 수가 없었다. 이미 나는 조직 내에 발을 깊숙이 들여놓은 상황이었기 때문에 조직의 명령을 거부한다는 건 있을 수가 없는 일이라고 생각했다.

며칠 후 나는 윤종수와 도민기를 데리고 빈터에서 짱구가 오기를 기다렸다. 짱구는 도보로 출퇴근을 하는데, 그가 다니는 길 가운데 이 빈터가 가장 외진 곳이었다.

초겨울이었는데, 때이른 한파가 몰아친 날이었다. 나와 두 명은 담배를 피우며 초조히 기다렸다. 사방을 둘러보니 사람의 기척이 보이지 않아 다행이라고 생각했다.

예정된 시간이 되자 예상대로 짱구가 나타났다. 그는 담배를 피우며 태연자약하게 골목을 나와 빈터로 들어섰다. 나와 두 명은 뒤에서부터 천천히 뒤를 밟다가 어느 순간 속도를 내서 그에게 달려들었다.

"씨발놈아 이거나 먹어!"

내가 먼저 짱구의 사타구니를 뒤에서부터 올려찼다. 급소를 맞은 그는 고통스러운 비명을 지르며 주저앉았다. 그다음에는 윤종수가 주먹으로 턱주가리를 날리고, 도민기는 옆구리를 발로 찼다. 개구리처럼 납짝하게 엎드린 그를 나와 두 명은 무자비하게 짓밟았다.

이 정도면 됐다고 생각했을 때, 나는 두 명을 제지시키고 골목으로 숨어들어갔다. 골목에 숨어 살펴보니 짱구는 피투성이가 된 채 미동도 하지 않고 엎드려 있었다.

나와 두 명은 큰 길로 나와 담배를 나누어 피고 각자의 집으로 돌아갔다. 집으로 돌아오니 아무도 없었다. 아버지는 노동일을 다니고 엄마는 식당을 다녔다. 방에 들어와 누워 있으니 서서히 내가 저지른 일의 무게가 실감나기 시작했다. 교사를 폭행한 것이다. 무사히 넘어가면 다행이지만 그렇지 않으면 어떤 결과가 초래될지 알 수 없었다.

불행한 예감이 현실화되는 것에는 그리 많은 시간이 걸리지 않았다. 그날 밤 저녁을 먹는 도중 형사들이 들이닥쳤다. 경찰서에 가보니 이미 형사들은 자초지종을 다 알고 있었다.

도민기가 문제였다. 그는 무슨 생각에서인지, 집으로 가지 않고 짱구가 폭행당한 빈터로 갔다고 한다. 그곳에는 경찰들이 진을 치고 있었는데, 그곳을 배회하다가 경찰로부터 불심검문을 받고 체포되었다는 것이다. 경찰서에서 형사들이 귀싸대기를 몇 대 때리자 모든 것을 자백한 것이다.

불행은 꼬리를 물고 이어졌다. 우리에게 폭행당한 짱구는 고막이 파열되는 중상을 입었는데, 학생이 교사를 폭행했다는 사실 때문에 매스컴에서 중요한 뉴스로 보도 되었다. 나는 주모자가 되어 재판을 받았고, 4년 형을 선고 받았다.

"가족들 걱정은 하지 마. 우리가 도와줄 테니."

면회를 온 방종만이 나를 위로했다. 나중에 안 사실이지만 실제로 조직에서는 1년에 몇 차례씩 어머니에게 생활비를 주었다고 한다. 그러나 그것은 족쇄와도 같은 것이었다. 나는 이제 돌이킬 수 없이 그들의 사람이 된 것이다.

소년원 안은 삭막한 곳이었다. 교도관들이 안 보이는 곳에서는 빈번히 폭력 사태가 일어났다. 나 역시 그곳의 패거리에게 공격을 당했다. 식당에서 밥을 타 먹으려고 줄을 서 있는데, 누가 젓가락으로 옆구리를 찔렀다. 고개를 돌리니 인상이 고약한 내 또래가 눈을 부라리며 말했다.

"운동 시간에 느티나무 아래로 와."

돌아서려는 그의 어깨를 내가 붙잡았다.

"할 말 있으면 여기서 하지."

"겁대가리 없이…"

그는 젓가락을 쥐고 내 눈을 겨냥했다. 나는 살짝 피하며 머리로 그의 안면을 들이받았다. 둔탁한 충격음과 함께 그는 얼굴을 감싸고 엎드렸다. 처음에 잘하지 않으면 4년 내내 힘들 것이라는 생각이 들자 마음이 모질어졌다. 나는 그의 안면을 무릎으로 다시 올려쳤다. 코피가 순식간에 터져서 바닥이 붉게 젖었다.

그러자 패거리 여러 명이 일제히 나를 향해 달려들었다. 나는 테이블 위로 올라가 대련 자세를 취했다. 내가 범상치 않다는 걸 눈치챈 패거리는 나를 에워싸기만 하고 달려들지는 못했다.

그 일로 한 달간 독방에 갇혀 있기는 했지만 그 후 소년원에서 아무도 나를 건드리지 않았다. 나는 4년간의 청춘을 소년원에서 보내고 1986년에 출소했다. 교도소 앞에는 방종만과, 그가 데리고 나온 어깨들이 기다리고 있었다. 그들은 나를 헹가래 태우고 두부를 먹였다. 방종만은 나를 룸살롱으로 데려가 술을 진탕 먹이고 여자까지 붙여주었다.

그리고 집에 찾아갔는데, 이사를 갔다고 했다. 동사무소로 찾아가 이사 간 주소를 알아내어 찾아갔다. 다세대 주택의 2층이었는데, 동생 혼자 있었다. 동생은 나를 남보듯이 대했다. 저녁에 어머니가 돌아왔는데, 그다지 반기는 기색이 아니었다.

나는 집을 나오기로 하고 방종만과 상의해서 조직원이 합숙하는 방으로 들어갔다. 방종만은 내게 직업도 알선해 주었다. 룸살롱 지배인이었다. 내가 하는 일은 룸살롱 내에서 문제가 생겼을 때 해결하는 것이었다. 술 손님 들이기 때문에 다툼이 잦았는데, 협박과 설득을 병행해서 경찰을 개입시키지 않고 해결해야 했다. 그런데 의외로 나는 이 방면에서 재능이 있었던 것 같다. 내가 지배인을 맡은 룸살롱은 큰 사건사고 없이 잘 운영되었다.

그 무렵은 이 계통에도 과거와는 많이 달라지던 때였다. 전에만 하더라도 깡패라고 하면 머리에 든 건 없이 주먹만 내세운다는 인식이 있었으나, 80년대 중반부터 사업 마인드가 생기고 있었다. 물론 이권을 다툰다는 건 다를 바가 없지만 그 방식이 좀 더 세련되어진 것이다.

불나방파가 활동하는 서울의 서부 지역은 앞에서 설명한 철조망파와 세력을 양분하고 있었는데, 서로 맞대결을 해봐야 서로에게 득 될 게 없다는 걸 잘 알고 있는 양측의 수뇌부들은 적절히 타협하면서 이권을 나누고 있었다.

그러한 변화에 나는 잘 부합되는 인물이었던 것 같다. 나는 감정적으로 문제를 해결하기 보다는 가능하면 타협점을 찾으려 노력했다. 나는 룸살롱의 지배인이면서 주류도매업에도 관여를 했는데, 이 계통이 전통적으로 조폭의 중요한 수입원이었다. 그러다 보니 거래처를 확보하려는 경쟁이 치열했다.

불나방파와 철조망파가 이 문제로 극단적인 대결이 펼쳐질 가능성이 높았는데, 나는 분쟁이 발생하지 않도록 철조망파와 사전에 타협해서 적절히 이권을 나눴다. 이런 측면으로 인해 나는 조직의 수뇌부에게 신임을 받고 있었다. 조폭 세계에서도 폭력으로의 대결은 최후의 수단이었다. 한 번 '맞짱'을 뜨게 되면 승자건 패자건 그 후유증이 엄청나다는 걸 알고 있기 때문에 조직의 수뇌부에서는 가급적 순리적으로 문제를 해결하려고 하는 편이었다.

비록 주먹 세계이기는 하지만, 나는 어느 정도 안정된 생활을 영위했고, 또 미래도 보장된 소수에 속했다. 내가 스물세 살이 되었을 때 30명이 넘는 후배가 나를 따랐다. 나는 불나방파 내에서 누구도 무시할 수 없는 세력을 형성하게 된 것이다.

윤애리를 알게 된 것은 그 무렵이었다. 그녀는 내가 지배인으로 있는 룸살롱의 접대부 아가씨였다.

"지배인님, 못하겠어요."

어느 날, 속옷 차림으로 룸에서 뛰어나온 그녀는 내게 울면서 호소했다. 만취한 손님이 여자의 주요 분위에 술병을 집어넣으려고 한다는 것이었다. 이 계통에 오래 몸담은 접대부 같으면 손님에게 욕지거리를 퍼부으며 면박을 줄 텐데, 윤애리는 초짜라서 어떻게 대처해야 할지를 몰랐던 것이다. 접대부들 가운데 상당수는 보통 내기가 아니어서, 손님이 도가 지나치다고 생각하면 식칼을 들고 위협하는 경우도 있고, 술병을 깨서 달려드는 경우도 있었다.

나는 윤애리가 접대 했던 룸으로 들어갔다. 30대 남자 두 명이 만취해서 널부러져 있었다. 폼을 보니 부잣집 자제들 같았다. 그들은 내가 들어가자 안하무인으로 마구 욕설을 퍼부어댔다. 나는 룸을 나와 후배 두 명을 밖에서 기다리게 하고 다시 룸으로 들어갔다.

그들은 횡설수설했다.

"여자 어디갔어? 씨발, 여자 데리고 와!"

나는 점잖게 말했다.

"진짜 재밌는 쇼는 다른 곳에서 합니다. 단속 때문에 이곳에서는 화끈하게 놀 수가 없거든요."

"거기가 어딘데? 그럼 거기로 안내해."

"저를 따라오십시오."

나는 그들을 룸살롱 밖으로 데리고 나간 후, 골목 안쪽으로 들어가면 종업원이 대기하고 있을 거라고 말 해주었다. 그러자 그들은 잔뜩 기대한 얼굴로 골목 속으로 들어갔다. 그때 기다리고 있던 후배 둘이 나타나 사정없이 두들겨패기 시작했다. 나중에 경찰에 신고를 하더라도 업소 밖에서 생긴 일이기 때문에 내게는 책임이 없었다. 인근 불량배와 다툰 것 정도로 처리가 될 것이었다. 업소에서 난동을 부리는 취객을 처리하는 노하우 가운데 하나였다.

그다음날 출근 한 윤애리가 내게 다가오더니 빨간 장미 한송이를 내밀었다.

"어제 너무 고마워서요."

그녀는 밝게 웃었다. 그런데 그 순간 나는 얼음이 되었다. 난생 처음 겪는 감정이었다. 스물 세 살이면 한창 때지만, 이상하게 나는 그때까지도 여자에게는 쑥맥이었다. 여자와의 관계란, 여럿이 진탕 마시고 성욕을 해소하기 위해 섹스를 하는 것이 전부였고, 그 마저도 나중에는 시들해졌다. 어떤 면에서 나는 일중독자가 되어 가고 있었다.

그런데 윤애리가 내게 호감을 표한 후, 나는 기묘한 감정에 빠져 지냈다. 그녀는 출근할 때마다 유독 내게 밝은 인사를 건네고는 했는데, 그때마다 가슴이 뛰었다. 누굴 좋아하는 감정은 감출 수가 없다는 글을 어딘가에서 읽은 것 같은데, 그녀에 대한 나의 태도가 심상치 않다고 생각한 후배 한 명이 내게 말을 했다.

46

"형님답지 않게 머 그리 복잡하게 생각해요. 그냥 먹어버려요."

맞는 말이었다. 어차피 업소 여자인데, 애를 태울 이유가 없는 것이다. 더구나 나는 사실상의 룸살롱 경영자였다. 그녀와 섹스를 하는 것은 너무나 쉬운 일이었다. 하지만 이상했다. 지배인이라는 위치로 그녀를 함부로 하고 싶지않았다. 그런 감정이다보니 그녀에게 말 한 마디 건네는 것도 쉽지 않게 되었다.

나는 어느 날 용기 내어 그녀에게 데이트 신청을 했다.

"내일 낮에 바빠?"

"별 일은 없는데, 왜 그러시는 데요?"

"할 말도 있고 해서 점심이나 하자고."

"잠깐은 괜찮을 것 같아요."

나는 백화점으로 가서 그녀에게 선물할 반지를 샀다. 프로포즈를 할 생각이었다. 업소에서 일하는 여자와 결혼을 생각한다는 게 너무나 순진한 것이지만, 그때의 나는 그녀 외에는 눈에 들어오지 않았다. 그녀가 설령 그 이상의 천한 직업을 가졌다고 하더라도 이해할 수 있을 것 같았다. 그러나 그 모든 것은 나의 생각에 불과했다.

다음날 그녀와 점심을 먹고 자리를 찻집으로 옮겼을 때, 나는 떨리는 마음으로 준비한 반지를 선물하며 프로포즈를 했다. 하지만 그녀는 냉담했다.

"지배인님 좋은 분이라고 생각하지만 전 평범한 남자와 결혼할 생각이에요."

그녀의 차가운 얼굴을 보니 더이상 무슨 말을 해도 소용없을 것 같았다. 나는 그녀와 헤어지고 돌아오다가 차를 한강 다리에 세우고, 반지를 강 저편으로 던져버렸다.

그녀를 다시 만난 건 세월이 한참 흐른 뒤였다. 나는 서른을 코앞에 두고 있었는데, 우연히 밤거리에서 그녀와 마주쳤다. 그녀는 술에 만취해서 중년 남자의 품에 안겨 있었다. 평범한 남자와 결혼해서 평범하게 살고 있는 게 아닌 건 확실했다. 그녀의 그런 모습이 내게 위안이 되었다거나 그런 건 전혀 아니다. 다만 스물세 살 때 나를 애태우게 만들었던 그 모습은 어디에도 없었다.

5

    고등학교에 진학했다. 나는 더 이상 사춘기 소녀가 아니었다. 머지 않아 성인이 된다는 사실이 무겁게 어깨를 짓눌렀다. 그러나 진로를 아직 정하지 못했다. 그렇다고 아무 것도 되고 싶지 않은 게 아니라, 사실은 그 반대였다. 연예인도 되고 싶었고, 영화감독도 하고 싶었고, 사업가도 되고 싶었다.

    그런 고민을 하는 내게 엄마는 지극히 현실적인 말을 들려줬다.

    "여자는 남자 잘 만나면 끝이야. 이 남자다 싶으면 만사 제치고 붙잡아야 해."

    물론 엄마가 생각하는 좋은 남자란 돈 많고 출세한 사람이다. 그러나 아직 세상물정 모르는 나는 사랑을 믿었다. 가난하고 보잘것없더라도 지고 지순한 사랑에 빠질만한 남자… 영화 '해리가 샐리를 만났을 때'에 나오는 것처럼 달콤한 로맨스를 만들 줄 아는 남자… 그런 남자가 아니면 절대로 결혼 하고 싶지가 않았다.

    그런 환상을 가진 내 앞에, 내가 가진 환상과 너무나 다른 한 사나이가 나타났다. 그때 나는 친구들과 YMCA회관에 있는 청소년 모임에 가끔 참석하고는 했는데, 그곳에서 조영태라는 이름의 동갑내기 남자 아이가 내게 접근했다.

"저… 제가 쓴 시 한 번 읽어주실래요?"

그 모임은 주로 책을 읽고 토론하는 모임이었는데, 조영태는 가장 말이 많은 회원이었다. 말이 많으면 실속이 없다는 격언은 그에게 딱 들어맞았다. 그가 장황하게 떠들어대는 이야기 가운데 귀에 들어오는 구절은 거의 없었다. 하지만 조영태 같은 사람이 존재하므로 세상이 원활히 돌아가는 것이다. 만일 모든 사람이 필요한 말만 한다면 세상은 거대한 감옥처럼 변할지도 모른다.

그는 시를 적은 노트를 내게 내밀었다.

"무슨 시를 쓰셨는데요?"

내가 관심을 표하자 그는 상기된 얼굴로 대답했다.

"시대에 관한 고뇌랄까… 헤헤… 대단한 건 아니지만 나름대로 심혈을 기울였습니다."

그의 정성도 대단했고, 무엇보다 실속은 없지만 악의라고는 눈꼽만큼도 없을 듯한 그이기에, 노트의 시를 읽어보았다. 그러나 그의 시는 내게 엄청난 인내심을 요구했다. 몇 번을 되풀이해서 읽어도 의미를 알 수가 없었다. 의례적으로라도 칭찬을 해 주어야 할 것 같은데, 도무지 칭찬 할말이 생각이 안 났다.

"잘 봤는데, 저는 시를 잘 몰라서요."

"좀 어렵지는 않나요?"

"그렇기도 하고…"

"아마 제 시가 보들레르의 영향을 받은 탓일 겁니다."

"그런가요?"

그는 보들레르와 자신과의 연관성을 10분 이상 길게 설명했다. 나는 남자를 보면 영화 속 해리와 비교하는 습관이 있어서 조영태도 그 기준에 대입시켜보았다. 까다로운 구석이 없고 말을 많이 한다는 건 해리와 같았다. 하지만 결정적인 차이가 있다. 조영태에게는 유머 감각이 없었다. 남들은 모르겠지만 나는 괜찮은 남자의 가장 중요한 요소 가운데 하나가 위트 있는 언변이라고 생각한다.

하지만 세상에 완벽한 사람이란 없는 것이다. 그의 이야기를 가만히 듣다보니 그냥 부담없는 이성친구로는 괜찮을 것 같다는 생각이 서서히 내 마음속에 생겼다.

그날 연락처를 교환하고 헤어졌는데, 다음날 저녁에 그가 우리집으로 전화를 걸어왔다. 그런데 엄마가 먼저 받았다.

"수희요? 누구신데 우리 수희를 찾아요?"

나는 조영태임을 직감하고 손짓으로 수화기를 달라고 했다. 엄마는 불안한 얼굴로 내게 수화기를 건네줬다.

"안녕하세요? 조영태예요."

"보들레르요?"

나의 반문에 그가 웃었다.

"하하하, 제가 너무 주제넘는 비유를 들었던 것 같네요."

"그래도 남들은 학교 공부만으로도 벅찬데 시까지 쓰는 게 대단하세요."

나는 의례적인 인사치레를 한 것인데, 그는 우쭐해졌다.

"내가 남들보다 좀 성숙한 면이 있어서…"

"그런데 무슨 일인가요?"

"딱히 용건이 있는 건 아니고 그냥 잘 지내시는지 궁금해서…"

"잘 지내고 있으니 일일이 확인하실 필요는 없어요."

"하하, 그건 그렇죠. 그럼 다음 모임에 뵙겠습니다."

사람은 때로 자신과 다른 면에 호감을 느끼기도 한다. 나라면 상대방이 박대할 경우 더 이상 무슨 시도를 할 생각을 못하는데, 조영태는 내가 야박하게 응대를 했음에도 친절한 태도로 일관했다. 일단 플러스 5점 정도는 줘도 괜찮을 것 같았다.

"누구니?"

엄마가 따라오며 다그쳐 물었다. 엄마로서는 당연한 태도다. 내가 성인이라면 모르겠지만 이제 고등학교 1학년에 막 입학한 참인데, 남학생에게서 전화가 걸려왔으니 경계 경보를 발령하지 않을 수 없었을 것이다.

나는 딱히 숨길 이유도 없다는 생각에 사실대로 말했다.

"청소년 모임에서 만난 친구인데, 나한테 시를 보여줬어."

"그런데 왜 연락처를 알려줬어?"

"그냥 나쁜 친구는 아닌 것 같아서."

"사귈 생각이야?"

"그런 생각은 없어."

"이것아, 사귈 생각이 없으면 연락처같은 걸 알려주지 않는 거야. 너는 그렇게 생각할지 몰라도 상대방은 그게 아니잖아."

듣고 보니 맞는 말 같았다. 그런데 사실은 내 마음이라는 것이 자로 잰 듯이 정확한 게 아니었다. 조영태는 이상형이 분명 아니었지만 그렇다고 기피할 만한 스타일도 아니었다. 아, 그러고 보니 영화 '해리가 샐리를 만났을 때'에도 이 문제에 관해 주인공들이 논쟁하는 장면이 나온다. 과연 남자와 여자가 친구가 될 수 있는가, 바로 이 문제다.

그런데 막상 또 만났을 때 나의 복잡함과는 달리 조영태는 쿨한 편이었다.

"부담 갖지 마세요. 그냥 모임에서 뵙고 친해지고 싶다는 생각을 했을 뿐인 걸요."

그리고 더욱 중요한 건 조영태가 나뿐 아니라 다른 여학생들과도 잘 지낸다는 점이었다. 그의 화술은 분명 식상한 것이었지만 스스럼없이 말을 한다는 것 자체만으로도 여자들에게 호감을 살 수 있었다. 그렇다고 그가 여자들에게 인기가 있다는 게 아니라, 여자들을 편하게 만든다는 것이다.

"시를 쓰는 걸 좋아하지만 이 길로 나갈 생각은 없어요. 저는 교사가 되려고 해요."

지극히 현실적인 태도다. 글을 쓰는 직업이 결코 만만한 게 아니라는 걸 잘 알고 있고, 무엇보다 자신의 재능이 그 방면에서 특출나지 않다는 걸 잘 알고 있는 것이다.

"붙임성이 좋으시군요."

"내가 고향이 충청도인데, 중학교 때부터 서울로 올라와 친척 집을 전전하며 살고 있어요. 그러다보니 남들과 잘 지내는 노하우가 생겼어요."

"부모님은?"

나의 질문에 그의 얼굴이 어두워졌다.

"제가 어렸을 때 돌아가셨어요."

"두 분 다?"

"네."

조영태가 남보다 성숙한 면이 있는 이유를 알 것 같았다. 불우한 환경에서 자라 잘못되는 경우도 있지만, 그로 인해 조심성 있는 성격이 되는 경우도 있다는 글을 어디선가 읽은 것 같다. 조영태는 후자인 듯 했다.

"우리 동갑인데, 말 놓으면 어떨까요?"

조영태의 제안에 나는 흔쾌히 동의했다.

"좋아."

그 후 조영태와 친구로 지내게 되었는데, 어쩌다 보니 집에까지 찾아와 가족들까지 다 알게 되었다. 그는 붙임성 있는 성격으로 나의 부모님과 남동생까지 호의적으로 만들었다. 그러나 그도 나도, 서로에게 집착하는 사이는 아니었다. 조영태는 나 말고도 친하게 지내는 여학생이 많았는데, 그런 면이 내게 질투심을 야기하는 것도 아니었고, 오히려 그를 편하게 대할 수 있는 요인이었다. 가끔은 그가 이성친구인지 동성친구인지 헷갈릴 때도 있었다.

나는 고등학교 2학년에 진학하면서 몰라보게 변해갔다. 사춘기 때만 하더라도 그냥 평범한 외모라고 생각했는데, 그 무렵이 되니 나 자신도 놀랄 정도로 예쁘게 변한 것이다. 물론 그렇게 된 중요한 이유는 내가 외모를 가꾸는데, 그만큼 공을 들이고 있었기 때문이다. 나는 본능적으로 어떻게 하면 남들 눈에 돋보이는 미모로 비춰지는지를 잘 알고 있었다. 똑같은 머리 스타일이라고 하더라도 약간만 손질 하면 180도 다른 모습으로 변한다는 것을 나는 일찍부터 체득했다.

그러다 보니 엉뚱한 제안을 받은 적도 있었다. 학교에서 나와 버스를 타려고 걷고 있는데, 누가 나를 불러세웠다.

"학생."

돌아보니 30대의 핸섬한 남자였다.

"왜 그러시죠?"

"나는 이런 일을 하는 사람인데…"

그는 내게 명함 한 장을 주었다. 월간 '여학생의 세계'라고 적혀 있었다.

"학생은 누가 조금만 밀어주면 연예인으로 크게 성공할 수 있는 외모야."

잡지의 편집장이라는 그는 무척 진지했다. 안 그래도 연예인이 되고 싶은 마음이 있을 때라 귀가 솔깃해졌다. 그는 내로라하는 청춘 스타들의 이름을 열거하며, 그들이 모두 자신을 거쳐갔다고 말했다. 물론 지금이라면 되도 않는 수작이라고 생각하고 일거에 거절했겠지만, 그때의 나는 스타가 된다는 것에 대한 환상이 가득하던 무렵이었다.

명함을 챙겨서 집으로 왔는데, 처음에는 엄마와 이일을 의논하려다가 결사 반대할 것이 확실하다는 생각에 그만두었다. 대신 며칠 후 조영태에게 털어놓았다. 종로에 있는 제과점에서였다. 내 이야기를 다 들은 그의 얼굴이 심각해졌다.

"이런 잡지는 들어본적이 없는데."

"비매품이래. 그냥 관심 있는 사람들만 보는 잡지 말야."

"너한테 원하는 게 뭐래?"

"우선 화보 사진을 찍자더라고. 그래서 반응이 좋으면 본격적으로 연예계 진출을 알아봐주겠다는 거야."

"넌 어쩔 생각인데?"

"사진 찍는 것 정도야 어려운 게 아니잖아."

나의 대답에 조영태는 내 쪽으로 상체를 기울이며 말했다.

"잘 들어. 이건 아마 저들의 상투적인 수법일거야. 처음부터 본색을 드러낼 수 없으니까 화보 사진 운운하는 미끼를 던져서 걸려들면 본격적인 마각을 드러낼 거라고."

여동생을 타이르기라도 하는 것 같은 그의 말투에 은근히 반발심이 생겼다.

"넌 왜 그렇게 부정적으로만 보는 거야?"

"이런 식의 꾀임에 빠져서 잘못된 길로 들어선 사람이 얼마나 많은데."

"물론 그럴 수도 있지만 혹시 내게 행운이 찾아온 것인지도 모르잖아."

"맘대로 해! 그렇게 노리갯감이 되고 싶으면!"

갑자기 그가 목소리를 높여서 나는 화들짝 놀라 뒤로 물러나 앉았다. 다른 손님들도 이쪽을 쳐다볼 정도였다. 조영태를 만난지 1년이 넘었지만 그의 이런 태도는 처음이었다. 겁이 났지만 지고 싶지 않은 마음에 나 역시 목소리를 높여서 응대했다.

"노리갯감이라니? 말 다했어?"

조영태는 다시 타이르는 태도로 변했다.

"미안, 내가 순간적으로 실언을 했어. 하지만 틀린 말을 한 건 아니라고."

"흥! 너 혼자 모든 걸 다 알고 있는 듯이 말하지 마. 나도 이것저것 다 생각하고서 행동하는 사람이니까."

기분이 안 좋은 상태에서 헤어졌다. 그런데 집에 돌아와 곰곰 생각해보니 조영태의 말도 일리는 있었다. 잘 알지도 못하는 사람의 제안을 받고 당장 유명한 스타가 될지도 모른다고 생각하는 나의 태도는 아무래도 조급한 것이었다. 하지만 반대로 편집장이라는 사람의 말이 사실일 수도 있었다. 아무 것도 모르는 상태에서 거절 하면 나중에 후회할지도 모른다는 쪽으로 생각이 흘렀다. 내가 그렇게 생각하는 것의 진짜 이유는 나 자신에게 연예인이 되고 싶은 욕심이 있었기 때문이었다. 거울을 볼 때 마다 만개하는 꽃처럼 하루가 다르게 아름다워지는 나를 많은 사람들에게 과시하고 싶었다.

그래서 나는 며칠을 망설이다가 편집장에게 연락을 했다.

"학생, 전화 잘했어. 연락이 없어서 다른 여학생을 찾아보려고 했는데, 시간이 없으니 내일 바로 촬영에 들어가자고."

편집장은 을지로에 있는 사무실 위치를 알려주었다. 그가 최대한 청순한 복장을 하고 나오라기에 나름대로 공들여 준비를 하고 집을 나섰다. 그런데 사무실이 있는 건물 앞에 서는 순간부터 불길한 예감이 들었다. 도무지 잡지사다운 분위기라고는 찾아볼 수가 없는 허름하고 낡은 건물이었다.

사무실 안으로 들어서니 여직원이 소파에서 잠시 기다리라고 말했다. 나는 이제라도 집으로 돌아가야 하지 않나 싶었지만 발길이 돌려지지 않아 소파에 우두커니 앉아 있었다. 그때 테이블 위에 잡지가 쌓여 있는 게 보였다. 그곳에 쌓인 잡지의 이름은 '사건과 내막'이라는 제목이었고, 표지도 상당히 난잡해보였다. 내게 건네준 명함에는 '여학생의 세계'라고 적혀 있었는데, 어떻게 된 건지 알 수가 없었다.

나는 도저히 그냥 넘어갈 수가 없을 것 같아 여직원에게 다가갔다.

"저기… 이곳에서 나오는 잡지 이름이 '여학생의 세계'아닌가요?"

"맞아요."

"그런데 저기 있는 잡지들은 다른 이름이라서요."

"아, 그건요. 저희는 기획사인데, 여러 잡지들의 편집을 도맡아 하고 있어서요."

무슨 말인지 제대로 이해할 수 없었지만 그냥 넘어가고 진짜 궁금한 걸 물어보았다.

"오늘 저는 무슨 촬영을 하죠?"

"편집장님이 말씀 안하셨어요?"

"그냥 화보 촬영이라고만 했어요."

"저도 어떤 건지 잘 몰라요. 편집장님이 자세히 말씀 해 주실 거예요."

마침 그때 편집장이 들어왔다.

"아, 학생, 기다리게 해서 미안해. 시간 없으니 바로 촬영 들어가자고."

그는 자신을 따라오라고 말하고 앞장 섰다. 그는 건물의 지하로 내려가고 있었다. 내가 불안해한다는 걸 눈치챘는지 스튜디오가 지하에 있는데, 가끔 오해를 하는 사람이 있다고 말하며 조금 웃었다. 지하로 내려가보니 의외로 넓은 복도가 나타났다.

복도 양쪽에는 잡지와 단행본들이 쌓여 있었고 녹이 슨 인쇄기계도 있었다. 그 끝에 스튜디오로 생각되는 장소가 나타났다. 입구의 오른쪽에는 스탭인 듯한 남자가 나무 박스에 걸터앉아 담배를 피우고 있었고 그 너머의 스튜디오 안에는 서너명의 스탭들이 분주히 오가며 촬영 준비를 하고 있었다.

편집장은 스튜디오의 입구에 서서 나를 향해 들어오라는 제스츄어를 했다. 그런데 나는 발걸음이 떨어지지 않아 그대로 서 있었다. 그렇다고 그곳이 음침했다거나, 아니면 비밀스러운 느낌을 주는 것은 아니었다. 단지 그것은 나에게 어떤 선택을 요구하는 것처럼 보였다. 나는 이제부터 저 안에서 일어나는 일에 대해서는 나 자신이 책임져야 한다는 부담감에 휩싸여 있었다.

왜 그러느냐고 묻는 편집장을 뒤로 하고 나는 발길을 돌려 빠른 걸음으로 그곳을 걸어 나오기 시작했고 편집장이 나를 부르며 쫓아올 때는 뛰기 시작해, 건물 밖으로 나와 한참을 더 달린 뒤에야 멈춰섰다.

그 날 나는 집으로 돌아오며 내 행동이 잘한 건지, 아니면 그 반대인지에 대해 생각해 보았다. 그곳을 도망 나오기는 했지만 그곳에서 내가 해서는 안 되는 어떤 것의 증거라도 찾은 건 전혀 아니었다.

만일 내가 그때 순순히 촬영에 응했더라면 나의 아름다움을 뽐낼 수 있는 기회가 되었을 수도 있었다. 하지만 나는 무언가 마음에 걸려 결정적인 순간에 그곳을 도망치고 말았던 것이다. 훗날 생각해보니 그것이 내 인생을 관통하는 나의 삶의 방식이었던 것 같다. 나는 인생의 중요한 순간 마다 회의하고 방황한 것은 아니었을까. 마치 이방인처럼…

6

가늘게 빗방울이 흩뿌려지고 있었다. 나는 차를 몰고 유흥가를 서행하는 중이었다. 수많은 청춘 남녀가 거리를 오가고 있었다. 이 지역이 원래부터 번화가는 아니었다. 5년 전부터 사람들로 붐비기 시작하더니 근래에는 서울의 서부 지역에서는 가장 상권이 큰 지역으로 변했다. 물론 나도 그덕을 톡톡히 보고 있다.

차를 우회전 시키자 내가 경영하는 나이트 클럽 건물이 모습을 드러냈다. 5층 건물이었는데, 이곳의 지하가 '한국관'이라는 나이트 클럽이다. 아직 영업시간이 아니라서 신출내기 종업원 몇 명이 청소를 하는 모습만 보였다. 나의 차가 다가가자 그들은 청소를 멈추고 헐레벌떡 달려와 상체를 숙이고 인사를 했다. 나는 그들을 지나쳐서 주차장으로 들어갔다.

차에서 나오는데, 후배인 기성범이 뛰어왔다.

"형님, 영표 형님 오셨습니다."

"그래?"

안영표. 불나방파의 리더이다. 이제 불나방이라는 이름은 공식적으로는 사용하지 않는다. 안영표가 오너가 된 후 AYP주식회사라는 정식 명칭을 사용하고 있고 주식회사로 상장도 되어 있다.

안영표가 대권을 장악하기까지 지난한 과정이 있었다. 원래 불나방파는 설립자인 오차산이 이끌고 있었다. 하지만 그가 50줄에 접어들면서 조직을 이끌기에는 너무 노쇠하다는 중론이 있었다. 그래서 중간 보스인 방종만, 허기영, 모성일 등의 3인 가운데 한 명이 대권을 이어받고 오차산은 고문으로 물러앉는 시나리오가 짜여졌다.

당시 안영표는 불법 사채업을 하면서 조직이 필요해 불나방파와 연계하고 있었다. 다시 말해 안영표는 제대로 코스를 밟은 조직원은 아니었다. 그는 N휘트니스 센터에 사채를 대 주었는데, N휘트니스 센터가 무리한 사업 확장으로 채무를 제대로 이행하지 못하자 불나방 조직원을 동원해 사장인 이남규를 납치하고 N휘트니스 센터를 자신에게 넘긴다는 각서를 쓰게 했다.

그런데 이남규는 이대로 호락호락 당하기가 싫었는지, 철조망파를 끌어들였다. 안영표에게 쓴 각서를 무효화 하고 철조망파로 하여금 N휘트니스 센터의 경비를 맡게 한 것이다. 상황이 이렇게 되고 보니 불나방의 오차산은 심각하게 갈등에 빠질 수 밖에 없었다. N휘트니스 센터는 탐나는 사업체였지만 그걸 차지하기 위해서는 철조망파와 대립하지 않을 수 없는 상황에 빠진 것이다. 만일 두 조직이 맞짱을 뜨게 되면 경찰이 개입할 것이므로, 양측은 심각한 출혈을 입지 않을 수 없었다.

결국 오차산은 철조망의 최은규와 담판을 지어, N휘트니스 센터의 지분을 나눈다는 것에 합의했다. 그러자 이번에는 안영표가 강력하게 반발했다. 사실 안영표는 사채업을 통해 성장한 인물로, 불나방파의 세력권 내에는 있었으나 조직 내에서 성장한 것이 아니기 때문에 조직에 대한 연대감은 희박한 편이었다.

손 안에 다 들어온 것이나 마찬가지인 N휘트니스 문제를 불나방파에서 어정쩡하게 처리하자, 안영표로서 불만을 가지는 게 당연한 것이었지만 적어도 외부적으로는 순응을 했다. 오히려 먼저 선수를 친 것은 오차산이었다.

"안영표가 곧 나를 칠 것 같다."

나이 50 중반의 중늙은이인 오차산은 안영표가 머지않아 자신을 공격할 것 같다는 의심에 휩싸여, 방종만과 허기영에게 안영표의 처리를 지시했다. 중간 보스이며, 후계자로 물망에 오른 두 사람은 또 다른 경쟁자인 안영표를 제거하는 것에 대해 이해관계가 일치했다.

어느 날, 방종만과 허기영은 조직원들을 데리고 사무실에서 나오는 안영표를 급습했다. 하지만 안영표는 다리에 상처만 입고 도주해 버렸다. 다급해진 방종만과 허기영은 인근의 병원 응급실을 다 뒤져서 안영표를 찾아냈는데, 한심하게도 안영표는 다시 도주하고 대신 의사와 간호사에게 상처를 입히고 말았다. 의료진이 다치자 상황이 엉뚱하게 비화되었다. CCTV에 찍힌 이 장면이 방송 뉴스에 나오면서 폭력 조직이 의료진에게까지 폭력을 휘두른다는 여론이 비등해졌는데, 이로 인해 방종만과 허기영은 구속을 피할 수가 없었다.

그뿐 아니었다. 여론의 악화로 경찰이 조직 전반을 수사하는 최악의 사태로 번진 것이다. 정관계에 두터운 인맥을 형성하고 있는 오차산이라지만, 이번 사태는 어떻게 손을 쓸 수가 없었다. 조직원 가운데 상당수가 경찰의 조사를 받았고 그중 몇 명이 구속되었다.

이 와중에 안영표가 움직였다.

"옛날식으로는 안 된다. 이제는 우리도 비즈니스 마인드로 무장해야 살아남는다."

그는 조직원들을 일일이 만나 불나방파를 새롭게 재건해야 한다고 설득했다. 안영표는 조폭 출신으로는 드물게 4년제 대학 중퇴의 학력이었고, 사채업과 건설업에서 성장했기 때문에 확실히 기존의 조직 마인드와는 달랐다. 조직원들 대다수가 안영표에게 가담했고, 나 역시 그에게 가담키로 했다.

안영표는 오차산을 만나, 조직에서 손을 떼라고 압박 했다. 이빨 빠진 호랑이 신세가 된 오차산은 고문으로 물러앉는 방법 외에는 달리 선택할 길이 없었다. 그런데 문제는 중간 보스였던 모종일이었다. 오차산과 친분이 깊은 그가 안영표의 움직임에 제동을 걸었다. 그는 오차산 체제의 유지를 주장하며 세를 모았는데, 그럴 수밖에 없는 진짜 이유는 오차산이 없어지면 자신의 설 자리도 없어진다는 두려움 때문이었을 것이다.

어차피 안영표가 대세라면 좀 더 적극적으로 그를 돕는 게 나중을 위해 현명하다는 판단이 들었다. 그래서 나는 안영표를 만나, 모종일의 처리를 내게 맡겨달라고 제안했다. 모종일 문제로 골머리를 앓던 안영표는 나의 제안에 반색 했다.

나는 다섯 명의 후배들을 데리고 룸살롱에서 술을 마시는 모종일을 급습했다. 야구방망이로 무장한 나와 세 명은 모종일과 그의 패거리 두 명을 정신없이 두들겨팼다. 모종일은 안영표에게 승복한다는 각서를 썼다. 이 일이 알려지면서 모종일의 세력은 와해되었다. 조폭 세계도 돈과 세력에 의해 움직인다. 모종일이 끝났음을 안 조직원들은 살아남기 위해서라도 안영표에게 기울 수밖에 없었다.

불나방 조직은 리더인 안영표의 이니셜을 따서 AYP주식회사로 바뀌고 상장도 했다. 안영표는 1등 공신인 내게 나이트 클럽의 경영을 맡겼다. 나는 33살의 나이에 나이트 클럽 경영주가 된 것이다. 나는 나 자신이 좋은 운을 타고 있음을 실감했다.

내가 한국관 안으로 들어섰을 때 안영표는 정산을 하고 있었다. 테이블 위에 지폐 다발을 쌓아놓고 수익을 계산하고 있었는데, 싱글벙글 웃는 모습을 보니 기분이 좋은 듯 보였다. 이 계통에서는 자료를 남기지 않기 위해 대부분 현찰 거래를 한다. 안영표는 나를 보고는 두 팔을 번쩍 들었다.

"김범주, 잘 지냈지?"

나는 깍듯이 상체를 숙였다.

"형님 덕분에 별 일 없습니다."

정산이 끝나자 안영표가 맥주나 한 잔 하자기에 테이블에 마주앉았다.

"여기만 같으면 걱정 없겠어. 매출도 좋고 집적거리는 놈도 없고."

"자리 잡느라 고생했습니다."

"알아. 내가 왜 모르겠냐."

안영표는 빙그레 웃었다. 그럴 때는 마치 친형 같은 모습이었다. 수 십 명의 중간 보스를 관리하는 안영표가 나를 어떻게 생각하는지는 잘 모르지만, 나는 그가 여러면에서 나와 잘 맞는다고 생각했다. 나를 이 길로 끌어들인 것은 현재 수감생활을 하고 있는 방종만이었는데, 사실 그와 함께 일할 때는 어딘가 코드가 맞지 않는 듯한 느낌이 있었다. 오차산과 방종만으로 이어지는 라인의 특성은 주먹구구식이라는 것이었다. 그들의 수하에 있을 때는 수익 분배라는 개념이 없었다. 그냥 기분 내키는 대로 돈을 쥐어주면 그걸로 생활 하는 식이었다. 하지만 안영표 체제에서는 일반적인 회사의 정산 시스템으로 수익 분배가 이루어지고 있었다.

안영표는 자신의 꿈이 호텔을 하나 짓는 것이라고 했다. 깡패답지 않은 꿈이었다. 전형적인 사업가 마인드였지만, 그의 과거를 보면 꼭 그렇게 단정지을 수는 없다. 그는 사채업을 하면서 수많은 경쟁자와 맨 주먹으로 싸우며 성장했다고 한다. 지금도 '주먹 세계의 대부인 아무개의 인대를 끊어 놓아 병신이 되었다'는 식의 그에 대한 전설이 회자되고 있었다.

안영표가 떠나고 나는 6층의 사무실로 올라왔다. 사무실의 한쪽 벽면에 가득 찬 CCTV를 보니 드문드문 손님들이 입장하고 있었다. CCTV는 나이트 클럽 내부는 물론이고, 비상계단과 화장실 입구까지 빈틈없이 설치되어 있었다. 나는 사무실에 앉아 나이트 클럽이 돌아가는 광경을 보면서 업무 처리를 한다.

8시가 되자 손님들이 북적거리기 시작했고, 작은 소란이 몇 번 있었다. 유흥가 어느 곳에서나 매일 반복되는 일들이다. 취객 끼리 시비가 붙으면 종업원이 무마 하는데, 때로 경찰이 출동하기도 한다. 하지만 경찰도 너무나 빈번한 일이기 때문에 적당히 무마 되도록 조정하는 편이다.

9시가 넘었을 때 심상치 않은 사고가 터졌다. 혼자 온 남자가 여러 명의 단체 손님들과 시비가 붙은 것이다. 화면속의 남자를 보니 아무래도 일반인 같지가 않았다. 소란을 피워 돈을 뜯어내려는 양아치들의 전형적인 수법이었다. 이럴 때는 내가 나서지 않을 수 없다. 경찰이 개입하면 복잡해지기 때문이다.

나는 엘리베이터를 타고 지하로 내려갔다. 키가 1미터 80은 족히 넘는 것 같았고 드럼통처럼 야무진 체구의 남자였다. 그와 시비가 붙은 손님들

은 모두가 등산복 차림의 평범한 직장인으로 보였다. 7명이나 되는 인원이
었지만 드럼통 남자의 위세에 눌려 변변한 대응을 못하고 있었다. 다행히
아직 본격적인 폭력 사태는 일어나지 않은 상태로, 서로 시시비비만 가리
는 중이었다. 대충 떠드는 소리를 들어보니 직장인들이 왁자지껄하게 떠
들자 혼자 온 드럼통 남자가 시끄럽다고 시비를 건 것 같았다.

"너희들 전부 덤벼!"

드럼통은 갑자기 윗옷을 벗어버렸다. 근육질의 알몸에 용문신이 있었
다. 사실 종업원들 모두가 조직원이기 때문에 완력을 쓰면 쉽게 해결이 될
문제이기는 하지만, 그러자면 문제가 커져서 영업을 포기할 수 밖에 없다.
드럼통은 그걸 잘 알고 소란을 피우는 것이다.

나는 사람들을 뚫고 드럼통에게 다가갔다.

"손님, 조용한 곳에서 대화로 풀죠."

"넌 뭐야?"

"내가 사장입니다."

"정말이야?"

"네."

나이트 클럽 사장이 직접 왔다고 하니 좀 누그러진 듯한 태도를 보였다.
역시 그의 목적은 돈이었던 것이다. 나는 그를 데리고 나이트 클럽을 나가
며 종업원들에게 뒷정리를 지시했다.

나는 그를 비상계단 쪽으로 데려갔다.

"너 뭐하는 놈이냐?"

나의 일갈에 드럼통은 당황한 듯했다. 돈이라도 찔러줄줄 알았는데, 대
뜸 반말로 나오자 당황하지 않을 수 없었을 것이다.

"너 지금 나한테 뭐라고 그랬어?"

"귀 먹었냐. 뭐하는 놈이냐고 물어봤잖아."

"그건 알아서 뭐하게."

"중동파냐? 아니면 동아파냐? 아니면 흥남교?"

나는 몇 개의 소규모 조직 이름을 댔다. 이 지역에는 불나방과 철조망을 제외한 군소 조직이 몇 개 있는데, 드럼통 역시 그 가운데 하나임이 분명하다고 짐작했다. 역시 내 생각대로 내 입에서 조직 이름이 나오자 그의 기세는 순식간에 사그러들었다.

나는 그의 뺨을 가볍게 두드렸다.

"너 오늘 운 좋은 줄 알아."

"당신은… 뭔데?"

"나 김범주야."

내 이름을 들은 드럼통은 갑자기 무릎을 풀썩 꿇었다.

"형님, 죄송합니다."

"내가 어떻게 네 형님이야?"

"이곳에 형님이 있는 줄은 몰랐습니다."

"아무 데서나 설치다가 비명횡사 하는 수가 있으니까 조심해."

"감사합니다."

드럼통은 혼비백산한 얼굴로 나이트 클럽을 빠져나갔다. 비명횡사 할 수 있다는 나의 말이 결코 빈 말이 아니라는 것을 그는 잘 알고 있었던 것이다.

나는 다시 사무실로 돌아왔다. 자정 무렵 외면할 수 없는 손님들이 찾아왔다. 이 근처에서 가장 큰 기업의 대표가 거래처 사람들을 데리고 온 것이다. 그들과의 친분을 유지하는 것이 중요한 일이라는 걸 알고 있는 나는 그들을 찾아가 인사 하고 서비스를 제공했다.

그들이 돌아갈 때쯤 영업이 종료되었다. 나는 지하로 내려가 차에 올라탔다. 그때 기성범이 내 차 쪽으로 걸어왔다. 그는 차 문을 열고 보조석에 앉더니 사진 한 장을 내게 내밀었다. 20대 중반의 여자 사진이었다.

"누군데?"

"저희 사촌 누님인데, 지금 미술 학원 원장이십니다."

"그래서?"

"형님 결혼하셔야죠."

기성범은 20대 초반의 후배로, 덩치는 곰처럼 크지만 인정이 많은 편이었다. 기성범은 틈만나면 내게 빨리 결혼을 재촉하더니 급기야 사촌 누나까지 내게 소개시켜주려 하는 것이다. 그의 마음 씀씀이가 기특하기는 했지만 나는 아직 결혼 생각이 없었다.

"그런 여자가 나같은 남자와 사귀겠냐?"

"형님이 어때서요. 나이트 클럽 사장이면 어디 내놓아도 안 밀려요."

계속 부추기는 기성범을 간신히 떼어놓고 거리로 나섰다. 기성범의 말이 틀린 건 아니다. 33살의 나이에 나이트 클럽 사장이면 꿀릴 게 없다. 어둠의 세계에서 살아간다지만, 그걸 굳이 밝히지 않으면 나는 그냥 젊은 사업가다. 하지만 마음속 아주 깊은 곳에 잠재되어 있는 열등감은 어떻게 해볼 수가 없는 것이다. 아무리 밝고 화려한 곳에 서 있더라도, 나 자신이 본질적으로 깡패라고 하는 것은 속일 수가 없는 것이다. 그러다보니 여자에게 자신감 있게 다가갈 수가 없었다.

음료수를 사먹으려고 집 근처의 편의점에 들렀는데, 눈에 띄는 걸 하나 발견했다. 컵화분이라는 것이었다. 컵라면 모양의 용기에 물을 부으면 씨

앗이 발아되어 식물이 자란다는 것이다. 몇 가지 종류가 있었는데, 나는 포도나무를 하나 구입했다.

집으로 돌아왔다. 내가 사는 집은 30평가량의 아파트다. 내가 가진 거의 유일한 자산이라고 할 수 있다. 그동안 이 계통에 몸담으면서 남은 것이라고는 이 아파트뿐이라고 해도 과언이 아니다. 나이트 클럽 대표라지만 수익의 대부분은 조직에서 가져가고 일정한 지분을 받고 있었다. 후배들을 관리하는 데 들어가는 비용도 만만치 않아 축재를 하기는 아직 어렵다.

가구도 별로 없는 단출한 아파트였다. 나는 컵화분을 꺼내 설명서에 나온 대로 물을 붓고 베란다 입구에 놓아두었다. 포도나무가 조금씩 자라 넝쿨이 아파트 거실을 온통 뒤덮는 상상을 하면서 잠이 들었다.

7

지금도 그날을 기억하고 있다. 눈이 내렸다. 함박눈 같은 건 아니었고 싸라기처럼 작은 눈의 알갱이들이 소나기처럼 쏟아졌다. 외투에 눈 알갱이들이 부딪치면서 소리가 났다.

대학 입학 학력고사일이었다. 시험 장소인 학교앞은 배웅나온 학부모들과 격려하려 찾아온 하급생들로 북적거렸다. 내가 그 사이를 뚫고 들어가자 어디선가 박수와 환호가 들려왔다.

시험은 오후 늦게까지 계속되었다. 마지막 시험지를 제출하고 나오는데, 가슴 한쪽에 찬 바람이 밀려드는 것 같은 허망한 기분이 들었다. 그 오랜 시간의 인내와 고통의 결과가 몇 시간의 시험으로 결정된다는 사실이 어이없기도 했고 우울하기도 했다.

이런 날은 그냥 집에 돌아갈 수 없으므로 시내에서 친구들과 만났다. 내게는 딱 세 명의 친구들이 있다. 조영미, 박희준, 성나라… 나까지 이렇게 네 명은 우연찮게도 고등학교 3년 내내 같은 반이었다.

조영미는 우리 넷 가운데 가장 미녀다. 1미터 70가량의 키에, 비비인형처럼 늘씬한 몸매와 서구적인 마스크를 갖고 있었다. 고등학생임에도 사복을 입고 다니면 성인 남자들이 대시를 하는 경우가 종종 있을 정도였다. 하지만 나는 조영미가 나보다 매력적이라고는 생각하지 않았다. 그녀 앞에서는 입이 닳도록 외모를 칭찬했지만 속으로는 나도 뒤지지 않는다는 생각이 늘 있었다. 나는 보통 키에 날씬하다고는 말 할 수 없는 몸매였지만 남들에게 돋보이려면 어떻게 꾸며야 하는지를 잘 알고 있었다. 물론 그 노하우를 나는 누구에게도 알려주지 않는다.

박희준은 공부벌레다. 공부를 그렇게 좋아하는 사람을 나는 본적이 없다. 보통은 목표를 위해 어쩔 수 없이 공부에 매진하는데, 그녀는 공부하는 걸 진짜로 좋아한다. 우리는 그녀가 필시 교수가 될 것이라고 생각했는데, 그녀는 전혀 엉뚱한 꿈을 갖고 있었다.

"남극이나 북극의 기지에서 일하고 싶어."

이유는 세상과 동떨어져 살기 때문이란다. 그리고 보면 공부를 선천적으로 좋아하는 것도 다른 세상일에 무관심하기 때문인 듯 하다.

성나라는 우리 가운데 가장 사회성이 좋다. YMCA의 청소년 모임에 우리를 끌어들인 것도 그녀였고, 난생 처음 제과점에서 남학생들과 미팅을 해 본 것도 그녀가 나섰기 때문이었다. 누가 하나가 토라지면 달래고 얼래서 다시 끌어들이는 것도 그녀의 몫이었다. 성격이라는 것은 이미 태어나면서부터 정해져 있다는 것을 실증하기라도 하듯이, 그녀는 고교시절부터 탁월한 사회성을 발휘했다.

오늘도 성나라는 좋은 곳이 있다면서 앞장서서 우리를 안내했다. 성나라가 우리를 데려간 곳은 주점이었는데, 분위기가 특이했다. 조명이 어두운 가운데 테이블 마다 촛불이 켜져 있었다. 그리고 정면의 무대에서는 가수가 통기타를 튕기며 노래를 부르고 있었다. 손님들을 대충 살펴보니 절반 이상이 우리처럼 학력고사를 마치고 기분 전환을 위해 찾아온 수험생으로 보였다.

시험을 끝내서 시원섭섭한데다가 분위기까지 그렇다보니 마음이 가라앉았다. 술을 거의 못하는 나는 호프잔을 입으로 가져가 약간만 마시고 내려놓으며 말했다.

"시험만 끝나면 내 세상이 된다고 생각했는데… 막상 시험을 치르고보니 허무해. 고작 몇 시간의 시험으로 지금까지의 인생은 물론, 다가올 미래까지 결정난다는 게."

성나라가 내 어깨를 툭치며 응대했다.

"너희는 성적이 좋을텐데, 뭘 걱정이니? 나야말로 걱정이 태산이야. 아마 서울에 있는 대학은 어려울 거야."

"수희 말은 그런 게 아니잖아. 시험이니 대학이니 그런 것에 얽매여야 하는 현실이 괴롭다는 것이지."

조영미가 나를 거들어주었다.

"그래서 나는 돈을 벌면 떠나버릴 거야. 시험도 없고 경쟁도 없고 대학 간판도 필요하지 않은, 그런 곳으로."

박희준이 긴 한숨을 내쉬면서 다시 분위기가 가라앉았다. 아직 스무 살도 되지 않았음에도, 그때 우리는 우리가 살아가야 할 미래가 결코 장밋빛이 아니라는 걸 알고 있었던 것 같다. 대학을 들어간다고 끝이 아니고, 그때부터 새로운 싸움이 시작되고, 그 과정을 통과하면 또 다른 경쟁이 우리를 기다리고 있음을, 우리는 벌써 눈치채고 있었던 것이다.

그때 성나라가 다운된 분위기를 일소하는 한 마디를 꺼냈다.

"방법이 없는 게 아니라고. 멋진 남자를 꼬시면 되잖아! 잘 생기고, 돈 많고, 여자의 마음을 잘 아는 그런 남자와 결혼하면 다 해결되는 거 아냐?"

물론 그것이 말처럼 쉬울 리 없다는 걸 잘 알고 있었지만, 그 생각을 하는 것만으로도 어느 정도 기분이 업되는 건 사실이었다. 남자들이 예쁜 여자에게 환상을 품는 것이나, 여자들이 멋진 남자에게 환상을 품는 것이나, 어쩌면 재미없는 현실에 대한 반작용일지도 모르겠다.

조영미가 고개를 갸우뚱하며 말했다.

"그런 남자가 어딨는데? 설령 있다고 하더라도 남들이 다 채 갔을 거라고."

성나라가 눈을 흘기며 말했다.

"넌 예뻐서 괜찮은 남자 만나는 건 시간 문제면서 무슨 걱정을 하니?"

"엄마가 내 사주를 봤는데, 남자 복이 별로였대."

"그런 거 믿지 마. 남자들은 무조건 여자 얼굴만 본다고."

"그런 남자가 좋은 남자는 아니잖아."

조영미의 말에 모두가 좋은 남자에 대해 각자의 생각을 털어놓았다. 조영미는 매너 있고 외모도 어느 정도 받쳐주는 남자를 바랐고, 박희준은 여자를 존중해주는 남자가 좋은 남자라고 했으며, 성나라는 재력이 가장 중요한 남자의 조건이라고 밝혔다.

마지막으로 내가 의견을 밝혔다.

"너희들 '해리가 샐리를 만났을 때'라는 영화본적 있니?"

아쉽게도 아무도 못봤다고 말했다.

"나는 그 영화에 나오는 해리 같은 남자가 이상형이야. 부드럽고, 여자를 존중해주고, 무엇보다 유머 감각이 있어서 함께 있으면 즐겁잖아. 나는 그런 남자가 아니면 결혼하지 않을 거야."

친구들은 영화를 보지 못했기 때문에 감을 못잡는 것 같았다. 나는 영화를 꼭 보라고, 영화를 보면 알 수 있다고 말을 해 주었다. 하지만 친구들도 나 같은 감정을 갖게 될지는 알 수 없는 일이었다. 그런 걸 보면 그때까지도 나는 아직 현실감이 없었던 것 같다. 19살이면 아주 적은 나이라고도 할 수 없는데, 아직 영화 주인공을 이상형으로 삼고 있었으니 말이다.

맥주를 마시고 그 집을 나와 커피숍에서 커피를 마셨다. 시험을 끝낸 해방감을 마음 껏 누리고 싶었으나, 어디서 어떻게 놀아야 할지를 우리는 몰랐다. 흔히 이런 날은 나이트 클럽에서 발바닥에 땀이 나도록 흔들어댄다는데, 그것도 어느 정도 경험이 있어야 가능한 것이다. 우리 가운데 가장 세상 돌아가는 걸 잘 아는 성나라도, 나이트 클럽에는 가본 적이 없었다.

그래서 우리는 맥주를 마시고 커피숍에서 왁자지껄 떠드는 것으로 시험 후의 일탈을 끝냈다. 그런데 전철을 타고 집 근처에 이르렀을 때 누가 나를 기다리고 있음을 알았다.

"안녕?"

등을 돌리고 서 있다가 나를 발견하고 인사를 한 남자는 바로 조영태였다. 그는 무릎까지 닿는 외투를 입고 있었고, 머리는 포마드라도 발랐는지, 윤기 있게 정리되어 있었다.

"여기서 뭐해?"

조영태는 얼굴을 붉히며 대답했다.

"널 기다렸어."

"왜?"

"할 말이 있어서."

그의 표정을 보니 예삿일이 아니라는 생각이 들었다. 하지만 용건을 듣기 전까지는 무슨 예단을 할 수가 없었다. 나는 잠깐은 괜찮다고 말하고 그를 따라 집 근처의 패스트 푸드점으로 들어갔다. 늦은 시간이라 손님이 드문드문 있었다. 조영태와 나는 2층에 자리를 잡고 앉았다.

조영태는 비장하기까지 한 얼굴로 입을 열었다.

"언젠가는 내 마음을 털어놓고 싶었지만 때가 아니라는 생각에 참고 있었어. 하지만 오늘은 학력고사를 본 날이기 때문에 이제는 말을 해도 좋을 것 같아. 수희야, 그동안 너를 쭉 지켜봤는데, 너와 나는 환상의 커플이 될 수 있을 거야. 우리 친구 사이는 정리하고 대신 연인이 되자."

그 순간 난데없다는 생각보다는 올 것이 왔다는 생각이 들었다. 남녀가 친구로만 지내는 것은 확실히 정상이라고는 말하기가 어려운 것이다. 그런 면에서 조영태의 고백은 너무나 당연하기도 했다. 그리고 반듯하고 독립심 강하며, 어디 한 군데도 모난 곳이 없는 조영태는 결코 뒤떨어지는 남자가 아니었다. 그러나 나의 조영태에 대한 감정은 처음 만난 그 순간부터 전혀 변하지 않았다. 부담없고, 편한 관계 이상도 이하도 아니었다는 것이다. 그와 시간을 보내고, 때로 영어 수업에 대해, 수학 수업에 대해 의견을 교환하고… 그런 사이라면 몰라도, 애달파하고, 감미롭게 서로를 바라보고, 스킨십이나 키스를 하는 사이가 된다는 생각을 하면, 그건 아니라는 생각이 드는 것을 어쩌랴.

"넌 좋은 친구라고 언제나 생각을 해왔어. 이건 정말이야. 네가 조금이라도 문제가 있다고 생각했다면 2년이나 친구로 지내기 어려웠을 거야. 하지만… 누군가와 애인이 된다는 건 다른 문제같아. 단지 서로 편하다는 이유로 애인이 될 수는 없다고 생각해. 미안해."

조영태의 얼굴이 어두워졌다. 그의 그런 얼굴은 난생 처음 보는 듯했다. 화라도 내면 어쩌나 했는데, 그러지는 않았다. 그는 알았다고 대답한 후, 자리에서 일어섰다. 잠시 후 창 밖을 내다보니 조영태가 기운 없이 걸어가고 있었다. 하필 그때 잠시 그쳤던 눈이 다시 내리고 있었다. 눈을 맞으며 걸어가는 조영태의 모습은 영화 속의 한 장면이라도 되는 듯이 비장했다. 그 순간 마음이 아려져서, 지금이라도 달려가 그를 붙잡아야 하는 게 아닌가라는 생각이 들기도 했다.

나는 혹시 조영태가 딴 생각을 할지 모른다는 생각에 며칠을 노심초사했다. 강릉의 바닷가에서 싸늘한 주검으로 발견되기라도 하면 나는 평생을 죄책감에 시달릴 것이다. 그의 장례식장에서 나는 시종 죄인처럼 고개를 숙인 채 눈물을 흘릴 것이고, 그의 지인들은 나를 원망스럽게 바라볼 것이다. 어쩌면 그중 한 명이 내게 달려들어서 '네가 죽였어!'라고 악다구니를 칠지도 모른다.

그런데 며칠 후 조영태와 관련된 전혀 엉뚱한 소식이 내게 전해졌다. 조영미로부터 전화가 걸려와 이런저런 대화를 나누던 중, 조영태와 성나라가 사귄다는 말을 들은 것이다. 나와 친구들은 YMCA의 청소년 모임에 참석했기 때문에 자연스럽게 모두가 조영태를 알고 있었다.

"둘이 속초 바닷가까지 놀러갔다 왔대."

"잘됐네."

"너 괜찮니?"

"뭐가?"

"너하고 조영태하고 친했잖아… 그래서…"

"우리 아무 사이도 아니었어. 말 그대로 그냥 친구였다고."

"그럼 다행이고."

정말 잘된거다. 이제 그가 바닷가에서 주검으로 발견될까봐 걱정할 필요도 없고, 그가 나에게 복수심이라도 갖고 있을까봐 염려하지 않아도 된다.

그런데… 시간이 지나면서 슬슬 화가 나기 시작했다. 내게 사귀자는 고백을 한 지 일주일도 지나지 않아 다른 여자와, 그것도 나의 친구와 사귄다는 게 말이 안 된다는 생각이 들었다. 조영태에 대해서뿐 아니라, 그가 나와 친하다는 걸 잘 알고 있으면서도 낼름 가로챈 성나라에게도 화가났다.

그러나 내게는 화를 낼 권리가 없었다. 조영태가 언제까지나 내게 해바라기가 되어주기를 바라는 것은 이기적인 것이다. 성나라 역시 내게 무슨 잘못을 저지른 건 전혀 아니다.

그러나 그것은 이성적인 것이고, 감정을 가진 사람으로서 화가나는 것 자체도 또한 어떻게 해볼 수 없는 현실이었다. 다만 화를 낼 대상이 없었다. 지나가는 열 사람에게 물어봐도 내 기분에 동조할 사람은 한 사람도 없을 것이라는 걸 나는 아주 잘 알고 있었다.

그때 갑자기 오래전의 일이 하나 퍼뜩 떠올랐다. 그것은 1년도 더 된 옛날 일이었다. 그때 나는 미니 카세트 플레이어를 갖고 있었는데, 미니 카세트의 유행이 지나고 미니 CD플레이어가 등장하면서 나 역시 CD플레이어를 하나 구입했다. 그래서 미니 카세트는 필요가 없다는 생각에 우리 가운데 가정환경이 조금 쳐지는 성나라에게 그걸 주어버렸다. 그런데 갑자기 그걸 다시 되돌려 받아야 한다는 강박이 머릿속에 가득차는 것이었다.

참아야 한다는 선한 생각과, 악착같이 되돌려 받아야 한다는 악한 생각 사이에서 갈등을 벌이던 나는 결국 악마를 선택하고 말았다.

나는 성나라에게 전화를 걸어, 그녀의 목소리가 건너오자마자 비수처럼 쏘아붙였다.

"너, 내 카세트 플레이어 갖고 있지? 그거 당장 돌려줘."

"이제와서 왜 그러니? 그때는 필요없다고 줘놓고서."

"넌 왜 그렇게 남의 것에 탐을 내니?"

"어머머? 탐을 내다니?"

"그때 그걸 준 것도 네가 하도 갖고 싶어하는 티를 내서 준거잖아."

"말 다했니?"

"하여간 돌려줘!"

나는 버럭 소리를 지르고 수화기를 던졌다. 그래도 분은 풀리지 않았을 뿐더러 현실적으로도 마이너스였다. 성나라가 조영태와 사귀는 현실은 변치 않을 것이고, 성나라는 결코 미니 카세트를 돌려주지 않을 것이다. 인생은 화를 내는 자에게 아무 것도 주지 않는다는 말이 있었던가 없었던가…

8

1992년도의 대학 캠퍼스는 어수선했다. 예전만큼은 아니지만 아직도 집회와 시위가 빈번하던 무렵이었다. 강의실 안으로 구호와 함성, 그리고 매캐한 최루가스가 넘어들어왔다. 그 당시 대학생들은 크게 세 분류로 나뉘어져 있었다. 사회 참여에 적극적인 쪽이 가장 큰 대세였고, 그보다는 적었지만 사회 문제에 등을 돌리고 자신의 현실에만 충실한 개인주의 성향의 학생들, 그리고 어느 쪽에도 속하지 않으면서 어느 쪽에도 관심이 있는 소수가 있었다.

굳이 분류를 하자면 나는 마지막 세 번째에 속한다고 할 수 있었다. 나 역시 우리 사회의 문제에 관심은 있었으나, 데모에 참여 해 본적은 없었다. 보수적인 아버지와 텔레비전 뉴스를 보면서 정치적인 문제로 논쟁을 벌이는, 그런 정도였다.

아버지는 그 정도의 변화에도 당혹스러워하는 듯했다. 물론 그때는 대학생이면 거의 모두가 문제의식을 가지고 있을 때이기는 했지만, 부모님의 보호 아래 별 어려움 없이 자란 내가 정치나 사회문제에 관심이 있으리라고는 예상을 전혀 못 하셨기 때문일 것이다.

그런데 곰곰 생각해보면 내가 그런 문제에 관심을 가졌던 가장 중요한 문제는 대학생활에 대한 실망감과 관련이 있었던 것 같다.

대학은 내가 생각했던 것과는 거의 모든 것이 달랐다. 전공이 그다지 마음에 들지 않은 이유도 있겠지만 수업이 고등학교의 연장선상에 있었고, 학습의 양도 결코 널널한 게 아니었다. 순진한 나는 대학에 들어가면 공부의 무거운 짐에서 벗어나 무한정의 자유가 기다리고 있을 줄 알았는데, 그게 아니라는 걸 알고는 절망했다.

시위가 번번하다보니 캠퍼스는 낭만 대신 팽팽한 긴장감만이 감돌았다. 한적한 캠퍼스의 잔디밭에서 뒹굴뒹굴하며 책을 읽는 모습은 거의 볼 수가 없었다.

그러다 보니 나는 자연스럽게 사회 문제나 정치 문제에 대해 관심을 가지게 되었고, 시위를 주도 하는 측의 목소리에 귀를 기울일 수 밖에 없었다.

대학생이라면 그 당시의 우리 사회에서는 어느 정도 기득권을 가진 계층이랄 수 있는데, 그런 그들이 때로 목숨까지 내 걸고 주장하는 것이라면, 나 역시 자유로울 수 없을 것 같았다, 라고 하는 것은 내가 일기장에 적은 것이고, 사실은 시위의 주동자 가운데 한 명이 나의 관심을 끈 것이 계기가 되었음을 고백하지 않을 수 없다.

K대학에서 점거 농성이 일어났을 때였다. 그때 나는 도서관에서 공부를 마치고 분수대 쪽을 걷고 있었는데, 분수대의 반대편에서 작은 집회가 열리고 있었다.

"학우 여러분! 지금 K대에서 애국학우들이 목숨을 건 투쟁을 하고 있습니다. 간악한 군부독재를 타도하기 위해 분연히 떨쳐 일어난 동지들을 응원하고 성원해 주십시오! 학우 여러분의 참여가 독재 정권을 타도하고 민주주의를 앞당길 수 있습니다!"

한 남학생이 분수대에 올라서서 학생들을 향해 연설 하고 있었다. 그런데 그의 모습은 내가 평소에 보아왔던 운동권과는 거리가 있었다. 외모가 출중해서가 아니라 옷이라거나 헤어 스타일 같은 것이 운동권의 전형과는 달라보였기 때문이다. 조화보다는 부조화가 때론 더 관심을 끌기도 한다. 운동권이 아니라면 한적한 테니스장에서 테니스를 치고 있어도 손색없을 것 같은 스타일의 남학생이 민주주의를 부르짖는 모습이 그때의 내게는 색다르게 보였던 것 같다.

"집회에 동참해 주십시오. 여러분의 참여가 세상을 바꿀 수 있습니다!"

그는 두 손을 확성기 모양으로 만들어서 학생들을 향해 필사적으로 외치고 있었다. 그의 열정 때문인지, 처음에는 열 명도 되지 않던 학생들이 서서히 늘어나서 하나의 군중을 이루기 시작했다. 수가 많아지자 운동권 학생들이 유인물을 나누어주기 시작했고 대형 스피커에서는 운동권 가요가 흘러나오기 시작했다.

나는 구경꾼이 되어 잠시 집회 모습을 지켜보다가 발길을 돌리려고 했다. 주동자가 운동권의 전형에서 벗어났다는 것이 호기심을 불러일으키기는 했지만 한 번도 시위에 참여해본 적이 없는 나로 서는 부담스러운 자리였기 때문이다. 그런데 뒤돌아서는 나의 등 뒤에서 주동자의 목소리가 들렸다.

"거기 여학생!"

나는 화들짝 놀라 뒤를 돌아보았다. 주동자는 분명히 나를 쳐다보고 있었다. 다른 학생들도 자연히 나를 주시하게 되었다.

"신입생이죠?"

그의 물음에 나는 작게 그렇다고 대답했다.

"잘 들어요. 공부해서 나만 좋은 회사 취직하고 좋은 남자 만나서 나만 잘 살겠다고 생각하면 안돼요. 모두를 생각해야 합니다."

나는 그냥 가버릴 수도, 그렇다고 집회에 참여할 수도 없는 애매한 입장으로 그냥 서 있었다.

"남자 친구 있나요?"

나는 고개를 저었다.

"우리와 함께 하면 좋은 남자친구도 만날 수 있습니다!"

갑자기 와 하는 폭소가 터졌다. 그때 그가 조크를 하지 않았으면 그냥 가버렸을 것이다. 내가 해리를 좋아하는 가장 중요한 이유가 바로 유머 감각이었다. 유머를 안다는 것은 여유가 있다는 것이다. 나는 약간 어정쩡한 자세로 그 자리에 계속 서 있었다.

"미제국주의와 한국의 군사 파쇼 정권이 야합하여 민중과 양심적인 지식인, 그리고 애국 학우들을 말살시키려 하고 있습니다! 지금은 비상 시기입니다! 저희에게 힘을 보태주십시오!"

열변을 토하는 그의 얼굴은 붉게 상기되어 있었다. 나는 그가 하려는 말을 전혀 이해할 수 없었지만, 열정만은 대단하다고 생각했다. 그 시절에도 운동권을 비판하는 목소리는 있었다. 너무 경직되어 있고 폐쇄적이라는 것이었다. 하지만 그럼에도 자신의 출세만을 위해 공부에 매진하는 학생들보다는 인간적으로 보는 시각이 우세했다. 어차피 사람이란 이기적인 동물인데, 설령 서툴고 완벽하지 못하더라도, 더 나은 세상을 위해 자신을 희생하는 자세를 인정했던 것이다.

그러나 나는 이성보다는 감정이 앞서는 인간형이었고, 갓 스물로 접어든 그때는 더욱 그러했다. 나는 다수의 학생들 앞에 우뚝 서서 사회 변혁을 주장하는 그를 너무나 사사로운 감정으로 보고 있었다. 나는 그가 멋있었다. 물론 이성으로서… 그 시절을 치열하게 살아온 사람들이 이런 나의 심정을 알게 된다면 가열찬 비판에 직면하게 될지도 모르겠다. 하지만 아직도 이제 갓 대학에 입학한 신입생은 인생에서 프로가 아니고, 프로가 아닌 것이 너무나 당연한 것이다.

"이제 사회운동은 대중 속에 뿌리를 내려야 합니다! 거리에서! 노동 현장에서! 그리고 민중의 삶 속에서! 사회 변혁의 불씨를 살려야 합니다!"

긴 시간의 연설로 스피커를 통해 흘러나오는 그의 목소리는 약간 갈라진 듯 했다. 나는 갑자기 그를 돕고 싶어졌다. 그 순간 내가 할 수 있는 일은 강력한 지지를 표하는 일이었다.

"옳소!"

나는 큰 소리로 외치고 열렬히 박수를 쳤다. 어정쩡한 자세로 연설을 듣고 있던 학생들이 나를 돌아다보았다. 그리고 그들도 띄엄띄엄 박수를 치기 시작했다. 그 순간 그가 나를 쳐다보며 미소를 지었다.

그날 집회가 끝날 무렵, 그가 내게로 걸어왔다.

"전공이 뭐예요?"

나는 한껏 조신하게 대답했다.

"미생물학과요."

"어려운 공부 하시네요."

"너무 어려워서 오래 못 버틸 것 같아요."

"우리 지금 뒤풀이 하러 가는데, 바쁘지 않으면 같이 가요."

"저는 아무 것도 모르는데…"

"다 마찬가지예요."

집회를 주최한 학우들은 모두가 '근대사연구회'라는 동아리 멤버였는데, 이 동아리는 학내에서 가장 과격하고 급진적인 운동권 동아리라는 말을, 나는 나중에 들어서 알게되었다. 선배들 가운데 상당수가 재야에 속해 있거나 노동 현장에 있다는 말도 나중에 들었다.

나는 그들과 함께 술자리에 참석했다. 전형적인 대학가 주점에서였다. 벽도 나무였고 테이블도, 의자도 나무로 만들어져 있었다. 그리고 음악도 은연중에 유행하던 운동권 가요가 흘러나왔다.

"술 좀 해요?"

맞은 편에 앉은 그가 내게 술을 따라주며 물었다. 그는 자신의 이름이 최기우라고, 이곳에 오는 도중 설명을 했었다.

"아주 약간이요."

"나도 술은 잘 못해요."

집회에서 열변을 토하던 모습과는 달리 최기우는 수줍어 했다. 말투도 사근사근한 편이었다. 왜 이렇게 내 마음에 드는 짓만 하는 거니, 라는 말이 입속에서 맴돌았다.

"모처럼 여자분이 끼니까 분위기가 확 사네요."

후배로 보이는 남학생이 나를 지칭하며 말했다. 그러나 술자리에 참석한 멤버들 가운데 여자가 나 혼자만 있는 건 아니었다. 총 8명 중, 나를 제외하고도 2명의 여학생이 더 있었다. 그녀들이 바로 불만을 표했다.

"뭐라고? 우리는 여자가 아니라는 거지?"

"앗! 제가 엄청난 실수를!"

"재욱이 말은 모처럼 여자다운 여자가 끼었다는 뜻이잖아."

오해를 불식시키겠다고 다른 남학생이 나섰는데, 내가 듣기에도 더욱 오해를 살법한 말이었다. 역시나 안경을 쓴 여학생이 분통을 터트렸다.

"미안하다! 여자답지 못해서!"

장난이 아니라 진짜 화가 난 듯 보였다. 분위기가 싸늘해지자 최기우가 나섰다.

"지금 우리가 남자 여자 따질 입장은 아니잖아. 우리가 가는 길에는 남자도 없고 여자도 없고, 오직 사회 변혁에 대한 열망뿐이라고!"

그의 말이 설득력이 있어서가 아니라, 그가 리더이기 때문에 모두가 수긍 하는 태도를 보였다.

"그럼 분위기 반전을 위해서…"

테이블 끝에 앉아 있던 남학생이 일어섰다. 그는 자신의 이름이 김만철이라고 나에게 소개를 했다. 2학년이라고 하는데, 얼굴로 봐서는 20대 후반의 복학생 분위기가 풍겼고, 만일 40대라고 했어도 그런가 보다 했을 것 같은 얼굴이었다.

"이 땅의 민초들을 위해 희생된 영령들을 생각하며 제가 노래 한 곡 올리겠습니다."

그는 소주병을 마이크처럼 잡고 노래를 시작했다. '마른 잎 다시 살아나' 라는 노래였다. 이 곡은 '노래를 찾는 사람들'이 발표한 음반에 수록된 곡이었다. 애초에 운동권 노래를 부르던 그들은 주류 음악계에 등장하면서 상대적으로 덜 투쟁적인 곡들을 선보였는데, 이 '마른 잎 다시 살아나'도 수록곡 가운데 하나였다. 그런데 음반으로 이 노래를 들을 때는 희망적인 메시지가 강하게 느껴졌는데, 지금 김만철이 부르는 노래는 마치 장송곡이라도 되는 듯이 암울하고 비감스러웠다. 무엇보다 노래를 열창하는 그의 표정이 안스러울 지경이었다. 20대 초반이면서 40대까지도 커버가 되는 얼굴의 남자가 오만상을 찌푸리며 이 노래를 부르니, 마치 내일이면 형장의 이슬로 사라질 사람을 위한 마지막 회식자리 같은 분위기가 되었다.

그가 노래를 끝냈을 때 띄엄띄엄 박수가 있기는 했지만 아무도 앵콜을 하지 않았고, 오히려 그가 한 곡을 더 부른다고 나설까봐 걱정을 하는 기색이 역력했다.

주점을 나왔을 때, 남학생들은 2차를 가겠다고 했고 나를 포함한 세 명의 여학생은 그만 집으로 가기로 했다. 헤어질 때 최기우가 고마웠다며 악수를 청해오기에 나 역시 그의 손을 맞잡고 밝게 작별 인사를 했다. 두 명의 여학생 가운데 한 명은 택시를 타고 먼저 가고, 나와 다른 한 명이 나란히 전철역을 향해 걸었다. 그녀는 자신의 이름이 안소연이라고 소개했다. 주점에서 남학생들이 짓궂게 굴었지만, 사실 안소연은 그다지 매력없는 여학생이 아니었다. 화장도 전혀 하지 않았고 옷도 평범하게 입어서 그렇지, 만일 그 방면으로 신경을 쓴다면 결코 뒤지지 않을 것 같았다.

얼마쯤을 어색하게 걷다가 그녀가 먼저 말을 붙였다.

"대학생활이 어때요?"

나는 솔직하게 대답했다.

"별로에요."

"기대가 컸나보죠?"

"그냥…"

"사람 사는 게 별 거 있나요?"

나는 그녀의 말이 너무나 시니컬하게 들려, 새삼 그녀의 얼굴을 쳐다보았다.

"선배신데, 말 놓으세요."

"그럴까?"

"네."

"우리랑 함께 활동할 생각이야?"

"솔직히 잘 모르겠어요."

"천천히 생각해."

"네."

"운동권 동아리는 많은데, 우린 특별한 데가 있어. 최선배가 있어서."

"최기우 선배님 말이죠?"

"응."

"유명한가 보죠?"

"의지의 한국인이랄까?"

"왜요?"

"지금 최선배 제적당한 상태야."

"그래요?"

"그뿐 아니라, 구속도 몇 번이나 당했었어. 물론 학생 운동 때문에. 그럼에도 포기하지 않고 학우들을 지도하는 걸 보면 확실히 보통 사람은 아닌 것 같아. 그리고… 남자로서 매력도 있잖아?"

안소연의 마지막 말에 속마음을 들킨 기분이 되었다.

그날 밤 잠자리에 들었는데, 싱숭생숭하니 잠이 오지 않았다. 첫눈에 반하는 정도는 아니지만 최기우는 확실히 흔한 남자가 아니다. 이럴 때의 나는 누구보다 여자다운 심리가 되어버린다. 그에게 관심이 있지만, 그 보다 더 중요한 건 그의 나에 대한 관심 여부이다. 나만 사랑에 빠지는 건 억울하고, 있을 수 없는 일이다.

나는 며칠 후 근대사 연구회의 동아리 사무실을 찾아갔다. 그곳은 어수선했다. 벽에는 반정부 대자보와 표어가 가득 붙어 있었고, 테이블위에서는 회원들이 새로운 대자보를 작성하느라 빈틈이 없었다. 그날 밤 대화를 나눈 것으로 친분이 생긴 안소연이 나를 발견하고 손을 흔들었다.

"잘 왔어."

"그냥 지나가다 들렀어요."

"나 지금 바빠서 그러니까 잠깐만 앉아 있어."

"뭐하시는 건데요?"

"내일 시내에서 가투가 예정되어 있어서 그걸 학생들에게 알리려고 대자보를 작성하는 중이야."

"나, 도울 일 없어요?"

안소연은 잠깐 생각해보다가 내게 매직을 건네주며 말했다.

"이 내용을 이곳에 옮겨 적어."

나는 안소연이 시키는 대로 프린트물의 내용을 큰 종이에 그대로 옮겨적는 일을 했다. 내일 대규모의 반정부 집회가 시내에서 예정되어 있는데, 그것에 관한 학생회의 입장을 선전하는 내용이었다. 최기우라는 남자에 대한 관심으로 운동권을 기웃거린 것인데, 내가 너무 깊이 빠져드는 것은 아닌가 싶은 염려가 잠깐 스쳤다. 하지만 다 우리나라 잘 되자고 하는 일이니 나쁠 건 없다는 식으로 염려를 지웠다.

최기우는 사무실에 없었는데, 나중에 이야기를 들어보니 내일의 집회를 위한 대표진 회의에 참석 중이라고 했다. 대자보 작성이 끝나고 나서 나는 다른 학생들과 캠퍼스를 돌아다니며 대자보 붙이는 일을 했다. 대자보를 붙이는 도중 몇 몇 아는 얼굴을 만났는데, 그들은 내가 운동권 동아리 활동을 하는 것을 보고 의외라는 듯이 바라보았다.

오늘은 대자보를 붙이는 정도지만 내일은 시위에도 참여 해야 될 것 같았다. 내가 동아리 사무실을 방문한 것으로, 그들은 내가 자신들과 뜻을 같이 하기로 한 것으로 여기는 듯했다. 이래도 괜찮을까 싶은 부담감이 생겼지만 한 편으로 소속감이 들어서 좋은 면도 있었다.

다음날의 학교는 전쟁터와 다름없는 분위기가 되었다. 시내에서의 집회를 저지하려는 경찰이 미리 학교를 통제해서 저지선을 뚫고 진출하려는 학생들과 격렬한 충돌이 벌어진 것이다. 나는 도저히 시위에는 동참 할 수가 없을 것 같아, 동아리 사무실에서 잡일을 거들었다. 잡일이라고 하지만, 화염병을 제조하는 무시무시한 일도 포함 되어 있었다. 창밖을 내다보니 소위 지랄탄이라는 것이 캠퍼스를 이리저리 굴러다니며 연기를 뿜어대고 있었고, 학생들은 경찰들을 향해 화염병과 돌멩이로 맞서고 있었다.

내가 창문을 통해 시위 장면을 구경하고 있을 때 동아리 사무실 안으로 최기우가 학생들에게 부축을 받으며 들어왔다. 무슨 일인가 하고 보니 손에서 피가 흐르고 있었다.

"지랄탄 파편에 맞았어요. 붕대 좀…"

나는 재빨리 서랍을 뒤져서 붕대를 꺼냈다. 최기우는 소파에 앉아 내게 손을 내밀었다. 손등이 10센티미터 가량 찢어져 있었다.

"다친 줄도 몰랐어. 한참 싸우다 보니 손에서 피가 흐르고 있었어."

"그럴 때가 있어요. 정신이 한곳에 집중되어 있으면 아픈 줄도 몰라요."

그렇게 말해주며 나는 붕대로 최기우의 손을 감싸주었다. 최기우는 오늘 경찰의 철통 같은 봉쇄로 시내에서의 집회가 무산되었다고 볼멘소리를 했다. 내가 병원에 가야 하는 것 아니냐고 말하자 그는 병원은 무슨 병원이냐면서 대충 붕대로 임시 처방을 한 채 다시 시위를 주도하러 동아리 사무실을 나갔다.

그다음 날 아침에 최기우로부터 전화가 걸려왔다.

"어제 고마웠어. 말 놓아도 되지? 내가 다섯 살은 오빠같은데."

"그럼요. 손은 어때요?"

"그냥 참으려고 했는데, 계속 아파서 병원에 갔다왔어. 일곱 바늘이나 꿰맸어."

"저런…"

"그래도 의사 말이, 응급처치를 잘해서 악화가 덜됐다는군."

"정말이요?"

"그렇다니까."

"여고 때 응급처치법을 배운 적이 있어서요."

"아, 여자들은 교련 시간에 그런 걸 배우지?"

"맞아요. 남학생은 사격이라거나, 아무튼 전투 연습을 한다죠?"

"사격은 아니고, 총검술을 했어."

"최 선배는 그런 거 거부하지 않았어요?"

"웬걸. 애국심에 불타서 누구 못지 않게 열심히 했지. 만일 그때 전쟁이 터져서 전투에 참가했다면 훈장을 받을 정도로 앞장섰을 거야."

"의외네요."

"우리 동아리는 마음에 들어?"

"아직은 뭐가 뭔지 잘 몰라요."

"모르는 건 배우면 되지."

그나 나나, 어떤 의지로 대화를 계속 이어가고 있다는 생각이 들었다. 서로가 편한 상대는 분명히 아니었지만, 그렇더라도 좀 더 대화를 나누고 싶다는 생각이 서로를 관통하고 있는 듯한 분위기였다.

"내가 책을 좀 소개해 줄까?"

내가 좋다고하자 최기우는 몇 권의 책 이름을 알려주었다. 그가 열거한 책들은 운동권 학생들뿐 아니라, 그 당시의 대학생 사이에서 유행하던 것들이었다. 나 역시 도서관에서 그런 책들을 좀 살펴보았는데, 당최 눈에 들어오지 않아 포기했었다. 그런데 최기우가 직접 추천한다면 이야기가 달라진다.

나는 서점에서 최기우가 추천한 책을 몇 권 구입했다. 그중에서 70년대와 80년대의 어두운 사회상을 르포 형식으로 쓴 책을 먼저 읽어보았다. 이 책이 그나마 가장 쉬운 내용일 것 같아서였다. 노동자와 도시빈민, 그리고 의식화된 대학생들의 투쟁담이 주된 내용이었는데, 한장 한장 읽어가면서 내가 몰랐던 세계에 대해 이해가 싹트기 시작했다. 내가 부모님의 보호 아래 편안히 생활할 때, 나와 함께 살아가는 세상에서 이렇게 비극적인 일들이 벌어지고 있었다는 사실은 충격적인 것이었다.

9

"너희가 사랑을 아니?"

대학생활을 기대하게 만드는 중요한 이유 중 하나가 연애다. 우리 가운데는 조영미가 가장 먼저 스타트를 끊었다. 그런데 아연실색하게도, 그녀의 상대는 대학 진학에 실패하고 주점에서 종업원으로 일하는 동갑내기 재수생이었다. 둘은 만난지 한 달도 되지 않아 동거를 시작했다고 한다. 무슨 '낮은 데로 임하소서'도 아니고, 외모로 보나, 집안으로 보나, 학벌로 보나, 누구에게도 꿀리지 않을 조영미가, 미래가 불투명한 재수생을 선택했다는 사실은 충격적이었다. 그녀는 반문했다.

"너희가 사랑을 아니?"

맞는 말이기는 하다. 사랑이란 인종과 국경도 초월하는 것인데, 재수생이면 어떻고 주점 종업원이면 어떤가. 중요한 건 사람이지, 외면이 아니지 않은가. 하지만 정작 조영미의 애인을 만났을 때, 나와 친구들의 놀라움은 더욱 커졌다.

조영미가 커피숍으로 데리고 나온 남자는 그에 대해 전혀 모르는 사람도 재수생에 주점 종업원을 하고 있다는 걸 알아맞힐 것 같은 스타일이었다. 어딘가 모난 구석이 있는 것 같지는 않았지만, 도무지 남자다운 패기라거나 멋이라거나, 의지라거나 하는 것을 찾아볼 수가 없었다. 그는 팥빙수를 주문하더니, 다른 사람은 안중에도 없이 열심히 먹어댔다. 조영미는 그런 그의 모습이 사랑스러워죽겠다는 듯한 미소를 띠고 바라보았다.

"대학은 들어가면 좋지만 안 들어가도 상관없어요. 돈을 좀 모아서 생맥줏집을 하는 게 꿈이에요. 내가 맥주를 무지하게 좋아하거든요."

맥주를 팥빙수나 아이스크림으로 바꾸어도 뉘앙스는 똑같을 것 같았다.

그가 돌아가고 나와 친구들이 남았을 때 나는 운동권에 관심이 있고 그들과 교류하고 있다는 근황을 슬그머니 꺼냈다. 조영미가 눈이 휘둥그레진 얼굴로 물었다."

"그럼 데모도 하고 화염병도 던져?"

"아직 안 해봤지만 나라를 위해서라면 할 수도 있잖아."

"운동권 중의 골수는 설악산 같은 곳에서 특수 훈련도 한대."

"그런 이야기는 못 들어봤어."

"네가 운동권에 관심을 가질 줄이야…"

조영미는 고개를 설레설레 흔들었다. 말은 안했지만 나머지 두 명도 내게 이질감 같은 걸 느끼는 듯 했다. 성나라가 아르바이트를 해서 모은 돈으로 여름방학에 해외여행을 가겠다고 하자, 화제는 금방 해외여행에 관한 것으로 바뀌었다. 친구들이 유럽에 대해, 괌에 대해, 미국에 대해 입이 닳도록 이야기를 하는 동안, 나는 별로 할 말이 없어 잠자코 있어야 했다.

친구들과 헤어지고 집으로 돌아오는 길에 나는 미묘한 기분에 잠겼다. 이제 겨우 6개월 간의 대학생활을 했을뿐임에도, 친구들과의 관계가 예전과는 다르다는 생각이 들었다. 그러나 어디가, 어떻게 달라졌느냐고 캐묻는다면 딱부러지게 대답 할 수는 없을 것이다. 다만 서로 허물없이 어울리던 시절이 지나갔을지 모른다는 생각에, 마음 한 켠에 쓸쓸함이 감돌았다.

그렇다. 이미 지나간 것은 다시 돌아오지 않는다. 지나간 것을 붙잡으려하는 것은 성숙하지 못한 것이다. 택시를 탔는데, 라디오 뉴스에서 대학생의 시위와 관련된 뉴스가 흘러나왔다. 모 대학에서 격렬한 시위로 학생과 경찰이 큰 부상을 입었다는 내용이었다. 나는 반사적으로 최기우를 떠올렸다.

그의 꿈은 무엇일까? 정말로 세상이 변하기를 바라며 투쟁하고 있을까? 아니면 젊은 시절의 통과 의례정도일까. 그도 아니면 훗날의 정치적 성공을 위한 준비를 하는 것일까.

알 수가 없었다. 그러나 그가 어떤 꿈을 가지고 있건, 내가 그에게 끌리고 있는 건 엄연한 사실이었다. 단지 내가 좋아하는 영화의 주인공을 연상시켰기에 관심을 가지기 시작했는데, 이제는 최기우라는 사람자체가 내속 깊은 곳까지 침범해 들어와 있었다. 모든 사랑은 환상에서 시작해 집착으로 이어진다는 말을 어딘가에서 읽은 기억이 있는데, 지금의 내 감정도 그런 것일까.

다음날 근대사연구회 동아리 사무실을 찾아갔더니 최기우가 있었다. 사무실 안에는 뜻밖에도 레드 제플린의 음악이 크게 틀어져 있었다. 그는 혼자 소파에 길게 누운 자세를 취하고 있다가 내가 들어가자 재빨리 일어나 레코드를 껐다.

"그런 음악도 들어요?"

"어때서?"

"미제국주의 음악이잖아요."

"그 정도로 꽉 막히지는 않았어."

"다행이네요."

최기우는 커피를 한 잔 타와서 내 앞에 내놓으며 물었다.

"좀 읽어봤어?"

"대충…"

"머리 복잡하지?"

"솔직히 쉽게 읽히지는 않아요."

"그래서 학습이 필요해."

"학습이요?"

"뭘 그렇게 놀래?"

"학습이라고 하니까 간첩 교육이라도 받는 듯해서."

"하하하."

나도 따라서 웃었다. 화기애애한 분위기가 조성되었는데, 하필 그때 안
소연이 들어왔다. 그녀는 커다란 가방을 두 개나 들고 그탓에 땀을 흘리며
의자에 앉았다.

"내가 방해한 거 아냐?"

"무슨 방해에요. 언니가 와서 반가운데."

"그럼 다행이고."

최기우가 설명했다.

"수희가 내가 추천한 책을 읽고 어렵다기에 학습이 필요하다고 말하는
중이었어."

"그런 책들은 나도 머리가 아픈데."

"언니도요?"

"재미가 없잖아."

"맞아요. 재미가 없어요."

이런 반동 분자 같은 대화를 최기우가 어떻게 생각할지 염려가 되었는데, 그가 의외의 말을 했다.

"실은 나도 재미없어."

최기우의 말에 안소연의 얼굴이 차가워졌다.

"최 선배까지 그러면 어쩌라고요. 우리야 조무래기니까 그럴 수 있지만 선배가 그러면 안 되죠."

"오해마. 재미는 없지만 진보를 위해서는 필요하다고 말하려는 참이었으니까."

"최 선배, 긴장 풀면 안 되는 거 알죠?"

"염려마."

그 순간 최기우의 얼굴에서 잠깐 외로움이 짙여진 것 같다. 재미가 없어도 터놓고 말 할 수 없는 리더의 입장은 확실히 외로울 것이다. 내가 그에게 호의를 가진 탓일까. 그런 모습까지 남다른 매력으로 보이기 시작했고, 그의 외로움을 덜어주기 위해 내가 할 수 있는 일이 있을지도 모른다는 생각이 들기도 했다.

안소연은 내게 그 주의 토요일 오후에 동아리 사무실에서 이론 학습을 한다고 내게 알려주었다. 집으로 돌아오며, 나 자신이 지금 서성거리고 있는 것일지 모른다는 생각이 들었다. 사회문제에 약간의 관심은 있지만 정작 나 자신의 생활을 포기하면서 그것에 뛰어들 생각은 없었다. 그들에게는 미안하지만, 나는 기대 밖의 대학생활에 대한 반발과, 최기우라는 남자에 대한 관심으로 그들에게 다가간 것이었다. 그러다 보니, 그들과 어울리고, 그 방면의 책을 읽고, 이제는 이론 학습까지 하게 된 이 상황을, 자연스럽게 받아들일 수가 없었다.

'이제 여기서 끝내야 하는 게 아닐까.'

나는 몇 번이나 속으로 읊조려 보았다. 하지만 토요일이 되고, 안소연에게서 약속을 확인하는 전화를 받았을 때, 나는 마음의 갈등을 감추고 너무나 흔쾌히 이론 학습에 참석하겠노라고 대답 했다.

이론 학습이라는 것은 동아리 룸에서 했다. 그곳에 모인 인원은 총 12명이었다. 원래 정규 멤버는 20명이 넘는다고 하는데, 현재 활동을 하는 인원은 이 정도라는 설명을 안소연에게 들었다.

대표인 최기우가 나를 소개했다.

"다들 알고 있지? 채수희라고, 새내기인데, 사회문제에 눈을 뜨게 되어 참여를 하게 되었어."

나는 일어서서 인사를 하고 간략한 인사말을 했다.

"어쩌다 보니 이런 자리에까지 참석을 하게 되었습니다. 아직은 뭐가 뭔지 잘 모르고요. 아무튼 잘 부탁드려요."

학습에 앞서 구국선언문을 낭독하는 순서가 있다고 했는데, 낭독사가 김만철이었다. 처음 이 모임을 따라 술집에 갔을 때 너무나 처연하게 '마른 잎 다시 살아나'라는 노래를 부른 남학생이었다. 그는 선언문이 적힌 a4 용지를 들고 일어섰다. 여전히 진지한 그의 얼굴을 보자니 웃음이 나올 것 같았는데, 그래서는 안 되었기 때문에 참느라 애를 먹었다.

"외세의 침략과 봉건의 잔재를 분연히 떨치고 일어난지 어언 1백년…36년간 일제의 간악한 침탈을 목숨 바쳐 쳐부수고 독립을 쟁취한 지 40여년…"

김만철의 얼굴은 점점 붉어졌고 입가는 침으로 젖어들었으며, 목소리는 애닳게 갈라지고 있었다.

"민족의 정기를 바로세우는 불패의 애국대오를 사수하기위해 우리는 분연히 일어서고야 말았다."

본인도 힘이 들었는지, 여기서 잠시 쉬었다. 다른 학생들은 그의 선언문에 감동하기보다는 시한폭탄이라도 터질 듯한 긴장감에 휩싸여 있었다.

"오! 학우들이여! 식민지배의 사슬을 끊고, 나가자! 민족 해방! 이루자! 조국통일! 오! 학우들이여! 앞서간 열사들의 뜻을 따라 독재 정부 쳐부수고 민주 정부 수립하자! 오! 학우들이여…"

여기서 일이 터졌다.

"컥컥컥!"

김만철은 갑자기 숨을 헐떡거렸다. 그는 기침을 하면서 손으로 가슴을 치며 괴로워했다. 충혈된 두 눈이 튀어나올 것처럼 붉거져 있었다. 놀란 학생들이 물을 따라서 먹였다. 그는 한참이 지나서야 진정 되었다.

그날의 학습 주제는 6.25 전쟁에 관한 내용이었다. 6.25라고 한다면 너무나 잘 알고 있는 내용이었는데, 최기우는 그 전쟁이 사실은 북측의 책임이 아니라 남측의 책임일 가능성이 있다고 주장을 했다. 그렇다고 남쪽이 먼저 쳐들어갔다는 게 아니라, 미국의 주도 아래 북한의 남침을 유도했다는 것이었다. 처음에는 말도 안 되는 이야기를 하고 있다고 생각했으나, 그의 설명을 듣다 보니 그럴 듯한 논리라는 생각이 드는 것이었다. 그렇다고 그것에 공감했다는 게 아니라, 그 나름의 논리적인 완결성은 있어보였다는 것이다.

학습이 끝나고 뒤풀이로 자리를 옮겼다. 지난번에 술을 마셨던 바로 그곳이었다. 학습을 하거나 회의를 할 때는 너무나 진지해서 눈치가 보일 정도였으나, 술자리에서는 전형적인 대학생들로 돌아왔다.

"최 선배, 음악 좋아해요?"

지난번에 그가 레드 제플린의 음악을 듣고 있었던 게 생각나서 그에게 물어본 것이다. 마침 그와 나는 마주보고 앉아 있었다.

"고등학교 때 좋아했어. 지금은 운동 가요 위주로 듣는 편이야."

"영화는요?"

"영화라… 내가 마지막으로 영화를 본 게 한 3년쯤 전일까?"

"운동하느라요?"

"꼭 그런 건 아니지만, 세상과 싸우다 보니 영화나 음악 같은 게 좀 나이브하게 생각되는 듯 해."

"하지만 사회 운동이라는 것도 결국은 삶의 질을 높이자는 거잖아요."

나의 말에 최기우는 나무젓가락을 컵 사이에 걸쳐놓고 설명했다.

"이 컵과 컵 사이의 나무젓가락이 나라는 사람이 아닐까?"

"무슨 말이에요?"

"조금 전에 수희가 말한 삶의 질을 생각하는 사회 말이야. 나는 그것에 대해 모르잖아. 대신 그곳으로 가는 도구는 될 수 있다는 뜻이지."

그의 논리정연한 말투에 동화되거나 감동하기보다는 화가 났다. 그래서 나는 도전적인 질문을 던졌다.

"그래서 연애도 안 해요?"

"연애를 안 한다는 말은 안 했잖아."

"연애도 사회과학 서적하고 할 거 같아서요."

어째서인지 내 말투는 뾰루퉁해져 있었다. 최기우는 헛웃음을 한 번 터트리고 술잔을 입으로 가져갔다. 그도 나도 시선을 다른 곳으로 돌리고, 다른 사람들의 대화에 참여해 보려고 했으나 나의 신경은 여전히 최기우에게 향하고 있었고, 그도 그럴 것 같았다.

주점을 나왔을 때 문제가 생겼다. 다들 2차를 가자고 하는 와중에 안소연이 만취해 몸을 가누지 못했던 것이다. 처음에는 여자인 나와 윤남희가 안소연을 부축해서 택시에 태워주려고 했는데 안소연의 주사가 심해서 여자 두 명으로는 감당이 안 되었다. 그래서 대표인 최기우가 나서서, 나와 최기우, 두 사람이 안소연을 양쪽에서 붙잡고 큰길로 갔다. 안소연이 2차를 따라가겠다며 몸부림을 치자, 최기우가 그녀를 업었고 나는 뒤에서 쫓아갔다. 처음에는 그녀를 택시에 태워서 보내면 된다고 생각했는데, 도저히 그녀 혼자 보낼 수가 없을 것 같았고, 술 취한 여자를 남자에게만 맡기는 것도 이상해서 어쩔 수 없이 최기우와 내가 택시에 동석해 안소연의 집까지 가게 되었다.

안소연의 집은 큰길에서 골목으로 한참 들어간 곳에 있었기 때문에 그녀를 들쳐업은 최기우가 고생을 했다. 안소연의 어머니에게 그녀를 맡기고 최기우와 나는 큰길로 나왔다. 서울의 변두리라서 밤늦은 시간에는 인적이 드물었다. 이제 각자의 집으로 돌아갈 차례인데, 이상하게 그와 나는 말도 없이 무작정 걷고 있었다.

얼마쯤을 걷다가 최기우가 먼저 입을 열었다.

"늦었네. 집에서 걱정하시겠어."

"전화해야죠."

최기우는 머뭇거리다가 상당히 어색한 투로 말했다.

"우리집에 가서 전화할래?"

이럴 때 '공중전화에서 하면 돼요.'라고 말하면 산통이 다 깨진다.

"가까워요?"

"택시 타고 5분."

"그럼 그렇게…"

택시 안에서 그와 나는 말없이, 각자 창밖을 바라보고 있었다. 아마 택시 기사는 커플도 아닌 것 같고, 그렇다고 가족도 아닌 것 같은 그와 나 때문에 헷갈렸을 것 같다. 그래서인지, 택시가 우회전 할 때 갑자기 급정거를 했다. 나는 '앗!'이라고 소리를 내면서 반사적으로 최기우의 손을 잡았다. 보통 멜로영화에서는 이런 우연한 스킨십이 뜨거운 관계로 연결되는데… 슬쩍 최기우의 얼굴을 봤더니, 그는 눈을 동그랗게 뜨고 입을 크게 벌리고 있었다. 그것은 어디가 아프지만 가까스로 참을 때 짓는 표정이었다. 그제 서야 내가 잡은 그의 손은 지난번 시위 때 일곱 바늘을 꿰맨 바로 그 손이라는 걸 알아차렸다. 나는 화들짝 놀라 손을 떼었다. 그는 눈을 감고 긴 한숨을 내쉬었다.

최기우의 집은 뜻밖에도 부잣집이었다. 그렇다고 으리으리한 정도는 아니었으나, 흔히 운동권 대학생에 대해 생각하는 그런 가정환경은 아니었다는 것이다. 시대에 좀 뒤떨어지는 2층의 양옥집이었는데, 담의 정상에 침입 방지를 위해 날선 병조각을 쭉 꽂아놓은 게 이채로웠다.

최기우는 블록 속에 손을 넣어 열쇠를 꺼내 조심스럽게 문을 따고 나를 안으로 안내했다. 시간이 11시가 넘었기 때문에 불은 모두 꺼져 있었다. 나는 그를 따라 거실을 살금살금 걸어 2층, 그의 방으로 갔다.

물론 남자 방은 난생 처음이었다. 내가 최기우를 좋아하기는 했지만 그렇다고 그가 원하면 언제건 OK를 하겠다는 그런 건 아니었다. 단지 그를 믿기 때문에 이곳까지 스스럼없이 올 수 있었던 것이다.

"차 마실래?"

내가 그러겠다고 하자, 그는 방 안에 있는 가스버너를 켜서 물을 끓였다. 그때가 5월이라 밤에는 아직 한기가 도는 날씨였는데, 가스버너를 켜는 것만으로도 훈훈한 분위기가 되었다.

나는 그가 내 놓은 의자에 앉아 방 안을 둘러보았다. 4면 가운데 3면에 책장이 서 있었고 그 안에는 대충 훑어보는 것만으로도 머리가 아플 것 같은 각종 책들이 빼곡히 꽂혀 있었다.

"이 책들을 다 읽었어요?"

"읽은 것도 있고 읽는 도중인 것도 있고 읽어야 할 것도 있고."

"난 전공서적 말고는 로맨스 소설만 읽어요."

최기우는 고개를 갸웃하며 말했다.

"알면 알수록 나와 다르다는 생각이 들어."

"그게 마음에 안 들어요?"

"노노! 나와도 다르고 내 주변 사람들과도 달라서 새로워."

최기우는 물이 다 끓자, 잔 두 개를 가져와 차를 따랐다.

"녹차인데, 산지에서 직접 구입한 거라 맛있을 거야."

나는 고맙다고 말하며 찻잔을 집어들었다. 그냥 마주앉아 있으면 어쩐지 심각해질 것 같아 자리에서 일어나 책 구경을 했다. '남미 해방전사'라는 책을 뽑아서 몇 장 넘기는데, 그가 일어서는 소리가 들리고, 그의 발자국 소리가 들리고, 그다음에는 그의 손길이 나의 양팔에 닿았다.

"너 참 예뻐."

나는 지그시 눈을 감으며 그의 따뜻한 손길을 음미했다. 하지만 연애 한 번 안 해본 나였지만 이럴 때 날름 좋다는 표시를 하면 안 된다는 건 잘 알고 있었다.

"최 선배, 이러려고 나 데리고 왔어요?"

허를 찔린 최기우는 잼싸게 손을 내렸다.

"나, 최 선배 좋아해요. 하지만 아직은 아니에요. 알아요?"

"알았어, 알았어."

그는 당황한 말투로 얼버무리며 자신의 자리로 돌아가 앉았다. 오늘은 여기까지만, 이라는 기분으로 나는 찻잔을 내려놓고 그만 가겠다고 말했다. 집으로 돌아가는 택시 안에서 조금 전 그의 당황해 하던 모습을 떠올려보니 슬며시 웃음이 터졌다.

10

저녁 8시, 기성범이 내 사무실로 들어왔다.

"형님 미래기업 설 사장님 오신 거 알죠?"

"알고 있어."

"형님이 좀 내려오셨으면 하던데요?"

설 사장이라면 무시할 수 없는 사람이었기 때문에 나는 알겠다고 말하고 기성범을 따라나섰다. 나이트 클럽으로 내려가는 엘리베이터 안에서 기성범이 넌지시 물었다.

"형님 저희 사촌 누나 정말 만나보실 생각 없으세요?"

"됐다니까."

"그럼 이 여자는 어때요?"

그는 품속에서 여자 사진 한 장을 꺼내서 보여주었다. 20대 초반의 발랄한 젊은 여성이었다.

"이 여자는 또 뭐야?"

"제가 잘 가는 클럽의 여종업원인데, 괜찮아요."

"그럼 네가 어떻게 해보면 되잖아."

"눈이 높아서 나 정도 스펙으로는 안 먹혀요."

"됐어."

말은 그렇게 했으나 그의 사촌누나나 사진속의 젊은 여성이나, 나를 설레게 하는 면은 분명히 있었다. 단지 내가 자신이 없을 뿐이다. 아니면 내가 진짜 인연을 아직 못 만난 것인지도 모르겠다. 한국관 안으로 들어서니 고막을 찢는 듯한 요란한 음악과 현란한 조명, 그리고 그 아래서 미친 듯이 몸을 흔드는 사람들이 확 다가왔다. 나는 천상 화류계 사람인가보다. 이 소란스러운 풍경 속에 서 있어야 살아 있는 것처럼 생각된다.

홀의 오른쪽은 유리 칸막이가 있는 VIP룸이 7개가 있다. 설 사장 일행은 그중에서 가장 비싼 곳을 차지하고 있었다.

"설 사장님 반갑습니다!"

내가 들어서자 설 사장은 양 팔을 벌리며 자리에서 일어서서 나를 맞았다.

"김 사장님! 정말 오랜만입니다!"

"잘 지내시죠?"

"그러믄요. 자, 한잔 합시다."

설 사장은 나보다 10살이나 연상인데다가 이 지역에서는 가상 규모가 큰 기업의 대표임에도, 나에게는 언제나 깍듯한 존칭을 썼다. 그나 나나 이 지역 토박이라는 점은 같았다. 다만 그는 기업으로 성공했고 나는 주먹으로 자리를 잡았다는 차이가 있을 뿐이다.

설 사장은 일행을 내게 소개했다.

"인사들 나누세요. 이쪽은 대한당의 지구당 위원장이시고, 이쪽은 서부신문 편집장 되십니다. 이쪽은 한국관 사장님이신데, 아주 의리 있는 사나

이랍니다."

나는 두 사람과 악수를 교환했다. 대한당 위원장이라면 정치인이라는 것이고 서부신문이라면 아마 대한당과 관계가 있는 언론사일 것이었다. 소위 말하는 지역 유지들이었다. 나는 이들이 구체적으로 무슨 일을 하는지 잘 모른다. 다만 음지에 발을 딛고 있는 나로서는 주류세계의 실력자들과 잘 지낼 필요가 있었고, 이들은 법으로 통하지 않는 일을 해결해야 할 필요성 때문에 내가 필요한 것이다. 실제로 나는 설 사장 회사의 노사 문제에 개입한 일이 있었다. 강성 노조원 한 명이 설 사장의 속을 썩인다고 하소연 하기에 내가 후배들을 동원해 폭력으로 굴복시킨 것이다. 물론 나는 금전적인 대가를 톡톡히 챙겼다.

"김 사장, 여기 있는 송석기 씨가 아마 내년에 공천을 받을 겁니다. 그러면 여기 있는 사람들 톡톡히 덕 좀 볼 거예요."

그러나 설 사장이 치켜세우는 송석기는 어딘가 구식의 냄새가 났다. 내가 정치에 문외한이라고는 하지만 그렇더라도 매스컴을 통해 정치 뉴스를 꽤 보는 편인데, 송석기처럼 지역적 색채가 강한 사람은 도태되는 경향이 있다는 느낌이 들었던 것이다.

하지만 그런 내색을 할 필요는 없었다.

"그렇다면 저 좀 잘 부탁드립니다."

"물론이죠."

나는 송석기와 악수를 교환했다. 술잔을 주고 받으며 두서 없는 잡담을 나누었다. 그런데 설 사장이 무언가 내게 용건이 있는 듯한 느낌이 계속 들었다. 내 눈치를 살피는 모습이 중요한 이야기를 꺼낼 타이밍을 찾고 있는 게 아닌가 싶어진 것이다. 역시나 내가 그만 술자리에서 일어서겠다고 하자 그가 나를 따라오며 넌지시 말했다.

"김 사장님, 실은 긴히 할 이야기가 있는데…"

"그래요? 그럼 제 사무실로 올라갈까요?"

"그래요."

사무실로 올라와 소파에 마주 앉았다. 술자리에서와는 전혀 다르게, 설 사장은 침통한 표정으로 입을 열었다.

"세세하게 설명하려면 이야기가 길어질 수 있으니 요점만 간단하게 설명하겠습니다. 3년 전에 고향에 사시는 어르신이 한 분 올라오셨어요. 이 분은 나와 먼 친척 관계인데, 촌수를 따지면 복잡하니까 그냥 종친이라고 해 두겠습니다. 이 어르신이 말하기를, 종친 소유의 땅이 새로 발견되었다는 거예요. 규모가 3만 평이나 되는데다가 신도시 인근에 있어서 개발 가능성도 높고요. 액수로 따지면 천 억 안팎이라는 거예요. 그런데 이 땅이 종친 가운데 한명인 설 모씨 개인 소유로 되어있다고 해요. 그래서 알아보았더니, 애초에는 종친이 소유해야 맞는 것인데, 설 모씨라는 사람이 중간에 장난을 쳐서 자기 소유로 만들어놓고, 지금 그곳에 근린 시설을 운영중이라는 겁니다."

설 사장의 설명이 길어질 듯해서 내가 물었다.

"그래서 결론적으로 종친 쪽과 설 씨 사이에 분쟁이 생겼다는 것인가요?"

"그렇죠. 결론적으로는…"

"그런데 내가 도울 일이 있나요?"

"종친 쪽에서는 내가 가장 넉넉한 편이니 내가 나서서 재판을 이끌어갔으면 한 거죠."

"대충 알 것 같습니다."

"그래서 변호사를 고용해 소송을 했습니다. 그런데 이 새끼가 제대로 된 변호사가 아니었던 거예요. 수임료 절반을 선불로 줬는데, 재판을 준비하면서 이렇게 저렇게 돈을 요구해서 처음에 약속했던 돈의 두 배나 처 먹었단 말입니다."

"재판 결과는?"

"재판에서 이겼으면 그냥 넘어갈 수도 있겠지만 1심에서 기각 당했어요. 그래서 변호사를 바꿔야겠다는 생각에 돈을 돌려달라고 요구했습니다."

"얼마나 되죠?"

"한 1억 2천 정도 되죠."

"그래서 그걸 내가 받아달라?"

"말로는 안 통할 놈이라… 대신 그 돈 절반은 김 사장 몫으로 하겠습니다."

나는 머리를 긁적이며 말했다.

"그런 나쁜놈은 박살을 내야겠지만 변호사들은 잔꾀가 많아서 골치 아파요."

그러나 설 사장의 부탁을 거절하고 싶지 않았고 대가도 짭짤해서 일단 변호사의 인적사항을 메모해 두라고 하고 보냈다. 전형적인 악덕 변호사의 갈취 사건이라고 할 수가 있었다. 대개 보통 사람들은 이런 사건이 발생하면 소송을 해서 법의 판단에 맡기려 하지만, 법을 빠삭하게 아는 변호사들은 갖가지 방법으로 법망을 피해가게 마련이다. 그걸 잘 알고 있는 설 사장은 직업이 깡패인 나의 도움을 받는 게 낫다고 생각했을 것이다.

액수가 큰 건의 경우 나 혼자 처리하면 나중에 문제가 생길 수 있기 때문에 먼저 안영표와 이 문제를 상의했다.

"상대가 변호사라면 조심해야 할 거야. 네가 직접 나서지 말고 똘망똘망한 놈에게 맡겨."

"저도 그렇게 하려고 했습니다."

안영표가 나더러 나서지 말라는 것은 자칫 문제가 커져서 내가 다치면 조직 전체에도 악영향이 있을 수 있다는 우려 때문일 것이다. 그의 말이 아니더라도 이런 작은 일에까지 내가 나설 필요는 없었다.

나는 영업 상무인 차동만을 불렀다.

"일이 좀 있는데, 주먹 좀 쓰고 나중에 문제 안 생길 놈 좀 구할 수 있어?"

"무슨 일인데요?"

나는 대충 설 사장 건을 설명해주었다. 차동만은 나하고 쭉 함께 일해온 조직원이기 때문에 내가 어떤 걱정을 하는지 잘 알고 있었다. 그는 자신에게 맡기라고 말하고 변호사의 인적사항을 메모해 갔다.

이틀 후 차동만은 내게 보고했다.

"형님, 구했는데요, 19살이고 천호동에서 룸살롱 삐끼로 일하는 애예요. 우리 조직에 들어오고 싶어하는 놈이라 시키는 대로 잘 할 놈이에요."

"실수 안 하게 잘 처리해."

"걱정 마세요."

나는 차동만의 보고를 듣고 안심을 했다. 일단 정식 조직원이 아니기 때문에 나중에 문제가 생겨도 조직에 피해가 없을 것이었다. 차동만이 이런 일에서 실수하는 걸 본 적이 없기 때문에 믿음도 갔다. 1억 2천만 원 가운데 절반이라면 6천인데, 물론 그 돈을 나 혼자 먹는 건 아니다. 안영표에게 2천 정도 상납하고 나머지 4천을 후배들과 나누면 내게 돌아오는 건 2천 가량 될 것이다. 차를 바꿀 생각이었다. 내가 딱히 자동차 욕심이 남보다 많은 건 아니었으나, 외제차를 굴릴 때가 되었다고 생각해오던 차였다.

청담동에 볼 일이 있어서 갔다가 그곳의 외제차 전시장에 서 있던 벤츠 e200에 필이 꽂힌 적이 있었다. 이제 머지않아 그게 내 차가 될 수 있다고 생각하니 가슴이 뛰었다.

11

3일만에 최기우로부터 전화가 걸려왔다. 어쩌면 나는 신기가 있는지도 모른다. 내 방에서 전화벨 소리만 듣고도 그의 전화라고 직감해 총알 같이 달려 나왔는데 적중했다. 돗자리 깔면 한 밑천 톡톡히 잡을 것이다.

"오늘 날씨 기가 막히게 좋아."

그의 말에 나는 반사적으로 창밖으로 시선을 주었다. 정말 그랬다. 그야 말로 계절의 여왕인 5월다운 날씨다.

"이런 날은 애인하고 데이트 하셔야죠."

"맞아, 맞아. 그래야 하는데…"

그의 당황한 목소리가 왜 그렇게 고소한지 모르겠다.

"오늘 뭐해?"

"왜요?"

"요즘 장흥쪽이 좋다고 소문이 많이 나서…"

"투사가 그런 나이브한 생각을 가지면 어떡해요?"

"투사 투사 하지 마. 남들이 들으면 내가 철기사라도 되는 줄 알겠어."

그가 포기할 것 같아, 나는 부드럽게 응대했다.

"장흥은 봄이 제격이라고 하는 말 나도 들었어요."

"그렇지? 어때? 바람이나 한 번 쐴까?"

데이트 신청이다. 이날을 얼마나 기다렸던가. 최기우의 팔짱을 끼고 봄의 교외를 걷는 일은 상상만으로도 달콤하다. 하지만 나의 입에서는 정반대의 말이 튀어나왔다.

"우리가 애인 사이도 아닌데, 왜 함께 바람을 쐐요?"

급 당황한 최기우의 목소리가 건너왔다.

"지금은 애인 사이 아니지만 앞으로는 모르잖아."

"앞으로 언제요?"

"미래를 내가 어찌 알겠어?"

"그냥 선후배 사이로 편하게 바람 쐬는 건 괜찮을 것 같은데…"

"그렇지?"

그래서 나는 최기우와 내 인생의 첫 데이트를 하게 되었다. 지금도 그날을 기억한다. 신촌역에서 교외선 기차를 타고 장흥으로 달렸다. 휴일이라 수많은 선남선녀가 봄나들이를 즐기려 기차에 몸을 싣고 있었다. 커플들이 대부분이었지만 남녀 여러 명이 어울린 경우도 있었다. 그들 가운데 한 팀은 바닥에 둘러앉아 통기타를 치며 노래를 불렀다.

첫 데이트를 하는 남녀라면 대개 그렇듯 그와 나는 뻘쭘했다. 기차 좌석에 나란히 앉았는데 서로 날씨 이야기만 간간이 하는 정도였다. 그러다가 열차가 달린지 20분쯤 지났을 때 그가 뜬금없는 제안을 했다.

"내가 손금 좀 봐줄까?"

"그런 것도 할 줄 알아요?"

"대충은…"

속셈이 뻔히 보였지만 이런 수작이라도 안 하면 계속 평행선만 달릴 것 같아 그에게 손을 내밀었다.

"부모덕은 있는 편이고, 외동일 거야."

"동생 있는 데요?"

"아, 그래? 앗 잘못 봤다. 여동생이 한 명가량…"

"남동생인데요?"

"아, 그렇구나. 어머니가 좋은 분이셔. 전형적인 현모양처랄까?"

"좋은 분이라고 생각하지만 외부 활동이 많아요."

"성격이 바뀌셨나보네."

"또요?"

"작년에 무슨 안 좋은 사건이 하나 있었을 것 같아."

"그런 일 없었는데요?"

"아, 운이 좋았구나."

"결혼은 언제 한다고 나와요?"

"결혼은 3번 할 것 같은데?"

"헉! 엉터리!"

"흐흐흐, 물론 농담이지. 조만간 멋진 남자가 나타날 거야."

"언제쯤 나타날까?"

"벌써 나타났는지도 모르지."

"피!"

나는 손을 거두고 딴청을 피웠다.

기차는 어느새 장흥역에 도착했다. 그와 나를 포함 기차 안에 있던 젊은 사람의 절반 이상이 이곳에서 내렸다. 역을 나와 바라보니 장흥이라는 곳은 여러 가지가 혼재되어 있는 지역이라는 생각이 들었다. 전형적인 농촌 마을이면서 높은 고가도로와 4차선 도로가 있었고, 또 첨단의 유흥가가 들어서 있었다.

거리를 나란히 걸었다. 최기우는 주머니에 손을 찔러 넣고 앞서 걸었고 나는 그의 뒤를 따라 천천히 걸었다.

"우리 남들처럼 팔짱이라도 끼면 어떨까?"

그는 얼굴을 붉히며 말했다. 내가 잠자코 있자, 그는 내 쪽으로 다시 걸어와, 팔을 내밀며 팔짱을 끼라는 시늉을 했다. 만일 싫다고 하면 그대로 굳어져서 돌부처가 될지도 모른다는 생각이 들게 하는 표정이었다. 아마 백 년쯤 뒤에 전설의 고향 같은 드라마에 이 돌부처의 사연이 나올지 모른다. 오늘은 경기도 장흥에서 여자에게 팔짱을 껴달라고 부탁했다가 거절당한 충격으로 그대로 돌이 되어버린 돌부처의 전설을 전해드리겠습니다…

나는 그를 돌부처로 만들고 싶지 않아 살짝 다가가 그의 팔짱을 꼈다. 단지 팔짱을 꼈을뿐임에도 그와 나는 갑자기 오래 사귄 연인이라도 된 듯이 느껴졌다. 따로따로가 아니라 하나가 되어 바라보는 사물은 확실히 다르다. 삭막함마저 느껴졌던 낯선 거리가 따뜻하고 정감 넘치는 거리로 되살아났고 거리의 사람들은 모두가 사랑이 넘치는 사람들로 보였다.

하지만 이번에도 마음과 입은 따로 놀았다.

"아휴! 답답하고 어색해서 안 되겠어요!"

나는 팔짱을 풀고 앞장서서 걸었다. 씩씩하게!

얼마쯤 걸으니 본격적으로 장흥 유원지가 시작되었다. 도대체 어디서 나타난 건지, 수많은 사람이 서울의 중심가처럼 북적거리고 있었다. 조각

공원이 나오기에, 으레 그래야 하는 것처럼 그와 나는 그곳을 한 바퀴 둘러보고, 그다음에는 그 맞은 편 주점으로 들어갔다. 아직 이른 시간임에도 커튼이 늘어뜨려져 있어서 은밀한 분위기가 연출되고 있었다. 이 분위기에 녹아 얼마나 많은 여자들이 몸과 마음을 열었을까. 그 생각을 하자니 갑자기 만화 속의 말풍선 속에 엄마가 나타나 '이것아, 늑대 소굴에서 빨리 탈출해!'라고 재촉하는 듯했다.

"믿을지 모르겠는데, 이런 곳에 여자와 단 둘이 있는 거 처음이야."

"누가 뭐라고 그랬어요? 찔리는 거라도 있나요?"

"후후, 못 당하겠어."

나의 철벽 방어에 내 앞의 늑대는 일단 발톱을 감추고 동동주와 파전을 주문했다. 나는 술을 못한다. 하지만 전혀는 아니다. 때로 한 두잔씩 하는 정도다. 바로 좋아하는 남자와 함께 있을 때다.

"동동주는 술도 아니야."

최기우는 내게 잔을 내밀고 술을 따랐다. 우유빛의 동동주가 잔을 반쯤 채웠다. 건배를 하고 입으로 가져가 보니 술 향이 코끝으로 확 퍼졌다. 한 모금 삼켰을 뿐임에도, 나른한 기분에 감겨 내 앞의 늑대에게 기대고 싶은 충동이 생겼다.

"우리 동아리 재미없지?"

"재밌다고 하면 거짓말이고, 재미없다고 말하면 너무 단정적이고 그래요."

"그래도 대학 들어와서 하고 싶은 일도 많을 텐데, 우리 동아리처럼 진지한 모임에 참여 한 것 자체가 대단해."

"선배에 비하면 아무 것도 아니잖아요."

"난 어차피 이 길로 나갈 사람이야."

"그럼 정치를 하려는 거예요?"

"아마도."

그 말을 하는 최기우의 눈빛은 확고한 주관으로 빛났다. 복학한 선배라지만 나보다 서너살 많은 정도로, 아직은 20대 중반이다. 그런데 벌써 자신의 길에 대해 일말의 의심도 품지 않고 있다는 것이 놀랍기도 했고 낯설기도 했다.

그때 음악이 바뀌었다. When I Dream, Carol Kidd가 불러서 히트한 곡이다. 피아노를 배우기 시작했을 때 이곡을 정말 잘 치고 싶었다. 지금도 이곡을 들으면 감미롭고 설레고 그런다.

그런 내 심리를 마치 알고 있기라도 한 것처럼, 최기우가 손을 뻗어 내 손을 잡았다. 너무나 적당한 타이밍이었다. 이 곡이 아니었다면 나는 그의 손을 뿌리쳤을 것이다. 음악 때문에, 단지 음악 때문에… 내가 잠자코 있자, 그는 용기를 얻은 듯 자리에서 일어나 내 옆자리로 와 앉았다.

"너처럼 매력적인 여자는 처음 봤어."

최기우는 나의 어깨에 한 팔을 두르고, 다른 손을 나의 뺨에 대고 자신 쪽으로 당겼다. 그의 입술이 내 입술에 맞닿았다. 바로 그때 말풍선이 떠오르며 엄마가 출연해 '이것아, 남자가 원하는 걸 쉽게 주면 여자는 불행해져!'라고 다그쳤다.

"선배! 잠깐만!"

나를 그의 손을 뿌리치고 화장실로 달려갔다. 거울 앞에 섰는데, 가슴이 콩닥콩닥 뛰어서 주체할 수가 없을 정도였다. 최기우를 좋아한다, 하지만 이건 너무 빠르다. 이러다가 가련하고 불쌍한 버림받은 여자가 되면 어쩌지? 한국영화에 자주 나오잖아. 남자에게 버림받고 비가 오는 날 우산도 안 쓰고 미친년처럼 배회하는 그런 여자…

나는 다시 테이블로 돌아가, 최기우의 건너편 자리에 앉았다. 최기우는 나의 냉정한 표정에 기대감이 깨져서인지 우울한 얼굴로 동동주를 몇 잔 연속으로 들이켰다. 그가 입을 다물고 술만 마시는 모습을 보자니 또다시 마음이 흔들렸다. 나를 차가운 여자로 생각하지 않을까? 지금이라도 그가 원하는 대로 해야 하는 건 아닐까? 하지만 다음 순간 또다시 말풍선속에 엄마가 나타났다. 이것아, 그게 다 수법이야!

"선배, 화 났어요?"

내가 조심스럽게 묻자 그는 의외로 쿨하게 대답했다.

"그럴 리가. 수희가 나를 화나게 한 것 없잖아."

"맞아요! 오늘만 날도 아니고, 오늘로 선배하고 나하고 끝낼 것도 아니 잖아요."

"그래, 알았어."

최기우는 마지막 남은 동동주를 깨끗이 비우고 그만 일어서자고 했다. 주점을 나왔을 때는 어수룩한 저녁이었다. 그는 앞장 서서 걸었고 나는 그의 뒤를 천천히 따라 걸었다. 다정한 커플들이 와자지껄하게 웃고 떠들며 지나가고 있었다. 나는 왠지 그래야 할 것 같아 그에게 다가가 팔짱을 꼈다.

12

똑똑, 노크 소리가 났다. 클럽의 종료가 얼마 남지 않은 시간이었다.

"누구야?"

대답 대신 문이 열렸다. 열린 문 사이로 얼굴을 내민 이는 한국관의 접대부인 이미진이었다. 나이트 클럽을 안 가본 사람은 그곳에도 접대 여성이 있다는 걸 이해 못 할지도 모르겠는데, 사실 손님의 요구로 부킹을 성사시키는 일이 결코 쉬운 일이 아니다. 남자는 큰 문제가 없으나 여자들을 설득시키는 건 상당히 까다로운 일이다. 남자 입장에서 원나잇이라는 건 상당한 행운이 따라야 가능하다. 그렇기 때문에 어느 나이트 클럽이나 남성 고객들의 욕구를 충족시키기 위한 접대 여성이 존재한다.

"사장님! 바쁘세요?"

슬그머니 사무실 안으로 들어오는 이미진은 취기가 역력했다.

"씨팔, 사내 새끼들이라고 지저분하게 굴어서 2차 갈 마음이 싹 없어졌어요."

이미진은 소파에 털썩 주저앉았다. 그녀는 스물 다섯이었고, 전문대학을 다니다가 순전히 돈 때문에 유흥 일을 시작했다고 했다. 그러나 사실인지는 나도 모른다. 심지어 그녀의 이름이 진짜 이미진인지도 알 수 없다.

다리를 꼬고 앉은 그녀의 다리 사이로 분홍색 팬티가 눈에 들어왔다. 나는 당황해서 시선을 돌렸다.

"뭐 기분 상하는 일 있었냐?"

"글쎄, 두 새끼가 양쪽에 앉아서 얼마나 더러운 짓을 하는지… "

"원래 술 먹으면 개가 되는 놈들이 있기는 있어."

"사장님도 그래요?"

"지금은 아니지만 예전에 그랬던 적이 있었지."

"하여간 남자들이란…"

이미진은 자리에서 일어나 내 쪽으로 걸어왔다.

"아휴! 오늘 왜 이렇게 집에 가기가 싫지?"

그녀는 내게 기댔다. 짙은 화장품 냄새가 확 풍겼다. 손만 대면 이미진은 몸을 열 것이었다. 그리고 나도 흥분감에 젖어있는 게 사실이었다. 하지만 이 바닥에서 자기 관리를 제대로 하지 못하면 어떻게 되리라는 것을 뻔히 알고 있는 나는 자리에서 일어나 그녀를 부축해서 밖으로 내보냈다.

이미진은 나를 한번 흘겨보고는 복도를 걸어갔다. 사실 유흥업소 대표 자리에 있으니 여자와 즐길 기회는 널렸다. 한 때 나 역시 문란한 생활을 하기도 했다. 그러나 그런 생활을 하면 업소 경영이 제대로 되지를 않았다. 내가 방탕하면 후배들 역시 그것을 당연한 것으로 여겨, 나중에는 감당할 수 없는 지경에 처한 적이 몇 번이나 있었다. 나는 깡패지만 그래도 지킬 건 지키며 살고 싶었다.

그만 퇴근하려는데, 설 사장에게서 전화가 걸려왔다.

119

"아직 퇴근 안 하셨습니까?"

"막 나가려던 중이었습니다."

"별 일은 없고, 그냥 어떻나 해서 연락해봤습니다."

변호사 건의 진행이 궁금해서 전화를 건 듯싶었다. 기업 대표인 설 사장이 단지 돈 때문에 애를 닳아하는 것은 아닐 것이었다. 자신이 당했다고 생각하니 복수심에 휩싸인 것이다.

"사이비 변호사 문제는 잘 해결될 겁니다."

"그래요?"

"걱정 안 하셔도 될 겁니다."

"아무튼 잘 부탁드립니다."

나는 오늘 오전에 차동만에게서 그 건에 대해 보고받은 바가 있었다. 그가 아는 후배 가운데 윤인식이라는 이름의 19살짜리 건달이 있는데, 지금은 천호동에서 삐끼로 일하고 있고, 우리 쪽과 선을 대고 싶어하기에 이번 일을 맡겼다고 한다. 사이비 변호사를 찾아내 계속 협박 중에 있고 조만간 결과가 있을 것이라고, 차동만은 내게 보고했다. 변호사라는 직업이 법에 빠삭하다지만 펜만 굴린 자들은 또 단순 무식한 건달에게 취약한 면이 있었다. 그렇기 때문에 19살짜리 건달에게 일을 맡긴 것은 적절했다고 생각했다.

하지만 그것이 지나치게 안일한 판단이었음이 곧 드러났다. 다음날 새벽에 차동만에게서 전화가 걸려왔다. 새벽에 전화를 걸 정도라면 필시 무슨 문제가 생긴 것이라고 생각했는데, 예상대로였다.

"형님, 큰일 났습니다."

"무슨 일이야?"

"윤인식 그 새끼가… 변호사 새끼를 납치해서 두들겨 패다가…"

차동만의 목소리는 심하게 떨리고 있었다.

"윤인식 이 새끼가 워낙 무식한 놈이라서 말입니다, 형님."

"결론부터 말해봐."

"변호사가 죽었답니다."

차동만은 띄엄띄엄 설명을 했다.

윤인식은 지방에서 고등학교를 중퇴하고 카센터에서 정비사로 일하다가 서울로 상경했다고 한다. 자동차 기술자로 일하는 게 싫어서 유흥업소를 기웃거리다가 주점의 삐끼로 일을 하기 시작했다. 그 계통에서 한 1년 있어보니 세상 돌아가는 게 보이기 시작했다. 이 바닥에서는 혼자는 안 되고 조직이 있어야 한다는 걸 깨달은 것이다. 그때 주점에 손님으로 왔던 차동만을 알게 되어, 차동만이 중간 보스로 있는 AYP에 자신을 끼워달라고 사정했다는 것이다. 그래서 차동만은 나에게 사이비 변호사 건에 대한 지시를 받고 윤인식에게 그 일을 맡긴 것이다. 무엇보다 문제가 생겼을 때 조직 외의 인물이기 때문에 조직이 해를 입지 않으리라고 판단했던 것이다.

윤인식 입장에서 보면 이것을 자신에 대한 테스트라고 생각했을 것이다. 그래서 어떻게 해서라도 성공 시켜야 한다는 강박을 가지게 되었는데 그게 문제의 발단이었다. 그는 우선 변호사 사무실로 전화를 걸어, 당사자인 손만수에게 협박을 했다고 한다. 하지만 산전수전 다 겪은 사이비 변호사가 전화 협박 정도에 넘어 갈리는 없었다.

윤인식은 의뢰인으로 가장해서 손만수에게 땅 문제로 소송 중이라고 거짓말을 하고 그를 차에 태워 미리 보아둔 창고로 유인 했다. 그다음 손만수를 의자에 묶어놓고 린치를 가했다는데, 생전 처음 심하게 사람을 패는 것이다 보니 긴장을 완화시키려 마약을 흡입하고 린치를 가했다는 것이다. 정상적인 상태였다면 달랐겠지만 환각에 빠진 상태이다 보니 자기가 무슨 짓을 하고 있는지도 모르면서 정신없이 두들겨 패다가 정신을 차려보니 손만수가 죽어있더라는 것이다.

"아니, 어떻게 그런 놈에게 일을 맡겼냐?"

"죄송합니다, 형님. 마약을 하는 줄은 몰랐습니다."

"시체는 어떻게 했고, 그놈은 어딨어?"

"저도 방금 전화 받았는데요. 아직 창고에 있다고 했습니다."

아직 경찰이 모른다면 해결 방안이 있을 수도 있겠다싶어 일단 윤인식이 있는 경기도 이천으로 가보기로 했다. 차동만이 운전하는 차의 뒷자리에 앉아 이천으로 향했다. 국도를 달리는데 밖을 내다보니 짙은 새벽 안개가 내려앉아 있었다. 사방을 분간할 수 없는 안갯속이 내가 지금 처한 상황과 비슷하다고 생각했다. 잘 모르는 사람들은 깡패라고 하면 무조건 폭력으로 문제를 해결하는 집단이라고 생각할법한데, 사실 어느 정도 조직을 갖춘 깡패들에게 폭력은 마지막 수단이었다.

깡패의 꿈은 무엇인가? 그것은 남들처럼 사는 것이다. 깡패들의 내면에는 남들처럼 정당한 사회인으로 인정받고 싶은 욕구가 강하게 내재되어 있다. 그렇지만 깡패는 깡패다. 돈 많은 사람에게 타인이 바라는 것은 돈이고, 권력 있는 사람에게 바라는 것은 권력이다. 깡패는 남들이 해결 못하는 일을 쉽게 처리해 주기 때문에 존재할 수가 있는 것이다.

차가 1차선의 좁은 아스팔트 도로를 달리다가 좁은 샛길로 좌회전을 했다. 차동만은 계속 윤인식과 통화하며 운전을 하고 있는 중이었다. 비포장의 흙길을 덜컹거리며 달리다가 다시 좌회전을 하니 좁은 도랑이 나왔다.

개울물이 흐르는 도랑을 천천히 지나쳐 언덕으로 올라서니 드넓은 공터가 나타났다.

차가 공터로 진입하자 저쪽에서 키는 작지만 우람한 체형의 남자가 양손을 높이 들고 흔들어보였다.

"저 자식이야?"

"그렇습니다, 형님."

차동만은 윤인식 쪽으로 차를 몰았다. 차를 세우고 나와 차동만이 내리자 윤인식은 고개를 꾸벅 숙였다. 그 순간 차동만이 그의 뺨을 후려 갈겼다.

"개새끼야! 누가 너더러 사람을 죽이라고 했어!"

"죄송합니다."

"미친 새끼야, 뽕쟁이라고 진작 말을 했어야잖아!"

"뽕쟁이 아닙니다. 잘 해보려다가…"

"씨발 개새끼야! 너 때문에 다 감방 가게 생겼어!"

차동만은 윤인식에게 계속 발길질을 했다. 나는 그를 제지했다.

"야, 시간 없어."

윤인식을 앞세워서 범행 현장인 창고로 들어갔다. 창고 안은 비행기 격납고처럼 휑뎅그렁했다. 창고 끝에 정체 불명의 상자들이 천장 바로 아래까지 쌓여 있었고 그 앞에 손만수가 죽어 있었다. 그의 시체는 의자에 묶여 있었다. 이 자세로 린치를 당하다가 죽은 것이다. 그에게서 흘러나온 핏물이 흙바닥을 진득하게 적시고 있었다.

"처음에는 알아듣게 말로 하려고 했는데 말입니다. 조용히 사기 친 돈 내놓고 끝내자고 말입니다. 근데 다짜고짜 욕을 하면서 내 멱살을 틀어쥐더라는 말입니다. 그래서 몇 대 쥐어박고 의자에 묶었습니다. 그런데 몇 시간 동안 말로 하고 때리고 사정을 해도 안 통하더라 이 말입니다. 그러다 보니 나도 눈이 뒤집혀 이대로 가다가는 사고 칠 것 같아, 진정 하려고 약을 좀 했습니다. 뽕은 아니고 말입니다. 약국에서도 파는 거 말입니다. 졸레징이라고, 다이어트 할 때도 먹는 약인데 말입니다. 상황이 이렇다 보니 좀 세게 먹었나 봅니다. 제가 말입니다. 그다음에는 기억이 잘 안 나고 정신을 차려보니 이렇게… ”

그러고 보니 바닥에 약병이 굴러다니고 있었다. 한 통을 다 먹었다면 약간 세게 먹은 정도가 아니라는 것이다. 그것도 그렇고 윤인식의 말투나 거동을 보니 정상적인 19살과는 어딘가 달라보였다. 지나치게 단순한 것이 지능적으로 문제가 있는 인간처럼 보였다는 것이다.

그러나 이 마당에 그런 걸 따져봐야 아무 소용없었다. 경찰에게 발각되면 엄청난 후폭풍이 몰아칠 것이다. 여기 있는 세 사람 모두 감방에 가는 건 당연한 일이고, 조직 전체가 와해될 수도 있었다.

“어떡할까요?”

윤인식은 사람을 죽인 살인자라고는 믿어지지 않을 만큼 태연하게 나와 차동만에게 물었다. 나는 일단 두 사람을 기다리게 하고 창고 밖으로 나와 안영표에게 전화를 걸었다.

“형님, 접니다.”

“이 시간에 웬일이냐?”

“이야기가 좀 긴데 말입니다.”

나는 사건의 자초지종을 안영표에게 설명했다. 설명을 다 들은 안영표는 무거운 한숨을 내쉬었다.

“죄송합니다, 형님.”

"거기가 어디라고?"

"경기도 이천 송부리라는 곳입니다."

"외진 곳이냐?"

"그렇습니다."

"그럼 거기서 끝내."

"네?"

"내 말 뜻 몰라? 셋 다 거기서 죽던지, 아니면 살인한 놈만 죽이던지, 하여간 그곳에서 끝내고 올라오라는 말이야."

"그럼 저놈을… 죽이고…"

"그럼 살려서 어쩌려고? 대답해봐. 네가 책임질래?"

"무슨 말인지 알겠습니다, 형님."

통화를 마치고 보니 지금은 그 방법밖에 없다는 걸 깨달았다. 그를 죽이면 일단 봉합은 된다. 윤인식과의 연결 고리는 차동만인데 둘이 잘 아는 사이가 아니기 때문에 숨기자면 얼마든지 숨길 수 있었다.

하지만 사람을 죽이는 건 그렇게 간단한 문제가 아니었다. 내가 선량한 사람이라서는 전혀 아니다. 나는 이 세계에 발을 들인 후 셀 수 없이 많은 폭력을 경험했다. 그 가운데는 정말 사람이 한 짓이라고는 생각할 수 없을 만큼 잔인한 경우도 있었다. 그렇지만 사람을 죽인 적은 없었다. 아무리 조직을 보호하는 게 중요하다고 하더라도 살인을 할 수는 없다고, 나 자신이 마음속에서 결정을 내렸다.

나는 안영표에게 다시 전화를 걸었다.

"어떻게 됐어?"

"죄송합니다, 형님. 못하겠습니다."

안영표에게선 아무 말도 건너오지 않았다. 길지 않은 시간이었지만 마치 바늘로 심장을 찌르는 것 같은 아픔이 느껴졌다. 안영표의 지시를 거절한 건 이번이 처음이었다.

"그럼 어떡하려고?"

"예전에 김동근이가 사고쳤을 때 중국으로 보냈잖습니까."

"밀항? 왜 그렇게 일을 복잡하게 만들려고 해?"

"만일 죽였다가 발각되면 큰일나지 않습니까?"

"그러니까 발각 안 되게 해야지."

"죄송합니다, 형님. 저는 자신 없습니다."

"너 내 말 안 듣겠다는 거냐?"

안영표의 목소리는 싸늘했다.

"죄송합니다."

"그럼 알아서 해."

"알겠습니다."

일단 나는 가슴을 쓸어내렸다. 사실 안영표가 계속 살해를 고집하면 나로서는 달리 방법이 없었다. 그런데 불쾌한 기색이 역력하기는 했지만 어쨌건 그가 자신의 지시를 철회했기 때문에 살인의 부담감에서 벗어나게 된 것이다.

나는 다시 창고로 들어가 윤인식을 불렀다.

"방금 내가 아는 형님과 통화를 했는데 너를 중국으로 밀항을 시켜야 겠다."

"중국이요?"

"왜?"

"중국보다는 일본이 나을 것 같아서요."

"지금 그런 걸 따질 때가 아니잖아."

"맞습니다, 형님."

"중국에서 한 몇 년 있으면 해결되지 않겠냐."

"맞습니다, 형님."

이 와중에도 윤인식은 머리를 긁적이며 웃었다. 중국으로의 밀항은 범죄 조직에서 흔히 상용하는 수법이었다. 바로 작년에도 김동근이라는 조직원이 룸살롱에서 술을 마시다가 접대 여자를 때려서 살해하는 대형 사고를 쳤는데, 그때도 비밀 루트를 통해 중국으로 밀항 시킨 일이 있었다. 김동근은 중국 폭력 조직의 비호를 받으며 현재까지 은신하고 있다. 나는 차동만을 불러 이와 같은 계획을 설명하고 밀항 준비를 지시했다.

정작 문제는 손만수 사체의 처리였다. 쉬운 방법은 야산에 매장하는 것이지만, 이곳의 지리에 대해 잘 아는 사람이 아니면 상당히 어려운 일이었다. 불로 소각하면 말끔하겠지만 그 경우도 많은 준비가 필요하다.

차동만이 아이디어를 내 놓았다.

"형님, 여기 올 때 개천 못 봤어요?"

"개천이 있었나?"

"언뜻 봤는데 사람도 없고 적당하겠는데요."

나는 고개를 끄덕였다. 지금으로서는 물속에 수장시키는 것이 최선의 방법이라는 생각이 들었다. 그렇게 하기로 결정 하고, 두 사람으로 하여금 손만수의 차에 그의 사체를 싣도록 했다. 그다음에는 사건의 흔적을 깨끗이 지웠다. 말로는 간단하지만 그 작업을 하는 데만 2시간이 넘게 걸렸다. 시계를 보니 오전 10시였다. 다행히 이곳은 외진 곳이라 사방을 둘러보아도 사람의 기척은 찾을 수가 없었다.

그다음에는 사체가 실린 차를 '창현천'이라는 인근의 개천으로 끌고 갔다. 이곳 역시 깊은 산중이라 조용했다. 가끔 등산객이 지나갔지만 이쪽을 의심스럽게 생각하는 사람은 없었다. 내가 개울에 가까이 가서 나뭇가지로 깊이를 재어보니 사람 키 높이 이상의 깊은 물이 흐르고 있었다.

일단 운전을 하던 도중이었던 것처럼 위장하기 위해 손만수의 사체를 운전석에 앉혔다. 그다음에는 차를 개울가 쪽에 세워 놓고, 뒤에서부터 밀어 물속으로 빠트렸다. 물살에 떠밀려 아래로 이동하면서 차는 서서히 수면 아래로 가라앉아 이윽고 아무 것도 보이지 않게 되었다.

나는 안영표에게 처리 결과를 보고하고, 차동만이 운전하는 차를 타고 서울로 향했다. 집에 도착하자마자 바로 잠이 들어 내리 12시간을 뻗어잤다. 밤인지 새벽인지도 불분명한 가운데 거실로 나와 불을 켰다. 창가에 우두커니 서있다 보니 갑자기 얼마 전 24시간 편의점에서 구입한 컵화분이 생각났다. 물만 주면 포도나무가 자란다는 소개글을 읽고 호기심에 사왔던 포도나무… 처음에는 매일 눈을 뜨자마자 물을 주었지만 차츰 귀찮아져서 베란다에 처박아두었었다. 베란다 문을 열고 가보니 역시 포도나무는 오래전에 죽어, 말라비틀어져 있었다.

13

비가 오전 내내 오다가 갑자기 날이 화창해져서, 마치 흑백영화가 컬러 영화로 바뀐 것 같다는 생각이 들게 하는, 그런 날이었다. 오전의 폭우로, 군데군데 물웅덩이가 있었는데, 거울처럼 맑게 빛나고 있어, 마치 투명한 얼음처럼 보였다.

나는 안국동 거리를 걷고 있었다. 여고와 여중이 나란히 붙어 있는 학교의 긴 담벼락을 지나자 꽃가게, 문방구, 분식집… 학교 앞이면 어디나 있는 아기자기한 가게들이 줄지어 나타났고, 그곳을 지나 오른쪽 골목으로 접어들자 한옥으로 된 고급 음식집과 카페가 있는 전혀 다른 분위기의 거리가 나왔다.

바로 그 거리에 박희준이 말한 명상 센터가 있었다. 명상이라는 단어가 주는 선입견과는 달리 센터가 입주한 건물은 빨간색 벽돌의 산뜻한 모습이었다. 더욱 신기했던 건 전면이 통유리로 만들어져 있어서 안이 훤하게 들여다보인다는 것이었다.

유리창 너머의 센터 안에서는 4명의 수련자들이 의자에 앉아 명상에 빠져 있었다. 안에서 흐르는 명상 음악이 외부 스피커를 통해 밖으로도 흘러나오고 있었다. 나의 친구 박희준은 4명 가운데 끼어 있었다. 그녀는 의자에 다소곳이 앉아, 두 손을 무릎에 얹어 놓은 모습으로 수행 중이었다.

나는 행여라도 방해가 될까봐 고양이처럼 조심스러운 걸음으로 유리문을 밀고 안으로 들어섰다. 입구에는 푯말이 있었다.

'지금은 명상 중이므로 용건이 있으신 분은 2층의 휴게실로 올라가세요.'

바로 옆에 계단이 있어 나는 그곳을 통해 2층으로 올라갔다. 그곳에는 나 말고 딱 한 사람이 더 있었다. 그 사람이 무슨 잡지를 열심히 보고 있기에 나도 그러려고 주위를 둘러보니 구석에 작은 책장이 있고 그곳에는 명상과 관련된 잡지와 책들이 가득 꽂혀 있었다. 나는 잡지 한 권을 뽑아 들고 자리로 돌아와, 친구를 기다렸다.

박희준은 20분 뒤에 올라왔다.

"미안, 미안. 대신 내가 커피 살게. 나가자."

근처의 커피전문점으로 들어가 앉자마자 그녀는 조금전의 고요한 모습은 온데간데없이, 수다쟁이로 돌아왔다.

"너 명상이 얼마나 대단한 건 줄 아니? 나 이거 하고 불면증도 없어지고 편두통도 낫고 살도 3킬로나 빠졌어."

처음 박희준의 소식을 전해준 조영미는 그녀가 무슨 사이비 종교에 빠진 것 같다고 내게 말을 해줬다. 한 가지에 몰입하면 다른 것은 안중에도 없는 그녀의 그런 성격이 이상한 종교로 그녀를 빠지게 했다고, 그럴듯한 추론을 하는 것이었다.

공부벌레라서 절대로 허튼 짓은 안할 것 같은 박희준이 어떤 이유로 어둠의 길로 접어들었는지 이해가 안 되어 전화를 해봤더니, 그녀는 너무나 밝은 목소리로 사이비 종교가 아니라 명상이라고 내게 설명을 해 주었다. 그러면 그렇지, 우리 가운데 가장 아이큐가 좋은 그녀가 멍청한 사람이나 빠지는 사이비 종교에 관심을 둘리가 없는 것이다.

"인류를 구원하는 건 정치도 아니고 문명도 아니야. 바로 명상이라고. 왠줄 알아? 세상을 변화시키는 것보다 자기 자신이 변하는 게 더 가치 있는 일이니까."

"누가 보면 해탈한 사람이라도 되는 줄 알겠어."

"해탈이 별거니? 명상으로 마음속 평화가 찾아오면 그게 해탈이잖아."

"명상이 좋다는 거 알았으니까 홍보 그만해."

박희준은 입이 아프게 떠들었지만 나는 그녀가 정말로 명상에 심취했다고는 생각하지 않았다. 명상에 대해 말하는 그녀의 얼굴이나 자세에는 초심자의 치기가 잔뜩 묻어나왔다. 내가 운동권을 기웃거리고 있는 것과 크게 다르지 않을 것이다. 실망스러운 대학생활에 대한 반작용으로 열정을 쏟아부을만한 대상을 찾고 있는 것이다.

사이비 종교는 전혀 아니지만 명상이라는 게 수행과 밀접하게 연관된 게 사실이므로 종교와 관련이 있다고도 볼 수가 있었다. 연애 감정에 흠뻑 빠져 있는 나와는 다른 방향을 향해 있는 것이다.

최기우에 대한 나의 감정은 조금씩 깊어지고 있었다. 장흥에서 첫 데이트를 하고 두 번 더 만났다. 첫 데이트에서는 팔짱을 꼈고 두 번째 데이트에서는 손을 잡았고 세 번째 데이트에서는 키스를 했다. 이제 남은 것은 함께 자는 것뿐이다. 그 두려움 때문에, 나는 최기우의 연락을 피했다. 엄마는 내 속도 모르면서 '네가 싫다고 확실하게 표현을 해야 집적거리지 않지!'라고, 최기우를 싫다는 내게 추근거리는 남자 취급을 했다.

나는 알았다. 여자의 내숭은 꾸미고 계산된 것이 아니라는 것을! 그것은 두려움과 설레임과 기대감이 뒤섞여, 도저히 감당을 못하기 때문에, 그 감정으로부터 도망치고 싶어하면서도, 상대가 못 찾으면 어쩌나 하는 불안감 때문에 아주 멀리는 갈 수 없는, 그런 감정이다.

"운동권 용사와의 연애는 어떻게 됐어?"

박희준은 내가 간절히 기다렸던 질문을 던졌다. 나는 박희준을 비롯한 친구들에게 최기우가 얼마나 멋진 남자인가를 열심히 설명해준 바가 있다. 내가 박희준을 만나러 이곳까지 온 중요한 이유가 사실은 누군가에게 내 감정을 털어놓고 싶었기 때문이다. 정작 최기우에게는 감정 표현을 못하면서 친한 친구에게는 내가 느끼는 감정을 세세하게 표현하고 싶어 좀이 쑤셨다.

"어떨 것 같니?"

"모르지!"

박희준은 혹시라도 자기가 질투심을 느껴야 하는 상황이 초래될까봐 염려하는 듯한 표정이었다. 내가 그다지 짓궂은 성격도 아닌데, 왜 한껏 부풀려서라도 나의 사랑을 마음껏 자랑하고 싶어지는 것인가.

"첫 데이트는 지난 5월이었어. 너무나 맑고 화창했지. 기차에서 내려 장흥의 거리를 걷는데, 그가 얼굴을 붉히며 팔짱을 끼자고 하는 게 아니겠니?"

"그래서? 꼈어?"

나는 고개를 끄덕였다.

"너무 빠르다."

"하지만 잠깐이었어."

"그리고?"

"함께 주점으로 들어갔지."

박희준은 눈을 반짝이며 나를 바라보았다. 나는 그런 그녀를 실망시키지 않으려, 최대한 자세하게 그날의 데이트를 설명해주었다. 그녀는 마음속의 변화를 들키지 않으려 애쓰는 듯했으나, 들끓는 질투심과 부러움을 숨길 수는 없었다,라고 하는 것은 나의 생각이고, 표정만으로는 그녀가 무슨 생각을 하는지 알 수 없었다.

나는 1탄에 이어 2탄을 늘어놓았다.

"두 번째는 함께 영화를 봤어. 영화가 시작되기를 기다리며 휴게실에 나란히 앉았는데 그가 내 귀에 대고 속삭이는 거야. 자기는 영화 볼 때 여자와 손을 잡고 보는 게 소원이라고."

"유치한 작업이네."

"어머? 유치하니? 난 센스 있던데."

"그래서 넌 뭐라고 했어?"

"그런 상황에서 뭐라고 대답을 한다는 게 웃기는 거 아니니?"

"그럼 알아서 하라는 거잖아."

"꼭 그런 건 아니고, 하여간."

"그래서 손잡고 영화를 봤어?"

"응."

그랬다. 할리우드의 코미디 영화였는데, 둘이 정신없이 웃는 와중에, 최기우가 슬며시 내 손을 잡았다. 나중에 생각해보니 멜로 영화가 아니라 코미디 영화라서 자연스러웠던 것 같다. 기분이 업된 상황이다 보니 그런 정도의 스킨십은 당연한 듯이 생각되어진 것이다. 그리고 그와 나는 들어갈 때와는 전혀 다른 감정을 갖고 극장을 나왔다. 커피숍에 들어가, 마주보며

앉는 것이 아니라, 서로 어깨가 닿을 정도로 나란히 앉았다. 조금 전에 본 영화 이야기를 하며, 그와 나는 눈물이 날 정도로 유쾌하게 웃기도 했다. 그가 우리집까지 배웅을 해 주었고 나는 나의 방에 들어와서도 한동안 공중에 떠 있는 것처럼 들뜬 기분으로 있었다. 나는 여기까지의 이야기를 박희준에게 세세하게 들려주었다.

내친김에 3탄까지 들려주고 싶었으나 박희준이 센터에 들어가야 한다며 일어서자고 했다. 이상하다. 조금 전까지 그녀는 오늘 일과는 다 끝나서 자유시간이라고 했는데… 게다가 박희준은 자기가 커피를 사겠다고 한 걸 까맣게 잊고, 냉큼 커피숍을 나가버리는 것이 아닌가.

"희준아! 커피값 네가 낸다고 했잖아!"

"미안! 지갑을 안 가져왔어!"

그녀는 뒤도 안 돌아 보고 센터를 향해 총총히 걸어갔다.

혼자 안국동 골목을 걸어오다 보니, 이곳에 유명한 도서관이 있다는 게 생각났다. 고등학교 때 몇 번인가 공부하러 왔던 곳이었다. 나는 잠시 시간을 보내려, 도서관을 찾아들어 갔다. 여전히 낭만적인 정경이었다.

고등학교 때도, 이 도서관의 정원이 너무나 근사해 공부 하는 시간보다 정원을 거닐었던 시간이 더 많았을 정도였다. 초여름의 나른한 햇살 아래, 나무들은 푸르고 싱싱하게 서 있었고, 그 그늘 아래서 몇 명의 사람들이 책을 읽거나 사색을 하고 있었다.

그런 정경 속에 있다보니 자연스럽게 최기우가 떠올랐다. 세 번째 데이트 장소는 그가 사는 상도동의 작은 카페였다. 새로 생긴 아담한 카페인데 그 앞을 지나갈 때마다 나와 함께 그곳에서 차를 마시고 싶었다고, 최기우가 말했다. 테이블이 서너 개 밖에 없는 정말 작은 카페였는데, 사실 카페라기보다는 누군가의 테라스처럼 꾸며져 있었다. 나와 그는 그곳에 앉아 수다를 떨었다. 몇 시간 동안 정말 엄청나게 많은 이야기를 주고받았는데, 뚜렷이 기억이 나는 게 없다. 이야기의 내용이 중요한 것이 아니라, 분위기가 중요했다. 그와 나를 관통하는 사랑의 감정이 긴 시간을 함께 있어도 지루하지 않게 만들었던 것이다.

그리고 버스 정류장에서 버스가 왔을 때 그는 굳이 나와 함께 올라타 내가 사는 동네까지 배웅을 해 주었다. 그만 돌아가라고 하자 그는 마지막 인사를 하고 돌아서서 얼마쯤 걷다가, 갑자기 되돌아서서 나를 향해 뛰어오더니 와락 포옹을 했다. 나를 안은 그는 떨고 있었고 백미터 달리기를 방금 끝낸 주자처럼 거칠게 숨을 들이쉬고 내쉬었다.

"사랑해, 사랑해, 사랑해!"

그의 사랑 고백은 부드럽지 않았다. 그것은 마치 선언을 하는 것처럼도 들렸고 절규를 하는 것처럼도 들렸다. 달콤하지 않았지만 그의 말속에 담긴 진심이 나를 흔들었고, 또 나를 울렸다.

최기우의 손이 서서히 위쪽으로 올라오는 걸 느낄 수 있었다. 그의 손끝에서부터 기묘한 열기 같은 것이 전해져와 전신으로 퍼지는 것 같은 느낌이 들었다. 나는 부끄럽기도 하고 설레기도 하는 감정에 휩싸여 그의 가슴에 얼굴을 묻었다. 그러자 그가 두 손으로 나의 뺨을 잡고 자신 쪽으로 당겼다. 그와 나는 잠깐 서로를 바라보았고 그다음에 그가 내 쪽으로 입술을 내밀었다. 나는 눈을 감았다.

처음에는 입술이 닿았고 그다음에는 그가 혀로 나의 입술을 열고 들어왔다. 깊고 달콤한 키스였다. 이 순간이 영원히 계속되기를 간절히 바랐다. 하지만 나의 마음과 달리 나의 손은 그를 가만히 밀쳐내고 말았다.

최기우는 나의 이마에 살짝 입맞춤을 하고 돌아섰다. 그는 몇 번이나 내 쪽을 돌아보며 걷다가 모퉁이를 돌아서 사라졌다. 나는 그가 사라진 뒤에도 한동안 서 있다가 한참만에야 정신을 차리고 집으로 들어갔다.

14

캠퍼스는 정문을 사이에 두고 경찰과 시위 대학생들이 대치 중이었다. 아직 본격적인 공방전은 시작되지 않았고, 스크럼을 짠 대학생들이 캠퍼스를 돌며 위력을 과시하는 중이었다. 길 건너편에서는 경찰 기동대가 발을 맞추며 전열을 정비하고 있었다. 정문의 게시판에는 대자보 수십 장이 나붙었고 곳곳에서 유인물이 뿌려졌다.

그 사이를 걷는 나의 발걸음은 가벼웠다. 물론 최기우 때문이다. 나는 누누이 내 이상형이 '해리가 샐리를 만났을 때.' 영화의 남자 주인공 '해리'라고 밝힌 바가 있었다. 그런데 최기우를 만나고 나서 그 생각이 감쪽같이 사라져버렸다. 이제 나는 영화 속의 주인공이 아니라, 피가 있고 살이 있고 체온이 있는 현실의 남자를 사랑하게 된 것이다.

그의 손이 나의 어깨와 등에 닿고, 그의 입술이 나의 입술에 닿고, 그리고 그의 혀가 나의 입술을 열고 들어오던 그 순간이, 나의 머릿속에서 되풀이해서 떠올랐다. 그때 나는 내가 여자라는 자각이 생겼다. 부끄럽기도 했고 설레기도 하면서, 나는 그의 분신이거나 그림자가 되었으면 좋겠다고 생각했다.

나는 어느새 그와의 결혼을 꿈꾸게 되었다. 그를 위해 집을 꾸미고, 음식을 만들고, 아이를 키우는 나를 상상하고, 또 그런 나를 지켜주는 그를 생각했다. 하지만 너무 앞서가지는 말자고 나 자신에게 다짐 하며, 이 사랑이 나를 잘못된 길로 접어들게 하지 않도록, 사뿐사뿐, 조심조심, 그에게 다가가자고, 스스로에게 말하기도 했다.

나는 천천히 캠퍼스를 걸었다. 다른 학생들이 나의 속마음을 알아채고 질투 할지도 모른다는 말도 안 되는 염려를 하며, 표정 관리를 하고 있었다. 오전 내내 도서관에서 전공 공부를 하고 오후에는 동아리 사무실에 들를 예정이었다. 그곳에 최기우가 있을지도 모른다. 마지막 데이트를 하고 통화는 못했지만 마음이 관통하고 있음을 나는 알고 있었다. 그도 나를 생각하고, 나도 그를 생각하고 있다고 믿었다.

"네가 채수희니?"

도서관으로 올라가는 계단에 막 첫 발을 올리는데 등 뒤에서 여자 목소리가 내 귓전을 때렸다. 나는 반사적으로 걸음을 멈추고 뒤를 돌아다보았다.

"채수희 맞냐고?"

결코 호의적이지 않은 목소리로 내 이름을 부르는 그녀는 한 눈에도 심상치 않다는 걸 알 수 있게 표정이 굳어 있었다. 백팩을 등에 멘 그녀는 화장을 전혀 하지 않은 얼굴인데다가 중성적인 느낌이 들어 나를 순간적으로 위축시켰다.

"그런데… 누구시죠?"

"나 89학번이고 이름은 박윤진이야."

나보다 한참 선배인 건 맞지만 그렇다고 처음 보는 상대에게 반말 하는

138

모습이 심상치 않다는 생각이 들었다.

"그런데 무슨 일이죠?"

"나하고 잠깐 이야기 좀 할까?"

"무슨 이야기요?"

"들어보면 알아. 좀 따라와."

다짜고짜 따라오라는 그녀를 따라 몇 걸음 떼었다가 영문도 모르고 처음 보는 사람을 따라가는 건 바보 같다는 생각이 들어, 걸음을 멈추고 말했다.

"이야기할 게 있으면 여기서 하시죠."

박윤진은 불만스러운 얼굴로 나를 잠깐 쳐다보았다가 할 수 없다는 듯 자세를 고쳐 잡고 내 앞으로 와, 입을 열었다.

"네가 기우 오빠에게 집적거린다면서?"

"네?"

"다 들었으니까 시치미 떼도 소용없어."

말문이 막혔다. 박윤진은 마치 형사가 범죄자를 다그칠 때 같은 표정을 하고 있었다. 그리고 내가 최기우에게 집적거리다니… 한순간에 자존심이 곤두박질치는 느낌에 사로잡혔으나 상대가 너무나 수준 이하로 느껴져서 바로 반박할 수가 없었다.

나는 겨우 정신을 차리고 입을 열었다.

"그쪽은 누군데 그러죠?"

"나? 기우 오빠 애인이야."

이건 또 무슨 말인가. 최기우에게 애인이 있었다고? 그런 말은 들어본 적도 없고, 그런 낌새도 느낀 적이 없었다.

"지금은 피치 못할 사정으로 떨어져 있지만 기우 오빠하고 나는 서로 죽고 못 사는 사이야."

"그건 그쪽의 일방적인 주장이잖아요."

"그럼 이해하기 쉽게 설명해줄까? 대학 1학년 때 기우 오빠랑 나하고 사귀기 시작했어. 오빠가 군대 제대해서까지 사귀고 결혼하려고 했는데 우리 부모님이 반대하셔서 못했어. 부모님이 반대한 이유는 오빠가 정치쪽의 꿈을 갖고 있기 때문에 불안정하다고 생각한 거야. 그래서 오빠하고 나는 서로를 위해 잠깐 떨어져 있기로 했을 뿐이라고. 우리 부모님이 인정할 때까지만 말이야. 그런데 난데없이 네가 우리 사이에 끼어들려 하는 거라고. 네가 무슨 짓을 하고 있는지 알겠어?"

박윤진의 말을 듣고 나니 상황이 대충 이해가 되면서, 그녀의 주장에 의혹이 생겼다. 과거야 어쨌건 지금은 사귀지 않는다는 말이었다. 나도 최기우처럼 매력적인 남자가 순백의 과거를 지녔으리라고는 생각하지 않았다. 그렇다면 단지 한때의 썸씽에 불과한 것인데, 이 여자가 그걸 못 잊고 있을 뿐일지도 모른다는 생각이 든 것이다.

나는 침착하게 응대했다.

"나와 최 선배가 서로 호감을 갖고 있는 건 맞아요. 그런데 그건 개인의 자유 아니에요? 만일 그쪽이 현재 애인이라면 모르겠지만 과거에 사귀었던 적이 있다는 것으로 최 선배의 애인처럼 행동하는 건 받아들일 수가 없어요."

"정말 뻔뻔스럽게 나오는군."

"뻔뻔스러운 건 그쪽이죠."

"그렇다면 오빠가 아직도 나를 못 잊고 있다는 증거를 보여줄까?"

증거라는 말에 가슴이 덜컥 내려앉았으나 그런 내색을 안 하며 잠자코 있었다. 박윤진은 가방 속에서 지갑을 꺼내더니, 그 속에서 사진을 한 장 꺼냈다. 아마 최기우와 함께 찍은 사진을 보여주며 자신들의 사랑이 얼마나 돈독했는지를 설명하려는 것이라고 생각했는데 뜻밖에도 박윤진은 반으로 잘린 사진을 보여주었다. 사진 속에는 최기우만 서 있었다. 최기우와 박윤진, 두 사람이 나란히 찍은 사진을 손으로 찢은 듯 했다.

"서로 떨어져 있기로 하면서 사랑의 징표로, 둘이 오대산에 놀러 가서 찍은 가장 아끼는 사진을 잘라 각자가 보관하기로 했어. 나는 오빠 모습을, 그리고 오빠는 내 모습을…"

박윤진은 갑자기 눈물을 흘리며 울먹이기 시작했다.

"그래서 서로 지갑 속에 이렇게 서로의 모습을 소중하게 보관하고 다닌다고… 네가 알아? 서로 뜨겁게 사랑하면서 만날 수 없는 아픔을…"

나 역시 분하고 억울해서 눈물이 핑 돌았다. 아니, 내가 왜 뜨겁게 사랑하는 두 남녀 사이를 훼방하는 질투의 화신이 되어버렸는가. 만일 박윤진이 말한 그런 스토리가 사실이었다면 나는 결코 최기우에게 다가가지 않았을 것이며 그가 다가오는 것도 반기지 않았을 것이다.

"만일 네가 일말의 양심이라도 있는 아이라면 더 이상 오빠에게 집적거리는 일은 하지 말아줘. 알겠어?"

박윤진은 쐐기를 박듯이 말하고 자리를 떴다.

이런 기분으로는 아무 것도 할 수 없을 것 같았으나, 생판 모르는 남 때문에 내 생활에 방해를 받는 것도 용납이 안 되어 도서관에 자리를 잡고 앉아 전공 공부를 해 보려 했다. 하지만 가슴이 뛰고 화가 나서 집중할 수가 없었다.

도무지 받아들일 수가 없다. 최기우에게 과거가 있었다는 건 이해하자면 할 수도 있다. 그런데 과거의 여자가 왜 내 앞에 불쑥 나타나 나를 비난하는가. 아니, 도대체 내가 무슨 잘못을 했다고? 이 문제에 대한 최기우의 입장은 어떤 것인가. 내가 생각하는 것처럼 단지 과거의 애인일 뿐인데, 그녀가 집착하고 있는 것인가. 아니면 그녀의 말대로 그 역시 그녀를 잊지 못하고 있는 것인가. 아무리 최기우가 잘난 남자라 하더라도 그의 '또 다른 여자'이고 싶지는 않다. 절대로!

오후가 되어 근대사연구회 동아리 사무실을 찾았다. 평소와는 달리 어수선했다. 사무실 안은 다른 동아리 회원까지 뒤섞여서 집회 준비를 하고 있었다. 아마도 마당극을 준비하고 있는 듯, 그와 관련된 소품과 의상들이 잔뜩 쌓여 있었다. 내가 들어서자 안소연이 바쁜 중에도 설명을 해주었다.

"내일 시내에서 통일축전이 열리는데, 그 준비를 하고 있어."

그러고 보니 뉴스에서 본 기억이 있었다. 대학생 두 명이 북한에 밀입국했다가 판문점을 통해 남한으로 돌아오는데 그것에 맞춰 재야와 한총련에서 대규모 행사를 계획하고 있다는 것이었다.

"제가 도울 일은 없나요?"

"괜찮으면 이것 좀…"

나는 안소연의 지시에 따라 현수막과 피켓 정리하는 일을 거들었다. 그러면서 시종 최기우가 나타나기만을 기다렸다. 최기우는 내일 행사 때문에 다른 대학의 회의에 참석했다고 한다. 언제 올지 알 수 없는 상황이었고 혹시 안 올 수도 있다지만 나는 끝까지 기다리기로 했다. 물론 그 이유는 그와 나의 관계를 확실히 하고 싶었기 때문이다.

그런 한 편으로 이런 대규모 정치 투쟁을 벌이는 그에게 사적인 감정을 내세우는 게 잘하는 짓이 아닐지도 모른다는 염려도 생겼다. 확실히 정치와 연애는 거리가 너무 멀다. 최기우를 감싼 정치적인 환경은 나를 위축시켰다. 그의 입술이 나의 입술에 닿던 순간의 달콤함은 사무실 여기저기의 과격한 정치 구호 속에 묻혀 버리고 말았다. 느닷없이 나타난 박윤진 때문에 한시라도 빨리 사랑을 확인하고 싶었으나 그것이 사치는 아닌가하고 회의가 찾아들었다.

다행히 두 시간 남짓 뒤에 최기우가 나타났다. 중요한 회의 참석 때문이었는지 그는 평상시와는 다르게 점잖은 코트를 입고 있었다. 하지만 그의 곁에는 수행원처럼 몇 명의 학우들이 따르고 있었고, 사무실에 들어서자마자 동아리 간부들과의 긴급회의 때문에 회의실로 직행해야 해서 나와는 눈인사만 잠깐 하고 말았다.

계단 쪽에 서서 아무래도 오늘은 못 만나겠다고 생각하고 이렇게 멀어질 수도 있겠구나 싶어 우울모드로 접어드는 와중이었는데, 뒤에서 낯익은 목소리가 들렸다.

"여기 있었구나."

최기우가 빙그레 웃으며 다가왔다.

"바쁜 것 같아서 오늘은 그냥 가려고 했어요."

"평소에는 별로 안 바쁜데, 요 며칠은 정신이 없어."

"알아요. 이야기 들었어요."

"대충 정리가 다 된 것 같아. 오늘 저녁은 자유 시간이야."

"나도 선배에게 할 말이 좀 있어요."

"심각한 이야기야?"

"글쎄요."

"연락 못해서 미안해. 정말 정신없어서 그랬어."

"그런 이야기가 아니에요."

최기우와는 두 시간 후에 신촌 로터리에 있는 찻집에서 만나기로 했다. 나는 다시 도서관으로 가서 눈에 들어오지도 않는 전공서적을 붙들고 있다가 시간이 되어 약속장소로 갔다. 최기우가 말한 찻집은 전형적인 노땅 커피숍이었다. 그 시대보다 한 세대 전에는 다방이라는 곳이 번성했다는데 그런 정도는 아니었지만 대형 어항이 있고 테이블위에는 동전을 넣으면 운세가 적힌 두루마리가 튀어나오는 기계가 있는 상당히 고전적인 커피숍이었다.

최기우는 먼저 와서 기다리고 있었다. 내가 나타나자 그는 옆자리의 가방을 치우며 자신 옆에 앉을 것을 권했다. 하지만 나는 다소 까칠한 태도로 그의 앞자리에 앉았다. 그의 태도가 다소 경직되는 것이 느껴졌지만 지금은 그런 것에 마음을 쓸 때가 아니라는 생각에 마음을 다잡았다.

최기우는 다소 떨리는 목소리로 진지하게 말했다.

"그날, 내가 실수를 했을지도 모른다고 줄곧 생각했어. 하지만 그때 내가 했던 말, 행동은 진심이었어."

"진심이었다고 나도 생각했어요. 하지만 남자는 어떤 여자에게건 다 진심일 수 있는 거잖아요."

"그게 무슨 말이지? 내가 아무 여자에게나 그렇게 행동한다고 생각하는 거야?"

"나는 선배에 대해 아는 게 없어요."

"보이는 게 전부야."

"그럼 과거가 전혀 없다는 말인가요?"

나는 질문을 던지고 놓칠세라 최기우의 표정을 살폈다. 최기우는 입을 다물고 잠시 무슨 생각을 하다가 입을 열었다.

"딱 한 번 연애를 했어."

"어떤 여자죠?"

"과 동기였어."

"어느 정도로?"

"지금 생각하면 철이 없었어. 사랑이라는 것도 사람 사는 세상의 일인데 겁 없이 뛰어들었으니까. 어쩌면 제대로 된 사랑이 아니었던 건지도 몰라."

"구체적으로 이야기 해줘요."

최기우는 과거를 돌이켜보는 게 괴롭다는 듯한 표정으로 말했다.

"그때 나는 사랑한다면 상대가 원하는 대로 살아야 한다고 생각했어. 물론 그녀도 그랬고. 항상 함께 있고, 어디건 함께 가고, 생각하는 것도 동일해야 하고, 서로를 위해 죽을 수도 있어야 한다고… 하지만 그건 잘못된 믿음이었어. 사랑이라는 것도 상식을 벗어나면 안 된다는 걸 나중에야 알았어. 나는 그녀로 인해 아무 것도 할 수 없었고, 심지어는 친구도 사귈 수가 없었고, 나 자신의 미래를 위한 설계도 할 수가 없었어."

놀랍게도 그의 말을 듣는 나 자신 속에서 그에 대한 불신이 소리 없이 녹아내리고 있었다. 나는 최기우가 말한 그런 식의 사랑은 전혀 경험 해본 적이 없지만, 그가 어떤 입장이었는지를 이해할 수 있을 것 같아졌다. 박윤진의 성향으로 미루어 지금 최기우가 말한 그런 관계였을 수도 있다는 생각이 든 것이다.

"난 벗어나고 싶었어. 그래서 운동권 활동에 전력을 기울인 건지도 몰라. 하여간, 그녀로부터 떨어져 있고 싶었어. 하지만 그때까지도 그녀와 헤어지겠다고는 생각은 안 했어. 어느 정도 거리를 두면서 사귀고 싶었을 뿐이야. 하지만 그녀가 그걸 이해하지 못했어. 그럴수록 그녀는 나에게 집착해서 당장 결혼 하자고 요구했어. 말도 안 되는 일이었어. 이제 막 군대를 제대한 내게는 경제적 능력도 없었을 뿐더러, 결혼보다 중요한 일들이 많았어. 그럼에도 그녀는 막무가내로 자신의 부모님께 나를 데려갔어. 결혼 생각이 없는 상태에서 그녀의 부모님을 만났으니 나는 어정쩡한 태도를 취할 수 밖에 없잖아. 그래서 그녀의 부모님이 나를 퇴짜놓았지. 속으로는 천만다행이다 싶었어. 나는 당장 결혼을 못하면 죽겠다는 그녀를 설득하기 시작했어. 나중을 위해 잠깐만 헤어져 있자고… 그래서 그렇게 했는데… 그녀에게 거짓말을 한 건 아니었지만 일단 그녀에게서 벗어나고 보니 다시 돌아가고 싶은 마음이 사라졌어."

뒤죽박죽이었던 머릿속이 서서히 제 자리를 찾아가는 듯했다. 박윤진의 등장으로 일그러졌던 그에 대한 나의 시각이 다시 원래로 돌아왔다. 그렇다. 역시 내가 잘못된 사랑을 했을 리 없다.

"어때? 내 첫사랑 이야기 들은 소감이?"

"시시해요!"

"그래?"

"별 것도 아닌 이야기면 진작 말하지 그랬어요."

"언젠가는 이야기해 주려고 했어."

바로 그때 의혹 하나가 전구 불처럼 머릿속에서 반짝하고 켜졌다. 바로 사진이다. 박윤진은 반으로 나눈 각자의 사진을 서로의 지갑 속에 넣고 다니며 사랑을 확인한다고 분명히 말했다. 물론 최기우가 박윤진의 사진을 지갑 속에 보관하고 있을 리는 없다고 생각했지만 세상일은 언제나 뜻밖의 일이라는 게 있는 법이다.

146

나는 선의의 거짓말을 하기로 했다.

"선배, 여기 더 있을 것 같으니까 찻값 계산 미리 해야겠어요."

지갑을 꺼내며 자기가 하겠다는 최기우에게 나는 내가 하겠다며 그의 지갑을 낚아채듯 하여 카운터 쪽으로 걸어갔다. 그리고 기둥 뒤에 숨어 지갑을 조심스럽게 열어보았다. 지갑 안에는 흔한 잡지에서 오린 듯한 귀여운 강아지 사진뿐이었다. 박윤진의 사진이 없다는 걸 확인하는 순간 눈물이 핑 돌 정도로 안도가 되었다.

그런 감정 때문이었을까. 나는 찻값을 계산하고 돌아와 그의 옆자리에 앉고 자연스럽게 그의 어깨에 머리를 기댔다. 그는 팔로 나의 어깨를 안았다. 지난번 만남에서 키스를 했지만 그때는 서로 심하게 긴장했었던데 반해, 지금은 마치 오래 사귄 연인처럼 편하고 익숙한 감정이 관통하고 있었다.

거리로 나왔을 때도 그 감정이 이어졌다. 그는 내 손을 잡고 있었는데, 도대체 언제부터 손을 잡았는지 기억이 나지 않을 정도로 자연스러웠다. 이런 기분이라면 그가 나를 어디로 데려가건 또 그곳에서 무엇을 하건, 그대로 내버려둘 것 같아졌다. 하지만 사람이란 자신이 어느 한쪽으로 치우치면, 그것에 대한 경계심도 고개를 드는 법이다. 시원한 저녁의 거리를 기분 좋게 걸으며, 이렇게 마냥 그가 원하는 대로만 흘러가는 건 안 좋을 것 같았는데, 안 좋은 이유가 딱히 생각 안 났다.

사실은 너무나 행복했다. 시간이 멈추었으면 좋겠다는 말은 이럴 때 쓰는 듯 했다. 거리에는 수많은 사람들이 활보하고 있었지만, 사실은 그들 모두가 나와 최기우를 위해 동원된 사람들이라고 생각했고, 거리의 샹들리에와 네온사인, 그리고 빌딩 꼭대기의 광고판 같은 것들이 그와 나의 사랑을 축복하기위해 존재하는 것처럼 느껴졌다.

그가 갑자기 걸음을 멈추었다. 그의 시선을 따라 앞을 쳐다보니 그곳에는 모텔이 있었다. 그를 이해한다. 이런 기분이라면 얼마든지 함께 할 수 있었고, 그가 그렇게 생각하는 건 자연스러운 일이었다. 하지만 나는 선수가 아니다. 선수는커녕, 이제 스물한 살이 된 순백의 처녀다.

"선배! 잠깐만!"

나는 속도 무제한의 거리를 질주하다가 갑자기 브레이크를 밟는 기분으로 그를 제지했다. 최기우는 다시 내 손을 잡으며, 그야말로 절박하게 말했다.

"모르겠어? 널 정말 사랑한다고!"

"알아요, 하지만… 이건 너무 빨라요!"

"이런 곳에 함께 들어간다고 무조건 무슨 일이 생기는 건 아니야. 조용한 곳에서 이야기나 더 하고 싶을 뿐이라고."

뭐? 모텔에서 이야기만 하자고? 이건 완전히 쌍팔년도 수법이다. 나도 그쯤은 알고 있다. 하지만… 그런 수작이 여자에게 통하는 것도 사실이다.

나는 모기만한 목소리로 말했다.

"그럼 잠깐 이야기만 하다가…"

"그러자니까…"

그의 손에 이끌려 모텔로 들어서는데, 마치 그곳 종업원들이 전부 몰려나와 나를 주시하는 듯한 느낌에 시선을 어디에 둬야할지 몰랐다. 그가 카운터에서 숙박계를 쓰는 몇 분의 시간이 몇 시간은 되는 듯 느껴졌다. 카펫이 잘 깔린 계단은 우리 말고 아무도 없었지만 등 뒤에서 누가 나를 쳐다보고 있는 것만 같아 식은땀이 흘렀다.

그런 심정이다 보니 객실에 들어서는 순간 해방감이 밀려왔다. 처음 몇 분 간은 그와 나 사이에 어색한 침묵이 흘렀다. 그는 아무 이유도 없이 주전자를 들어보기도 하고 옷장 문을 열어보기도 하다가 나를 향해 돌아서더니 멋쩍게 말했다.

"피곤할 텐데, 샤워 좀 하지."

"선배 먼저 해요."

"그럴까."

그가 세면장으로 들어가고 이어서 샤워물 소리가 요란하게 흘러나왔다. 그 소리가 야릇하게 자극적이었다. 마치 잠시 후에 있을 행사를 위한 팡파르 같았다. 나는 가슴에 손을 얹고 나 자신에게 말했다. 아무 문제 없어, 나와 그는 사랑하는 사이잖아…

그리고 무심코 시선을 돌리다가 침대 위에 던져져 있는 최기우의 가방이 눈에 들어왔다. 책이나 서류 정도가 들어가는 작은 사이즈의 가방이었다. 가방이 열려 있어서 내용물이 보였는데, 3권의 책과 노트 한 권이 들어 있었다. 3권의 책 가운데는 시집이 한 권 있었다. 항상 딱딱한 사회과학 서적만 읽는 그가 시집을 소지하고 있다는 게 신기해서 슬쩍 빼보았다. 대충 살펴보니 운동권 계열의 시 모음집이었다. 그런데 시집의 중간쯤에 사진한 장이 꽂혀 있었다. 그 사진은 완전한 형상을 한 사진이 아니리 반으로 잘라진 사진이었다.

그 사진 속에는 박윤진이 서 있었다. 서로 잊지 않겠다는 징표로 함께 찍은 사진을 반으로 잘라 각자 보관하고 있다던 바로 그 사진… 그렇다면 박윤진과 마찬가지로 최기우도 그녀를 못 잊고 있다는 것이다. 지갑 속에는 없었지만 아끼는 시집 속에 그녀의 사진을 감춰둔 그는 그녀가 그에게 집착하는 것만큼이나 그도 그녀에게 집착하고 있다는 증거라고, 나는 그 순간 생각했다.

어떻게 해야 좋을지 알 수 없어 그냥 우두커니 앉아 있는데 세면장에서 최기우가 나왔다. 맥주라도 사 올 걸 그랬다고 말하는 그에게 나는 시집을 냅다 던졌다. 시집은 그의 가슴에 부딪쳐 떨어졌다. 나는 핸드백을 챙겨서 문 쪽으로 걸어갔다. 그가 내 손을 잡았지만 세게 뿌리치고 복도로 나가 계단을 뛰어내려갔다.

거리를 얼마쯤 뛰었다. 눈물이 흐르고 있다는 걸 알고 바보같이 이런 일로 울고 있는 나 자신에 대해 화가 났다. 최기우에게 배신당했다는 것뿐 아니라, 내 사랑만은 완전무결해야 한다는 믿음이 산산이 깨져버린 아픔이 더 컸다. 택시를 타고 집으로 돌아오는데 라디오에서 예전에 즐겨 듣던 '11시의 데이트'가 흐르고 있었다. 낯익은 목소리의 진행자가 실연 당한 청취자의 사연을 소개하고 나서 '사랑의 아픔을 겪고 있는 모든 분에게 드립니다'라고 말하고 멜라니 사프카의 The Saddest Thing을 틀어주었다.

And the saddest thing under the sun above
이 세상에서 가장 슬픈 일은

Is to say goodbye to the ones you love
사랑하는 사람에게 이제 헤어져야 한다고 말하는 것

All the things that I have known
이제 내가 알고 있던 그 사람에 대한 모든 것이

Became my life, my every own
내 인생의 전부가 되어버렸네

150

But before you know you say goodbye
안녕이란 말을 하기도 전에

Oh, good time, goodbye
행복한 시절이여, 안녕….

멜라니 사프카의 우울한 목소리가 어두운 밤의 거리 저편에서 들려오는
듯했다.

15

 나중에 생각해보니 만일 그 직후에 최기우가 전화를 걸어와 오해였다고, 내가 사랑하는 여자는 너뿐이라고 그렇게 애원을 했더라면 내 마음이 달라졌을 수도 있을 것 같았다. 아니, 어쩌면 그렇게 말해주기를 바랐던 건지도 모른다.

 하지만 그에게 전화는 걸려오지 않았다. 그것은 그가 그녀를 못 잊고 있다는 것을 인정하는 것이며 나를 사랑하지 않는다는 선언이라고, 그때는 생각했다. 하지만 그가 내게 연락을 하지 않은 이유는 따로 있었다. 나는 그걸 텔레비전 뉴스를 보고 알았다.

 한총련에서 북한의 범민족대회에 두 명의 대학생을 보냈는데, 판문점을 통해 귀환하는 것에 맞춰 한총련에서는 통일축전을 열었다. 하지만 당국의 봉쇄로 집회가 열리지 못하자 사태는 엉뚱한 방향으로 비화되었다.

 2만 명의 학생들이 Y대학에 집결하여 경찰과 대치한 것이다. 최초에는 학생들의 극렬 저항으로 오히려 경찰이 밀리는 상황이 초래되었다. 이때 경찰 쪽에서 사망자가 발생하고 부상자가 속출하면서 강경 진압을 바라는 여론이 비등해졌다. 경찰은 대규모의 진압 작전으로 교내에 남아 있던 5천여 명을 체포했다. 한국의 학생운동사에서 가장 규모가 크고 격렬한 시위였다. 추후의 일이지만, 이 Y대 사태로 한국의 학생운동은 급격히 쇠퇴의 길을 걷는다.

이때 최기우도 경찰에 구속되었다는 걸 안소연을 통해 알게 되었다. 만일 어제 최기우와의 그런 일이 없었더라면 나 역시 그 자리에 있었을지도 모르고 나 역시 차가운 감방에 갇혔을지도 모른다. 최기우가 밉다보니 그가 하는 일에 대해서도 부정적인 시각이 싹터 더 이상 그가 속한 동아리에 나가지 않기로 마음 먹었던 것이다.

경찰에 체포된 대부분의 학생들이 훈방되었으나, 시위지도부에 속했던 최기우는 구속되어 재판에 회부되었다. 그와의 껄끄러운 문제는 해결될 기회도 없이 물리적으로 그와 나는 단절되었다.

행복이건 상처건 혹은 불행이건, 그것은 시간이 가면서 중화되고 점차 희미해져간다. 하지만 어딘가로 사라지는 것이 아니라 어딘가 아주 깊은 내면으로 숨어들어가는 것이라서, 때때로 그것은 나 여기 아직 있어,라고 말을 걸어오기도 하는 것이다.

잊어야 한다고, 잊을 수 있다고, 그런 일로 고민하고 싶지 않다고, 수없이 나 자신에게 말했지만 거리를 걷다가 그와 비슷한 사람을 발견이라도 하면 마치 잠겼던 문이 와락 열리듯이 그와의 여러 가지 일들이 한꺼번에 떠올라 넋나간 사람처럼 제자리에 서 있었던 적이 몇 번이나 있었다.

그리고 그 끝에는 언제나 그가 시집 속에 소중하게 보관하고 있던 박윤진이라는 여자의 얼굴이 떠올랐다. 그러면 그와의 아름다운 추억들은 산산조각나고 그 무수한 파편이 내 가슴에 총총히 박히고는 했다. 내가 그에게 다가갈 수 없었던 이유는 또 똑같은 상처를 받고 싶지 않았기 때문이었다. 내 앞에 길이 있지만 이 길을 걸으면 내가 원하지 않는 결말에 도달할 것이라는 예단이 나의 마음속에 단단히 뿌리를 내리고 있었던 것 같다.

여름이 가고 가을이 잠시 머물렀다가 겨울이 되었다. 겨울 방학이 되었을 때, 나는 대부분의 시간을 부모님의 가구점에서 보냈다. 카운터에 앉아 손님을 맞는 일을 했던 것이다. 원래는 우리 가구점에서 10년이 넘게 일을 해온 여직원이 있었는데 그녀가 결혼을 하면서 퇴직을 해 새로 사람을 구할 때까지 내가 맡기로 한 것이다.

일은 간단했다. 손님이 오면 가구점으로 안내해서 가구에 대한 소개를 하면 되었다. 서당개 3년이면 풍월을 읊는다는 속담처럼, 가구점 딸로 태어나 자랐으니 소개 정도는 능숙히 할 수 있었다. 나중에 이것저것 안 되면 어찌 사나라는 고민도 종종 했는데, 가업을 이어받으면 적어도 지하도에서 노숙을 하는 일은 없을 것 같았다.

"안녕하십니까?"

바리톤의 남자 목소리에 고개를 들어보니 낯익은 사람이 서 있었다.

"안녕?"

나와 눈이 마주치자 조영태는 방긋 웃으며 다시 한번 인사를 해 왔다. 이게 얼마만인가. 햇수로는 2년만이다.

"어머! 오랜만이네?"

"안 죽고 잘 살고 있다는 걸 보여주기 위해 가끔은 한 번씩 찾아와야지!"

"반가워!"

빈 말이 아니었다. 그동안의 여러 가지 일들로 생각이 깊어지기도 하고 많아지기도 하는 와중이었는데, 단순 담백한 조영태가 나타나니, 풋풋한 고교시절로 되돌아간 듯 한 느낌이 들었다.

"나 여기서 일하는 건 어떻게 알았어?"

"수영이가 알려줬어."

나의 남동생을 말하는 것이다. 조영태는 나의 가족들에게 신임 받고 있다는 건 앞에서도 설명한 바가 있다. 특히 남동생이 그를 잘 따랐다.

"차 마실래?"

"좋지!"

나는 그를 응접실로 안내해 커피를 타 주었다.

"그동안 어떻게 지냈어?"

내가 묻자 그는 커피를 입으로 가져가며 대답했다.

"좋은 일 많이 했어. 내가 봉사 동아리에 가입했잖아. 전국 방방곡곡을 누볐고 나중에는 해외에도 갈 계획이 있어."

대충 감이 왔다. 그 시절의 대학생들은 정치적인 문제에 관심이 많았지만 그런 것과는 거리를 두고 순수한 봉사활동을 하는 동아리들도 적지 않게 있었다. 어쩌면 그것은 유전적인 성향과도 관련이 있을 것 같았다. 왜냐하면 조영태는 후자의 경우와 너무나 잘 어울린다는 생각이 들었기 때문이다.

조영태는 봉사활동을 가서 찍은 스냅 사진을 꺼내서 내게 보여주었다. 그동안 운동권적인 것들에만 익숙했다가 순수한 의미의 봉사 활동 모습을 보니 청정한 느낌 같은 것이 들기도 했다. 사진 중에는 동아리 회원들의 단체 사진도 몇 장 있었는데, 조영태는 괜찮은 여학생들에게 둘러싸여 있었다. 하지만 그의 성향상 실속은 전혀 없었으리라는 것이 쉽게 예상되었다.

"넌 어때?"

"어땠을 것 같아?"

조용태는 내 얼굴을 빤히 쳐다보다가 말했다.

"달라진 건 없는데 어딘가 사연이 있는 듯 느껴지는 걸."

이 자식 족집게네,라는 말이 튀어나올뻔 했다.

"사연? 무슨 사연?"

"그것까지는 모르지!"

"핏! 그 정도는 누구나 있는 거 아냐? 몇 해 동안 아무 일 없는 사람이 있을까?"

"그럼 왜 물어봐."

그리고 조영태는 잠깐 뜸을 들이고 말했다.

"여기 오다 보니 개천 옆에 근사한 공원이 있던데, 바람이나 쐬러 안 갈래?"

"너하고 나하고 애인도 아닌데 왜 함께 바람을 쐬러가니?"

조영태이기에 생각나는 대로 말했던 건데 뜻밖에도 그는 얼굴을 붉히며 말이 없어졌다. 갑자기 미안한 마음이 생겨 얼른 정정했다.

"그냥 친구 사이로 함께 바람 쐬는 정도라면 괜찮지만…"

"그렇지! 그냥 친구 사이로!"

나는 남동생을 불러 가게를 맡기고 조영태와 함께 공원으로 갔다. 자그마한 개천가의 공원이었다. 내가 어렸을 적의 이 개천가는 온통 모래밭이었다. 여름이면 아이들이 몰려나와 야구를 하고는 했었다. 지금은 도로가 잘 정비되어 아이들보다는 주로 성인들이 산책을 하는 곳이 되었다.

나와 조영태는 산책로를 걸었다. 주로 고교 시절 이야기를 많이 했다. 그때 함께 알고 지내던 아이들에 대해 나는 전혀 모르고 있었지만 조영태는 그들의 소식을 죄다 알고 있었다. 역시 엄청난 마당발이라는 걸 실감할 수 있었다.

아무리 허물없는 사이라도 남녀가 이성의 감정을 극도로 자제하며 함께 한다는 것은 상당히 불편한 일이라는 걸 실감할 수 있었다. 맹물 같은 이야기만 쭉 하다보니, 공허하다는 생각도 들었다. 조영태가 용기를 내서 속마음을 표현했다.

"손 좀 잡고 걸으면 안 될까?"

나는 잠자코 있었다. 그러자 그는 슬그머니 내 손을 잡았다. 그의 손은 떨리고 있었다. 그렇게 손을 맞잡고 얼마쯤 걸었다.

"실은 꼭 할 말이 있어서 찾아온 거야."

조영태는 걸음을 멈추고 나를 바라보며 말했다.

"나 며칠 있으면 군대 가."

정말? 우와? 이제 군인 아저씨 되는 거야?라는 식의 장난섞인 말이 입에서 튀어나오려다가 그의 진지한 표정에 도로 들어가버렸다.

"너의 집까지 오며 마지막으로 고백을 해봐야지 생각했지만 이미 한 번 거절을 당한 경험이 있기 때문에 또 상처를 받기 싫어서 하지 않았어. 지금 니에게 무슨 대답을 듣고 싶은 건 아니야. 네가 나와 사귈 생각이 없다는 건 알고 있어. 그래도 내가 너를 얼마나 좋아하는지에 대해서는 말해야 할 것 같았어. 이렇게 속마음을 표현하는 것만으로도 후련해. 군대 가서 네 생각 종종 할 거야."

그리고 그는 마지막 인사를 하고 돌아섰다. 여기까지는 좋았다. 나는 그와 사귀는 걸 진지하게 생각하고 있지 않았지만 그 순간만은 흔들렸다. 그런데 그는 얼마쯤 걷다가 다시 돌아오더니 마지막 선물을 하겠다며, 개천가에 핀 수선화를 따서 주겠다고 말했다. 노란 수선화는 겨울 추위 속에서도 싱싱하게 피어나 있었다.

내가 말렸음에도 조영태는 개천가 아래로 더듬더듬 내려갔다. 나는 혹시라도 그가 미끄러질까봐 염려하며 가까이 가서 지켜보고 있었다. 바로 그때 우려하던 사태가 발생했다. 초겨울이라 개천가의 흙이 살짝 얼어 있었는데, 그가 미끄러졌던 것이다. 나는 놀라서 그를 붙잡으려고 손을 내밀었는데 그 때문에 그와 나는 동시에 개천물 속으로 처박히고 말았다. 겨울 추위 속에 찬물을 뒤집어 쓰고 보니 창피한 건 두 번째고, 추워서 이가 와드득 부딪쳤다.

나는 화가나서 조영태를 향해 소리쳤다.

"조영태! 내가 옛날부터 안 좋게 본 이유가 있어! 뭐든지 오버를 한단 말이야! 넌 오버 대왕이야! 그 버릇 못 고치면 평생 혼자 살 거라고!"

나는 무어라 변명을 늘어놓는 조영태를 외면하고 집을 향해 달려갔다.

16

내 손에 쥐어진 카드는 클로버 2와 다이아 2였다. 족보로는 투페어. 내 쪽에서 오른편에 앉아 있는 장승용이 다이를 선언했다. 이로써 남은 것은 나와 윤삼원, 그리고 안영표 이렇게 셋이다.

"범주야, 좋은 거면 이거 다 먹어."

안영표가 테이블위의 현찰을 가리켰다. 설 명절을 맞아 친목 도모겸 즐기는 포커이기 때문에 큰 돈은 아니다.

"형님, 좋은 거 아니에요. 나 무식해서 무조건 끝까지 가는 거 알잖아요."

내가 너스레를 떨었다.

"이거 고래 싸움에 새우등 터진다고, 고수들하고 있으니 후장 떨려서 못하겠네요."

윤삼원 역시 겸양을 떨었지만 죽지는 않았다. 장승용은 슬쩍 윤삼원의 패를 보고는 흠칫 놀라는 표정을 지었다. 패가 좋아서인지 그 반대라서인지 표정만으로는 알 수가 없었다.

안영표를 보좌하는 덩치 두 명이 안영표 뒤의 의자에 나란히 앉아 있었다. 그들은 20대초의 새파란 새내기들로, 이 분위기를 즐기기보다는 이런 자리에 곁들여 앉아 있다는 것만으로도 고무되어 있는 듯한 표정이었다. 내 뒤의 의자에는 기성범이 앉아 있었다. 잠깐 돌아보니 꾸벅꾸벅 졸고 있었다. 간밤에 과음을 했다고 들었다.

"옛다, 먹어라!"

안영표가 현찰을 던졌다. 나도 콜을 했고 장승용도 콜을 했다. 이렇게 되면 테이블 위의 돈은 만만치가 않은 액수가 된다. 오늘 판에서 가장 큰 베팅이 될 것이다.

"너희들 정말 이럴래?"

안영표는 인상을 썼다. 말 그대로 포커페이스다. 확실한 걸 갖고 있으면서 엄살을 떠는 건지, 아니면 헛패인지 알 수 없다. 카드를 엎으려는 제스처를 한 번 취하더니 다시 현찰을 던졌다.

"꽥!"

윤삼원이 다이를 선언하고 패를 던졌다. 나와 같은 투페어다. 이제 내가 결정을 내려야 할 차례다. 투페어를 갖고 끝까지 가는 건 무리다. 하지만 아직 죽기는 싫다. 안영표는 예전에도 포커판에서 뻥카를 종종 쳤다. 이번에도 그럴까? 에라, 모르겠다!

"콜!"

내가 콜을 하자 안영표가 괴롭다는 듯 얼굴을 찡그렸다. 장승용이 몸을 기울여 패를 엿보려하자, 안영표가 고개를 저으며 패를 감췄다.

"마지막이다!"

그가 다시 현찰을 던졌다. 안영표의 시선이 나를 향해 있었다. 한 번 더 갈까? 잠시 망설이다가 패를 던져 다이했다.

"형님 졌어요!"

안영표는 아이처럼 깔깔 웃음을 터트렸다. 패를 안 까고 장승용에게만 보여준다. 장승용은 놀랍다는 듯 큰 소리로 웃었다. 대충 알 것 같다. 이번 에도 안영표는 뻥카를 쳤을 것이다. 일 년에 한두 번 있는 포커판의 최후 승자는 언제나 안영표다. 물론 보스에 대한 예의로 다들 일부러 져 주는 것이다. 그걸 안영표도 아는지 아니면 모르는지는 누구도 모른다.

4층으로 올라갔다. 호프집인데 오늘은 영업을 안 하는 날이라 넓직한 공 간을 우리가 차지했다. 이곳은 체리라는 유흥 복합 빌딩으로, AYP가 대주 주로 있고 대표는 장승용이 맡고 있다. 1층은 나이트 클럽, 2층은 사교 클 럽, 3층은 당구장, 그리고 4층이 호프집이었다. 신세대 젊은층을 주 고객 으로 영업을 하는데, 전통적인 폭력 조직이 관리하는 업소와는 차별이 되 었다. 안영표가 보스이기에 가능한 시도였고 결과도 좋다고 들었다.

"내가 이상한 꿈을 하나 꿨는데, 좀 들어봐라."

안영표가 맥주잔을 붙잡고 말했다. 종업원이 내 놓은 맥주와 고기 안주 가 테이블을 가득 채우고 있었다.

"내가 바다를 보러 갔는데 말이야. 저기 바다 끝에서 해가 쓰윽하고 떠 오르더니, 갑자기 나한테 점점 다가오는 거 아니겠니? 나는 이서 뭐야, 왜 나한테 와? 하면서 도망치려고 하다가 내가 도망칠 이유가 없잖아? 라는 생각에 가슴으로 해를 딱 받았어. 이거 무슨 꿈 같냐?"

장승용이 잽싸게 나섰다.

"형님, 그거는 대박 꿈입니다. 왜냐? 해는 성공의 상징이라 이말입니다. 만일 형님이 도망을 쳤다면 꽝인데 도망을 안 가고 정면으로 받았다면 말입 니다. 그건 어머어마한 노다지가 조만간 형님을 찾아온다, 이런 것입니다!"

"네가 꿈 해몽을 할 줄 아냐?"

"옛날에 책에서 좀 봐서요."

내가 볼 때 안영표의 꿈은 전형적인 태몽 같았다. 하지만 남자인 데다가 미혼인 그에게 태몽 같다고 말 하는 건 웃기는 일이라 잠자코 있었다.

"하여간 좋은 거라면 다행이다. 내가 지금 벌려놓은 일들이 많아서 말이야."

안영표는 자신이 벌려놓은 일들에 대해 설명을 늘어놓았다. 국내는 물론 해외에도 진출할 계획이 있다는 것이었다. 전반적으로 조직이 잘 나가는 중이라서, 술자리는 화기애애한 편이었다. 내가 운영하고 있는 한국관도 상승세였고 장승용의 유흥타운도 출발이 좋았다. 다만 윤삼원이 하고 있는 사채업이 문제라면 문제였다. 불법 사채업에 여론 악화로 돈을 떼이는 경우가 적지 않은 모양이었다.

술자리가 무르익으면서, 안영표가 윤삼원을 다그치기 시작했다.

"삼원아, 너 때문에 손해가 얼마나 큰 줄 아냐?"

"죄송합니다, 형님. 올해는 잘해보겠습니다."

"너 작년에도 그랬잖아."

"경찰 때문에 말입니다."

"언제는 경찰이 없었냐?"

"그게 말입니다… 이쪽 상황을 아시면 이해할 겁니다."

"시끄러 이 자식아! 너 혹시 딴 주머니 차는 거 아냐?"

안영표의 목소리가 신경질 적으로 변하면서 분위기가 돌변했다.

"형님, 절 못 믿는다는 말입니까?"

안영표의 본심이 확실히 드러났다. 그는 윤삼원이 사채업을 핑계로 돈을

162

빼돌리고 있는 것 아닌가 의심하고 있는 것이다. 안영표는 대체로 조용한 편이지만 가끔 한 번씩은 성깔을 부려 조직원들을 긴장시킨다.

"야이 개새끼야, 믿게 해야 믿지!"

안영표가 갑자기 맥주잔을 집어던졌다. 맥주잔을 정통으로 맞은 윤삼원은 이마를 감싸 쥐고 앞으로 고꾸라졌다. 안영표는 자리에서 일어나 바닥에 엎드려 있는 윤삼원을 발로 툭툭 차며 말했다.

"야, 너 사업은 적자내면서 맨날 여자 후리고 다니는 거 내가 모를 줄 아냐?"

"잘못했습니다, 형님!"

"내가 아무 말 안 하니까 아무 것도 모르 줄 아는데, 너 그러다가 골로 가는 수가 있어."

"형님 용서해주십시오."

"이게 마지막 경고야. 알았어?"

"알겠습니다, 형님!"

안영표는 취해 있었다. 술자리를 파하고 계단을 내려 갈 때 그가 내 쪽으로 다가와 어깨에 손을 두르며 말을 걸었다.

"범주야, 그때 그 일 말이야."

"무슨 일 말입니까 형님?"

"그 새끼 죽이라고 내가 말했는데 네가 싫다고 했잖아."

갑자기 등골이 오싹했다. 석달 전의 그 일에 대해서 나 역시 계속 신경이 쓰이던 차였다. 혹시라도 그 일에 대해 안영표가 불만을 갖고 있으면 어쩌나 하는 불안이 마음 한 구석에 있었는데 오늘 느닷없이 그 이야기를 꺼낸 것이다.

"그때는 죄송했습니다, 형님."

"아냐, 아냐. 괜찮아. 내가 그 이야기를 하는 건 그 일을 네가 마음에 두고 있을까봐 그러는 거야. 나는 잊어버렸으니까 너도 잊어버리라고, 알겠냐?"

"고맙습니다, 형님."

"그래, 넌 잘하고 있어."

그는 내 어깨를 두드리고 먼저 계단을 내려갔다. 그는 잊었다고 말을 했지만 정말로 잊었다면 이 살벌한 분위기에서 그 이야기를 꺼낼 리가 없다. 그는 그 일을 계속 의식하고 있었던 것이다.

기성범과 함께 지하 주차장으로 들어서는데 그곳에서 또다시 원치 않는 상황과 마주하고 말았다. 내 차 주위에 두 명의 남자가 서성이고 있었다. 한눈에도 경찰이라는 걸 알 수 있었다. 보통 사람은 모르겠지만 우리 같은 깡패들은 경찰을 보면 완전히 기분이 상한다.

"짭새들 같은데요. 어떡할까요?"

기성범의 말에 내가 대답했다.

"태연하게 행동해."

내가 차 쪽으로 가자 두 남자 가운데 한 명이 내게 말을 걸었다.

"안녕하십니까."

"무슨 일입니까?"

그가 신분증을 보여줬다.

"경찰입니다."

"그런데 무슨 일이시죠?"

"오늘 회식하셨나 봐요?"

"아는 선후배와 한잔 했는데, 뭐가 잘못됐나요?"

"아니요. 그것 때문이 아니라 사건이 좀 생겨서 말입니다. 잠깐 어디가서 이야기 좀 할 수 있을까요?"

"그럴 시간 없습니다. 할 이야기 있으면 여기서 하시죠."

형사는 어쩔 수 없다는 듯 안 주머니에서 사진 한 장을 꺼내서 내게 보여주었다. 낯익은 남자의 사진이다. 이 사람은 내가 개천 속에 수장시킨 변호사다. 사체가 발견된 것일까.

"누군지 아시겠습니까?"

"아니오, 처음 보는 사람인데요. 왜 그러시죠?"

"실종 신고가 들어와서 말입니다."

순간적으로 생각해 보니, 설 사장을 탐문하다가 나를 알게 되었을 것이라는 생각이 들었다. 어쩌면 미행을 했을지도 모른다. 실종 상태라면 사체는 발견이 아직 안 되었고 어떻게 나오는지 떠보려고 찾아온 듯한 직감이 들었다.

나는 다시 한번 힘주어 말했다.

"전혀 모르는 사람입니다."

"알겠습니다."

그리고 그는 돌아서려다가 말고 내게 말했다.

"회사는 잘 되어 갑니까?"

"네."

"다행이네요."

매너 있게 말하고 있지만 나를 쳐다보는 눈빛이 심상치 않았다. 그는 마지막으로 싱긋 한번 웃고 돌아섰다.

기성범이 운전하는 차를 타고 한국관으로 달리면서 고민에 빠졌다. 경찰이 무슨 낌새를 챈 것으로 보이지는 않지만 내가 AYP 조직원이라는 걸 알게 된 이상 집중 수사를 할 가능성이 높았다. 윤인식은 차동만이 주도해서 중국으로 밀항을 시켜놓았다. 설 사장이 입을 열지 않는다면 경찰이 쉽게 단서를 찾아내지는 못할 것이었다. 하지만 만일 경찰의 수사가 좁혀오면 어쩔 것인가.

"형님!"

기성범의 말에 정신을 차려보니 한국관 앞이었다. 나는 차에서 내려 한국관 안으로 들어갔다. 오늘은 쉬는 날이지만 잠깐이라도 사무실에 들를 생각으로 온 것이다. 엘리베이터에서 내려 사무실 안으로 들어가려던 나는 문 앞에서 걸음을 멈췄다.

문의 오른쪽에는 대형 액자가 하나 있다. 액자 속에는 작은 인물 사진들이 빼곡히 들어차 있었다. 생일을 맞은 한국관 손님의 사진들이었다. 서비스 차원에서 생일인 손님이 있으면 케익을 무료로 선물하고 기념사진을 찍어주는데 여분의 사진을 액자에 넣어 사무실 앞에 걸어두었던 것이다.

내 시선은 사진속 한 여대생에게 고정되어 있었다. 나는 그녀의 이름을 똑똑히 기억하고 있다.

채수희.

두 달 전의 일이었다.

17

이제 그 이야기를 하려고 한다. 그것은 항로 이탈과 같은 일이었다고 나중에 생각했더랬다. 내가 살아온 길과 내가 계획하고 있는 길과는 전혀 다른 길이 나타나 나를 고민하게 만들고, 때로 나를 설레게 하기도 하고, 또 때로 나를 외롭게 만들기도 했던 그런 이야기다. 차를 잘못타서 어딘가 마치 이 세상 밖의 어딘가처럼 느껴지는 곳에 홀로 서 있을 때, 그럴 때 느끼는 막막한 감정이, 사실은 그 감정이 인생의 진실과 맞닿아 있다는 것을 아는 사람이라면 내가 지금부터 하려는 이야기를 어느 정도는 이해할 수 있으리라 생각한다.

나는 그때 대학교 2학년이었고 계절은 봄이었다. 그 전해의 1학년 때 나는 첫사랑을 잃었다. 상대는 최기우라는 이름의 운동권 복학생이었다. 사랑이 파국으로 끝나고 나는 내 속으로 꼭꼭 숨어들어갔다. 아니, 어쩌면 나는 그가 나를 찾아내기를 은연중 바랬던 건지도 모른다. 그가 나에게로 이어진 미로 같은 길을 찾아들어와 따뜻하게 손을 내밀고, 그 언젠가처럼 사랑한다고 말하며 달콤하게 입맞춤 해 주기를 바랐던 것인지도 모른다고 훗날 생각해 보기도 했다. 그때는 몰랐다. 사실은 누구도 다른 사람을 구원할수 없고, 누구도 다른 사람에게 진실한 사랑을 베풀 수 없다는 사실을…

나는 마치 수행자처럼, 꼬리를 물고 이어지는 사랑의 잔재를 떨쳐내려애썼다. 나는 나일 뿐이고, 그는 그일 뿐이라고, 내가 그를 변화시키지 못했듯이 그도 나를 변화 시키지 못했다고, 그렇게 나는 떠오르는 기억과 전투를 벌이고 있었다.

"생일? 내 생일이라고? 오늘이?"

성나라의 전화를 받고서야 오늘이 생일임을 알았다. 참나, 내가 요즘 무슨 정신으로 사나!

"너의 생일이기도 하고, 뭉친 지 한참 됐으니 서로 얼굴 좀 보면 어때?"

안 그래도 친구들 소식이 궁금하던 차이기는 했다. 대학 들어와서 새로사귄 친구도 몇 있기는 하지만, 역시 철모르고 어울렸던 청소년기의 친구들이 진짜 친구라는 생각이 든다. 그리고 생일이잖나. 스물두 번째의 생일을 혼자 보내고 싶지는 않다.

네 명이 모두 모이기는 어려우리라고 생각했는데 성나라가 무슨 수완을부렸는지 약속 장소인 시내의 커피숍에 가보니 모두가 나를 기다리고 있었다. 그러나 성나라가 열과 성을 다해 오늘의 모임을 주도한 진짜 이유는따로 있었다.

"월 컴 투 잉글리시라고 들어봤지? M 방송의 아침 영어 회화 프로그램에 나오는 민기찬이라는 사람이 대표로 있는 회사야. 한 달에 2만 원만 투자해서 1년만 하면 미국 사람처럼 술술 영어가 나온다니까. 나도 처음에는안 믿었는데, 막상 해보니까 진짜 영어 실력이 일취월장 하더라니까."

성나라는 테이블위에 팸플릿과 카세트 테이프를 펼쳐놓고 진짜 닳고 닳은 세일즈맨처럼 영어 회화 프로그램을 홍보했다. 물론 그녀가 순전히 영어 테이프 팔아 먹을 생각으로 모이자고 한 건 아닐 것이다. 아니, 그렇게 믿고 싶다. 기왕 모이는 김에 장사도 하는 게 뭐가 나쁘냐는 것일 텐데 누구도 그녀에게 싫은 내색을 안 했고, 오히려 울며 겨자 먹는 기분으로 다들 프로그램을 하나씩 구입하고야 말았다. 하기야 성나라의 오지랖이 아니라면 10년이 지나더라도 누구 하나 뭉치자는 말을 못 할 것이다.

오늘 장사를 잘한 탓에 입이 찢어진 성나라는 대신 거하게 한 턱 쏘겠다고 말했다. 그녀는 우리를 이름도 고색창연한 '한국관'이라는 나이트 클럽으로 데려갔다. 카바레 수준은 아니었지만, 20대 대학생이 놀기에는 너무 의젓한 곳이었다. 흘러나오고 있는 음악의 수준도 유행과는 거리가 멀었다. 나중에 알고 보니 성나라는 지인을 통해 이곳의 할인 쿠폰을 선물 받았다고 한다. 그럼 그렇지!

"수희야, 너 괜찮니?"

조영미가 내 잔에 맥주를 따라주며 물었다. 내가 박희준에게 최기우와 헤어지게 된 사연을 이야기해 주었으므로 나머지 친구들도 대략 알고 있을 것이었다. 여러 친구를 만나더라도 그 가운데 특별히 더 가까운 친구가 있기 마련인데, 내 경우는 박희준이 그랬다.

"좋아하는 남자랑 잘 안됐다면서, 괜찮냐고?"

조영미의 눈빛을 보니 내 걱정을 해주면서 한 켠으로는 다행이다, 라고 생각하는 듯 느껴지는 건 왜인지 모르겠다.

"어떻게 이야기를 들었는지 모르겠지만 너희들이 걱정할 만큼 타격을 받은 건 전혀 아니니까 염려 마."

"그렇다면 다행이고."

성나라가 끼어들었다.

"영미 너도 애인하고 문제 생겼다면서?"

"수희가 겪은 그런 차원의 문제가 아니야."

나는 처음 듣는 이야기라 성나라에게 무슨 말이냐고, 표정으로 물어보았다.

"영미랑 동거하는 남자가 바람 피운대."

"정말?"

나도 남들과 다를 바가 없다. 조영미의 남자가 바람 피운다는 말을 듣는 순간 나만 남자 때문에 상처받은 게 아니구나라고 안도가 되는 건 왜인지 모르겠다.

"더러운 자식! 다른 년에게 홀려서 집에도 안 들어오고 있어!"

조영미는 울음을 터뜨렸고, 나머지 친구들은 입에 발린 위로를 한 마디씩 건넸다. 입에 발린 위로라고 하면 무슨 친구관계가 그러냐고 생각할 사람도 많을 텐데, 친구가 어려울 때 진실한 위로를 건네는 경우는 자신보다 처지가 못할 경우에만 정확히 해당 된다. 자기도 애인이 없는데 진심으로 남의 이성문제 걱정해줄 친구는 지구 끝까지 가도 없을 것이다. 아이러니하지만 남자 때문에 상처 받은 나와 조영미 때문에 오늘의 술자리는 더욱 화기애애해졌다.

바로 그때 갑자기 음악이 중단되고 조명이 바뀌더니 '해피 벌스데이 투 유'가 요란하게 흘러나오기 시작했다. 나는 그 음악이 나의 생일을 축하하는 것이라고는 미처 생각을 못 하고 있다가 종업원들이 케익을 들고 나를 향해 걸어오는 모습을 보고 주인공이 나라는 것을 깨달았다. 나중에 들어보니 성나라가 한국관 측에 생일 이벤트를 부탁했다는 것이다.

"스물두 번째 생일 축하드립니다!"

종업원들은 테이블 위에 케익을 올려놓고 스물두 개의 초를 꽂아주었다. 그뿐 아니라, 폴라로이드 사진기로 우리가 초를 끄고 생일을 축하하는 장면을 찍어서 선물했다. 상술이겠지만, 그 순간은 찡했다.

그리고 본격적인 유흥이 시작되었다. 본격적으로 댄스 음악이 시작되었을 때 나는 성대하게 생일을 축하받은 여운으로 스테이지로 달려가 누구 못지 않게 열과 성을 다해 흔들었다. 약간 노땅 분위기가 나는 곳이다 보니, 발랄한 여대생 네 명은 주목 받을 수 밖에 없었다. 수많은 뭇 남성들의 시선이 우리에게 집중되고 있었다. 그런 걸 어떻게 그렇게 잘 아느냐고? 남자들은 죽을 때까지 모를 것이다. 그들이 딴 생각을 품고 여성들을 바라보는 시선은 모두 여자들의 레이더망에 걸려들고 있다는 것을!

다시 자리로 돌아오자마자 난리가 났다. 여기저기서 부킹이 밀려든 것이다. 하지만 우리는 정중하게 모두 거절했다. 남자를 기피해서가 아니라 나이트 클럽에서의 부킹은 대개 원나잇으로 이어지기 때문이다. 나이트 클럽에서 만나 애인 사이로 발전하는 경우가 아주 없지는 않겠지만, 그보다는 하룻밤 즐기기 위한 경우가 많다는 걸 나도 알고 있었다. 그런 면에서 아직 나를 비롯한 친구들은 순진했던 것이다.

그런데 이쪽에서 거절을 했음에도 포기하지 않는 남자가 한 명 있었다. 구석 자리에 진을 치고 앉아 있는 30대 초반의 남자였는데 최초에는 종업원을 통해 내게 합석을 요청했다가 내가 거절하자 이번에는 부하를 보내서 똑같은 요구를 했다.

"제가 모시는 분인데, 정말 대단한 분입니다. 후회하지 않으실 겁니다. 잠깐 이야기나 해보시죠."

드럼통 같은 체구의 남자가 자기가 모시는 분을 칭찬하며 집요하게 합석을 요청하는 것이었다. 그가 가리키는 30대의 남자는 한 눈에도 범상치 않아보였다. 자기 정도면 이 세상에서 거절할 여자란 없다는 자부심이 얼굴뿐 아니라 몸 전체에서 묻어나오는 듯 했다. 그런 자신만만한 태도로 나를 지켜보고 있었다. 하지만 나는 그에게 끌리지 않았다. 끌리기는커녕, 오히려 그의 허세에 거부감마저 드는 듯 했다.

"죄송합니다. 지금 누군가와 합석할 기분이 아니에요. 고맙지만 사양하겠습니다."

"그러지 마시고 잠깐 이야기라도 해 보시라니까요."

"아니요. 다른 분을 찾아보시는 게 빠를 거예요."

내가 다시 거절하자, 드럼통이 얼굴을 붉히며 말했다.

"너무 하는 것 아닙니까?"

순간 겁이 덜컥 났다. 그의 태도로 보아서는 나를 고이 보내주지 않을 것 같은 느낌이 풍겼기 때문이다. 아무래도 이곳을 피하는 게 좋을 것 같아 나는 더 이상 대꾸를 안 하고 다른 친구들에게 어서 나가자는 눈짓을 주었다. 다른 친구들 역시 마찬가지로 이상한 예감에 들었던 듯 일어설 채비를 하고 있었다.

그런데 우리가 나가려고 할 때 오른쪽으로 한 명의 남자가 더 걸어와 우리를 막아섰다. 그 역시 그들의 패거리였다.

"이런 데 놀러왔으면 뻔한거지, 뭘 그렇게 빼고 그래."

이 사람은 드럼통보다 훨씬 더 노골적으로 우리를 협박하려 하고 있었다. 다른 테이블의 사람들이 심상치 않은 느낌에 이쪽을 힐끗힐끗 쳐다보고 있었으나 두 남자의 험악한 분위기에 누구도 나서는 사람이 없었다. 나와 친구들은 완전히 두 남자에게 갇힌 꼴이 되었다.

그때 성나라가 벌떡 일어서더니 용감하게 외쳤다.

"당신들 뭔데 그래? 나이 어린 여자들이라고 우습게 보는 것 같은데, 우리 아빠가 검사야! 검사라고!"

성나라의 아버지가 검사라는 건 금시초문이었다. 하지만 지금 사실 여부를 따질 입장이 아니었다. 그렇게라도 이 위기를 벗어날 수 있다면 다행이었다. 하지만 불행하게도 그들은 전혀 기죽지 않았다.

"검사? 흥! 우리 삼촌은 검찰총장이다!"

성나라는 순식간에 저자세로 돌변했다.

"왜들 그러세요. 저희가 잘못한 것도 없잖아요."

"그러니까 우리가 모시는 사장님하고 잠깐 이야기나 나눠보라고."

드럼통이 다시 내게 채근했다. 어쩌면 그 상태가 그대로 흘러갔으면 나도 방법이 없다는 생각에 그의 요구를 들어 주려 했을지 모른다. 그런데 바로 그때 종업원이 달려와, 우리편을 들어주었다.

"이분들에게 왜 그러시죠?"

두 명의 남자는 거의 동시에 종업원을 쳐다보았다. 나 역시 그가 우리를 위기에서 구해주기를 간절히 바랐다. 하지만 우람한 두 명의 남자들에 비해 종업원은 너무나 왜소했다.

"넌 빠져."

"계속 손님을 협박하면 경찰을 부를 수 밖에 없습니다."

"뭐?"

드럼통이 얼굴을 일그러뜨리더니 종업원의 멱살을 틀어쥐고 주먹으로 위협 했고 다른 드럼통은 종업원의 팔을 뒤로 꺾었다. 그러자 다른 종업원들이 달려왔다. 종업원들과 두 명의 드럼통 남자가 밀고 밀리며 힘겨루기를 하고 있다.

"이 자식들이 우릴 뭘로 보고…"

"이 양아치 새끼들이…"

아마 서로 폭력을 휘두르면 안 좋다는 걸 잘 알기에 아직은 몸싸움만 하고 있는 것 같았다. 하지만 양측의 살벌한 기세로 봐서는 곧 폭발할 것처럼 보였다.

바로 그때 어디선가 날카로운 남자의 목소리가 날아왔다.

"왜들 그래?"

목소리의 주인공은 입구에서부터 또박또박 이쪽으로 걸어왔다. 감색 정장을 멋지게 차려입은 핸섬한 남자였다. 그가 가까이 오자 종업원들은 일제히 그에게 고개를 숙였다. 이건 완전히 조폭 영화에 나오는 한 장면이어서 이 심각한 와중에도 웃음이 터질뻔 했다. '저 사람이 두목인가봐'라고 조영미가 내 귀에 대고 속삭였다. 심각한 상황은 우리로부터 그들로 넘어갔기에 그냥 슬그머니 나가도 괜찮았지만 눈앞의 상황이 너무나 드라마틱하게 흘러가 우린 넋 놓고 지켜보고 있었다.

정장남이 트럼통들에게 물었다.

"너희들 어디서 왔냐?"

드럼통 한 명이 기세가 죽은 모습으로 중얼거렸다.

"넌 뭔데…"

그러자 정장남의 목소리가 날카로워졌다.

"어디서 반말이야."

그는 가소롭다는 듯이 손바닥으로 드럼통의 뺨을 툭툭 쳤다. 어찌보면

174

폭력을 쓰는 것보다 더 자존심 상하는 행동이었다.

"아 씨발!"

드럼통이 욕을 하며 정장남의 팔을 쳐냈다. 그것을 기다리기라도 했다는 듯 정장남의 주먹이 불을 뿜었다. 권투를 모르지만 그것이 스트레이트 펀치라는 건 알고 있었다. 진짜 정통으로 정장의 주먹이 드럼통의 얼굴 가운데에 꽂혔다. 그러자 다른 드럼통이 정장남에게 달려들었다. 이번에는 정장남이 뒤돌려차기로 그의 아랫배를 찼다. 순식간에 벌어진 전광석화 같은 동작이었다. 몇 초 사이에 두 드럼통이 일격을 맞고 비틀거렸다.

내 옆에 앉아 있던 성나라의 입에서 '와 멋있다.'라는 말이 흘러나오는 걸 나는 똑똑히 들었다. 사실은 나 역시 본능적으로 탄성을 지르려다가 아차 하고 입을 다물었다. 약간만 현실감이 없었다면 우리 네 명은 '오빠!'라고 소리지르며 그에게 매달렸을지 모른다. 정신차리자. 여기는 극장이 아니고, 저 사람은 주윤발이 아니다.

드럼통 두 명은 공격 자세를 취하기는 했지만 완전히 전의를 상실한 모습이었다. 일단 쪽수에서 밀렸다. 이쪽은 정장남을 선두로 다섯 명의 종업원들이 포진해 있었기에 결과가 불을 보듯 뻔했던 것이다.

"그만둬."

구석 자리에서 시종 지금의 상황을 지켜보던 문제의 그 남자가 이쪽으로 걸어왔다.

"여기 왜 이래? 부킹 좀 하려는 건데, 사람을 때리나?"

"여자분이 싫다고 했으면 매너 있게 물러갔어야지."

"얼굴이 낯이 익은데, 소속이 어디요?"

"영표 형님 알아?"

"아! 여기가 그 형님 거였나?"

"너희는 어디서 왔어?"

"상륜이 형님 알아?"

"그 형님은 점잖은 분이라 여자들에게 집적거리는 거 안 좋아하는 걸로 아는데…"

"됐고, 오늘은 이만 가고 나중에 보자고."

30대 남자는 드럼통 두 명을 데리고 한국관을 나갔다. 아무래도 뒤끝이 심상치 않아서 잠시후 패거리를 몰고 올지 모른다는 생각이 들었다.

정장남은 나와 친구들을 향해 정중하게 사과를 했다.

"불미스러운 일을 초래한 것 사과드리겠습니다."

나는 한시라도 빨리 이곳을 나가야할 것 같았는데, 성나라가 생각지도 못한 이야기를 꺼냈다.

"이게 말로 사과할 일인가요? 우린 무서워서 죽는 줄 알았다고요. 당연히 피해보상을 해주셔야하지 않나요?"

조금 전의 활극을 눈앞에서 보고도 그런 말이 나오는 성나라는 확실히 보통 아이가 아니라는 생각이 들었다.

"어떻게 피해보상을 해 주면 좋을까요?"

"오늘 친구 생일이라 놀러왔는데, 완전히 망쳤다고요. 그러니까 적절하게 보상을 해주셔야 해요."

"그렇다면 오늘 드신 것은 돈을 받지 않겠습니다. 그리고 원하신다면 저희 차로 댁까지 모셔다 드리겠습니다."

오늘 째진 건 성나라였다. 영어 회화 테이프 팔아먹은 대가로 자신이 쏘겠다고 했는데 그게 공짜라면 완전히 꿩먹고 알먹고였다. 우리 네 명은 한국관 로고가 붙은 SUV를 타고 우리집까지 모셔졌다. 운전을 하는 사람은 아까 나섰던 종업원 가운데 한 명이었다. 일촉즉발의 상황이었을 때는 살벌한 모습이었으나 운전 할 때는 희죽희죽 웃는 모습이 순박하게 보였다.

"우리 사장님 멋있죠?"

박희준이 굳은 얼굴로 대꾸했다.

"아까 보니까 보통 사장님이 아니신 것 같더라고요."

"아! 오해마세요. 이런 업소 운영하려면 별별 일이 다 생겨서요. 좋은 말로 다 통하는 사회면 얼마나 좋겠습니까만, 종종 말로는 안 되는 애들이 있어서 말이에요."

그러나 오늘 사장이라는 사람이 보여준 활극은 우연히 사용한 폭력과는 달라보였다. 나는 비록 여자지만, 그의 손놀림이 하루 이틀에 단련된 게 아니라는 것쯤은 눈치 챌 수가 있었다.

"우리 사장님이 얼마나 좋은 분인데요. 천사가 따로 없다니까요."

"젊은 나이에 나이트 클럽 사장이면 대단하기는 하네요."

성나라가 긍정적인 말을 해주자 종업원은 들뜬 표정으로 말했다.

"그렇죠? 어디 내놓아도 꿀리는 데가 없어요. 그런데 결혼을 안 해요. 여자에게 통 관심이 없는 건지, 아니면 눈이 높으신 건지… 혹시 시집 안 간 언니나 이모 있으면 소개 좀… 히히."

언니나 이모를 소개시켜줬다가 나중에 교도소 면회 가는 일이 생길지도 모른다는 말은 차마 꺼낼 수가 없어서 잠자코 있었다. 우리집 앞에서 내린 나와 친구들은 내 방에 모여 생전 처음 봤던 영화 같은 활극에 대해 밤늦도록 수다를 떨었다.

그때는 그 사건이 평이한 일상 가운데 생긴 재밌는 이야깃거리일 뿐으로

만 생각했었다. 훗날 그 사건이 계기가 되어 나 자신의 인생이 전혀 예측할 수 없는 혼돈 속으로 빠져들 줄을, 나는 전혀 생각할 수 없었다.

18

채수희, 21살.

폴라로이드 사진 아래 그녀의 이름과 나이가 적혀 있었다. 사진속 그녀는 친구들 사이에서 너무나 천진난만하게 웃고 있었다. 그녀의 그런 모습은 나 자신이 살아온 세계와, 그리고 지금 내가 살아가고 있는 세계와는 전혀 다른 세계에 있다는 것을 상징하는 것처럼 보였다.

나는 지금 그것에 붙잡혀 있다. 그녀의 환경 말고도, 나와는 10살이 넘는 나이차가 있기 때문에 연애나 결혼은 불가능에 가깝게 어려운 일이다. 아주 간혹, 큰 나이차라거나, 혹은 환경이 전혀 다른 남녀가 만나 결혼에 골인하는 경우를 매스컴에서 본적이 있기는 하다. 하지만 그것은 그만큼 희귀한 일이기 때문에 보도가 되는 것이고, 무엇보다 그런 커플들의 경우는 우세한 쪽에서 좀 더 적극적이었기에 가능할 수 있었을 것이다.

그녀가 나를 사랑해서, 내가 가진 핸디캡을 이해해 줄 가능성은 제로에 가깝다. 그러나 내 마음은 현실과 동떨어져서 움직이고 있다. 그녀를 처음 보았던 순간이 계속해서 머릿속에 떠오르고, 그녀라면 나를 구원해 줄 수 있을지 모른다는 판타지가 고개를 들고는 한다.

그 감정은 그녀와 처음 대면한 바로 그 순간부터 시작되었던 것 같다. 한국관에서 추태를 보인 그들은 상률이파라는 조직원들이었다. 나는 CCTV를 통해 그와 같은 사태가 벌어졌음을 알았을 때 이것은 힘으로 해결할 성질의 문제가 아니라는 것을 알았다. 조직과 조직간에는 엄정한 룰이 있다. 이쪽에서 폭력을 쓰면 상대도 똑같은 방법으로 보복을 해 온다는 것이다. 바로 그러한 불문률이 있기에 조직 세계가 유지될 수 있는 것이다.

하지만 나는 두 명의 똘마니들을 보란듯이 완력으로 제압했다. 그때는 몰랐지만 나중에 생각해보니 나는 그녀, 채수희를 처음 본 순간부터 의식하고 있었던 것 같다. 처음 본 그녀에게 나는 남자이고 싶었던 것인지도 모른다. 그 대가로 나는 아주 골치 아픈 문제들을 해결해야 했다.

"형님답지 않게 왜 그랬어요? 걔들이 가만 안 둔다고 길길이 날 뛰던데, 술김에 여자에게 추근댄 것 같은데, 좋게 말로 해결했으면 좋았을텐데."

장승용 아래에서 지배인을 하는 엄문희가 그다음 날 전화를 걸어왔다. 상률이파는 대학 태권도 학과 출신들이 만든 신흥조직인데 엄문희가 그들과 잘 아는 사이였던 것이다.

"내가 좀 흥분해서 그랬는데, 어떻게 잘 해결할 수 없겠냐?"

"제가 좋게는 이야기 했어요. 하지만 그냥 말로 넘어가기는 어려울 것 같은데요."

엄문희가 나서서 알아보니 그쪽의 조직원 한 명이 우리쪽 윤삼원에게 사채를 쓴 게 있었다. 어차피 장기불량채권이라 그걸 탕감해주는 선에서 무마하기로 했다. 하지만 사채 탕감은 안영표에게 보고되어야 하는 일이어서 나는 이래저래 점수가 깎였다.

"형님! 휴일인데 뭐 하십니까?"

기성범이 문을 열고 사무실 안으로 들어왔다.

"휴일이라고 달리 할 일이 있겠냐."

"그러니까 애인을 사귀셔야죠."

기성범은 소파에 털썩 주저앉았다. 나에게 격의 없이 대하는 몇 안 되는 후배다. 나는 후배들에게 그다지 까칠한 선배가 아님에도 그들은 대개 나를 어려워했다.

"마사지사는 어때요?"

"뭐가?"

"마사지하는 여자인데 퇴폐는 전혀 아니고 스포츠 마사지를 해요. 나이는 서른하나고, 돈도 좀 모았나보더라고요."

"그런 여자면 괜찮은 남자 만나겠지."

"아니오. 아직 미혼이고 사귀는 남자도 없대요."

"그럼 네가 어떻게 해보면 되잖아."

"형님, 난 아직 멀었잖아요."

"세월 금방 간다."

"참내, 형님 얘기하다가 왜 내 얘기를…"

지금이 적당하다는 생각이 들어 나는 그동안 계속 궁금했던 걸 물어보기로 했다.

"그런데 성범아."

"네, 형님."

"그 여학생 말이야."

"누구요?"

"한 달 전에 우리 업소에서 상률이파 애들에게 봉변당할뻔 했던 세 명 말이야."

"아, 예."

"그중에 긴 생머리 여학생 있었잖아? 그 애 집이 어디디?"

기성범은 한참 내 얼굴을 쳐다보다가 내가 무슨 생각을 하는지 알아차리고 입을 열었다.

"형님! 너무 높은 목표 아닐까요?"

"무슨 소릴 하는 거야?"

"그 여학생은 나이 차도 많고 학교도 명문대인 것 같은데요."

"사귀고 싶다는 게 아니야. 이미지가 청순하잖아. 너 소피 마르소라고 아니?"

"모르는 데요."

"영화 좀 봐라. 내가 소싯적에 본 영화의 여주인공인데 그때 그 여학생이 아주 똑같이 생겼더라고. 그래서 그냥 물어보는 거야."

"형님, 추진해볼까요?"

"추진? 어떻게?"

"애들 몇 명 데리고 가서 봉고차로…"

"쨔샤! 우리가 무슨 인신매매단이냐."

기성범은 진지한 얼굴로 찬찬히 설명했다.

"그날 제가 형님 지시대로 세 명을 차에 태워서 아까 형님이 말한 여학생의 집 앞에까지 데려다줬는데요. 집이 가구점이더라고요. 아주 큰 곳은 아니고 보통 동네에 하나씩 있는 그런 규모의 가구점이었어요."

"동네 이름은?"

"창희동이요."

창희동… 내게는 익숙한 지명이다. 이곳과 가깝기도 하거니와 내가 태어나서 유년과 청소년 시절을 보낸 곳이었다. 말하자면 고향이었다. 하지만 서울에서의 삶이라는 게 워낙 빠듯하다 보니 거리가 가까운 곳임에도 근래에는 가본 적이 없었다.

"형님 잘 될지도 몰라요. 순진한 여자들은 우리 같은 주먹에게 뻑가는 경우도 있을걸요. 김태촌이라고, 아시죠? 그분도 감옥에 있을 때 엘리트 여성이 프로포즈해서 출소한 다음 결혼했잖아요."

"그냥 호감이 간다는 정도지 어떻게 해보겠다는 게 아니잖아. 너 앞에서는 무슨 말을 못하겠다."

"내가 형님 모신 게 하루 이틀이에요? 내가 형님 속에 들어가 앉았다고요."

"알았어, 그만하자."

"그럼 오늘은 형님 마음을 알았으니까 다음에 진지하게 의논해요."

기성범은 히죽이죽 웃으며 사무실을 나갔다.

나는 테이블위의 명함집을 꺼내서 펼쳤다. 강성준이라고 예전에 그가 단란주점을 경영했을 때 동네 양아치들이 집적거린다고 내게 도움을 요청한 적이 있었다. 그때 나는 후배 두 명을 데리고 가 말끔하게 정리해 주었었다. 그 후 명절 때면 선물을 보내오더니 며칠 전에는 단란주점을 정리하고 자동차 보험 사무실을 낸다는 소식을 전해왔었다. 이 업종도 경쟁이 치열해서 주먹들이 뒤를 봐주지 않으면 안 되는 직종이었다.

"강 사장님, 오랜만입니다. 김범주예요."

"아, 김 사장님!"

"별일 없으시죠?"

"그럼요. 덕분에 잘 지냅니다."

"새로 사업하시는 건 어때요?"

"사무실은 구했고 아마 다음 주에 입주하게 될 겁니다."

"아, 그래요? 혹시 사무실 집기는 준비가 되었나요?"

"아직 시간 여유가 있어서 차차 알아보려고요."

"내가 아는 분이 가구점을 열었는데, 싸고 물건도 좋아요."

"그래요?"

사소한 것이라도 누구나 남의 부탁을 들어주어야 하는 상황은 부담스러운 것이다. 그런 기색이 그의 목소리에서 느껴졌다. 하지만 그는 나의 부탁을 거절 못할 것이고 이 정도라면 양호하다고 생각할 것이다.

"김 사장님이 그렇게 말씀하신다면 어렵하겠습니까."

강 사장은 사무실 집기의 구입을 내게 맡기기로 하고 따로 필요한 내역을 보내주겠다고 했다. 다음날은 연휴 마지막날이었다. 나는 기성범에게 차를 준비하라고 지시했다.

"어디 가시는데요?"

"가구점."

"예?"

"강성준이라고 알지? 그 양반이 이번에 사무실을 새로 내는데 가구가 필요하다고 내게 부탁 하는 거야. 그런데 내가 아는 곳이 없잖아. 그래서 그때 그 여학생이 운영한다는 가구점에서 살까 하고 말이야."

"가구요? 요새는 홈쇼핑에서 사면 편해요."

이 자식이 내 속을 뻔히 들여다보고 놀리려는 것 같아 심각하게 한 마디를 던졌다.

"너 요새 왜 그렇게 말이 많아졌냐?"

"아, 죄송합니다."

한국관을 출발한지 10분도 지나지 않아 창희동으로 접어들었다. 내 기억 속의 창희동과는 너무나 달라진 모습이었다. 그렇다고 번화가가 된 건 아니었고 아파트 숲과 고만고만한 건물들이 빼곡했다. 산꼭대기까지 즐비하던 판자집과 그 사이를 더러운 얼굴로 뛰어다니던 아이들의 모습은 어디에도 없었다. 창희동 한복판을 흘러가던 개천도 완전히 달라져 있었다. 그때는 냄새 나는 더러운 폐수가 흘렀는데 지금은 물도 깨끗했고 개천가도 잘 정비되어 있었다.

나는 기성범에게 잠깐 차를 세우게 하고 개천가에 서 보았다. 개천가에는 조깅로가 있어서 깨끗한 운동복을 입은 사람들이 뛰고 있었다. 내가 어릴 때는 개천가가 모래밭으로 이루어져 있었다. 술주정뱅이 아버지의 폭력을 피해 이곳에서 뒹굴며 놀았다. 유리 파편 같은 것이 모래 속에 숨어 있어 발바닥이 찢어진 적도 몇 번이나 있었지만 그래도 지옥 같은 분위기의 집 보다는 나았다.

다시 차에 올라, 몇 분을 더 가고 기성범이 차를 세웠다.

"저곳입니다."

기성범이 가리키는 곳은 대로변에 있는 가구점이었다. 가게와 양옥집이 연결된 구조였는데 한 눈에도 세월이 오래된 곳임을 알 수가 있었다. 그렇다면 내가 이곳에서 유년을 보내던 그때도 존재했을 수 있다는 이야기였다. 그때 오며가며 지나쳤을 수도 있는데 기억은 나지 않았다. 나는 오랜만에 느끼는 설레임 속에 차에서 내려 가구점을 향해 걸음을 내딛었다.

19

    그때 나는 하루키의 '노르웨이의 숲'을 읽고 있었다. 일본 본토뿐 아니라 한국에도 많은 여성 독자들로 하여금 '와나타베'를 부르짖게 만든 하루키의 대표작이다. 그때도 대학 사회의 주류는 여전히 운동권이었지만 새로운 문학의 대표작가인 하루키의 소설이 유행한 걸 보면 조금씩이나마 사회가 달라지고 있었던 것 같다.

    부모님의 가구점에서였다. 아버지는 외근으로 부재중이었고 나와 엄마가 돌아가며 가게를 봤는데 엄마가 카운터에 있는 사이, 나는 소파에 앉아 책을 읽고 있었던 것이다. 사실 세 사람이 달라붙어야 할 만큼 장사가 잘되지는 않았다. 우리 가구점의 경우는 중소기업의 물건들을 납품받아 판매를 했는데, 그 즈음에는 대형 가구 프랜차이즈들이 하나둘씩 생겨나면서 우리 가게도 타격이 적잖이 있었다.

    그렇더라도 아버지의 수완이 남다른 편이라 가게 문을 닫아야 할 지경은 아니었다. 다만 전처럼 당당하게 용돈을 요구하기는 어려워졌다. 지금까지의 나는 가게를 돕고 있다는 번듯한 명분을 내세워 맡긴 돈이라도 내

놓으라는 듯이 손을 벌리고는 했는데, 이제는 눈치를 보지 않을 수가 없게 된 것이다.

엄마는 이따금 내 쪽을 쳐다보며 우리 딸이 독서에 열심히구나, 하는 듯한 표정을 지으셨다. 엄마는 하루키라는 이름은 들어보셨을 것이기에, 내가 유명 작가의 소설에 빠져 있는 모습이 퍽이나 대견했을 법하다. 엄마는 모르는 것이다. '노르웨이의 숲'이라는 소설이 사실은 야한 내용으로 가득한 줄을⋯ 너무나 모범적인 이미지의 하루키라는 작가가 사실은 여심을 자극하기 딱 좋은 은밀한 묘사의 대가라는 사실을!

와타나베와 나오코가 허허벌판을 산책하다가 뭔가 서로 어색해하며 남녀 사이에 당연히 있어야 할 그 무언가를 시작하려는 듯한 분위기의 중요한 장면을 읽어내려가고 있을 때였다.

"어서오세요!"

엄마가 하이톤으로 손님에게 인사를 하는 소리가 들려 고개를 들어보니 두 남자가 막 가게 안으로 들어서고 있었다. 햇볕이 그들의 뒤에서 역광으로 비추고 있어 얼굴이 자세히 안 보였는데, 그럼에도 어딘가 범상치 않은 분위기가 풍겼다. 한 마디로 말하면 가구를 사러온 평범한 손님과는 달라 보였다는 것이다.

엄마도 그랬는지, 떨떠름하게 물었다.

"가구 보러 오셨어요?"

"그럼요."

오른쪽 남자가 당연하다는 듯 대답을 하고 가게 안으로 들어섰다. 두 사람은 가구 사이를 천천히 걸으며 가구를 살펴보고 있었고, 엄마가 그 뒤를 쫓았다. 그런데 곧바로 남자는 다시 카운터 쪽으로 나오더니, 주머니에서 메모지 한 장을 꺼내 엄마에게 내밀며 말했다.

"내가 본다고 아는 것도 아니니 그냥 여기 적힌 것들을 이 주소로 보내주실 수 있나요?"

엄마는 메모지 내용을 확인하더니 약간 놀라며 되물었다.

"이걸 한 번에 다 구입하시는 거예요?"

"예."

"물론이죠. 그런데 지금은 없는 것들이 몇 개 있어서 공장에 주문을 해야 해서요. 한 일주일만 기다려주실 수 있나요?"

"그렇게 해 주세요. 그리고 결제는 그 아래 있는 사무실 번호로 연락 하시면 돼요."

그리고 남자는 갑자기 고개를 들더니 주위를 한 번 둘러보다가 나와 시선이 마주쳤다. 바로 그 순간 내 입에서는 비명이 터져나왔다.

"꺅!"

그 사람이다! 주윤발! 아니, 나이트 클럽의 깡패 두목! 그날의 사건이 내게는 너무나 쇼킹한 것이라서 그의 얼굴이 고스란히 기억에 남아 있었는데 바로 그 사람이 내 앞에 나타난 것이다. 그의 옆에 있는 사람은 그의 똘마니다. 나와 친구들을 집까지 데려다주었던… 이게 도대체 무슨 말도 안 되는 시츄에이션이란 말이냐. 이런 상황을 만든 작가가 있다면 정말 돌대가리거나, 유치짬뽕의 3류다!

엄마는 내 속도 모르고 깡패 두목에게 사과를 했다.

"쟤가 좀 극성이라서요."

그리고는 나를 나무랐다.

"너 왜 손님 있는데 소리를 지르고 그래?"

188

나는 넋나간 듯 서 있을 수 밖에 없었다. 팔면 안 된다고, 당장 쫓아내야 된다고, 그런 말들이 목구멍까지 차 올랐지만 다음 순간 그랬다가는 권총을 꺼낼지 모른다는 두려움이 엄습해와 차라리 손으로 입을 막았다.

남자는 안주머니 속에 손을 넣었다. 정말로 권총을 꺼내는 거 아닌가했으나 천만다행으로 그가 꺼낸 것은 명함이었다.

"혹시 문제가 생기면 제게 연락주세요."

"감사합니다!"

남자는 엄마를 향해 인사를 한 다음 나를 보고 씨익 한번 웃음을 짓더니 가게를 나갔다. 엄마는 횡재를 했다고 생각하는 것 같았다.

"책상 4개, 의자 8개, 회의 테이블 1개, 책장 2개, 캐비닛 1개, 소파 3개… 얼추 잡아도 5백은 되겠어."

나는 다급히 외쳤다.

"엄마 팔지마!"

"무슨 말이니?"

그러나 어떻게 설명을 해야 좋을지 난감했다. 일단 한국관이라는 나이트 클럽에 갔다는 것 자체를 밝히기가 꺼려지는데다가 그런 곳에서 남자의 부킹 시도로 그런 큰 소동이 있었다는 사실을 밝히는 것도 꺼려졌다.

"아니, 그냥 이상한 사람들 같아서…"

"우리가 지금 사람 가려서 물건 팔 때니?"

"엄마는 연쇄살인범이라도 돈만 주면 물건을 팔 거야?"

"아니, 애가 예를 들어도, 연쇄살인범이 뭐니? 그럼 저 사람들이 연쇄 살인범이라도 된다는 거야?"

"그런 건 아니지만…"

"그럼? 도대체 너 오늘 왜 그러니?"

"알았어, 알았어."

"그리고 뭐가 이상하다는 거야? 매너 있고 씀씀이도 커서 좋기만 하더만."

"알았다니까."

내 방으로 뛰어들어와 곰곰 생각해보니 내가 과민 반응하는 것일 수도 있었다. 한국관과 우리 가게는 차로 10분 남짓의 거리라서 우연이라고 하더라도 이상할 건 없었다. 설령 무슨 의도가 있다고 하더라도 물건을 사겠다는데, 어쩌겠는가. 그런데… 만일 정말로 그에게 무슨 의도가 있다면 그것은 무엇인가. 혹시… 나를? 말도 안돼! 나도 여느 스물한 살 여자들처럼 남자에 대한 무궁무진한 판타지가 있다. 하지만 깡패 두목은 아니다. 맹세컨대 나는 단 한 번도 깡패 두목과의 연애를 꿈꾼적이 없다!

나는 두려움에 떨다가 겨우 잠들어 깡패 두목의 협박에 강제로 결혼 해서 한평생을 노예처럼 사는 악몽 속을 헤매다가 아침을 맞았다. 나는 가슴을 쓸어내리며 학교에 갔다. 하필 가장 재미없는 교수의 강의가 있는 날이었다. 너무나 진지한 그 교수는 국제 정세가 힘의 논리에 의해 흘러가는 정의롭지 못한 현실에 비분강개하며 수업 내용과는 동떨어진 자신의 주장을 1시간 내내 펼쳤다. 진도를 못나가서 억울한 게 아니라 재미가 없다는 것이다. 그러다 보니 깡패 두목과 사귀면 어떤 일이 벌어질지에 대해 나 자신의 의지와는 상관없이 상상의 날개가 펼쳐졌다.

깡패 두목이니 화끈하기는 할 것이다. 어떤 느와르 영화에서는 레스토랑을 통째로 빌려 여주인공에게 프로포즈를 하는 장면이 나왔다. 영화에서는 여주인공이 감동의 눈물을 흘렸다. 하지만 나는 그 상황을 상상하는 것만으로도 오싹하다. 왜냐고? 영화에서는 여자가 그의 사랑을 수락했지만,

만일 그토록 많은 투자를 했음에도 프로포즈를 거절한다면 어떤 일이 벌어질 것인가를 생각하지 않을 수 없는 것이다. 집으로 돌아가는 차가 갑자기 폭발해버릴 수도 있고, 부모님이 납치되어 내게 전화로 '수희야, 네가 이 사람과 결혼 안하면 우린 죽는다'라고 말하는 상황이 닥칠 수도 있다. 역시 깡패 두목은 안 된다!

수업이 끝나고 강의실을 나와 동아리 사무실 쪽으로 걸었다. 나는 2학년에 올라온 후 연극 동아리에서 활동하고 있었다. '마차'라는 이름이었다. 1학년 때 가담했던 운동권 동아리에는 더 이상 참여하지 않았다. 나의 참여 계기라는 것이 선배 남학생에 대한 연정이었으므로 너무나 당연히 진지하게 그들과 어깨를 나란히 할 수가 없었다. 동아리 회원들과 제대로 융화도 못하면서 그곳을 기웃거리는 건 그들에게나 나에게나 도움이 안 된다는 생각에 나는 2학년으로 올라와 발길을 끊었다.

내가 다니고 있는 대학에는 연극 동아리가 두 군데 있었는데, 한 군데는 '극예술연구회'라는 곳으로 이름에서 풍기는 이미지 그대로, 운동권의 마인드가 강한 동아리였고, 다른 한 곳이 내가 적을 둔 '마차'인데, 이곳은 비교적 순수 연극 쪽에 가까웠다. 이곳에 적을 두면서 비로소 내가 내 자리를 찾았다는 느낌 같은 것이 들었다. 그렇다고 내가 그 방면에 재능이 있다는 이야기가 아니고 운동권 동아리에 있었을 적의 겉도는 느낌 같은 것이 안 느껴졌다는 것이다.

"선배님! 안녕하세요?"

뒤에서 명랑한 남자 목소리가 들리기에 돌아보았더니 김준성이 밝은 얼굴로 내게 꾸벅 인사를 해 왔다. 동아리에는 비슷하게 들어왔지만 나보다 학년이 한 해 낮아, 내게 깍듯한 선배 대우를 해 주는 남자 후배였다. 이상한 것은 겨우 1년 차이임에도 내 시각으로 보는 그는 솜털이 보송보송한 전형적인 새내기로 보인다는 것이다. 설마 내가 지금 늙어가고 있는 건 아니겠지.

그와 나는 나란히 계단을 올라갔다.

"재밌어?"

나의 질문에 김준성은 얼굴을 붉히며 대답했다.

"사실은 너무 어려워요."

"뭐가?"

"가장 어려운 건 희곡이요. 몇 번을 읽어도 이해가 잘…"

하기야 무겁고 어두운 분위기의 전통 희곡들을 읽어내려가다 보면 나도 머리가 아파올 때가 있었다.

"그건 나도 그런 걸."

"정말이요? 선배님이 희곡 읽고 평을 하는 걸 보면 대단하던 걸요."

"그렇게 보였다면 고맙고!"

"많이 가르쳐주세요!"

김준성은 애교스럽게 자신의 어깨를 내 어깨에 부딪쳤다. 내색은 안 했지만 나는 아직 초보 선배라 속으로는 움찔했다. 김준성 이 친구가 연극 동아리에 가입한 진짜 이유는 다른 데 있다는 걸 나는 잘 알고 있었다. 그는 연예인 지망생이었다. 기획사에도 적을 두고 있고 집에서도 밀어주는 모양이었다. 마차의 선배 가운데 기라성 같은 연예인이 몇 명 있다는 걸 알고 들어왔을 것이다.

동아리 사무실로 들어서자니 광채가 사무실 안을 가득 비추고 있다는 느낌에 나는 잠시 아찔해졌다. 회의 테이블에 둘러앉은 멤버들은 대개가 삶과 죽음을 사이에 두고 고뇌하는 철학자거나, 혹은 도스토옙스키가 소설 아이디어가 안 나와 머리를 쥐어짜고 있는 듯한 모습을 연상 시키고 있었는데, 그들 사이에서 사회의 양지에 우뚝 서 있음을 온몸으로 웅변하는 듯한 포스의 사나이가 한 명 턱하니 앉아 있어, 그에게서 번쩍번쩍 빛이 뿜어져 나오고 있는 것이다.

"채수희? 얘기 많이 들었어."

바로 그 사나이가 내게 악수를 청해왔다. 그의 이름은 장하림이다. 그의 부모님은 모두 1960년대와 1970년대의 한국 영화계를 풍미한 톱스타 배우였고, 그 후광으로 그는 연예계에 입문해 출세 가도를 달리고 있었다. 그가 마차의 선배라는 건 숱하게 들었지만 실제로 만나는 건 처음이었다.

"안녕하세요?"

나는 최대한 수줍은 모습으로 그가 내민 손을 맞잡았다. 그는 나를 향해 잠깐 웃음을 지어보이고, 김준성과 악수를 했다. 아마 독자들은 유명한 연예인이 출연했으니 이 스토리가 나와 그의 러브스토리로 흘러가려나보다 하고 지레짐작 할지도 모르겠다. 하지만 그는 내 성향은 아니다. 물론 그는 잘생긴데다가 집안 빵빵하고 돈도 많고, 무엇보다 유명인으로, 여자들이 좋아할 요소를 너무나 잘 갖추고 있었다. 하지만 바로 그 점 때문에 나는 그를 현실의 연인으로는 생각할 수가 없다.

"모처럼 와보니 고향에 온 것 같군. 내가 말이야. 여기서 연기자의 꿈을 키웠다니까. 이곳이 아니었으면 난 아무 것도 못 했을 거야."

듣기에 따라서는 자기 잘났다는 이야기처럼 들릴 수도 있겠으나, 오라는 곳도 많고 갈 곳도 많은 그가 시간을 내 후배들을 찾아온 것은 쉬운 일이 아닐 터였다.

동아리 회장인 안창수가 만면에 웃음을 띠고 화답했다.

"하림이 형에 대한 전설은 지금도 계속 구전되고 있습니다."

"전설? 내가 그 정도로 늙은 건 아니잖아."

"늙다니요? 한참 전성기를 누릴 나이신데."

이런저런 사담을 나누는 사이, 매니저가 들어와 장하림에게 다음 스케줄을 고지해 주자 그는 회원들과 일일이 악수를 하고 사무실을 나갔다. 장하림 만큼은 아니지만, 이 동아리의 선배 가운데는 유명 연예인이 몇 명 있었다. 그들 덕에 영화계나 텔레비전 쪽으로 진출한 후배들이 적잖이 있었다.

안창수가 회원들에게 설명했다.

"이번 연극에 하림 선배가 많은 도움을 주고 계셔. 특히 언론쪽에 이번 연극에 대한 홍보를 많이 해 주셔서 관객 동원은 크게 걱정 안 해도 될 것 같아."

이번에 마차에서 공연하게 된 연극은 유진 오닐의 '밤으로의 긴 여로'라는 작품이었다. 내가 이 공연에서 맡은 역할은 두 가지다. 하나는 하녀 역할이고 또 하나는 조연출이다. 하녀라고 우습게 보면 안 된다. 이 연극에는 총 5명이 출연하는 데 하녀는 어엿하게 그중 한 명이란 말이다! 드라마의 가정부 역할과는 다르다고!

조연출은 또 뭐냐고? 한 마디로 말하면 막일꾼이다. 조연출이라고 하면 이름은 폼나지만 연출의 시다바리라고 하면 맞을 것이다. 그걸 왜 하냐고? 이건 어쩔 수 없다. 주인공도 하고 싶고 연출도 하고 싶지만 짬밥에서 밀린다. 한국사회는 돈 위에 권력, 권력 위에 짬밥이라고 하지 않는가.

하지만 이 연극에서 내 역할은 결코 작지 않다고 자신 있게 말 할 수 있다. 처음 이 연극을 시작했을 때부터 나는 대본을 철저히 분석하고 그것을 회원들에게 발표해서 박수를 받은 바가 있었다. 나는 운동권 동아리에 있을 때와는 전혀 다르게 마차에서는 누구보다 적극적인 활동을 하고 있었다. 조연출이 연출의 시다바리라고 하지만, 그것은 받아들이기에 따라 다른 것이라고 생각한다. 직책이 중요한 게 아니라 땀을 흘리며 열정을 분출할 대상이 있다는 것만으로도 행복할 수 있는 것 아닐까.

"공연이 20일 앞으로 다가왔어요. 대본 리딩은 오늘까지만 하고 다음 주부터는 공연장에서 실연 연습을 할 테니 더욱 분발하도록!"

대본 리딩에 이어 안창수의 정리 발언을 끝으로 오늘의 모임은 모두 끝났다.

마차 동아리 사무실을 나와 계단을 내려가다가 2층에서 발걸음이 멈췄다. 나는 복도에 서서 안쪽을 바라보았다. 복도 끝에 근대사연구회의 사무실이 있었다. 작년에 뻔질나게 드나들었던 곳이었다. 오며가며 그곳 학우들과 종종 마주쳤는데 어째서인지 나는 그때마다 부담감 같은 것을 느끼고 있었다. 그들도 그것을 아는지, 그냥 살짝 눈인사만 하고 지나치고는 했다.

"오랜만이야!"

다시 계단을 내려가려 몸을 돌리자 맞은 편에서 안소연이 올라오다가 나를 발견하고는 활짝 웃으며 인사를 건네왔다. 운동권 동아리에서 비교적 친하게 지냈던 선배다. 이전에도 몇 번 마주쳤는데 그때는 별로 반기는 기색이 아니라 내 쪽에서도 간단한 인사만 했었다. 오늘은 웬일인지 모르겠다.

"어떻게 지내? 커피라도 한 잔 할까?"

나는 그러자고 응대하며 그녀를 따라 여학생 휴게실로 들어갔다. 커피를 마시며 그냥 서로의 근황을 주고 받다가 그녀가 본론을 이야기 했다.

"최기우 선배 소식 궁금하지 않아?"

나는 한 번도 최기우와의 썸씽을 공개한 적이 없었다. 최기우 역시 그런 성격이 아니다. 하지만 사람과 사람 사이의 일은 굳이 공개하지 않아도 알아지는 것인 모양이다. 안소연이 그렇다면 동아리 회원들 사이에 나와 그와의 이런저런 일들이 다 알려졌다는 것이다. 이 마당에 시치미를 떼는 것도 아닌 것 같았고, 기다렸다는 듯이, 어떻게 지내요? 라고 눈을 크게 뜨고 되묻는 것도 이상해서 잠자코 있었다.

"Y대 점거 사건 주동자로 재판에 넘겨진 건 알지? 그 일로 재판에 회부되어 3년형을 선고 받았어."

실제로 안소연의 속마음이 어떤지는 모르겠지만, 그 소식을 전하는 그녀의 눈길은 마치 '그런데 넌 지금 뭐하고 있니?'라고 비난하는 것처럼 느껴졌다. 하지만 나의 사랑은 그런 것이 아니었다. 물론 내 마음속에는 아직 그의 흔적이 있다. 하지만 내가 한때 그를 사랑했다고, 그의 불행까지 끌어안아야 하는 건 아니라고 본다.

"다행히 정권교체가 되면서 올 초에 사면이 되었어."

"잘됐네요."

"최 선배가 대단한 게, 정치권에서 콜 하는 곳이 몇 군데 있었다는데 모두 거절하고 공단으로 들어갔어. 본인은 위장취업이라는 말도 쓰지 말래. 그냥 노동자들과 똑같이 일하며 투쟁하겠다는 거야."

그 일이 없었더라면, 낯선 여자의 사진이 아직도 시집 속에 감춰져 있는 그런 것이 아니었더라면, 나는 그의 진정성에 감동했을 것이다. 어쩌면 이것은 나의 편견일지도 모른다. 사실을 알고 나면 내가 생각하는 것처럼 그렇게 대단한 문제라고는 할 수 없는 것인데, 나는 내가 받은 상심에 압도되어 다른 면을 못 보는 것일 수도 있다. 하지만 그것이 나인 걸 어쩌랴.

안소연은 가방 속에서 메모지 한 장을 꺼내 내게 건넸다.

"최 선배 연락처야. 부담은 갖지 마. 혹시 네가 원할지도 모른다는 생각에 주는 거니까. 최 선배는 너를 아직 못 잊고 있는 것 같더라. 후배들과의 술자리에서 많이 취했을 때 네 이야기를 종종 하더래."

"네…"

"좀 전에도 말했듯이 네가 원할지도 모른다는 생각에 이야기를 한 거니까 판단은 네가 알아서 해야겠지."

안소연은 작별 인사를 하고 휴게실을 나갔다.

밖으로 나갔더니, 따가운 햇볕이 확 하고 나를 휩싸는 듯했다. 그가 내 이야기를 하더라는 안소연의 마지막 말에 나는 붙잡혀 휘청거렸다.

20

박희준이 이상해졌다. 처음에는 명상에 빠졌는데, 그게 시작이었다. 그때만 해도 남들과 다른 취미를 가졌구나라는 정도로만 생각했었다. 그런데 명상 다음에는 단식을 시작하겠다며 내게 전화를 걸어와 단식의 장점을 장황하게 늘어놓았다. 아무튼 그래서 단식원에 들어가 단식을 시작했다는 말을 들었는데, 결과가 어떻게 되었는지에 대해서는 애매하게 뭉뚱그렸다.

"단식이라는 게 한 번 했다고 다 성공하는 게 아니잖아. 세상에 쉬운 일이 있겠니?"

며칠 굶다가 포기하고 전보다 더 왕성하게 먹어대는 그림이 그려지는 건 왜인지 모르겠다. 상대가 꺼려하는 걸 굳이 캐묻는 것도 무례한 일이라는 생각에 넘어갔다. 그런데 이번에는 동양철학이다.

"목화토금수, 이 다섯 개를 오행이라고 하는데 이것만 알면 더 이상 세상에 대해 배울 게 없어."

커피숍에서 만난 박희준은 복잡한 한자어로 된 두꺼운 책을 앞에 두고 동양철학의 우수성을 내게 설명해 주려고 했다.

"너 점쟁이가 되려는 거니?"

"점쟁이가 아니야. 이건 철학이야, 철학."

"미아리 가면 보이는 게 죄다 동양철학 간판이잖아."

"그건 그 사람들이 무지몽매해서 엉뚱한 곳에 갖다붙였기 때문이야."

박희준은 아주 미인은 아니지만 자기만의 개성이 있는 친구였다. 수수한 듯 보이지만 쉽게 넘볼 수 없는 고결함 같은 것도 있다. 그런 그녀가 왜 자꾸 엉뚱한 것에 혹하는지 알 수가 없다. 하지만 내가 뭐라고 할 입장도 아니지 않는가.

내가 박희준의 사상에 관심을 보이지 않자, 그녀는 뾰로통해졌다.

"오늘 만나자고 한 용건은 뭐니?"

"어머! 설마 너 나 만나는 거 싫은 거 아니지?"

"내 이야기도 안 들어주면서…"

"다 좋은데, 제발 동양철학만…"

"흥! 알았어!"

"희준아, 화 풀어. 오늘 너 오랜만에 만나서 얼마나 반가운 줄 아니?"

아주 오버는 아니다. 나이드 클럽의 활극 사건이후 처음이다. 친구가 이 정도로 반가운 건 애인이 없다는 증거일지도 모른다. 애인이 없을 때는 친구와의 우정을 과도하게 강조하는 경향이 확실히 있으니까.

"그런데 말이야. 그 깡패 두목 있잖니?"

"깡패 두목?"

"기억 안나? 나이트 클럽에서 주윤발처럼 발차기를 했던 남자 말이야."

"아, 그랬지?"

"그 사람이 글쎄 우리집에 나타났지 뭐니?"

"오예!"

아니, 깡패 두목이 나를 찾아왔다는데 박희준은 환호성을 지르고 있었다.

"뭐가 오예야?"

"그 사람 너 좋아하나보다."

"그래서 걱정이라니까!"

"멋지지 않아? 깡패들은 의리 있잖아. 만일 누가 널 괴롭히면 두들겨 패 줄 거 아니니?"

"농담마! 난 심각하다고!"

"이건 말 안 하려고 했는데, 사실 네 사주를 풀어보면 올해 남자 운이 강하게 들어온다고. 그냥 들어오는 게 아니라 강하게 들어온다는 게 중요해. 한 마디로 강한 남자라는 말이지. 강한 남자가 뭐니? 깡패 두목이잖아!"

박희준은 확실히 이상해졌다. 얼마 더 있으면 상담이 필요한 상태가 될지도 모른다. 여자의 적은 여자라고 했던가. 아마 박희준은 자신의 관심사인 동양철학에 대해 내가 시큰둥한 반응을 보인 것에 대한 복수를 하는 것이리라. 아무튼 고민거리를 토로할 유일한 상대가 이렇게 나오니 기운이 빠져 더 마주하고 싶지가 않았다.

"미안해. 그 사람이 갑자기 널 찾아왔다기에 신기해서 농담 좀 한 거야."

"관둬! 그리고 오늘 커피값은 네가 내!"

나는 발끈해서 커피숍을 나왔다.

학교에 도착해 캠퍼스를 걸었다. 최기우가 떠올랐다. 공장으로 들어갔다고 하는데 그곳은 어디인지, 그리고 그곳에서 무얼 하는지 궁금해졌다. 사람의 마음이라는 게 이심전심인 것이라서 상대가 나를 생각한다면 설령 그 사이에 무슨 문제가 있더라도 나 역시 그에 대해 생각하게 되는 것인가 보다. 옛날 애인을 못 잊고 있으면서 나를 취하려 했다는 것은 절대로 용서할 수 없는 일이지만 나에 대한 감정이 진심이었다면 다시 생각해 볼 수도 있지 않느냐는 쪽으로 생각이 흘러가버렸다.

지난 남자를 말끔하게 잊지 못하는 것은 나의 우유부단함일 수도 있을 것이다. 하지만 어쨌건 마음을 주었고, 스킨십이 있었던 상대였기에 그 흔적은 오래 가는 것이다. 아니, 어쩌면 그동안 다른 남자와 사귀지 못한 탓이 가장 클지도 모른다. 정말로 마음에 드는 누군가를 만나면 그에 대한 미련은 흔적도 없이 사라질 수도 있을 것이다. 그걸 알고 있지만 그렇게 못 하는 것이 또한 나인걸 어쩌랴.

캠퍼스의 끝에는 넝쿨로 둘러싸인 음대 건물이 있고, 그 맞은 편에는 상아 아트홀이 있다. 상아 아트홀은 지어진지 2년이 채 안 된 새 건물이다. 바로 이곳에서 내가 소속된 마차의 공연이 예정되어 있는 것이다. 오늘이 첫 실연 연습날이다.

공연장의 문을 열고 들어가자, 벤치에 앉아 있던 김준성이 환하게 웃으며 인사를 해 왔다.

"안녕하세요!"

"아직 시간 안 되었는데, 일찍 왔네?"

"제가 막내인데, 당연히 가장 일찍 와야죠."

김준성은 공연장 안으로 들어가는 나를 따라왔다.

"저 선배님!"

"왜?"

"제가 요즘 희곡을 쓰려고 하거든요."

"그래? 쉽지 않을 텐데."

"그래서… 선배님께 대충 스토리를 이야기 해 보려고… 선배님이 대본 분석은 최고잖아요."

"어떤 스토리야?"

"내용은요, 어느 깡패 두목하고 여대생의 러브스토리예요."

깡패 두목과 여대생의 러브스토리라는 말을 듣는 순간 신경이 곤두섰다.

"어느 깡패 두목이요, 여대생에게 반해서 죽자사자 쫓아다녀요. 그러다가 여대생도 깡패 두목의 사나이다운 모습에 반해서…"

나는 그의 말을 단호히 잘랐다.

"유치해! 지금이 어느 시대인데, 여대생이 깡패 두목 하고 사귀니?"

"하지만 이건 현실이 아니라 연극이잖아요."

"아무리 연극이라도 개연성이 있어야지!"

"나름대로 열심히 구상한 건데…"

잔뜩 기가 죽은 김준성을 보니 좀 미안해지기는 했지만 나로 하여금 깡패 두목을 떠올리게 한 벌이라고 생각해버렸다.

그동안 동아리 사무실에서는 대본 연습만 했고 무대에 서는 건 처음이었다. 무대에 서니 마치 객석을 가득 채운 관객들의 주목을 받는 듯한 착각이 들었다. 막상 연습에 빠져드니 잡다한 생각이 마법처럼 사라져버렸다. 나는 진짜 극중의 인물이 된 듯한 기분으로 대사를 내뱉고 액션을 했다. 첫 실연 연습이라 예정된 1시간이 훌쩍 지나 2시간이 흘러가서야 연습이 끝났다.

마차의 회장이자 이번 공연의 연출자인 안창수가 멤버들에게 알렸다.

"자, 오늘 회식이 있어요. 로터리에 있는 소 한 마리로 가도록!"

"소 한 마리요? 거긴 소갈비집인데 각자 부담하는 거라면 너무 비싼 집이라고요."

멤버 한 명이 이의를 제기했다. 가난한 대학생들이었기에 그동안의 회식은 진짜 조촐한 곳에서 소박하게 해결해왔었다.

"걱정 마. 오늘은 좀 푸짐하게 먹어도 괜찮으니까."

"왜요?"

"밥 먹을 때 이야기 하려고 했는데 기왕 이야기가 나왔으니 지금 할게. 사실은 독지가 한 분이 이번 연극을 위해 3백만 원을 희사하셨어."

3백만 원이라니? 그저 그런 대학 동아리 연극에 3백만 원이나 후원을 하다니! 마차 출신 연예인들이 몇 명 있다고 하지만 그들은 금전 문제에 대해서는 후한 편이 아니라고 들었다. 이따금 찾아와 성공한 선배 티를 잔뜩 내고 겨우 몇십만 원 내 놓는 정도라는 것이다.

"나도 잘 모르는 분인데, 우리가 연극에 열중하는 모습에 감명 받으셨대."

요즘도 그런 사람이 있구나. 키다리 아저씨! 어딘가, 안 보이는 곳에 숨어 우리가 열심히 사는 모습을 지켜보며 흡족한 미소를 띠고 도움의 손길을 내미는, 그런 분이 실제로 존재하다니! 역시 세상은 살만한 곳이야!

그런데 행운은 그것으로 끝이 아니었다. 가구점의 매출이 반으로 줄면서 나까지 그곳을 지킬 필요가 없어 자연스럽게 부모님에게 용돈 받는 일이 미안해졌다. 그래서 나도 아르바이트를 하려고 학생회관의 구직란에 구직 글을 올려놓은 게 있었다. 하지만 좋은 알바는 경쟁이 치열해 나한테까지 기회가 오리라는 생각은 거의 안 하고 있는 와중이었다. 그런데 글을 올린 지 일주일만에 전화가 걸려왔다.

"채수희 학생이죠?"

차분한 여자 목소리였다.

"맞는데, 누구시죠?"

"학생회 게시판에 올린 구직 글 보고 전화했어요."

"아!"

"피아노를 친다고 적혀 있던데…"

"맞아요!"

가슴이 뛰었다. 특기 사항에 피아노를 친다고 적어놓기는 했지만 설마 피아노 연주를 필요로 하는 알바가 있으리라고는 생각을 전혀 못했다.

"여긴 작은 바에요. 저녁에 2시간가량 피아노 연주를 할 사람을 찾고 있어요."

"정말이요? 제가 잘 할 수 있을 거예요. 피아노라면 정말 자신 있어요!"

우아하게 피아노를 치면서 돈도 벌 수 있다니! 나 왜 이렇게 운이 좋은 거니?

그 주의 주말에 면접을 보러갔다. 학교에서 전철로 두 정거장 거리에 있었다. 샐러리맨들이 주로 찾는 식당과 주점이 빼곡한 거리의 골목으로 들어가자 힐튼이라는 영문이 필기체로 쓰여진 바가 나왔다.

문을 밀고 안을 들어가 보니 영업시간 전이라 텅 비어 있었고, 여자 종업원 한 명이 청소 중이었다. 바는 크다고는 할 수 없었지만 외관을 보고 상상했던 것 보다는 큰 편이었다. 정면에는 서양식의 바가 길게 있었고 테이블이 세 개 있었다. 왼쪽 끝에는 콘솔 피아노가 비치되어 있었다.

"어디서 오셨어요?"

"피아노 연주 아르바이트 면접 보러 온 학생인데요."

나의 대답을 들은 여종업원은 잠깐 앉아서 기다리라고 하고 어딘가로 전화를 걸어 알바생이 왔다고 알렸다. 그리고 5분쯤 후에 검은색 드레스를 입은 여자가 나타났다. 그녀는 나의 맞은 편에 앉아 나를 지그시 바라보며 물었다.

"예뻐요."

중요한 날이라는 생각에 1시간이나 꾸민 효과가 있었다.

"고맙습니다."

"시간은 저녁 7시부터 9시까지예요. 월요일부터 수요일까지 하고 나머지 요일은 다른 분이 해요. 이곳 손님들이 점잖은 분들이라 가벼운 클래식 소품 같은 것을 연주해야 해요."

딱 내가 생각했던 그런 일이었다. 페이도 보통 업소에서 연주자들이 받는 것에 준해서 책정 되었다. 이야기가 다 끝나자 사장은 피아노를 한 번 쳐보고 가라고 말했다. 나는 모차르트의 '작은 별 변주곡'을 연주했다. 1학년 때의 방황과 혼돈이 2학년으로 올라오면서 씻은 듯이 사라졌다. 대학생활에도 적응이 되었고, 마차에서의 연극 활동도 적성에 맞았다. 그리고 내가 원하는 아르바이트 자리도 생겼다. 나는 붕 뜬 기분으로 건반을 누르며 마치 누군가가 나를 지켜보며 돕기라도 하는 것이 아닌가 하는 기분에 젖었다.

그때는 그렇게 좋은 쪽으로만 생각했었다. 그것이 끔찍한 악몽으로 변할 줄 누가 알았으랴!

21

압구정동에 있는 '천안문'이라는 중국 음식집에 나와 안영표, 그리고 홍세민이라는 이름의 40대 남자가 앉아 있었다. 홍세민은 처음 보는 사람이었다. 정상적인 사회생활을 하는 사람으로 보이지도 않았으나 주먹 세계에 몸담고 있는 사람이라고 하기에는 너무 유약해 보였다.

"이 친구는 내가 일본에서 사업 할 때 알았는데 아주 머리가 좋아."

"머리가 좋긴요, 정말 똑똑한 분은 안 사장님이죠."

홍세민은 안영표를 향해 활짝 웃었다. 남의 비위를 맞추며 살아온 티가 역력했다. 인간을 두 종류로 나눌 수도 있을 것이다. 빌붙어 사는 사람과 빌붙어 사는 사람에 둘러싸인 사람. 안영표와 홍세민은 누가봐도 그런 관계라는 걸 알 수가 있다.

"내가 일본에서 호스트바 사업을 좀 해보려고 할 때, 이 친구가 야쿠자를 소개시켜줘서 도움을 많이 받았지."

"서로 상부상조 한 거죠."

"아무튼 수완이 남다른 사람이야."

"저는 안 사장님이 잘 되기만을 바라고 있습니다."

"됐고, 김 사장에게 그 이야기를 해봐."

홍세민은 알겠다고 깍듯하게 대답한 후, 다이어리를 꺼내 펼쳐보이며 내게 물었다.

"이름이 한국관이라고 했죠?"

"그렇습니다."

"제가 듣기로는 지금도 수익성이 좋다고 하던데 이 단계에서 치고 올라가야 하지 않겠습니까?"

안영표로부터 긴요한 이야기가 있다고 했을 때부터 대충 한국관의 영업에 대한 것이리라고는 추정 했다. 현재 AYP에서 가장 건실한 곳은 내가 경영하는 한국관이었기에 시기가 문제일 뿐, 안영표가 어떤 식으로건 개입을 하리라 생각한 것이다.

"그냥 장사가 잘 되는 정도로는 한계가 있다는 겁니다. 그래서 일대 변화를 꾀하면 어떻겠느냐고 안 사장님께 제안을 했던 것이지요. 그럼 방안이 뭐냐? 연예인들을 출연시키자는 겁니다."

나는 고개를 갸웃했다.

"그건 나도 생각해봤습니다만 이름 있는 연예인들은 몸값이 비싸서 위험 부담이 너무 커요."

"범주야, 그걸 내가 왜 모르겠니? 유명한 연예인을 제 값 주고 쓸 거면 뭐하러 이런 자리를 마련했겠어."

홍세민이 다시 눈웃음을 치며 설명했다.

"한국관의 주요 고객이 30대 중반 이후의 중년층 아닙니까? 이 사람들이 젊었을 때 잘 나갔던 가수들은 지금 한가하단 말이죠."

홍세민의 말은 한물간 가수들 몇 명을 픽업하자는 것이었다. 그는 자신이 연예계의 매니지먼트사와 긴밀한 관계가 있어서 가능하다는 것이었다. 그러나 한물간 가수라고 공짜가 아니다. 머릿수당 억대의 계약금이 있어야 한다.

안영표가 나섰다.

"이번 기회에 새로운 분야에 진출하는 효과도 있고 말이야. 여기 홍사장에게 들어보니 딴따라 쪽에도 여러 조직이 들어가 있는데, 다 하빠리라 우리가 치고 들어가면 장악할 수 있다더군."

안영표의 계산을 대충 이해할 수 있을 것 같았다. 이것은 비즈니스였다. 보호를 해준다는 명목으로 헐값에 출연을 요구하고 안 되면 실력으로 대응하자는 것이다.

"무슨 말씀인지 잘 알겠습니다."

나는 다음 날, 홍세민이 가져온 리스트에서 세 명을 찍었다. 여민우, 진만경, 양애리 이렇게 세 명이었다. 이 가운데 가장 탐나는 가수는 여민우였다. 트로트 가수로 공중파 방송에는 자주 출연하지 않지만 밤무대에서는 꽤 인기가 많았다. 한국관의 이미지에 딱 부합되었다. 홍세민이 연락을 취해 여민우와의 만남을 주선했다.

나는 청년 사업가로 그를 만나 정중히 출연을 요청했다. 그가 긍정적이기에, 나는 그를 룸살롱으로 데려가 진탕 술을 먹이고 계약서에 사인하게 했다. 계약서 내용은 거의 봉사 수준으로 한국관 무대에 선다는 것이다. 다음날 술이 깬 여민우는 자신이 사기에 걸려들었다며 계약을 파기하겠다고 홍세민에게 알렸다.

충분히 예상했던 반응이었으므로 다음 수순을 진행시켰다. 여민우가 소속된 매니지먼트사를 후배들로 하여금 점거하게 했던 것이다. 그들도 자신들을 보호하는 건달들을 불렀으나 이쪽의 위세에 눌려 힘없이 물러갔다.

그래도 여민우가 고집을 계속 부리기에 나는 직접 밤무대에서 나오는 그를 차에 태우고 마포대교로 갔다. 새벽이라 지나다니는 차 말고는 인적이 없었다. 나와 후배들은 여민우를 난간에 세워놓았다.

"남자가 말이야. 약속을 지킬 줄 알아야지. 당신 출연한다고 팸플릿도 만들고 무대 세팅도 다 해놨는데, 어쩔거야?"

나의 협박에 여민우는 사시나무 떨듯하며 중얼거렸다.

"말로 합시다."

"그래 말로 하자. 출연할 거야? 아니면 여기서 황천길로 직행 할 거야?"

여민우는 울 것 같은 얼굴로 말이 없었다. 죽고 싶지는 않지만 3년간의 노예계약은 쉽게 허락 할 수가 없었을 것이다. 나는 그를 구슬렸다.

"내가 돈이 많으면 좋겠지만 그렇지 못해서 사정 좀 봐달라는 거잖아. 대신 장사가 잘 되면 인센티브는 꼭 챙겨줄 생각이라고."

여민우는 힘없이 알겠다고 대답했다. 매니지먼트사까지 장악되었으니 믿을 곳이 없어진 그는 그 방법밖에 없다고 생각했을 것이다. 이 소식을 들은 진만경과 양애리도 우리가 내놓은 계약서에 사인했고, 같은 매니지먼트사의 다른 밤무대 가수들도 출연을 약속해주었다.

거리에는 여민우 등의 가수들이 한국관에 출연한다는 플래카드가 나부꼈고 그들의 출연을 알리는 팸플릿이 수천 장 뿌려졌다. 연예인이 무대에 선다는 소식이 퍼지자 한국관은 첫날부터 만원사례였다.

나는 사무실에서 CCTV화면을 통해 인산인해를 이룬 한국관 내부의 모습을 보며 성공이라는 것이 무언지를 실감나게 체감하고 있었다. 나는 배운 것도 없고 가진 것도 없이 오직 주먹만 믿고 살아왔는데 엘리트들도 쉽게 맛 볼 수 없는 짜릿한 성공의 기쁨을 만끽하고 있는 것이다. 심장이 뜨겁게 타오르는 듯한 느낌이었다.

건달 출신이라는 핸디캡이 늘 가슴속에 자리하고 있어서 아무리 좋은 옷을 입고 비싼 음식을 먹어도 나 자신이 세상의 음지에 있다는 자괴감이 사라지지 않았으나 이제는 그렇지 않다는 자신감이 조금씩 차오르고 있었다. 나는 책은 거의 읽지 않지만 언젠가 우연히 손에 들게 된 책 속에는 '인간은 누구나 자신의 결점을 극복하기 위해 살아간다.'라는 구절이 있었다. 그 문장에 공감한 것은 나 자신이 그러하다고 생각했기 때문이다.

아주 유명한 연예인은 아니지만 이름을 대면 누구나 알고 있는 가수가 나의 몇 마디에 넘어가 나의 영업장 무대에서 노래를 하는 이런 상황이 되고나니 여민우보다 더 유명한 가수를 헐값에 데려오는 것도 가능할 것 같았고 그 이상도 가능할 것 같았다. 아니, 어쩌면 텔레비전 뉴스 같은 것에 등장하는 정치인이나 기업인을 움직이는 것도 망상은 아닐 듯한 느낌에 사로잡혔다.

하지만 세상의 곳곳에는 덫이 있다. 성공 가도를 달리다가 예기치 못한 사건에 휘말려 처참하게 망가지는 경우를 드물지 않게 보았다. 나 역시 그렇게 되지 않는다는 보장이 없었다. 그러한 염려를 확인이라도 시키려는 듯이, 나는 반갑지 않은 손님의 방문을 받았다.

"장사가 아주 잘 되는 군요. 축하드립니다!"

오기민이라는 이름의 형사였다. 지난번 조직원들의 명절 회식이 끝나고 주차장으로 내려갔을 때 나를 기다리다가 몇 마디 질문을 던진 형사였다. 그는 예고도 없이 나의 사무실을 찾아왔다.

"연락 없이 찾아와 미안합니다. 오전에 전화를 했습니다만 안 받으셔서 말입니다."

"용건이 뭐죠?"

"손만수 변호사 실종 사건 때문에요."

"그 건에 대해서는 지난번에 다 이야기하지 않았던가요?"

"아, 오래 안 걸립니다. 간단한 겁니다."

일단 오 형사의 태도로 미루어 무슨 단서를 찾은 게 아닌 듯 하여 안심이 되었다.

"작년 3월 23일에 미래기업 설기호 사장이 이곳에 왔다고 하던데요. 그래서 김 사장님과 이야기도 나누셨다고… 맞죠?"

"작년 일이라 잘 기억은 안 납니다만 그랬던 것 같습니다."

"그날 서부신문사 장재기 편집장과 대한당의 최인철 위원장도 함께 있었다고 들었는데…실례지만 그날 무슨 이야기를 나눴습니까?"

바로 그날 설 사장이 내게 사이비 변호사에 대한 보복을 청탁했었다.

"별 이야기는 없었습니다. 설 사장과는 예전부터 호형호제하는 사이라 그냥 이런저런 사는 이야기를 했을 겁니다."

"음, 설 사장님도 똑같이 대답을 하던데…"

나는 이미 설 사장과 말을 맞춰놓았었다.

"설 사장님이나 김 사장님이나 상당히 바쁜 분들인데, 별 이유도 없이 장시간 함께 있었다는 게 좀 이상해서 말입니다."

"아닙니다. 오 형사님이 방금 말했다시피 신문사 편집장도 있었고 정치인도 있었기 때문에 나와는 별 이야기가 없었지만 그분들은 긴요한 이야기를 했을 수도 있지요."

"그건 그렇습니다만 그렇다면 왜 굳이 장소를 이곳으로 정했을까요?"

"그건 나도 모르죠."

"설 사장과 손만수 변호사 사이에 금전 문제로 분쟁이 있다는 이야기는 못 들었나요?"

"금시초문입니다."

"알겠습니다. 협조해 주셔서 감사합니다."

오 형사는 내게 악수를 청하고 사무실을 나갔다. 그가 사라지자 긴장이 풀려 의자 깊숙이 몸을 뉘였다. 이 일이 내 인생의 발목을 잡을지도 모른다는 생각이 들면서 이대로 기다리기만 하면 안 될 것 같은 위기감에 사로잡혔다. 물론 아직 저들은 아무 단서도 찾지 못한 상태에서 내가 주먹 출신이기 때문에 모종의 관련이 있으리라는 추정으로 기웃거리고 있는 것이다.

이대로 기다리고 있을 수만은 없다는 생각이 들었다. 가장 중요한 것은 변호사의 사체였다. 아직은 발견이 안 되었으나 만일 수사가 급진전되어 사체가 발견되면 나에게로 수사의 칼날이 겨누어질 것이다.

나는 차동만을 불렀다.

"형사가 왔었어. 손만수 변호사 건으로."

"무슨 이야기를 하던가요?"

"아직 사체도 못 찾았고 내가 개입했다는 증거도 없으니까 떠보려는 것 같더라고."

"어쩌죠?"

"그때 사체를 차와 함께 수장시켰잖아?"

"그랬죠."

"아직 그대로 있는지 확인 좀 해봐야겠다."

"제가 갔다올까요?"

"아니, 나랑 같이 가자."

나는 다음날 새벽에 차동만과 함께 경기도 이천으로 달렸다. 운전은 차동만이 했고 나는 보조석에 앉아 있었다. 눈을 감아도 잠이 오지 않았다. 만일 몇 년 전쯤이라면 나는 이런 수고는 하지 않았을 것이다. 어차피 이 바닥에서 교도소 몇 번 안 갔다 온 인간이 드물기 때문에 되는 대로 내버려뒀을 것이다.

하지만 지금은 다르다. 지금 내게는 희망 같은 것이 생겼다. 단순히 한국관이 부흥기를 맞았기 때문만은 아니고 내가 성공가도를 달리고 있어서라는 이유 때문도 아니다. 나는 주먹 세계에서 비교적 안정되게 살아왔지만 내 속의 깊은 곳에는 어두운 그림자가 늘 있었다. 그것은 절망이고 파괴였다. 나를 정상적인 사회인으로 만들지 않은 세상 자체에 대한 적의가 내 속에 또아리를 틀고 있어서, 여차하면 나 역시 다른 주먹들과 조금도 다르지 않은 인생 행로를 살 것으로 생각해 왔다.

그러다가 언젠가부터 희망이라고 부를만한 싹이 자라는 것을 느꼈다. 그것은 이 사회에서 제대로 된 인간으로 나 자신을 새롭게 정립해 나가는 것이었다. 물론 그렇다고 내가 건달 세계를 벗어날 수는 없다. 다만 지금보다 더 나은 인간이 되고, 더 발전적인 생활을 하고 싶다는 것이다. 그러기 위해서는 포기하지 말고 세상과 싸워 나가야 한다.

차동만이 운전하는 차가 2차선 도로를 달리다가 샛길로 접어들었다. 비포장 도로라서 차체가 심하게 흔들렸다. 그렇게 20분을 달리다가 차가 정지했다.

"형님, 다 왔습니다."

나는 써치라이트에 비춰진 전면을 쳐다봤다. 수풀 사이로 커다란 개천이 있었다. 두 번째로 찾은 곳이지만 기억이 안 났다. 차에서 내려 사방을 둘러보아도 기억이 안 나기는 마찬가지였다.

"형님, 여기가 확실합니다. 이 표지판이 그때도 여기 서 있었거든요."

차동만은 '창현천'이라고 쓰인 표지판을 가리켰다. 그러고 보니 흐릿하게나마 생각이 나는 것 같았다. 그때 손만수를 운전석에 앉히고 개천으로 차를 밀어넣었는데, 이 근처에서 그렇게 하기에 적당한 장소는 이곳뿐이었던 것이다.

나와 차동만은 날이 밝기를 기다렸다가 수영복으로 갈아입은 후 준비한 스노우쿨링을 뒤집어쓰고 개천가 앞에 섰다. 나는 이쪽부터, 그리고 차동만은 반대편부터 수색하기로 했다. 자동차라는 게 무게가 있기 때문에 멀리 떠내려가지는 않았으리라고 보고 이 근처의 물속을 수색하면 어렵지 않게 찾으리라 생각한 것이다.

나는 천천히 물속으로 걸어들어갔다. 계절이 가을이라 물이 차가웠다. 나는 중간 지점까지 헤엄쳐 가서 숨을 삼키고 잠수를 했다. 물속은 침전물이 떠다녀 뿌연 색이었다. 수심이 생각보다 깊어 바닥근처까지 가는 데 시간이 꽤 걸렸다.

뿌연 바닥에는 커다란 비닐 같은 것이 돌에 걸려 펄럭이고 있었다. 그것을 헤치고 앞으로 나가보니 저쪽에 희미하게 큰 형체가 있는 게 눈에 들어왔다. 흙에 파묻혀 있지만 그것은 분명히 자동차 모양이었다. 나는 숨이 가빠져 일단 밖으로 나와 산소를 삼키고 다시 그 지점으로 잠수해 들어갔다. 마침 저쪽에서 차동만도 그것을 발견하고 다가오며 나를 향해 수신호를 보냈다.

214

가까이 가서 보니 확실히 그것은 자동차였다. 혹시 모른다는 생각에 번호판 쪽으로 헤엄쳐 갔다. 흙을 뒤집어 쓴 번호판을 손으로 문질러 보니 이곳에 오기 전에 외워두었던 번호와 일치했다. 그렇다면 의심의 여지없이 이 차가 그 차였다.

다시 한번 밖으로 나와 산소를 마시고 다시 차 쪽으로 잠수해 들어갔더니 차동만이 차창의 흙을 닦아내고 차 안을 손으로 가리켰다. 그곳에는 손만수의 사체로 보이는 거무튀튀한 형체가 안전벨트에 묶여 있었다. 나는 차동만에게 이것으로 됐다는 사인을 보내고 물 밖으로 나왔다.

안심이 되었다. 무슨 변고가 있지 않는 한, 자동차가 발견될 가능성은 제로에 가까웠다. 손만수의 사체를 못 찾는다면 나에게까지 수사망이 좁혀 올 가능성은 없었다. 이곳에 온 것은 혹시라도 누군가에게 발견될 여지가 있는지를 확인해 보려는 것이었는데, 내가 육안으로 확인해 본 결과는 안심해도 된다는 것이었다.

22

"하녀? 왜 하필 하녀냐?"

아버지는 나에게서 연극에 출연한다는 이야기를 듣고는 고작 하녀 역할이라는 것에 실망한 표정을 지으셨다. 유진 오닐의 '밤으로의 긴 여로'에는 총 5명이 출연하는데 하녀는 그중 하나로 결코 무시할 수 없는 역할이라는 것을 아버지에게 이해시키는 일은 쉽지 않았다. 하기야 아버지뿐이 아니라 작품의 내용을 모르는 친구들도 '하녀?'라고 시큰둥하게 되물었었다. 내가 갑자기 집안이 어려워져 남의 집에 하녀살이라도 하는 걸로 착각하는 것인가.

"처음 출연하는 거니까 그렇겠죠."

그렇게 변호를 해 주는 엄마 역시 나의 하녀 역할을 반기는 기색은 아니었다. 나는 두 분이 연극을 보면 이해할 것이라는 생각에 나의 역할이 얼마나 중요한지에 대해서는 더 이상 설득을 하지 않기로 했다.

나는 부모님과 가까운 친구들은 물론, 거의 연락을 하지 않고 지내는 동창생들에게까지 전화를 걸어 나의 첫 공연 소식을 홍보했다. 이건 이번 마차의 모든 멤버들이 마찬가지였다. 나름 홍보를 했다고는 하나, 대학 동아리 연극의 현실이란 알음알음이 가장 중요한 마케팅 수단이었다.

총 3일간의 공연 가운데, 적어도 첫 날은 만원사례를 할 수 있을 것 같았다. 객석이 가득 찬 가운데 공연을 하는 것과 거의 비어 있는 객석을 앞에 두고 공연을 하는 것은 하늘과 땅 만큼이나 다르다. 마차의 선배에게 들은 이야기인데, 대학로 연극판으로 진출한 뒤 야심만만하게 기획한 첫 연극의 첫날, 객석에 관객이 딱 1명 있었다고 한다. 그 1인을 위해 10명이 넘는 연기자들이 연기를 하는 광경을 나더러 상상해 보라고 했다. 나라면 도저히 연기를 할 수 없을 것 같다고 대답하자 선배는 실제로도 그랬다고 말했다. 연기자들이 아니라 그 1인의 관객이 도저히 미안해서 끝까지 못 보겠으니 밖에 나가서 소주나 한 잔 하자고 제의하더란다. 그래서 포장마차에 둘러앉아 한국의 연극판에 대해 함께 울분을 토했다나뭐라나.

그러한 전설은 나를 비롯한 후배들을 자극해 지인들에게 부리나케 다이얼을 돌리도록 만든 것이다. 그리고 마차 출신으로 연예계에 진출한 몇 명의 선배들이 홍보 쪽에 도움을 주기도 했다. 비록 단신이기는 했지만 대학 연극치고는 제법 비중 있게 공연 소식이 보도 되었다.

나와 다른 출연진들은 공연 시작 3시간 전부터 대기실에서 준비를 하고 있었다. 게다가 나는 조연출까지 맡았기 때문에 무대 세팅하는 일로도 바쁘게 뛰어다녀야 했다. 사실 무대 세팅은 어제 저녁에 다 해 놓았는데, 연출인 장철수가 3막에 나오는 테이블이 마음에 안 든다기에, 후배 두 명을 데리고 학생회관까지 가서 다른 테이블로 교체 했고, 막판에는 공연장 입구에 있는 안내문의 문구를 바꾸라고 하기에, 새로운 문구를 생각해내느라 진땀을 흘려야 했다.

나는 공연 시작 2시간 전이 되어서야 내 역할인 하녀역으로 분장을 했다. 막상 분장을 하고 거울 앞에 서 보니 이제 곧 무대에 선다는 게 실감나며 서서히 긴장이 되기 시작했다. 지금까지 지겹게 연습한 연기였으나 우리끼리 하는 것과 수많은 관객을 앞에 두고 하는 것은 차원이 다른 것이다.

"지금 너희들 기분 어떨지 알아."

장철수가 연기자 대기실로 들어와 긴장을 풀어주려는 듯 조언을 해 주었다.

"나도 첫 공연 때, 그때 내가 '샐러리맨의 죽음'에서 아들 역할을 맡았는데 비중이 크지 않고 대사도 별로 없었지만 나 때문에 연극을 망칠까봐 얼마나 마음을 졸였는지 몰라. 하지만 아무 일 없이 잘 해냈다고. 그러니 지나치게 걱정할 필요 없어."

막내아들 역할을 맡은 진영민이 조심스럽게 손을 들고 질문 했다. 나와 같은 2학년이고 그도 이번 공연이 첫 공연이었다.

"선배님, 연기하다가 대사 까먹으면 어떡하죠?"

"그럴 때는 말이야. 대사를 까먹었다는 티를 내지 말고, 자연스럽게 둘러대라고."

"어떻게요?"

"이를테면 '아, 열 받으니까 말이 잘 안 나오네'라고 하거나 아니면 '갑자기 할 말이 생각 안나는군.'이렇게 말이야. 그렇게 시간을 번 다음 대사를 생각하라고."

공연 시작 1시간이 남았을 때 나의 부모님이 찾아오셨다. 전형적인 하녀 복장을 한 나를 부모님은 떨떠름하게 바라보시는 듯했다. 아마 오늘 연극을 보면 텔레비전 드라마의 식모 역할과는 다르다는 걸 이해하시리라.

218

부모님을 객석으로 모셔다드리고 복도로 나와 입장하는 사람들을 대충 살펴보았다. 아직 이른 시간임에도 긴 줄이 서 있었다. 물론 그들은 대부분 연기자와 스테프들의 지인이지만 그렇더라도 그 모습을 바라보는 나로서는 감개무량했다.

바로 그때였다. 공연장 밖으로 중형차 한 대가 멎더니 두 사람이 내려 이쪽으로 걸어오는 게 눈에 들어왔다. 그들을 무심코 바라보던 나는 경악해서 소리를 지를 뻔했다. 그들은 바로 깡패 두목과 똘마니였다. 내가 어떻게 그들을 모를 수 있겠는가. 지난번 가구점에서 불시에 찾아온 그들로 인해 악몽을 꾸었을 정도인데!

그들은 관람객 사이에 서서 입장을 기다리고 있었다. 나는 행여라도 그들과 눈이 마주칠까봐 고개를 숙이고 잽싸게 대기실 쪽으로 뛰었다. 머리카락이 쭈뼛쭈뼛하게 서는 듯했다. 지난번 가구점에의 방문은 우연일 수도 있다고 보았다. 깡패 두목이 경영하는 나이트 클럽과 가구점이 지근 거리에 있기 때문에 그럴 수 있었다. 하지만 이번은 다르다. 내가 첫 공연하는 연극에 찾아왔다는 건 우연일 수가 없다.

대기실 입구에서 마침 장수철를 만났다.

"선배님, 할 말이 있어요!"

"왜? 무슨 일이라도 생겼어?"

"지금 이곳에 와서는 안 될 사람이 왔어요!"

"그게 무슨 말이야? 와서는 안 될 사람이라니? 무슨 빚쟁이라도 찾아왔다는 거야?"

갑자기 설명할 말이 생각 안 났다. 나이트 클럽에서의 활극부터 이 상황까지를 설명하기도 복잡했지만, 그런다고 무슨 해결책이 있을 것 같지도

219

않았다.

"아니, 그런 건 아니고… 선배님 나중에 이야기해 줄게요."

나는 대충 얼버무리고 대기실 안으로 들어갈 수 밖에 없었다. 입안이 마르는 듯해 정수기의 물을 몇 잔이나 먹었다. 저 사람이 여기까지 왔다는 건 나에 대해 샅샅이 알고 있다는 의미였다. 경찰을 부르는 것도 생각해 보았으나 가구점을 찾아온 것과 내 연극을 보러 왔다는 사실만으로 무슨 죄가 성립되는 건 아닐 것이었다. 어쨌건 침착해야 한다는 생각에 나는 가슴에 손을 얹고 천천히 심호흡을 했다.

그때 장수철이 대기실 안으로 들어왔다.

"잠깐만 여기 좀 주목해줘요! 공연에 앞서 소개해줄 분이 있어서 말이야. 지난번에 내가 이번 공연을 후원해 주신 고마운 분이 있다고 했잖아? 그분이 지금 막 도착하셨어. 본인은 괜찮다고 사양을 하셨지만 인사라도 올리는 게 예의인 것 같아 내가 모시고 왔어."

아, 키다리 아저씨! 깡패 두목의 방문으로 정신적인 충격을 받은 나는 마음씨 좋은 키다리 아저씨와 만나는 것으로 위로를 받을 수 있겠다고 생각했다. 어떤 분일까. 온화한 미소가 얼굴 가득 퍼져 있고, 선의만이 가득할 것 같은 맑은 눈을 가진, 은발의 노신사. 그런 생각을 하며 고개를 들었는데, 놀랍게도 그곳에는 깡패 두목이 떡하니 서 있었다. ㅅㅂ이건 또 무슨 개막장 스토리냐… 설마… 저 사람이?

"바로 이분이 이번 연극을 위해 3백만 원이나 후원하신 분이야. 작은 기업을 경영하시는데 평소에 연극에 관심이 많으셨다고 해."

깡패 두목이 헛기침을 하고 인사말을 했다.

"별일도 아닌데 좋게 봐주셔서 감사합니다. 평소에 연극 쪽에 좀 관심이 있었던 차에 젊은 대학생들이 어려운 여건에서 공연 준비를 한다는 이야기를 직원에게 전해 듣고 작게나마 도움을 드리고 싶었습니다."

대기실 안의 멤버들은 환호를 하며 박수를 쳤다. 나는 당장이라도 저 인간의 본색을 폭로하고 싶었다. 저 사람은 기업이 아니라 나이트 클럽 사장이고, 우리 연극에 후원금을 낸 것도 연극 때문이 아니라 날 어찌해보려는 생각 때문이라고! 하지만 다음 순간, 그랬다가는 우리 동아리의 명예가 실추되고 이번 공연에도 악영향이 미치리라는 생각이 퍼뜩 떠올랐다.

그는 대기실 안의 연기자들과 일일이 악수를 하다가 드디어 내 앞에 섰다.

"반갑습니다!"

마치 초면인 듯 자연스럽게 연기 하고 있는 걸 보니 더욱 악감정이 생겼다. 하지만 일단은 참기로 했다.

"감사합니다."

"그럼 좋은 공연 부탁합니다!"

그는 모두를 향해 손을 흔들어 보이고 대기실을 나갔다. 아마 저 인간은 나의 환심을 사기 위해 3백만 원이라는 적지 않은 돈을 투자했을 것이다. 그렇다! 이건 후원이 아니라 도박이다. 내 입으로 이런 말 하기는 좀 그렇지만, 22살의 아리따운 여대생을 자기 여자로 만들기 위해서라면 3백만 원 정도는 아깝지 않았을 것이다. 하지만 나는 절대로 호락호락한 여자가 아니다. 3백만 원이 아니라 3억을 준다고 하더라도 깡패 두목은 싫다! 만일 30억이라면? 바로 대답이 안 나왔다. 나는 머리를 흔들었다. 지금 그런 계산을 할 때가 아니지 않는가.

일단 공연에 전념해야 한다는 생각에 마음을 다잡기 위해 복도로 갔다. 아무도 없는 곳의 의자에 조용히 앉아 대본을 펼쳐놓고 주문이라도 되는 듯이 대사를 외웠다. 그런데 바로 그때 김준성이 쪼르르 달려왔다.

"선배님, 오늘 첫 공연이라 긴장되시죠?"

"물론이지!"

"저기… 그때 선배님 이야기를 듣고 생각해봤더니 선배님 말씀이 맞는 것 같더라고요. 역시 여대생과 깡패 스토리는 희곡으로는 어울리지 않았어요. 그래서 이렇게 한번 바꿔봤어요. 연극배우와 깡패! 어때요? 여주인공은 학교의 연극 동아리에서 연극을 하는데 깡패가 죽자사자 따라다녀서 처음에는 거절하지만 나중에는 그의 순정에 감동해서 서로 사랑하는 사이가 된다는…"

나는 벌떡 일어나서 소리질렀다.

"너 왜 그렇게 깡패에 집착하니? 혹시 네 꿈이 깡패 아니니? 정신 차려! 3류 홍콩영화와 연극을 구분하라고!"

"죄송합니다. 화를 내실줄은 몰랐습니다."

눈물이라도 흘릴 것 같은 얼굴을 보니 미안해지기는 했다. 하지만 두 번씩이나 나를 자극한 것에 대한 벌이라고 생각하고 그 자리를 피해버렸다.

공연이 시작되었다. 객석은 관객들로 만원이었다. 나의 부모님이 그곳에 있었고 나의 친구들과 동창들, 학우들이 간간히 눈에 띄었다. 이 뜻깊은 무대에 서 있는 나는 생뚱맞은 문제로 고민하고 있었고, 그런 고민을 하게 만든 작자에게 화가 났다. 이런 기분으로 연기를 하다가 실수 할지도 모른다는 불안감이 공연 내내 감돌았으나, 다행히 별다른 실수 없이 2시간의 공연을 마무리할 수 있었다.

공연 뒤, 부모님, 그리고 친구들과 어울려 사진을 찍었고 그들과 식사를 함께 했다. 물론 나는 첫날 공연의 성공에 고무되어 시종 환하게 웃기는 했다. 하지만 마음속에 드리운 한점의 먹구름은 끝내 사라지지 않았다. 그것은 어둠의 손길이 나를 향해 다가오고 있다는 불길한 예감이었다. 하지만 아무리 생각해도 가구점의 매출을 통 크게 올려주고 어려운 연극 공연에 후원금을 낸 것만으로는 어떤 죄목을 붙여야 좋을지 난감했다.

그렇다고 이대로 있어야 하는가. 어둡고 사악한 손길이 스멀스멀 다가오고 있는 이 위기의 국면에서 나는 최악의 상황이 닥칠 때까지 잠자코 기다리고 있을 수 밖에 없는 것인가. 이제 다음 수순은 무엇인가. 이 정도면 내 마음을 알겠지? 라고 생각하고 본격적인 마수를 드러낼 것이다. 납치? 회유? 협박? 어떤 것이건 조만간 실체가 드러날 것이다.

그전에 선수를 쳐야 한다. 그렇다고 내가 사람을 사서 그들을 급습이라도 할 입장은 아니지 않는가. 당당하게, 내가 그를 원하지 않는다는 것을 분명하게 밝혀야 한다. 아무리 무식한 깡패라고 하더라도 가능성이 전혀 없는 상대에게 투자를 하지는 않을 것이다.

나는 3일간의 공연을 무사히 마무리하고 그 다음날 저녁에 한국관으로 향했다. 그를 직접 대면해 내 의사를 분명히 밝히기로 한 것이다. 머릿속에서는 그에게 당당히 싫다는 의사 표시를 하는 나 자신을 그리고 있었지만 그 상황을 상상하는 것만으로도 심장이 뛰고 호흡이 가빠졌다. 하지만 살아야 할 날이 많은 나였기에 이런 정도의 과정은 인생의 통과의례라고 생각하며, 포기하고 싶은 마음을 이겨냈다.

그때가 시간이 오후 7시 안팎이었는데, 아직 한국관 앞은 한산했다. 귀에 이어폰 같은 것을 꽂은 종업원이 두 명 그 앞에 서 있었다. 나는 그들에게 다가가 당당히 말했다.

"이곳 사장님 좀 만나러 왔어요."

"누구신데요?"

나는 어쩔까 하다가 이름을 밝혔다. 그러자 종업원은 출입문의 안쪽에 있는 인터폰으로 어딘가에 연락을 취해보더니 내 쪽으로 뛰어왔다.

"제가 모셔다 드리겠습니다!"

나는 그의 안내를 받아 엘리베이터를 타고 6층에서 내렸다. 복도를 걸으며 내가 지금 잘하고 있는 건지 모르겠다는 생각이 들었다. 호랑이를 잡으려면 호랑이 굴에 들어가야 한다는 그런 생각으로 이곳까지 온 것인데 그 속담에 대해 생각해보니 결과가 없었다. 호랑이 잡으러 호랑이 굴에 들어간 사람은 과연 호랑이를 잡았을까? 아니, 무사히 살아나오기는 한 것인가.

종업원은 노크를 하고 문을 열어주며 안으로 들어가라는 제스처를 했다. 이 위중한 상황에서도 종업원의 매너는 수준급이라는 생각이 드는 걸 어쩌랴.

"어서오세요! 이리 앉으시죠."

문제의 그 남자가 테이블을 돌아나오며 나를 맞았다. 테이블에는 '대표 김범주'라는 명패가 놓여 있었다. 마치 이런 날을 기다리기라도 한 듯한 그를 보니 더욱 마음이 모질어졌다.

"아니요. 용건만 간단하게 말씀드리고 가겠어요."

"용건만 말해도 괜찮으니 일단 앉읍시다."

그는 턱 하니 소파에 앉았다. 앉고 싶은 마음이 손톱 만큼도 없었으나 지리적으로 각도가 틀어져 있어서 내 입장을 통보하기가 불편했다. 그래서 일단 그가 가리키는 소파에 앉기는 했다.

"차 뭘로 할래요? 커피?"

"저기요…제가 아저씨와 한가하게 차나 마시러 온 게 아니거든요."

"아가씨! 이런 이야기 들어봤나요? 6.25 전쟁 때 적과 아군이 치열하게 싸우다가 크리스마스 날이 되자 휴전을 하고 서로 정다운 시간을 보낸 일화가 있대요. 아무리 화가 나는 상황이더라도 인간적인 대화가 필요한 법이잖아요."

"잘도 갖다붙이시는군요. 저는 지금 대화를 하러 온 게 아니라 내 입장을 통보하러 온 거라고요. 그리고 지금 예를 든 일화는 6.25 전쟁 때가 아니라 2차 대전 때의 일이에요."

"2차 대전이요? 금시초문인데…"

그의 눈치를 보니 이런 상황에서 써 먹으려고 외워놓은 일화인데 잘못 외운 듯했다.

"1944년 독일과 벨기에의 국경 마을인 휘르트겐의 외딴 집에서 일어난 일이라고, 브리태니커 백과사전에도 나와 있다고요!"

"그렇습니까? 6.25 전쟁 때 강원도의 감자바위골이라는 마을에서 일어난 일이 아닌가요?"

"아니라고요!"

"아, 죄송합니다."

"그런 이야기 하러온 게 아니고요. 아저씨가 저희 가구점에서 가구를 왕창 사고 제가 소속된 연극 동아리에 후원금을 낸 건 어찌보면 고마운 일이지만 그래봐야 아저씨만 손해라는 걸 알려드리려고 왔어요."

"아, 그것 때문에 왔군요. 그건 신경 안 써도 괜찮아요. 가구를 구매한 건 어차피 가구가 필요했기 때문이고 아가씨의 동아리에 후원금을 낸 건 한국관이 괜찮아져서 사회 사업 차원의 기부였어요."

"그렇다면 나와는 아무 상관 없는 거죠?"

내가 단도직업적으로 묻자 그는 얼굴을 붉히며 조심스럽게 대답했다.

"물론 아가씨를 이곳에서 처음 보고 호감을 느껴 도움을 주고 싶은 마음도 있었어요."

"나는 깡패 도움은 필요 없어요!"

그의 입에서 호감이라는 말이 나와 나도 모르게 소리를 지르고 말았다. 그의 얼굴이 굳어지는 걸 보며 나는 아차 싶었다. 이곳에는 나와 깡패 두목, 두 사람뿐이다. 괜히 자존심을 건드려서 좋을 게 없었다. 나를 죽이고 산으로 데려가 묻어도 아무도 모르지 않는가.

"제가 조금 전에 했던 말은 취소요. 하지만 분명한 건 아저씨가 어떻게 나오건 내가 아저씨에게 관심을 가질 일은 영원히, 영원히, 하늘이 두 쪽 나더라도 전혀 없을 것이라는 거예요. 아시겠어요?"

나는 그야말로 바늘로 찔러도 피 한 방울 안 나올 것 같은 냉엄한 어조로 마지막 통보를 했다.

"오케이! 내가 무슨 일을 해도 아가씨는 나에게 관심이 없다! 알겠어요. 됐나요?"

"그러니 더 이상 나에 대한 관심을 접어주세요."

"알았어요!"

"그럼!"

나는 이 정도면 충분하겠지라고 생각하고 일어서서 그곳을 나왔다.

23

그녀, 채수희라는 이름의 여대생이 나가고 나는 최면에 걸리기라도 한 사람처럼 움직이지 않고 그대로 앉아 그녀가 앉아 있던 자리를 뚫어져라 쳐다보고 있었다. 그녀의 반응은 충분히 예상했던 것이지만 그렇다고 하더라도 마음의 상처가 없을 수는 없는 것이었다.

정말로 중요한 것은 그녀가 나에게 일말의 관심도 없다는 것을 확인했음에도 그녀를 향한 나의 감정은 그대로이고 어떤 면에서는 더욱 증폭되었다는 사실이다. 텅 비어 있는 건너편 소파를 바라보며 나는 그녀의 조금전 모습을 떠올리고 있었다. 마치 한 마리의 작은 새가 정신없이 지저귀다가 훌쩍 날아가버린 듯한 그런 느낌이 들고 있었다.

'역시 어리석은 짓일까.'

22살의 청순한 여대생이 나이도 10살 이상 많은데다가 건달이 직업인 남자를 좋아하기를 바라는 것은 로또 당첨보다도 더 희박한 확률일 것이다. 하지만 세상일은 모르는 것이 아닌가. 확률이 적다고 아무 시도도 하지 않는다면 실패도 없겠지만 성공도 없을 것이다. 내게는 핸디캡만 있는 게 아니다. 그녀 주변의 남자들에게는 없는 풍부한 인생 경험이 있고, 경제적 여유가 있다. 쉽지는 않겠지만 포기하기는 아직 이르다.

그런 생각을 하고 있을 때 기성범이 노크를 하고 들어왔다.

"그 여대생이 왔었다면서요?"

"소식 한번 빠르구나."

"소문이 쫙 난 걸요."

"이상한 소문 내지 마. 그 학생이 그냥 인사나 하며 지내자기에 잠깐 만난 거니까."

"그렇지 않다던데…"

"뭐야? 뭐 들은 거 있어?"

"솔직히 말해도 돼요?"

"말해봐."

"여학생이 대놓고 무안을 줬다고 소문이 쫙 났어요."

아마 채수희를 이곳까지 안내한 종업원이 문 밖에서 나와 그녀 사이의 대화를 듣고 소문을 냈을 것이다.

"야, 어느 여자가 처음부터 오케이를 하냐? 다 그런 과정을 겪는 거잖아."

"형님, 튕기는 거 하고 진짜로 싫은 것을 구분하셔야 해요."

기성범의 얼굴에서는 나에 대한 걱정이 잔뜩 묻어있었다. 하기야 연극 후원금으로 3백만 원이나 썼고 그 외에도 여러 가지로 신경을 쓰고 있는 걸 알고 있는 그였기에 걱정을 하는 것도 무리는 아니다.

"알았어."

"형님, 정말 괜찮은 거죠?"

"걱정 말라니까."

기성범이 나가고 곰곰 생각해보니 그의 말대로 정신을 차리지 않으면 위험하겠다는 생각이 들었다. 나 혼자라면 상관없으나 나를 따르는 후배들과 한국관을 생각하면 여자 하나 때문에 흔들리는 모습을 보이는 건 피해야 할 일이었다. 그렇다고 포기하겠다는 게 아니라 현명하게 행동해야 한다는 것이다.

홍세민에게서 전화가 걸려왔다. 술이나 한 잔 하자는데 무슨 용건이 있는 것 같아, 한국관 근처의 호프집으로 오라고 했다. 한국관 나이트 클럽은 유흥가 한복판에 있어서 사방이 술집이었다. 술집도 연령대에 따라 분위기가 전혀 달랐다. 20대가 주로 찾는 곳은 우선 음악이 최신 유행 음악이었고, 조명도 밝았다. 나는 레인보우라는 이름의 20대가 주로 찾는 호프집으로 약속 장소를 정했다. 술집 안의 벽에는 커다란 무지개 모양의 네온사인이 장식되어 있었다.

"사장님, 신수가 훤하십니다!"

홍세민은 나와 악수를 하며 덕담을 건넸다. 전형적인 아부형 인간이라는 생각이 들었으나 그렇더라도 이쪽을 치켜세워주는 사람을 싫어할 사람은 없을 것이다.

"덕분입니다."

"저도 한국관이 잘 돼서 기분이 좋습니다. 뭐 그렇다고 저 개인에게 무슨 이익이 돌아간 건 없지만 말이에요."

틀린 말은 아니다. 그의 주도로 한국관 무대에 연예인이 서게 되었지만 홍세민 개인에게 인센티브 같은 게 주어진 건 아니다. 하지만 이번에 그가 연예계에 진출한 것은 몇 푼의 돈보다 더 큰 대가였다. 물론 그는 그걸 노리고 AYP에 접근했을 것이다.

"사장님이 계속 잘 되셔야죠."

"그러면 좋겠지만 사람 일이 그렇게 됩니까. 연예인들이 무대에 서면서 반짝 매출이 올랐지만 시간이 지나면서 하락세예요. 그렇다고 안 좋다는 건 아니지만 좀 부족하다는 거죠."

"그래서 제가 오늘 찾아온 게 아니겠습니까."

"그래요? 무슨 좋은 수라도 있습니까?"

내가 채근하자 홍세민은 회심의 미소를 한번 짓고는 조심스럽게 입을 열었다.

"오용배라고 아시죠?"

"오용배? 가수요?"

홍세민은 고개를 끄덕였다.

"그 사람을 한국관에 세울 수 있다는 겁니까?"

"잘만 하면요."

나는 반색하지 않을 수 없었다. 내 또래치고 오용배의 노래를 듣고 자라지 않은 사람은 없을 정도였다. 내가 흥분했던 건 단지 그를 무대에 세워 돈을 벌 수 있다는 계산 때문이 아니라, 오용배라는 우리 세대의 스타를 끌어들일 수도 있다는 홍세민의 말 때문이었다. 그것은 말 그대로 나 자신의 신분상승을 상징하는 것이었다.

"사실 오용배는 발라드 가수로서는 생명이 다했어요. 마지막 음반을 낸 게 7년 전인데 이야기를 들어보니 판매가 잘 안 되었다더군요. 그 후 여러 가지 개인 사업을 벌였다가 쫄딱 망해서 지금 빚이 많이 있습니다. 채무가 총 30억 가량 되는데 말이에요. 그중 상당수가 사채고, 그것도 주먹들과 연결된 악성 채무라 지금 협박에 시달리고 있다고 해요."

여기까지 듣고도 홍세민이 말 하려는 바를 캐치할 수 있었다. 어둠의 세계와 연결된 사채만 해결해 준다면 오용배는 이쪽의 의도대로 움직일 수밖에 없다는 것이다. AYP 정도라면 충분히 해결할 수 있는 문제라는 생각에, 홍세민은 이미 안영표에게 말을 해 두었고 이건을 확정 짓기 위해 나를 찾아온 것이리라.

수많은 여성팬을 거느리며 한때 아시아의 스타라고 불렸던 오용배가 그런 신세가 되었다는 게 웃기는 일이었지만, 어쨌거나 그로인해 내게 기회가 온 것이다. 홍세민을 보내고 안영표와 통화를 해 보니 오용배를 옥죄는 사채업자가 갈고리파의 김성철이라고, 이 바닥에서는 악독하기로 소문난 인간이었다. 한 번 걸리면 못 빠져나간다고 해서 갈고리라는 별명이 붙은 인간이었다. 물론 오용배가 대놓고 이 사람의 돈을 썼을 리는 없고, 돌려막기를 계속하다 보니 최악의 인간에게 엮인 것이다.

김성철도 조직을 갖고는 있지만 사채 회수를 위한 성격이라 AYP 같은 전문 조직에는 꼬리를 내릴 수밖에 없을 것이었다. 다른 이권을 매개로 오용배에 대한 협박을 일시 중지 시키는 건 그다지 어려울 게 없었다. 30억의 채무도 있는 오용배를 가수로서의 생명력이 다 할 때까지 이용할 수 있었다.

다음날은 한국관이 한 달에 한 번 있는 정기 휴일이었다. 오후 늦게 한국관에 갔더니 몇 명이 죽치고 있기에 종업원 방에서 고스톱을 치며 시간을 보냈다.

"승님, 시방 사랑의 상처를 겪고 있다믄서요?"

패를 돌리던 주장우가 슬쩍 내 눈치를 보며 말을 걸었다. 이놈은 전라도에서 올라왔는데, 쌀가마니 같은 외모가 그야말로 조폭 똘마니다웠다. 나

231

도 주먹 세계에서 자랐지만 이놈을 보면 섬득 할 때가 가끔 있다.

"입 닥치고 패나 돌려."

"승님! 사랑의 상처는 떠벌려야 아무는 거지라우."

"기성범이 소문 냈냐?"

"아따, 승님, 시방 어케든 승님을 제대로 보필하려는 충정에서 하는 말이 아니겠습니까."

"마음은 알겠는데, 내가 알아서 할 테니까 신경 꺼."

"지가 그 방면에는 쪼게 조예가 있어서지라."

"얌마, 가만 있는 게 도와주는 거야."

내가 정색 하자, 주장우는 입을 다물었다. 어찌보면 오야지를 생각하는 가상한 마음이랄 수도 있지만 할 줄 아는 건 주먹 쓰는 것밖에 없는 이들이 나서서 득될 게 없을 것이었다. 말로 하다 안 되면 봉고차 같은 걸로 납치 해 와서 대형 사고로 비화될 수도 있었다. 고스톱은 내가 막판에 쓰리고를 해서 싹쓸이를 했다. 목욕이나 하라고 돈을 나누어 주고 그곳을 나왔다.

저녁에는 아현동의 힐튼이라는 바에 갔다. 이곳 사장은 윤 마담이라고 한국관에서 재무 담당으로 근무하던 여자였는데, 독립을 하고 싶다기에 안영표와 상의하에 힐튼의 운영을 맡겼다. 힐튼의 대표는 윤 마담이었지만 실제로는 AYP소유였다. 윤 마담은 30대 중반으로 나보다 몇 살이 더 많았고, 외모도 좋은 데 왜 정상적인 결혼을 하지 않는지는 나도 모른다. 안영표와 한때 그렇고 그런 사이였다는 소문이 있지만 그 역시 알 수 없다.

나는 주차장에 차를 주차시키고 주차장 쪽으로 난 후문을 밀고 안으로 들어갔다. 그곳에는 주방, 그리고 내실로 연결된 통로가 있었다. 주방 쪽으로 걸어가자 내 발자국 소리를 듣고 윤 마담이 뒤를 돌아보았다. 내가 온 것을 안 그녀는 눈인사를 잠깐 했다.

나는 주방 입구에 서서 바 저쪽을 쳐다보았다. 그곳에는 내가 아는 한 여학생이 피아노를 치고 있었다. 그녀는 채수희였다. 오늘 그녀는 레이스가 달린 블라우스를 입었고 머리는 언제나처럼 긴 생머리였다.

그녀가 지금 연주하고 있는 곡은 생상스의 '백조'라는 클래식이었다. 물론 내가 이 곡을 알 리가 없다. 나는 이따금 이곳에 서서 채수희가 피아노를 연주 하는 모습을 지켜보고는 하는데 연주가 끝나고 그녀가 나간 뒤에 윤 마담에게 물어 인상적으로 들었던 곡의 제목을 알아낸 것이다. 나는 혹시라도 잊어버릴까봐 수첩에 메모까지 해두었다.

나는 후배 한 명에게 지시해서 채수희의 모든 것을 알아내라고 지시했었다. 그래서 연극 동아리에서 활동하고 있는 것도 알게 되었고 아르바이트가 필요하다는 것도 알아낼 수 있었다. 연극 동아리에 후원금을 낸 것을 알고 나서 불같이 화를 냈듯이, 만일 자신이 지금의 아르바이트를 구할 수 있었던 것이 나의 의도에 의한 것임을 안다면 가만있지 않을 것이다. 하지만 그래도 좋다. 그녀가 설령 화를 내더라도 그것은 아무 관련 없는 남남보다는 진전된 관계라고 믿고 싶었다.

채수희는 연주를 끝내고 윤 마담에게 걸어가 몇 마디 대화를 나눈 후 가방을 챙겨 힐튼을 나갔다. 총 2시간의 아르바이트가 끝난 것이다.

나는 바에 앉아 위스키를 주문했다.

"지극 정성이시네요. 나도 누가 사장님처럼 사랑해주면 두 말 없이 받아줄 텐데요."

나보다 몇 살 위라서인지, 다른 사람에게는 못하는 속마음을 윤 마담에게는 털어놓을 수가 있었다.

"무슨 이야기 한 것 없어?"

나보다 연상이지만 한국관에서 재무 담당을 했기 때문에 나는 여전히 윤 마담을 직원처럼 대하고 있었다.

"며칠 전에 잠깐 불러앉혀놓고 사담을 좀 했어요. 그냥 평범한 대학생들이 갖고 있는 그런 고민이 있더라고요. 지금 전공에는 흥미가 없고, 연극이 재밌는데 현실을 생각하면 엄두가 안 난대요."

"연극배우도 잘 나가는 사람 있잖아."

"하늘의 별따기죠. 연극만으로는 안 되고 아마 텔레비전이나 영화를 해서 이름이 알려져야 먹고 살 수 있을 거예요."

윤 마담은 내 쪽으로 바싹 다가앉으며 말했다.

"난 사장님 편이에요. 자신을 가지세요. 그깟 나이차야 얼마든지 극복할 수 있다고요."

"어떻게 하면 좋을까?"

"편지 같은 걸 써보면 어때요?"

나는 실소했다.

"노노, 글이라고는 두 줄 이상 써본 적이 없어."

"그럼 딱 두 줄만 쓰세요. 대신 마음을 실어서. 여자는 상대가 진심으로 나올 때 감동한다고요."

"여자는 남자의 진심에 감동…"

나는 입 안에서 윤 마담의 조언을 읊조려 보았다. 머리로는 이해할 수 있을 것 같았지만 구체적으로 무엇을 어떻게 해야 좋을지 알 수가 없었다. 그런 면에서 나는 천상 건달인 것이다. 주먹 세계로 빠지는 사람들의 특징은 단순하다는 것이다. 복잡한 사회를 감당할 수 없기 때문에 이거 아니면 저거라는 단순 구도의 주먹 세계로 들어가는 것이다.

그때 안쪽의 전화벨이 울려 윤 마담이 받고는 무선 전화기를 가져와 내게 내밀었다.

"성범이 전화예요."

기성범이었다.

"무슨 일이야?"

"형님, 저하고 동만이하고 형님께 긴히 드릴 말씀이 있어서 말입니다. 한국관으로 좀 오실 수 있죠?"

"갈 수는 있는데, 무슨 일이야?"

"오시면 말씀 드릴게요."

"알았어."

기성범과 차동만은 나의 오른팔과 왼팔이랄 수 있었다. 그들이 내게 긴히 할 말이 있다면 그것은 매우 중요한 일이라는 의미였다. 기성범의 목소리로 봐서는 무슨 안 좋은 이야기를 하려는 건 아닌 것 같았다.

나는 힐튼을 나와 20분만에 한국관에 도착했다. 한국관은 정기 휴일이라 셔터가 내려져 있었는데 그 앞에 막내인 양정식이 나를 기다리고 있었다. 그는 클럽 안에서 기성범과 차동만이 기다리고 있다고 알렸다. 대화라면 내 사무실에서 하는 게 맞는데 이상하다고 생각했지만 그럴 수도 있다는 생각으로 별 생각없이 별도의 통로를 통해 나이트 클럽 안으로 들어갔다.

"생일 축하합니다!"

문을 열고 들어가자마자 샴페인이 터지고 도열한 후배들이 생일 축하 인사를 했다. 기성범과 차동만이 내 머리에 샴페인을 부었다. 나는 순간적으로 내가 생일을 잊고 있었다고 생각했다. 하지만 다음 순간, 내 생일은 겨울이었던 게 생각나며 확실히 잘못되었다는 걸 알아차렸다.

"야, 잠깐잠깐! 오늘이 무슨 내 생일이야. 내 생일은 1월이잖아."

기성범이 어리둥절한 얼굴로 말했다.

"그래요? 오늘 아니었어요?"

"얌마! 넌 내 생일도 모르냐?"

"아씨, 생일인줄 알았네."

그런데 기성범은 그다지 낭패스러운 얼굴이 아니었고 차동만과 다른 후배들도 마찬가지였다, 그들은 만면에 환한 웃음을 짓고 있었다.

"형님! 기왕 이렇게 된 거 생일을 미리 땡기자고요!"

"뭐? 생일을 당겨?"

"형님 기분도 꿀꿀하실 텐데, 신나게 생일 파티나 하면서 머리를 좀 식히시라고요!"

모두가 환호하며 박수를 쳤다. 나는 그제서야 이들이 나를 위해 머리를 굴렸음을 알아차렸다. 내가 채수희 문제로 상심 한 것을 안 후배들은 가짜 생일 파티로 나를 즐겁게 해 주려는 것이었다.

"그래 좋다! 오늘을 내 생일로 하자!"

나는 기분 좋게 호응했다. 스테이지에서 악단이 연주를 시작했고 여민우가 등장해 '목포의 눈물'을 구성지게 불러제꼈다. 다음 순서는 여자들 세 명이 스테이지에서 '첫차'를 불렀고, 그다음에는 후배들이 나가서 건달들의 구전곡인 '태어나기는 했지만'을 합창했다.

나, 태어나기는 했지만 아무도 반기지 않네,
도시를 하이에나처럼 어슬렁거리다가 쓰러져 잠들고,

철장 안에 갇혀 엄마 생각에 흐르는 눈물을 주먹으로 닦았네,
산전수전 다 겪으며 살다보니 전과가 수두룩,
그래도 나는 의리의 사나이,
의리가 밥 먹여 주냐지만 그래도 의리의 사나이,

후배들이 앞다투어 내미는 잔을 나는 마다하지 않고 입으로 가져갔다. 이렇게 마시기는 근래에 처음이었고, 취한 모습을 후배들에게 보이는 것도 처음이었다. 몇 시간을 놀았는데, 어떻게 놀았는지 기억이 없었다. 마지막에 나는 누군가의 부축을 받고 나이트 클럽을 나갔고 눈을 떠보니 모텔이었다. 나는 여자를 안고 있었다. 욕정이 끓어올라, 그녀를 안고 세 번이나 정사를 벌였다. 새벽에 눈을 떴을 때 여자는 없었다. 묘한 허전함이 느껴지면서 정말 오랜만에 결혼하고 싶다는 생각을 했다.

24

"헉! 진짜야? 네가 깡패 두목을 찾아갔다고?"

전화로 내 이야기를 들은 조영미는 그야말로 여자가 진짜 놀랐을 때 내는 그런 소프라노 톤으로 자신의 놀라움을 표현했다. 세 명의 친구 가운데 가장 격의 없이 지내는 박희준에게 이 사실을 알리지 않은 것은 지난번에 보인 그녀의 장난스러운 대응에 상처를 받았기 때문이다.

"그랬다니까. 내가 꾸며서 이야기할 이유도 없잖아."

"와! 너 정말 대단하다! 어떻게 깡패들이 득실거리는 소굴을 네 발로 찾아갈 생각을 다했니?"

"그만큼 위기의식을 느껴서라고."

"하지만 연극의 후원금을 낸 건 좋은 뜻일 수도 있잖아. 이를테면 이성의 감정뿐 아니라 그냥 순수하게 네가 하는 일을 돕고 싶다거나 그런 거말야."

"그러면 좋겠지만 그 반대면 어쩌니? 3백만 원을 미끼로 나를 자기 손아귀에 넣으려는 것일 수도 있잖아."

"그건 그렇지만… 그런데 왜 나는 네가 부럽니?"

"부럽다고?"

"내 주위에는 그런 통 큰 남자가 없으니까."

"그럼 나 대신 너 소개시켜줄까?"

"호호호, 아주 싫지는 않은데?"

이것들이 죄다 왜 이래? 라는 생각에 짜증을 부리려다 생각해보니 친구들이 보는 지금의 내 입장은 다를 수 있을 것 같았다. 깡패 두목, 아니 김범주라는 남자가 지금까지 보여준 모습은 내가 알고 있는 건달의 공식에서 좀 벗어난 것이었다. 일단 첫 만남에서 어찌되었건 나와 친구들을 위기에서 구해준 영웅이었고 여자를 좋아한다고 그런 식의 물량 공세를 펴는 남자는 나와 친구들의 주위에는 없기 때문이다. 나는 두려워 떨고 있지만 친구들은 은근히 질투를 하고 있는 것인지도 모른다. 그점을 깨달은 나는 서둘러 화제를 정리했다.

"농담이라도 그런 말 마. 너까지 끌어들이고 싶지 않으니까."

어쩌면 정말로 조영미를 김범주에게 소개해 주는 상황으로 비화될까봐 걱정이 된 것일지도 모른다. 그것은 매우 복잡한 감정이었다. 나는 죽었다 깨어나도 김범주와 사귈 생각이 없지만 내가 아닌 다른 친구에게 그와 같은 물량 공세를 펴는 것 또한 고이 봐줄 수가 없었다. 그것은 내가 직접 그를 만나 몇 마디의 대화를 나눈 후에 생긴 변화였다. 막상 대화를 나누고 보니 악몽에 시달릴 정도로 두려움에 떨어야 할 상대는 아니라는 걸 느꼈다. 그렇다고 그가 좋아지기 시작했다고 지레짐작 하지는 마시라. 단지 그도 인간이라는 걸 알았다는 것이다.

조영미와의 통화를 마치고 밖으로 나가 보니 아버지가 차 앞에서 나를 기다리고 있었다. 내게 운전 교습을 시켜주려는 것이다. 나는 얼마전 운전 면허를 따 놓았는데, 나중에 차를 사면 본격적인 연습을 하려 했으나 아버지가 기왕 면허를 땄으면 제대로 운전을 해야 한다며 오늘부터 주행연습을 시키겠다고 하셨다.

"아니, 운전을 하겠다는 애가 옷이 그게 뭐냐?"

내가 치마를 입고 나온 게 못마땅하신 모양이다. 그건 그렇고 시작부터 잔소리를 하시는 게 아무래도 예사롭지가 않았다. 일단 아버지는 본인이 운전을 해서 큰 길로 접어들은 다음, 도로가에 차를 세우고 내게 운전대를 잡으라고 했다. 내가 서서히 차를 몰기 시작하자 아버지의 본격적인 잔소리가 시작되었다.

"클러치를 바꿔야지!"

"바꾸려고 하잖아요!"

"어느 세월에? 그렇게 느려터지면 뒤차가 박아버린다고."

"처음부터 어떻게 잘해요?"

"다른 운전자들이 처음이라고 봐주는 줄 아냐?"

"알았어요!"

"이것아! 깜박이를 켜고 차선을 바꿔야지!"

"아차!"

"아이고, 내가 아니었으면 사고 날 뻔 했다!"

"깜박이 안 켠다고 다 사고 나는 건 아니잖아요!"

"어딜 쳐다봐? 앞을 봐야지!"

"아버지가 말 시켜서 그랬잖아요!"

"운전에 집중을 해! 집중을!"

나는 아버지가 그렇게 예민하고 말수가 많다는 걸 처음 알았다. 나는 운전 교습 시작한지 20분만에 지금까지 살아오며 아버지에게 들었던 잔소리의 두 배도 넘는 잔소리를 들었다. 본인도 그게 미안했는지 휴게소에서 쉴 때 손수 자판기 커피를 뽑아오셨다.

"다 너 생각해서 하는 말이었어. 요즘 젊은애들이 운전도 제대로 못하면서 차를 끌고 나왔다가 사고를 내는 일이 얼마나 많은 줄 알아?"

나는 아버지가 건네는 커피잔을 들고 말없이 앉아 있었다. 한적한 도로의 휴게소에는 사람이 없었다. 가을이 깊어지는 때라 스산한 바람이 불었고, 바닥에는 나뭇잎들이 이리저리 쓸려다녔다.

"그래도 네가 이제 운전을 할 나이가 되었다는 게 신기하구나. 아장아장 걸을 때만 하더라도 쟤가 어느 세월에 어른이 될까 싶었는데 말이야. 세월 참 빨라."

아버지는 먼 허공에 시선을 두고 있었다. 이렇게 단 둘이 있고 보니 아버지가 이제 젊지 않다는 걸 실감할 수 있었다. 머리는 반백이었고 얼굴에도 주름이 잔뜩 잡혀 있었다. 아버지는 말수가 없는 가장이었다. 엄마는 수다쟁이처럼 자신이 살아온 이야기부터 생활의 지혜, 여자로서의 사회적 처신 같은 것을 시도 때도 없이 내게 이야기 했지만 아버지는 언제나 무겁게 입을 다물고 필요한 말만 하셨다. 그러고 보니 이렇게 부녀지간에 단둘이 있어본 것도 거의 손가락으로 꼽을 정도로 드문 일이었다.

"수희야, 너 애인은 없니?"

"어떨 것 같아요?"

"나는 모르지."

아버지의 그윽한 눈을 바라보는 순간 느닷없이 마음속의 이야기를 털어놓고 싶은 기분이 되었다. 누군가를 사랑했는데 그로인해 상처를 받았고, 그랬음에도 아직도 못 잊고 있다고 말하고 싶었다. 다 털어놓고, 아버지의 무릎에 얼굴을 묻고 그 사랑의 아픔이 너무 커 누구도 다시는 사랑할 수 없을 것 같다고 말하며 펑펑 울고 싶었다. 하지만 나는 아무 말도 하지 않았다.

"우리 수희가 결혼해서 잘 사는 걸 볼 때 까지는 내가 건강해야 하는데 말이야."

아버지는 일어서서 차 쪽으로 걸었다. 나는 아버지의 뒷모습을 보며 따라걸었다. 5분 남짓의 짧은 순간이었지만 내가 지금까지 봐왔던 것과는 다른 모습이 아버지에게서 느껴졌다. 그것은 아버지가 표현하지 않은 나에 대한 애정이었다.

그러나! 다시 내가 운전대를 잡고 도로로 접어들었을 때는 그 좋은 감정이 깡그리 사라지고 말았다.

"백미러 안 보이니? 뒤차가 비켜달라잖아!"

"보고 있어요!"

"어이구! 그렇게 갑자기 속도를 죽이면 어떡해?"

"아버지의 잔소리 때문에 신경이 쓰여서 그렇다고요!"

"네가 잘하면 내가 왜 잔소리를 해?"

"그럼 아버지가 운전대 잡으세요!"

"어어, 신호 바뀐다! 뭐해? 차 세워야지!"

집으로 돌아왔을 때 아버지는 엄마에게 애가 누굴 닮아 둔한지 모르겠다고 하며 방으로 들어가버렸고, 나는 나대로 잔뜩 부은 얼굴로 내 방에 처박혔다. 여느 때의 그저그런 부녀관계로 돌아가버린 것이다.

그 주의 수요일에 최기우가 나를 찾아왔다. 전공 강의를 듣고 밖으로 나오는데 창가에 서 있던 남자가 내 쪽으로 걸어오기에 누군가 하고 봤더니 그였다.

"잘 지냈어?"

"오랜만이네요."

"그렇지? 거의 1년이 다 되어 가는군."

"안소연 선배에게 잠깐 소식 들었어요."

"어떻게 이야기 했는데?"

"안산의 공단에 들어갔다고."

"맞아."

"신념은 대단해요."

"아니, 할 줄 아는 게 없어서."

최기우는 멋쩍게 웃었다. 저 웃음… 저 웃음이 떠올라 가슴을 설레던 날이 얼마나 많았던가. 이제 그가 내 앞에 나를 찾아왔으니 뭔가 특별한 이야기라도 해야 할 것 같았으나 나는 외면하지도 못하고, 그렇다고 반기는 것도 아닌 채 붙들려 서 있었다.

"진작 왔어야 했는데, 너도 알다시피 그동안 내 신상에 변화가 많았어."

"알고 있어요."

"좀 걸으면서 이야기할까?"

최기우가 복도를 걷기 시작해 나 역시 그 옆을 걸었다. 아는 여학생 한 명이 저쪽에서 걸어오다가 내가 남자와 함께 있는 걸 보고는 조심스러운 눈웃음을 짓고 지나갔다.

"오해였어."

"뭐가요?"

"그날… 수희가 내게 시집을 집어던지고 달아났잖아. 나는 영문을 몰라 쫓아갔는데, 넌 벌써 사람들 속으로 사라졌더군. 다시 방 안으로 들어와 바닥을 보니 네가 내게 던진 시집과 사진이 떨어져 있었어."

나의 그의 말에 이끌려, 그때 그곳을 기억해 냈다. 우연히 그것을 찾아내지 않았다면 이 사람과 나의 관계는 어떻게 되었을까. 지금과는 전혀 달랐을 것이고, 내 인생 역시 그랬을 것이다.

"그렇게 달아나지 말고, 내 이야기도 들어줬으면 좋았을걸 그랬어. 박윤진이, 그녀와 내가 찍은 사진을 반으로 잘라서 사랑의 징표로 하나씩 갖고 있자고 한 건 사실이야. 나는 이미 그때 그녀에 대한 감정이 식었지만 거절하면 더욱 어려워질 것 같아 그러자고 했어. 사진을 바로 버리지 않은 건 물론 내 불찰이야. 하지만 나는 시집 속에 그 사진이 있는 줄은 꿈에도 생각 못하고 있었어. 일이 틀어지려고 그랬는지 모르지만 그날 내가 시집을 갖고 나온 건 거의 처음이었어. 그랬으니 사진이 그 안에 있는 줄도 모르는 게 당연하잖아. 잘 생각해봐. 내가 그 시집을 다른 날도 갖고 있었어?"

"모르겠어요."

"어쨌거나 사진 한 장 때문에 너와 내 사이가 멀어졌다는 게 실감나지 않아. 물론 그 직후에라도 내가 연락을 해서 오해를 풀었어야 했지. 하지만 나는 그때 개인적인 여유가 전혀 없을 때였어. 일이 이상하게 흘러가버렸으니까. 그 이틀 후의 통일축전은 사실 그다지 과격한 행사가 아니었는데, 경찰과 물리적인 충돌이 심하게 발생하면서 분노한 학우들이 Y대학에 집결해, 대규모의 공방전으로 비화되고 말았어. 나는 구속되었고, 그 이후 지금의 안정을 찾을 때까지는 많은 시간이 필요했어."

244

캠퍼스로 나왔다. 딱히 어디를 가겠다는 것도 아닌 채, 그와 나는 학생들 사이를 걸었다. 지금의 캠퍼스는 작년과 달랐다. 학생 운동의 흔적은 어디에도 없었다. 그 정점에 있는 것이 Y대 사태였다. 그 직후 학생 조직은 붕괴되다시피 했고 대중들은 물론, 일반 학생들조차 과격한 학생운동에 거리를 두고 있었다.

"선배는 언제나 선배 입장만 이야기 해요."

"그런가."

"사진 건은 이러이러한 오해였고, 오해를 풀지 못한 것은 그만한 이유가 있기 때문이다, 이거잖아요. 그럼 나는 뭐죠? 나는 오해만 하고 혼자 괴로워하고, 중요한 일을 이해 못 하는 어린애인가요? 대답해보세요. 나의 오해를 풀어주는 것보다 더 중요한 일이 있었다면 나는 선배에게 뭐였죠?"

최기우의 목소리가 떨렸다.

"나도 괴로웠어."

"못 믿겠어요."

그렇게 말을 했지만 그의 말이 진심이라는 생각이 드는 것은 사실이었다. 안소연도 그러지 않았던가. 후배들과의 술자리에서 나에 대한 감정을 토로하며 괴로워하더라고.

"널 다시 찾아오는 일이 내게는 굉장한 용기를 필요로 했어. 그것은 내 틀을 깨트리는 일이니까. 수희 말이 맞아. 나는 그동안 내 입장만 생각했던 건지도 몰라. 나는 잘못한 게 없으니까 네가 스스로 오해를 풀고 내게 연락해 주기를 바랐어. 하지만 그래서는 안 된다는 걸 알았어. 그래서 일단 만나자, 만나서 오해를 푸는 것이 관계를 회복하는 첫걸음이라고 생각했던 거야."

나도 선배 다시 만나서 반가웠어요, 라는 말이 나오려는 걸 간신히 참았다. 아직은 아니다. 내가 얼마나 괴로웠는데! 이렇게 쉽게 용서할 수는 없어!

"전보다 훨씬 예뻐졌어."

이런 유치한 말이 왜 마음을 흔드는 것일까. 여러 가지 복잡한 이야기를 들을때의 혼란이 걷히는 듯했다.

"선배는 건강해보이네요."

"하루 12시간씩 일을 하니까."

그는 자신의 생활을 설명하기 시작했다. 공장에서 선반 깎는 일을 한다고 했다. 고된 노동을 하며 관념으로만 생각했던 노동의 실체를 이해했다고, 그래서 이 운동에 진실로 매진할 수 있게 되었다고.

나는 그의 그런 생활을 잘 실감할 수 없었다. 여전히 최기우는 큰 키에 맑은 눈을 가진 테리우스였다. 정치지향적인 면이 아니라면 여자들에게 인기 꽤나 끌었을 법한 남자다. 집안도 괜찮은 그가 왜 그런 진로를 선택했을까. 남다른 사명감일까? 아무튼 내게는 그것이 그에게로 다가가는 길에 놓인 벽이었다.

"손잡아도 될까?"

캠퍼스의 끝에 있는 소나무 밭에 접어들었을 때 그가 떨며 물었다. 나는 바로 대답을 못했다. 그것은 그의 모든 것을 이해하고 용서하겠다는 의사 표시가 되는 거였다. 내가 말이 없자, 그는 더 이상 묻지 않고 걷기만 했다. 한 번 더, 한 번만 더 부탁해 보라고, 한 번만 더 요구해 보라고, 그런 조바심이 내 속에서 일어났다. 마치 그러한 나의 마음속 소리를 듣고 있기라도 한 것처럼, 그는 슬며시 나의 손을 잡았다. 처음에는 가운데 손가락 끝을 잡았다가 내가 잠자코 있자, 손 전체를 잡았다. 그렇게, 그와 나는 화해했다.

25

안영표를 태운 차가 저쪽에서부터 서서히 이쪽으로 굴러오고 있는 게 눈에 들어왔다. 하얀색의 세단이었다. 한국관의 대표인 나부터 주요 간부들이 한국관 앞에 도열해 있다가 안영표의 차가 멎고 그가 내리자, 상체를 90도 숙여 인사 했다. 보기 드문 진풍경에 이쪽을 쳐다보는 행인들도 있었다.

"범주!"

안영표는 내게 강한 애정을 표현했다. 힘껏 악수를 하는 것도 모자라서 한 손으로 가볍게 포옹까지 했다. 나는 그를 클럽 안으로 안내했다. 대낮이라 덩그러니 비어 있는 클럽 안은 안영표 한 사람을 위해 조명만은 환하게 켜 두고 있었다. 안영표는 준비된 자리에 털썩 주저 앉았다.

"내가 한국관 때문에 산다!"

연예인이 무대에 서면서 두 배 이상 매출이 오른 것을 말하는 것이다.

"형님의 판단이 좋았습니다."

"연예계 쪽에도 좋은 기회가 생길 것 같아. 홍세민이 하는 말을 들어보니 그쪽이 복마전이더구만."

"그렇습니까."

"하여간 내가 여러 가지를 구상하고 있어."

안영표가 오늘 온 것은 한 달에 한 번 있는 정산을 위해서였다. 한국관 수익의 대부분은 그의 수중에 들어간다. 물론 공식적인 대표는 나로 되어 있지만 수익 배분만 본다면 나는 얼굴 마담에 불과했다.

종업원들이 현찰을 가득 담은 사과상자 두 개를 안영표 앞에 쌓아두었다. 문제의 소지를 없애기 위해 안영표와의 정산은 늘 현찰로만 하고 있었다. 안영표는 사과 상자를 열어 눈대중으로 살펴보고는 부하에게 지시해 차에 싣도록 했다.

"범주야, 차나 한잔 할까?"

"그럼 사무실로 올라갈까요?"

"아니, 여기서 해."

안영표는 스테이지 앞의 빈자리로 나를 데려갔다.

"합숙 한 번 하는 거 어떠니?"

"합… 숙이요?"

나는 애매하게 대답할 수 밖에 없었다. 조직에서 합숙이라는 은어는 조직원들을 교외에 집합시켜 훈련시키는 것을 뜻한다. 보통 사나흘을 잡고, 산 같은 곳에서 타조직과 대결할 때를 가상한 훈련을 한다. 단합 차원의 가벼운 몸풀기 정도로 끝내는 경우도 있지만 상황이 긴박할 때는 대형견과 맞대결을 시키는 등 혹독한 훈련을 하는 경우도 있었다. 1980년대의 조직에서 상용하던 수법인데, 90년대에 접어들어서는 점차 사라져가는 추세였다. 근래에 오야지가 합숙을 지시하는 가장 큰 이유는 조직원에 대한 기강 확립이었다. 그렇다면 안영표는 AYP의 조직원 기강에 무슨 문제가

248

있다 생각하는 것일까.

"내가 들은 정보에 의하면 철조망 애들이 말이야, 우리를 노리고 있다는 거야. 조만간 움직일 수도 있다더군."

앞에서도 잠깐 설명한 바가 있지만 서울 서부 지역의 폭력 조직은 불나방과 철조망으로 양분되어 있었다. 불나방은 안영표가 오야지가 되면서 AYP라는 주식회사로 탈바꿈했지만 철조망은 여전히 과거의 방식으로 조직을 운영하고 있었다. 몇 년 전이라면 모를까 지금은 갭이 워낙 커서 철조망이 AYP를 넘본다는 것은 이해가 잘 안 되었다.

내가 잠자코 있자 안영표는 대충 넘어갔다.

"아니, 합숙을 꼭 하기로 결정했다는 건 아니고, 의향을 물어본 거야."

"형님이 지시를 내리면 저는 언제건 따르겠습니다."

안영표는 갑자기 조용한 말투로 변했다.

"범주야, 삼원이 어떻게 생각하냐?"

AYP에서 사채업을 하고 있는 윤삼원을 말하는 것이다. 사실 원래 윤삼원은 안영표의 심복중의 심복이었다. 친분으로만 따지면 나보다 그가 안영표와 가까웠다. 다만 성격 자체가 덜렁덜렁한데다가 여자를 밝히는 성격 때문에, 조직을 현대적인 비즈니스로 변모 시키려 하는 안영표와 갈등이 빚어졌다. 개인적으로는 나하고도 막역한 사이였다.

"삼원이가 또 무슨 문제를 일으켰나요?"

"이 자식이 날 배신하려는 것 같아."

"그래요?"

"업무 보고도 없고 연락도 안 돼. 2주째야."

안영표로서는 신경이 쓰일 것이었다. 조직은 위계질서가 생명이었다. 그것이 무너지면 조직 전체가 와해되는 건 시간 문제였다. 갑자기 합숙 이야기를 꺼낸 이유가 있었던 것이다.

"형님, 제가 한번 알아보겠습니다."

"아니, 알아볼 필요 없고, 이참에 정리를 해야겠어."

주먹 세계에서 정리를 한다는 것은 사회에서 말하는 정리의 의미와는 전혀 다르다. 그냥 그를 자르는 문제가 아니다. 조직의 비밀을 죄다 알고 있는 조직원을 자르면 어떤 사태로 비화될지 알 수 없다. 안영표가 윤삼원을 정리하기를 바란다면 그것은 최악의 경우 살해하겠다는 것이 될 수도 있었다. 그걸 알고 있는 나는 긴장하지 않을 수 없었다.

"지금 내가 믿을 놈은 너밖에 없으니까 네가 윤삼원을 처리해야겠다."

"어느 정도로…?"

"최악의 경우 죽여도 좋아."

최악의 경우라고 단서를 붙인 게 일단은 다행이었다. 안영표는 윤삼원이 다시 일어설 수 없는 상태로 만들기를 바라고 있고, 그 과정에서 죽어도 좋다는 것이다. 안영표가 떠나고 나는 기성범과 차동만을 불러 안영표의 지시사항을 설명했다. 나와 마찬가지로, 두 사람은 떨떠름한 표정이었다. 그도 그럴 것이 이들도 윤삼원과는 호형호제하는 사이였기 때문이다.

"영표 형님이 오해하시는 거 아닙니까? 삼원이 형이 배신할 사람은 아닌데…"

"내 생각에도 사람이 너무 좋아서 탈이지 배신하고 그럴 사람은 아니라고 보는데요."

기성범과 차동만은 윤삼원을 린치해야 한다는 것에 심한 부담감을 토로했다. 그건 나 역시 마찬가지였다. 하지만 오야지의 명령을 거부할 수는 없었다. 다만 융통성을 발휘해서 극단적인 상황은 피해볼 생각이었다. 일단 윤삼원과 가까운 차동만에게 윤삼원의 행적을 알아보도록 지시했다. 안영표와 윤삼원 사이에 화해를 시킬 여지가 있는지를 고민해 보고 나서 다음 수순을 실행해도 늦지 않다고 생각했다.

일단 그 문제는 그렇게 정리 하고 사무실로 올라가는데 기성범이 따라왔다.

"형님, 내일 낮에 시간 어떠세요?"

"내일 낮에는 괜찮은데, 왜?"

"제가 자주 가는 일식집이 있는데 말입니다. 그곳 주인이 30대 초반의 여자예요. 내가 형님 이야기를 몇 번 했더니 한번 만나고 싶다더라고요."

"또 그 이야기냐?"

"형님, 일식집 여주인과 나이트 클럽 사장! 잘 맞잖아요."

"내가 자격이 되냐."

"형님, 연애를 못하는 사람 특징이 뭔 줄 아세요? 올라야 할 나무와 오르지 못 할 나무를 구분 못한다는 거예요. 가능성이 있는 상대에게 투자를 하셔야죠."

그건 맞는 말이라는 생각에 나는 별 대꾸를 못했다. 한 발 자국 떨어져서 생각하면 22살의 콧대 높은 여대생에게 돈과 정열을 투자하고 있는 지금의 나는 정말 어리석은 짓을 하고 있는 것이었다.

"사실 일식집 여사장은 결혼에 실패한 경험이 있어요. 그런 아픔이 있기 때문에 오히려 형님처럼 이 바닥에 있는 사람을 이해할 수 있을 거라고요. 그렇다고 그런 이야기를 한 건 아니지만 나이트 클럽 사장이라고 하면 뻔한 거 아니겠어요?"

"그 여자가 정말 나를 만나고 싶다고 했어?"

"그렇다니까요!"

"그럼 그냥 밥이나 같이 먹는 정도로 만나도 돼?"

"그럼요. 일단 부담 갖지 마시고 만나보세요."

채수희를 좋아하는 감정과는 별개로, 누군가를 만나는 것은 나쁘지 않
다는 생각이 그 순간 들었다. 근래의 나는 그 이전과는 여러 면에서 달라
지고 있었다. 전에는 남들처럼 가정을 꾸린다는 것은 생각하지도 못했고
그런 것에 관심조차 두지 않았는데, 어느 때부터인가 나도 남들처럼 살 수
있을지 모른다는 희망 같은 것이 안에서부터 싹트고 있었다. 그런 면에서
누군가를 부담 없이 만나보는 것은 필요한 일이라는 생각이 들었다.

"형님, 정장 말고 젊은 사람들이 잘 입는 캐주얼한 그런 복장이 좋아요.
스카프 같은 걸로 장식도 하시고 머리도 샤프하게 넘기시고요. 그리고 대
화 할 때 주먹 쓰는 티 내시면 절대 안돼요. 내가 젊은 사업가라고 소개했
으니까 알아서 잘 맞춰주세요. 혹시 노파심에서 하는 말인데, 마음에 든다
고 바로 어떻게 해보려고 하면 안 된다는 거 아시죠?"

"얌마, 날 뭘로 보고."

"하하, 농담이에요."

이른 아침부터 기성범이 전화를 걸어와 코치를 했다. 그의 말대로 늘 입
는 정장은 배제하고, 나름대로 유행에 맞춰 옷을 입었다. 거울 앞에 서 보
니 제법 벤처 사업가다운 냄새가 났다. 나한테 이런 면도 있었나? 라는 생
각이 언뜻 들기도 했다.

서울 시내 한복판에 있는 J호텔 커피숍이 약속장소였다. 약속 시간보다
5분 일찍 도착했는데 뜻밖에도 상대가 먼저 나와 있었다. 창가 쪽에 혼자

앉아 있는 30대 여자가 그녀임을 직감하고 나는 그쪽으로 갔다.

"윤정임 씨?"

"김범주 씨?"

나와 그녀는 어색하게 웃으며 마주앉았다. 여성 사업가답게 나이보다는 중후해 보이는 여자였다. 작은 키였고 예쁘다는 소리를 제법 들었을 법한 외모였다. 처음에는 날씨 이야기를 하다가 차츰 진지한 대화를 시작했다. 그녀는 여자답게 현실적인 문제에 관심을 보였다.

"나이트 클럽 사장님이시면 재력이 대단하시겠어요?"

"내 또래에 비하면 그렇다고 할 수 있지만 수익을 나 혼자 가져가는 건 아니에요."

"그래도 재산도 있고 잘 생기셔서 여자들에게 인기 있겠는 걸요?"

"그동안 일 때문에 결혼을 생각 못하고 있었어요."

"저도 그래요. 일 밖에는 모르다가 누군가 서로 의지할 사람이 있으면 좋겠다 싶어져서 말이에요."

그리고 그녀는 자신이 운영하는 일식당에 대한 설명을 시작했다. 이야기를 들어 보니 외모와는 달리 고생을 좀 한 듯싶었다. 이혼 후 처음에는 마트를 창업했다가 망하고 온갖 잡일을 하다가 도와주는 사람이 있어서 지금의 일식당을 개업해 안정을 찾았다고 한다. 그리고 대화는 빙빙 겉돌며 흘러갔다. 살아온 이야기라거나 취미 이야기 같은 걸 주고받다 보니 더 이상 할 말이 없어져버렸다.

아무래도 이 자리를 정리해야 할 것 같아 내가 말했다.

"오늘은 상견례를 한 것으로 하고 인연이 되면 나중에 만나는 것으로 하면 어떻겠습니까?"

"아, 그러죠."

그녀와 나는 커피숍을 나와 엘리베이터를 함께 탔다. 사방이 막힌 공간에 둘만 있으니 더 어색해졌다. 그때 그녀가 문득 내게 말했다.

"혹시… 마음에 두고 있는 여자분 있지 않아요?"

나는 속마음을 들킨듯해 움찔하는 기분으로 그녀를 쳐다보았다.

"여자들은요, 직감이라는 게 있어서요."

"글쎄요."

"마음에 있는 여자분이 있으면 적극적으로 대시해 보세요. 그래야 나중에 후회를 안 해요."

이 여자는 어떻게 알았을까. 오늘 이 자리에서 시종 겉도는 나를 보고 그런 생각을 했을 것이다. 딱히 결혼에 대해 진지하게 생각하고 있지도 않고, 마음속에는 22살의 여대생에 대한 연정으로 가득하면서, 그저 남들처럼 나도 가정을 꾸리면 좋겠다는 막연한 생각으로 나온 나의 잘못이었다.

"어머, 눈이 오네요!"

호텔 문을 밀고 나갔을 때 그녀가 하늘을 보며 말했다. 작은 종이 조각 같은 눈 알갱이가 떠다니고 있었다. 그녀는 나를 향해 눈웃음을 한 번 짓고 택시에 올라탔다. 나는 내리는 눈 속에 잠자코 서 있다가 걸음을 떼었다.

26

역 밖으로 나와보니 눈이 격하게 쏟아지고 있었다. 그러나 11월 중순으로 아직은 기온이 그다지 낮지 않아 눈은 쌓이지 않고 그대로 녹아 거리를 적시고 있었다. 나는 역을 나와 거리에 섰다. 4차선의 넓은 도로 저편에는 고층 아파트를 짓는 건설 현장이 있었다. 그곳뿐 아니라 여러 곳에서 새로운 건물을 짓고 있는 광경이 눈에 들어왔다.

이곳이 안산이었다. 나는 최기우와 화해하고 서울에서 몇 번 만났는데 고된 일을 하는 그가 매번 서울로 올라오는 게 미안해 오늘은 내가 그를 만나러 그가 있는 안산으로 온 것이다. 역에서 20분을 더 들어가야 그가 일하는 곳이 있다기에 나는 거리에서 택시를 잡아타고 B공단으로 향했다.

B공단에 도착해 공중전화를 이용해 전화를 걸었다.

"정말 왔어? 온다고 말은 했지만 정말로 올지는 몰랐어. 마침 첫눈이 와서 데이트 하기는 딱 좋네. 그곳에 잠깐 있어. 바로 나갈 테니까."

나는 그를 기다리며 공단의 풍경을 살펴보았다. 미적 감각이 제로인 건축사가 만든 듯한 단조로운 회색 건물들이 사방에 서 있었다. 그 사이를 오가는 사람들의 작업복도 역시 천편일률적인 스타일과 색이었다. 그렇게 보아서 그런지, 그들의 표정마저 비슷해 보이는 듯 했다.

최기우는 민간인 복장을 하고 나타났다. 민간인 복장이라고 하면 내가 무슨 군대 면회라도 간 걸로 착각한다고 생각할텐데 그만큼 이곳과 이곳 사람들이 내게는 낯설었다는 의미였다. 만일 최기우까지 시퍼런 작업복을 입고 나왔다면 나는 정말 묘한 기분이었을 것이다.

"원래는 야근을 하는데 오늘은 일찍 나왔어."

"나 때문에요?"

"그렇기도 하고, 저녁에 가야할 곳도 있어서."

"저녁에? 어디요?"

"이곳의 활동가들이 모이는 사무실이 있어."

안산에도 거미줄처럼 운동권과 재야의 네트워크가 있다고 그가 설명했다. 대학과는 다르겠지만 그런 비슷한 형태의 문화권이 형성되어 있다는 것이다.

나와 최기우는 공단의 거리를 나란히 걸었다. 눈은 오래전에 그쳤고 잔설조차도 남지 않은 채 축축한 물기만이 도로를 흥건히 적시고 있었다.

"공단은 처음 와 보지?"

"그냥 지나친 적은 있지만 이렇게는 처음이에요."

"나도 그랬어. 하지만 막상 여기서 생활해보았더니 활력이 넘치는 느낌이야."

"다행이네요."

그러나 나는 최기우가 말하는 활력이 무언지 감을 잡을 수 없었다. 거리에서 보는 사람들의 굳은 표정은 활력과는 거리가 느껴졌다. 아마 익숙해지지 않아서일 것이라고 생각했다. 어떤 대상이건 익숙해지지 않으면 낯선 것이고, 익숙해지기까지는 시간과 시행착오가 필요하다. 그런 과정을 거친 최기우와 나는 다른 것이다.

"선배, 나도 여기서 일해볼까요?"

최기우는 실소를 터트렸다.

"수희가 여기서 공장 노동자로 일을 한다고?"

"왜요?"

"도무지 실감이 안 나서 말이야."

"선배도 하는 걸 내가 왜 못해요?"

"못 할 건 없지만 잠깐의 생각으로 할 수 있는 일은 아니잖아."

내가 정말로 하고 싶은 말을 캐치 못하는 최기우에게 은근히 화가 났다. 누군가를 좋아하면, 그가 하는 일에 참여하고 싶은 그런 마음을 왜 이해 못하는 것일까.

버스를 타고 안산 시내로 나갔다. 서울 외곽 도시라면 어디에나 있을 법한 북적이는 번화가였다. 고층 빌딩도 있고, 패스트 푸드점, 커피전문점, 의상실… 그런 것들이 빠짐없이 들어서 있기는 했으나 어딘가 철지난 듯한 느낌이 감도는 분위기였다.

호프집에 마주앉았다.

"수희는 술을 안 좋아하니 음료수를 시킬까?"

"아니오. 맥주 한 잔 정도는 할 수 있어요."

술을 마시는 건 정말 오랜만이었다.

"수희와 이렇게 단 둘이 마주 앉고, 서로를 생각하고 그리워하는 이런 날이 올 줄은 몰랐어. 난 감옥에 있을 때 뭔가 잘못되어, 다시는 세상으로 나가지 못 할지 모른다고 생각하기도 했어. 그때의 내게는 수희와 다시 결합하는 건 너무 가당치 않은 일이었지. 하지만 지금 생각하면 그때가 내게는 새로운 출발이었던 것 같아. 그런 경험이 없었다면 나는 공장에서 12시간씩 일을 하는 이런 생활을 하지 못했을 거야. 넬슨 만델라라고 알지? 남아프리카에서 인종차별 철폐 운동을 하다가 인생의 대부분을 감옥에서 보냈고 거의 여든이 가까운 나이에 출옥해 대통령까지 한 사람이잖아. 감옥에서 인생의 대부분을 보냈으니 삶이 불균형할 것이라고 생각할 사람도 있을 텐데, 그건 그렇지 않을 수도 있어. 척박한 환경에 고립되어 있으면 자신의 실체에 대해 더 잘 알 수가 있다고."

최기우는 몇 잔의 맥주를 연거푸 마시며 자신의 이야기를 했다. 이해 못하는 내용이 많았지만 기분은 알 것 같았다. 변화된 자신을 설명하고 싶은 것이다. 그런 것은 나에게도 있다. 남들은 모르는 나만의 성장통이 있는데 그것을 극복해 나가다보면 전과는 다른 관점이 생기는 것이다.

"그런데 수희는 그동안 다른 남자 안 만났어?"

"어떨 것 같아요?"

"남자들이 그냥 내버려두지 않았을 것 같은데…"

"딱 한 명 있었어요."

"누가?"

"깡패두목!"

"헉!"

"선배와는 전혀 다르죠."

"나보다 능력은 있겠는걸."

"그건 맞아요."

"그래서 그 사람과 결혼할 거야?"

"왜 그래요? 내가 정말로 깡패 두목과 결혼할 여자로 보여요?"

"그랬으면 여기까지 오지도 않았겠지."

"그럼요."

최기우가 호기심 때문인지 그 이야기에 대해 계속 질문을 던졌지만 나는 대충 얼버무리고 넘어갔다. 관심 없는 상대이기는 하지만 무시할 사람은 아니라는 생각에서였다. 앞으로는 모르지만 지금까지 그가 딱히 내게 무슨 결례를 한 건 없었다. 그날 한국관을 찾아갔을 때 그가 괴물은 아니라는 걸 확인한 것이 내 심리에 영향을 미친 것 같다.

호프집에 들어온 지 1시간쯤 지났을 때 최기우가 손목시계를 들여다보았다. 나는 괜스레 뾰로통한 말투로 그에게 말했다.

"볼 일 있다고 했잖아요. 이제 갈 시간이죠?"

"그렇기는 한데…"

"그럼 우리 일어나요."

내가 발끈 일어나자 그는 어정쩡하게 따라나왔다. 호프집을 나왔을 때 나는 입을 굳게 다물고 전철역을 향해 걸어갔다.

"바래다주지 않아도 돼요. 어린애도 아닌데 길이라도 잃어버리겠어요?"

"화났어?"

"화 안 났어요. 선배는 중요한 약속이 있으니 어서 가보세요."

사실은 화가 난 정도가 아니었다. 길가에 있는 쓰레기통을 발로 걷어차고 싶은 기분이었다. 내가 서울에서 여기까지 오고, 안 마시는 술을 마신 것이 별나게 보이지 않았던 것일까. 아니, 내가 중요한 약속을 앞두고 있는 그의 빈 시간을 메워주기 위해 여기까지 내려왔다고 생각하는 것인가.

사실은 나도 딱히 그에게 무엇을 원하는지 잘 알 수가 없었다. 그러나 오늘의 이런 애매한 만남은 너무나 싫다.

"수희! 잠깐만 기다려!"

"왜요?"

"오늘 모임은 하루쯤 빠져도 괜찮아."

"나 때문에요?"

"그럼 누구 때문이겠어."

마음속에서 빙고! 하는 소리와 함께 종소리가 마구 울렸지만 나는 짐짓 딴청을 피웠다.

"안돼요. 나는 선배의 일을 방해 하는 나쁜 후배가 되고 싶지는 않아요."

"나도 먼 곳까지 찾아온 후배를 화나게 하는 나쁜 선배는 되고 싶지 않아."

제법인데? 하는 생각과 함께 이 사람이 이제 감을 좀 잡는구나 싶은 생각이 함께 들었다. 최기우는 슬그머니 내 손을 잡았고 나는 못 이기는 척 그의 손에 이끌려 걸었다. 그와 함께 꼬치구이 전문점에 들어가 맥주 한 병을 나누어 마셨는데 나는 그 정도 주량으로도 얼굴이 화끈거렸고 머리가 아팠다. 나중에 생각해보니 진짜 좋은 핑계가 되었다.

"이대로는 못 올라가겠는 걸. 우선 내 자취방으로 가서 좀 쉬는 게 좋겠어."

그는 택시를 잡아서 자신의 자취방으로 나를 데려갔다. 방 하나에 침대, 책상 하나, 책장 하나가 있는 소박한 방이었다. 나는 머리를 식히겠다며 책상 앞에 앉았다. 책상위에 길게 펼쳐져 있는 손목시계가 눈에 들어왔다. 굳이 메이커를 확인 안 해도 고가의 제품이라는 걸 알 수 있었다. 내가 그걸 손으로 만지자 최기우가 설명했다.

"아버지 시계야. 내 신상에 관해서는 시시콜콜 아버지와 상의를 하는 편인데, 내가 안산의 공장으로 들어가겠다고 하니 시계를 풀러주셨어. 이걸 팔아 생활비로 쓰라고. 아버지도 어머니 눈치를 봐야하기 때문에 여유가 없는 편이라서 말이야. 하지만 나는 시계를 팔 수 없었어. 정말로 어려우면 팔아야겠다고 생각했는데 아직까지 그 정도로 어려운 적은 없었어."

그 시계가 나를 움직였다. 사실 최기우를 따라 그의 자취방에 오기는 했지만 그렇다고 내가 무언가를 허락하겠다는 생각이 있었던 건 아니었다. 그가 좋기는 했지만 그와 하나가 되는 건 다른 문제였다. 더 이야기를 나누어야 하고, 더 그의 마음을 확인할 필요가 있었다. 반드시!

그런데 최기우와 그의 아버지가 살아온 내력이 고스란히 담겨 있는 시계줄을 바라보자니 마음이 울컥해지면서 나의 마지막 방어선이 무너졌다. 그가 나를 침대로 데려갔을 때 나는 형식적인 저항조차 하지 않았다.

그는 나를 눕히고, 자신도 내곁에 누워, 처음에는 이마에 키스를 하고 그 다음에는 나의 입술을 열고 혀를 밀어넣었다.

"고마워, 믿어줘서."

그는 그렇게 속삭이며 나의 옷을 하나하나 벗겼다. 나는 성인이 된 후로는 난생 처음 누군가의 앞에서 알몸이 되었다.

"나 처음이에요."

"알아."

그가 나의 위로 올라왔을 때, 나는 지그시 눈을 감았다. 대개의 첫경험이 그렇듯 무슨 눈부신 환희 같은 것을 느낀 것은 아니었다. 나나 그나 서툴렀고 불편했다. 하지만 그랬기에 더 애틋한 것이 아닐까. 만일 그와 내가 AV 영화의 배우들처럼 능숙했다면 얼마나 웃긴가.

그는 나더러 자고 가라고 했지만 이런 와중에 부모님에게 거짓말까지 하는 건 너무 뻔뻔하다는 생각에 막차라도 타야된다며 옷을 챙겨입었다. 그와 나는 서로를 안고 서로에 의지해 거리를 걸었다. 그와 내가 하나가 된후 걷는 거리는 그전과는 전혀 달랐다. 사람들, 건물들, 그 외의 모든 사물들이 정겹게 다가왔다. 그와 헤어지고 혼자 전철을 타고 올라오면서도 그감정은 이어졌다. 아직도 나의 몸 어딘가에 그의 손길이 닿아있는 듯해 나는 오묘한 감정에 휩싸여 밤을 달리는 전철의 창밖을 물끄러미 바라보며서 있었다.

27

　내가 속한 연극동아리 마차가 좋은 점은 언제나 그대로의 모습이라는 점이다. 내일 세상이 멸망해도 틀림없이 한 그루 사과나무를 심을 것 같은 분위기의 멤버들이 테이블에 둘러앉아 있었다. 너무나 빨리 변하는 세태 속에 언제나 그 모습 그대로를 간직하고 있다는 게 안정감을 주기도 한다. 최기우와의 일로 심적 변화를 겪고 있는 내게 마차는 나 자신이 일상 속의 존재임을 확인시켜주고 있었다.

　안창수가 느릿느릿한 말투로 말했다.

　"내가 지난번에 희곡에 대한 아이디어를 짜오라고 했는데, 구상 좀 해봤어?"

　지난번 모임에서 내년 봄의 대학연극제에서 참여가 확정되었으며, 기성 작품 대신 순수 창작극에 도전해 보자고 의기투합했었다. 하지만 순수 창작극을 하자고 의지를 불태우는 건 어렵지 않지만 그것을 실현시키는 건 만만한 일이 아니었다. 희곡은 작가의 영역이기 때문이다.

　"제가 한번 구상해 본 게 있는 데요."

가장 먼저 김준성이 손을 들고 일어섰다. 그리고 그는 깡패와 여대생의 스토리를 너무나 뻔하게 나열했다.

"나쁠 건 없지만, 희곡의 소재로는 적당하지가 않은 것 같아."

안창수도 그렇게 말했고 다른 멤버들도 무반응이었다. 나는 안도의 한숨을 내쉬었다. 만에 하나라도 깡패와 여대생 이야기를 무대에 올린다면 나는 이곳을 탈퇴해 버릴 것이다!

"이런 건 어때요?"

나와 동급생이지만 마차에는 한 해 먼저 들어온 조영제가 일어섰다.

"선배님! 호러 연극이라고 들어보셨어요?"

"뭐야, 그건?"

"공포영화 컨셉을 연극에 도입한 건데 요즘 대학로에서 선풍적인 인기래요. 그래서 제가 하나 구상한 게 있어요!"

"풀어봐!"

"북한산의 외딴 산장에서 일어난 사건이에요. 20대의 남녀 커플이 그곳에 묵었는데요. 주인이 저녁에 특별식이라면서 고기를 구워와서 둘이 맛있게 먹었어요. 그런데 다음날 경찰이 오더니 산에서 살인사건이 났다는 거예요. 이상한 건 시체의 허벅다리가 누가 도려낸 것처럼 사라졌다는 거죠. 두 사람은 자기들이 인육을 먹었다는 걸 알고 경악해요. 이런 스토리 어때요?"

말도 안 된다고 생각했지만 깡패와 여대생보다는 낫다고 생각했다.

"발상은 좋아. 한 번쯤 그런 시도를 하는 것도 좋겠지. 하지만 그 정도로는 어렵고 스토리를 발전시켜보라고."

안창수가 나를 지목했다.

"채수희도 구상한 게 있으면 발표해봐."

안창수도 그렇고, 다른 멤버들도 기대감이 서린 얼굴로 나를 주목했다. 당연했다. 나는 마차에 들어온 후 연극을 거의 처음 시작했지만 누구보다 열심히 했고 남다른 비평적 안목을 보여주었다. 아마 그래서 나라면 괜찮은 창작 아이디어를 제시할 것으로 생각하는 듯 했다.

"이런 스토리가 연극으로 적당한지는 모르겠지만…"

나는 다소 떨리는 마음으로 준비한 스토리를 풀기 시작했다.

"어릴 때 부모에게 버려져서 고아원에서 자란 남녀가 있어요. 어려운 처지에서 둘은 서로를 의지하며 버팀목이 되죠. 하지만 여자가 외국으로 입양을 가며 헤어질 수 밖에 없어요. 그리고 20년이 지나죠. 여자는 외국에서 풍족한 양부모 아래서 부족한 것 없이 성장했죠. 어느 날 그녀는 자신의 고향이 궁금해 한국으로 왔어요. 그녀는 자신이 어린시절을 보낸 고아원을 찾아갔다가 문득 자신과 둘도 없이 친하게 지냈던 남자를 생각하는 거예요."

스토리의 중요한 내용을 풀어내려는 찰나, 안창수가 끼어들었다.

"그래서 남자를 만나 사랑하게 되는 거 아냐?"

"그 과정이 중요한 거잖아요!"

"그렇기는 하지만 스토리가 너무 식상해!"

내가 이 스토리를 생각해낸 건 최기우와의 로맨스 때문이다. 달콤한 감정에 푹 빠져있다 보니 자연히 나의 상상력도 그쪽에서 이루어질 수밖에 없었다. 그런데 식상하다니! 내가 얼마나 고민하고 만든 스토리인데!

"연극으로 꾸미면 식상하지 않다고요. 여주인공이 양어머니와 사랑에 대해 토론하는 것이 1막이에요. 여기서 사랑의 본질을 충분히 설명하죠!"

"글쎄, 의도는 좋지만 사랑의 본질을 알고 싶어하는 관객이 있을까?"

"물론이죠! 많은 사람들이 진실한 사랑에 목말라 있잖아요."

안창수는 허공을 주시하다가 테이블을 손바닥으로 치며 말했다.

"차라리 이렇게 바꿔보면 어떨까? 여주인공이 외국으로 입양을 갔는데 그곳에서 특수정보기관에 보내져서 사이보그 인간으로 재탄생하는 거야. 그래서 한국으로 특수 임무를 띠고 왔는데, 그녀의 정체를 알게 된 악당에게 쫓기다가 고아원에서 친하게 지낸 남자 주인공의 도움으로 악당을 일망타진한다! 어때?"

"맙소사!"

그때 시종 말이 없던 한순애가 손을 들었다. 그녀 역시 나와 같은 학년인데, 극단적으로 내향적인 성격이라 대화를 나눠본 적이 없었다.

"저기… 이렇게 바꾸면 어때요? 두 사람이 남녀 커플이 아니라 게이 커플이라는 거죠."

"헉!"

"파격적인 소재라야 어필할 수 있잖아요."

"아니, 다들 왜 그래요?"

이번에는 김준성이 손을 번쩍 들었다.

"제가 아까 발표한 스토리와 믹스 하면 어떨까요? 그러니까 고아원에서 자란 두 남녀가 성인이 되어 다시 만나는데 한 명은 여대생이고 한 명은 깡패 두목이 되었어요. 여주인공은 깡패 두목이 싫어서 처음에는 뿌리치지만 깡패 두목의 진실한 사랑에 점차 감화되어 둘이 사랑에 빠지는…"

그 다음에는 조영제가 김준성의 스토리를 이어 받았다.

"여대생과 깡패두목은 서로 사랑하는 사이가 되었지만 다른 조직에게 쫓기는 신세가 되는데… 산을 헤메다가 먹을 것이 없어서 아사 직전에 처하죠. 남자는 여자를 위해 어딘가에서 고기를 가져왔어요. 그래서 그걸 맛있게 구워먹었는데, 나중에 알고 보니 그게 인육이었더라는…"

진실한 사랑의 감정으로 구상한 나의 아이디어가 처참하게 망가지는 광경을 묵묵히 바라보며, 역시 사랑은 개인적인 것이구나라는 생각을 하게 되었다. 나의 사랑은 나의 일이지 다른 누군가의 일이 아니다. 더구나 공동작업인 연극에서 내가 체감하고 있는 극히 개인적인 감정을 표현하려고 하는 것은 역시 욕심이었다. 내가 지구를 위기에서 구출할 엄청난 아이디어를 생각해냈더라도 사람들은 여전히 제 갈 길을 갈 뿐이다. 그런 거다.

오늘은 서로의 생각을 들어봤다는 것 정도로 정리 하고 다음에 대학연극제에 출품할 작품에 대한 본격적인 토론을 하자는 식의 애매한 결론을 내리고 마차의 모임은 끝났다. 그러나 다음이라고 별다른 수가 있는 건 아닐 것이다. 아마 막판까지 논쟁을 계속하다가 초읽기에 몰렸을 때라야 크게 문제가 없는 작품을 하나 골라 연습에 들어가는 수순으로 이어질 가능성이 농후하다.

'널 만나고 행복이 무엇인지 알았어.'

피아노 아르바이트를 하러 힐튼으로 가며, 지난밤 최기우가 전화로 속삭였던 말을 떠올렸다. 아니, 사실은 내가 운전하는 차 안에서 감미로운 팝송이 흘러나오자, 자동적으로 그의 목소리가 떠올랐다고 해야 맞을 것이다. 나로 인해 행복하다니, 남자가 여자에게 들려주는 말 가운데 최고로 달콤한 말이 아닐까.

그날 이후 한 달이 지났고 그 한 달 동안 8번을 만나 4번 섹스를 했다. 나와 그는 나란히 침대에 엎드려 미래를 설계했다. 그는 정치가가 되겠다고 했고 나는 연극을 하겠다고 했다. 두 가지 다 밥 빌어먹기 딱 좋은 직업이지만 아직 그런 것까지 생각할 필요는 없다. 결혼은 내가 학교를 졸업한 즉시 하겠다는 것과 아이는 하나만 낳겠다는 것에 대해 우리 두 사람은 일치했다. 어쩜 그렇게 잘 맞는지, 이럴 줄 알았으면 내숭 같은 걸 떨지 말 걸 그랬다는 후회가 생길 정도다.

'날 얼마나 사랑해?'

나는 그에게 안겨, 그의 눈을 바라보며 물었다. 로맨스 소설에 이런 대사가 나오면 닭살이 돋아 실소를 터트렸는데 내 입에서 이 촌스러운 대사가 나올 줄 누가 알았으랴. 하지만 연애는 복잡한 수학 공식도 아니고 수준 높은 문학 작품도 아니다. 너무나 뻔하고 유치하며 독창성이라고는 손톱만큼도 없는 말과 제스처로, 서로의 사랑을 확인하는 것이다.

'하늘만큼 땅만큼!'

학생운동의 선도자이며, 미래에 대한민국을 바꾸겠다는 포부를 가진 남자의 입에서 나온 대사치고는 너무나 유치찬란하지만 나는 감동해서 눈물이 찔끔 흘렸다. 나는 그가 더 유치하고, 더 천박하고, 더 촌스러워지기를 바라고 또 바랐다.

차가 신촌 로터리를 지나 아현동 고개의 초입으로 접어들었다. 고개를 넘으면 사거리가 나오는데 그곳에서 좌회전을 해야 하기 때문에 왼쪽 차선으로 이동했다. 바로 그 순간 고막을 찢을 듯한 큰 소리의 경적이 뒤에서 울렸다. 그제서야 내가 깜박이를 안 켜고 차선 이동을 한 것을 알았다. 룸미러를 보니 중형차 안의 운전자가 화난 얼굴로 나를 향해 무어라고 소리치고 있었다. 표정으로 미루어 욕을 하는 것 같았다. 나는 손을 들어 미안하다는 표시를 했지만 그들은 그것으로 넘어가지 않았다.

내가 사거리에서 차를 멈추었을 때, 뒤차의 운전자와 동행한 남자가 차에서 내려 내게로 걸어왔다. 두 남자의 육중한 체구를 보고 나는 공포에 질릴 수밖에 없었다. 나는 무조건 사과를 하는 수밖에 없다는 생각에 유리창을 내리고 웃으며 말했다.

"제가 초보라서요, 죄송합니다."

하지만 그들은 사과를 받으려고 온 사람들이 아니었다.

"죽으려면 혼자 죽지, 누굴 죽이려고 그 따위로 운전을 해?"

"아니, 제가 초보라서요."

"초보면 집구석에 처박혀 있지 왜 차를 끌고 나오고 그래?"

"말씀이 심하신 거 아니에요?"

"뭐? 너 지금 뭐라고 했어? 이리 나와 쌍년!"

그들은 창 안으로 손을 넣어 락을 풀더니 차문을 열어젖혔다. 나는 그들의 손에 끌려나오며 비명을 질렀다. 하지만 경찰은 어디에도 없었고 저쪽 도로의 사람들은 구경만 하고 있을 뿐이었다. 짧은 머리에 곰 같은 체구의 이들을 바로 앞에서 보니 그냥 보통 사람이 아님이 짐작되었다. 걸려도 제대로 걸린 것이다.

"우리 죽을 뻔했으니까 책임져 이년아!"

"씨발, 나이도 어린 년이 차나 끌고 다니고!"

그들은 나를 손으로 치기도 하고 내 차를 발로 차기도 하며 위협했다.

"어쩔거야? 책임지라고!"

"이러지 마세요!"

"아쭈! 얼굴은 반반한데? 술집 다니냐?"

"경찰을 부르겠어요!"

"경찰? 한번 불러봐."

그들은 놀리듯 말했다.

"내가 불러줄까? 경찰! 경찰! 경찰!"

"안 오는데? 경찰 안오는데 어쩔래?"

"경찰은 바빠서 너 같은 년은 상대도 안 한대."

도대체 이들의 목적이 뭔지 알 수 없었다. 그들은 계속 나를 희롱하며 위협했다. 이러다가는 큰 봉변을 당할 것 같아 도망이라도 치려고 주변을 둘러보는데, 길 저쪽에서 낯익은 남자가 이쪽을 향해 뛰어오는 게 눈에 들어왔다. 그가 가까이 다가왔을 때야 한국관의 사장인 김범주인 걸 알았다.

"너희들 뭔데 이 아가씨를 괴롭히지?"

그는 나를 막아서며 두 남자에게 쏘아붙였다. 확실히 깡패 두목의 포스는 남달랐다. 그의 한 마디에 두 남자는 일순 기가죽는 듯했다. 나는 이 사람이 왜 나타났는지에 대해서는 생각할 겨를도 없이, 날 도와줄 사람이 나타났다는 것 자체에 안도했다. 하지만 양아치 두 명은 만만하지 않았다. 그들은 다시 정신을 차리고 김범주를 위협했다.

"이건 또 무슨 말라비틀어진 뼉따귀여?"

"아가야, 남 일에 참견 말고 조용히 사라지그라."

하지만 그들의 목소리는 조금 전과는 확연히 달라, 긴장하고 있다는 걸 알 수가 있었다. 김범주는 놀랍게도 이 와중에 입가에 미소를 띠며 말하는 것이 아닌가.

"딱 셋을 세겠다. 셋을 세는 동안 내 앞에서 사라지면 용서해 준다."

이건 얼마 전 드라마에서 봤던 그런 장면이라는 생각이 그 와중에도 들었다. 하지만 아무리 생각하려해도 결과가 어땠는지는 기억이 나지 않았다.

"하나…둘…"

김범주가 둘을 세었을 때 두 남자가 동시에 그에게 달려들었다. 한 명은 주먹을 뻗었고 다른 한 명은 뒤에서부터 목을 감으려 했다. 김범주는 상체를 숙여 주먹을 피하고 상대의 명치에 주먹을 먹였다. 그다음에는 자신의 목을 감은 상대를 바닥으로 내던졌다. 대충 봐도 1백킬로가 넘을 것 같은 덩치의 상대가 기이하게도 힘없이 아스팔트 위로 나뒹굴었다.

김범주는 처음에 가격당해 바닥에 엉덩방아를 찧은 상대를 향해 성큼성큼 걸어가더니 그대로 얼굴을 발로 올려찼다. 상대는 짧은 비명을 지르며 뒤로 자빠졌는데, 머리가 아스팔트에 세게 부딪치면서 퍽 하는 소리가 들렸다. 그때 다른 상대가 다시 달려들었다. 그러자 김범주는 그의 얼굴에 스트레이트를 먹였다. 딱 한 방이었는데, 정통으로 얼굴을 맞은 상대는 정신이 나간 표정으로 헛걸음을 걷더니 풀썩 쓰러졌다.

그것으로 상황 끝이었다. 더 이상 저항해봐야 손해라는 것을 안 양아치들은 주춤주춤 물러서더니, 구경하는 사람들에게 경찰을 불러달라고 소리를 질렀다.

"경찰 오면 골치 아파지니 빨리 갑시다."

김범주는 자신이 내 차의 운전석에 앉고 나를 보조석에 앉게 하더니 빠르게 차를 출발시켰다. 김범주는 내가 아르바이트를 하는 힐튼이 있는 골목으로 접어든 후 한쪽에 차를 세웠다.

"괜찮아요? 다친 데는 없어요?"

내가 그토록 기피하는 깡패 두목이었지만 일촉즉발의 위기에서 도움을 받고 보니 고마운 마음이 살포시 피어올랐다.

"고맙습니다."

"아니, 그건 괜찮고, 하여간 조금만 늦었으면 큰일 날 뻔 했어요. 저놈들 조직의 똘마니들이에요. 똘마니들은 개념이 없기 때문에 앞뒤 안 가리고 사고를 치죠."

"네…"

나는 고마운 마음이 드는 것과 함께, 이일을 빌미로 나와 엮으려고 하면 어떻게 하는 불안이 슬며시 들었다.

"저기… 정말 고맙지만 이건 꼭 말해야겠어요."

"오늘 구해줬다고 이상한 마음 품지 말라는 건가요?"

정답이었다.

"네…"

"오케이. 됐나요?"

"네."

김범주는 다시 차를 출발시키더니 말도 안 해줬는데 힐튼의 주차장으로 들어가서 주차를 시켰다. 그리고 내 차에서 내려 자신의 차로 가서 올라타는 것이 아닌가. 그 순간 망치로 뒤통수를 한 대 맞은 듯한 충격을 느꼈다.

'아니, 저 사람이 내가 힐튼에서 아르바이트 하는 걸 어떻게 안 거지?'

그러고 보니 오늘의 사고 현장에 나타난 것도 우연이라고 하기에는 너무 이상했다. 일단 혹시 김범주가 부하들과 짜고 오늘의 쇼를 벌였을지 모른다고 생각해보았다. 하지만 그건 아니라는 생각이 들었다. 너무나 리얼했기 때문에 연출된 것이라고는 생각할 수가 없었다. 그렇다면 내가 힐튼에서 일한다는 걸 어떻게 알았을까? 그리고 나와 똑같은 주차장에 자신의 차가 대기하고 있었던 건 어떻게 설명해야 할까?

고민을 거듭하다보니 실마리가 풀리기 시작했다. 이 사람과 힐튼 사이에

272

모종의 관계가 있으리라는 것이다. 그러고 보니 내가 운 좋게 힐튼에서 피아노 연주의 아르바이트 자리를 얻은 것도 그냥 운이 좋아서가 아니었다는 생각이 들었다. 마차에 후원금을 냈던 것처럼 김범주는 나를 위해 힐튼에 아르바이트 자리를 만든 것이다. 그렇게 하면 모든 미스테리가 풀린다. 내가 기가막히게 좋은 아르바이트를 구한 것도 설명이 되고, 오늘의 위기에서 슈퍼맨처럼 그가 나타난 것도 설명이 된다. 그가 힐튼을 자주 드나들기 때문에 우연히 오늘의 사고 현장을 목격할 수 있었을 것이다.

나는 차에서 내려 힐튼으로 뛰어들어가 윤 마담에게 말했다.

"사장님! 잠깐 이야기 좀 나눌 수 있을까요?"

"왜? 무슨 일 있어?"

"잠깐이면 돼요."

윤 마담은 알겠다고 말하고 나를 테이블로 데려갔다.

"한국관의 김범주라는 분 아세요?"

윤 마담은 말없이 내 눈을 바라보았다.

"말씀해주세요."

"수희가 먼저 이야기해봐. 왜 그분 이야기를 하는 건지."

나는 조금 전에 있었던 사고 이야기와 주차장에서 있었던 이상한 일을 설명했다. 이야기를 다들은 윤 마담은 조용히 말했다.

"수희가 생각하고 있는 게 맞아. 김 사장님의 추천으로 너를 채용했어."

"역시 그랬군요."

"김 사장님은 모든 사람이 기피하는 직업을 가진 게 사실이야. 하지만 세상에는 예외라는 게 있어. 난 그분을 10년 넘게 알았어. 그래서 누구보다 잘 안다고 생각해. 남들이 생각하는 그런 사람이 절대 아니야."

"나도 처음에 생각했던 것처럼 나쁜 사람은 아니라고 생각하고 있어요."

"그래?"

"하지만 나쁜 사람이 아니라는 걸 알았다고 이성의 감정으로 대해야 하는 건 아니잖아요."

"그 말은 맞아. 그렇다면 이제 결정은 수희의 몫이야. 수희가 그만둔다고 하면 나로서는 말릴 방법이 없으니까. 하지만 이건 알아둬. 김 사장이나 나나 바보가 아닌 이상, 필요도 없는 아르바이트 자리를 수희에게 준 건 아니야. 난 분명히 피아노 연주자가 필요했고 수희는 기대 이상으로 잘해왔어."

나는 잠시 생각해보다가 입을 열었다.

"그렇다면 그만두지 않겠어요."

"잘 생각했어."

"그리고 이건 꼭 말해야겠어요. 제게는 사랑하는 사람이 있어요."

"그랬구나."

"그분이 나를 위해 호의를 베푼 것에 대해 그냥 대가 없는 선의라고 생각하겠어요. 그래도 괜찮다면 그분을 더 이상 피하지 않겠어요."

"내가 김 사장님에게 너의 입장을 잘 전해줄게."

"그래주세요."

엉킨 실타래가 풀린 듯한 느낌이 들었다. 솔직히 이 좋은 아르바이트 자리를 차 버리고 싶지도 않았고 연극 후원을 마다하고 싶지도 않았다. 그가 어떻게 나오건 나는 현실적으로 생각하면 그만이었다.

28

'애인이 있다고 했어요.'

윤 마담에게 그 말을 듣는 순간 가슴 한쪽이 쓰라렸다. 마치 독주를 멋모르고 삼켰을 때 같은 기분이었다. 하기야 개방적인 사회에서 22살의 여대생에게 애인이 있는 건 이상한 일이 아니다. 그러나 그냥 솔로일 때보다는 더 어려워진 게 사실이다. 게다가 윤 마담의 말속에서 이제 일방적인 구애는 그만두는 게 좋지 않겠느냐는 뉘앙스가 짙기도 했다. 솔직히 나도 어떻게 해야 좋을지 알 수 없었다. 화살이 활 시위를 떠나 정처없이 날아가고 있는데 방향이 잘못 되었다고 멈추라고 한들 멈춰지겠는가. 그녀를 향한 나의 마음은 그런 것이었다.

희망 섞인 기대가 없는 건 아니다. 그녀가 괴한들에게 봉변을 당하고 있을 때 우연히 그 장면을 내가 목격하고 그녀를 구해주었는데 그때 그녀가 내게 보인 태도는 확실히 전과 다른 점이 있었다. 내가 위기에서 구출해주었기 때문인지는 모르겠지만 전처럼 나를 심하게 경계하고 있지는 않았다. 하지만 그렇더라도 당장은 어떻게 해볼 수가 없었다.

전화벨이 울려 받아 보니 안영표였다.

"바쁘니?"

"이제 막 출근했어요."

"너 여대생에게 빠졌다며?"

안영표도 알게 되었다고 생각하니 얼굴이 화끈거렸다.

"지난 일이에요."

"야, 여자하고 잘 되려면 말이야. 머리 싸움을 잘해야 해. 알아?"

그와 이 문제를 더 이야기하고 싶지 않아 재빨리 대답했다.

"명심하겠습니다!"

"그건 그렇고, 윤삼원 말이야. 이 새끼 아주 개판을 쳐 놨더구만. 내가 어제 그 새끼 사무실에서 회계 장부를 살펴봤는데 아주 엉망이야. 돈을 얼마나 빵구냈는지 알 수가 없는 지경이야. 이렇게 해 놓고 토껴버렸어. 이 새끼를 어떻게 하지?"

"형님, 제가 알아보겠습니다."

"지난번에 얘기 한 대로… 아주 요절을 내버렸으면 좋겠어."

"알겠습니다."

"빨리."

"네."

혹시 시간이 지나면 안영표의 윤삼원에 대한 증오가 엷어질 수도 있다고 생각했는데 오히려 더 심해진 듯 했다. 윤삼원이 돈을 횡령했다는 건 오해일 수도 있다고 보았다. 윤삼원은 원래가 회계 쪽에 둔감한 타입이었다. 주먹구구식에 익숙해서 그렇지 딴 주머니를 찰 위인은 아니었다.

나는 인터폰으로 차동만과 기성범을 불렀다. 한국관에는 수 십 명의 종업원이 있지만 제대로 된 조직원이라고 할 수 있는 인물은 이 두 사람이었다. 나머지는 모두 하부조직원, 즉 똘마니들이었다.

"영표 형님이 또 전화를 했어. 윤삼원 때문에. 아무래도 그냥 못 넘어갈 것 같아."

차동만이 무겁게 입을 열었다.

"제가 수배해 봤는데, 여자집에 있는 것 같더라고요. 등촌동이요."

"뭐하고 있는데?"

"그냥 틀어박혀서 술만 마시나 봐요. 죽겠나보더라고요. 영표형님은 안 믿어주고 달리 갈 곳도 없으니까."

기성범이 한심하다는 듯 말했다.

"아니, 지금 숨어 지낸다고 해결이 되냐고요. 영표 형님을 찾아가서 싹싹 빌어도 모자란 판에."

나는 한숨을 내쉬었다.

"영표 형님은 요절을 내버리라고 하는데… 그냥 이참에 정리하려는 것 같아."

"그럼 그래야죠. 방법이 없잖아요."

차동만의 말은 맞았다. 시간을 끌면 나까지 다칠 수 있었다. 조직에 해가 되는 인물이라면 제거해야 한다. 그게 이쪽의 룰이다. 그걸 내가 모를 리 없다. 하지만 피를 보고 싶지 않은 것도 솔직한 심정이었다. 내가 변한 것일까. 어쩌면 22살의 여대생이 내게 영향을 미쳤을지도 모른다.

차동만이 심각하게 말했다.

"형님 어중간하면 형님까지 다칠 수 있어요. 형님은 이쪽저쪽 사정 다 봐주면서 해결하고 싶어하시는 것 같은데 그랬다가 나중에 이쪽저쪽으로

부터 다 찍힐 수 있어요."

"알았어. 내가 조만간 결정할 테니 그때 구체적인 이야기를 하자."

일단 그렇게 정리를 하고 두 사람을 내보냈다. 부하들도 그렇게 생각한 다면 역시 윤삼원을 어떤 식으로 건 처리해야 할 것이다. 하지만 결심이 바로 서지는 않았다. 윤삼원은 안영표 아래서 AYP를 발전시킨 주역 가운 데 한 명이었다. 나하고도 친분이 깊었다. 그래서 그를 잘 안다. 그에게 잘 못이 있다면 시대에 뒤떨어졌다는 것이다. 과거의 주먹구구식 주먹 세계 에 익숙한 그는 안영표가 지향하는 기업형 조직에는 맞지 않았다.

그렇더라도 피를 볼 필요가 있을까. 다른 합리적인 방향이 있지 않을까. 그런 생각을 하며 사무실을 나가 한국관으로 내려가 보았다. 오늘따라 손 님이 초만원이었다. 빈 테이블이 없을 정도였다. 스테이지는 사람으로 가 득 차 있고 그 아래와 통로에서 춤을 추는 사람도 여럿 있었다. 댄스곡이 끝나자 스테이지 위의 무대에서 사회자가 오용배를 소개했다. 그러자 열 광적인 환호속에 오용배가 등장해 경쾌한 팝송을 부르기 시작했다. 한 때 발라드 가수로 여성팬들의 뜨거운 사랑을 받았던 사람이 이런 곳에서 이 런 노래를 부르고 있다는 걸 팬들이 알면 아연실색할 것이다.

나는 사람들을 헤치고 밖으로 나가보았다. 한국관 앞은 정장을 입은 몇 명의 종업원들이 반듯하게 서서 입장하는 사람들을 안내하고 있었다. 그 들은 내가 나타나자 황급히 상체를 숙여 인사를 했다. 나는 됐다는 제스처 를 취하고 계단을 내려가 거리에 서 보았다. 이곳은 서울의 변두리에서는 가장 번화한 지역인데 그중에서도 한국관이 가장 돋보였다. 화려한 네온 사인의 빛이 마치 이곳이 세상의 중심이라고 뽐내는 듯했다. 허공에는 연 예인의 출연을 알리는 커다란 플래카드가 나부끼고 있었고 아스팔트 위에는 한국관에서 뿌린 전단지가 날아다녔다.

나의 전성시대라고 할만 했다. 한국관이 부흥기를 맞으며 나는 경제적으로도 풍족해졌다. 수익의 상당 부분을 안영표가 차지했으나 내게도 적잖은 인센티브가 주어진 것이다. 이제 AYP에서 한국관은 가장 중요한 수입원으로 등극하기에 이르렀다. 머지않아 제2의 한국관을 다른 지역에 만들 것이라고 안영표가 말한 적이 있었다. 아마 그곳의 운영도 내게 맡길 것이다. 이런 마당에 안영표가 과거 조직들의 관행인 합숙을 말한 이유는 따로 있을 것이다. 윤삼원의 처리를 내게 지시한 이유도 마찬가지다. 2인자로 올라선 나를 견제하려는 것이다. 내가 가진 것을 지키려면 그에게 충성해야 한다.

나는 다음날 출근하자마자 차동만과 기성범을 불렀다.

"오늘밤 윤삼원을 조진다."

차동만이 수배해 보니 윤삼원은 자신의 등촌동 아파트에 있었다. 나는 영업이 종료한 후에 두 명을 데리고 그곳을 찾아갔다. 초인종을 누르고 내가 왔다고 하자 윤삼원은 아무런 의심 없이 문을 열어주었다.

"여긴 어떻게 알고 왔어?"

"영표 형님이 찾아보라고 해서."

"영표 형님이 나한테 왜 자꾸 그러냐? 내가 뭘 잘못했다고."

"그래서 말이야. 내가 중재를 좀 하려고."

그때 안방에서 20대의 여자가 나왔다. 자다가 나온 듯 부스스한 얼굴에 대충 옷을 차려 입고 있었다. 내가 그녀를 눈짓으로 가리키며 말했다.

"중요한 이야기라서 여자 좀 내보내."

윤삼원은 여자를 내보내고 나와 두 명을 거실로 안내했다. 그는 소파에 앉아 그대로 서 있는 내게 말했다.

"앉아."

"앉을 필요 없어."

"왜 그래?"

나는 발로 그의 얼굴을 후려찼다. 예상치 못한 공격을 받은 윤삼원은 바닥으로 쓰러졌다가 반격을 하려고 주먹을 들었다. 하지만 차동만과 기성범이 달려들어 목을 감고 사정없이 두들겨팼다.

나는 준비한 가방을 열었다. 그 안에는 전기톱이 있었다. 나는 둘에게 윤삼원을 붙잡고 있도록 하고 전기톱의 스위치를 올렸다. 요란한 모터음이 나자 윤삼원은 비명을 질렀다.

"움직이지 못하게 꽉 잡아!"

그렇게 지시를 내리고 나는 톱날을 윤삼원의 발목으로 가져갔다. 톱날이 살에 닿자 피와 살이 튀어 내 얼굴을 때렸다. 필사적으로 비명을 지르던 윤삼원은 톱날이 뼈를 파고 들자 기절했다.

나는 일을 끝내고 뒤처리를 지시했다. AYP의 라인에 있는 전직 의사가 있었다. 윤삼원은 그에게 맡겨질 것이다. 발목을 치료하고 약물을 써서 정신이상자로 만들어 정신병원에 입원시키면 끝난다. 나는 이러한 내용을 안영표에게 보고했다. 안영표는 수고했다고 짧게 대답했다.

무거운 숙제를 끝낸 기분으로 집에 돌아와 침대에 파묻혔다. 잠이 쏟아지며 떠오르는 생각이 있었다. 지금 이런 세계 말고, 또 다른 세계가 어딘가에 있을까… 만일 존재한다면 나도 그곳에 갈 수 있을까…

280

29

 겨울이 되었을 때 나는 기대가 컸다. 겨울방학이 되어 최기우와 충분히 시간을 보낼 수 있으리라 생각했고, 또 추운날 따뜻한 곳에 함께 있으면 사랑이 더욱 깊어지리라 생각한 것이다. 멜로영화의 대표작인 '러브 스토리'도 그렇고, '해리와 샐리가 만났을 때'라는 영화의 배경도 겨울이었다. 영원히 잊지 못 할 추억이 이번 겨울에 만들어질지 모른다, 라고 나는 잔뜩 기대했다.

 하지만 최기우는 나의 마음을 몰라주었다. 그는 내가 자신의 일에 관심을 보이기를 바라고, 나아가 나도 그 세계에서 어떤 역할을 맡기를 바랐다. 나는 1학년 때의 경험으로 나 자신의 성향이 정치적인 것과는 거리가 멀다는 것을 확인하기는 했으나 온전히 최기우를 사랑한다는 한 가지 이유만으로 그에게 맞춰주려고 노력했다.

 그가 서울로 온 적도 적지 않았지만 그보다는 내가 그를 만나러 안산으로 가는 때가 훨씬 더 많았다. 그를 만나면 주로 호프집에서 데이트를 했다. 그는 맥주를 마셨고 나는 음료수를 마시는 이상한 커플이었다. 그가 좋아하는 호프집은 너무나 호프집다운 분위기였다. 굳이 옷차림에 신경 안 쓰고 추리닝에 슬리퍼를 끌고 가서 대충 한잔 걸치고 나오면 될 것 같은, 그런 서민적인 장소였다.

"동료들이 내가 애인이 있다고 하니까 한번 데리고 오라고 하던 걸."

"어떤 동료?"

나는 얼마 전부터 말을 놓았고 그를 오빠라고 부르기 시작했다.

"노동활동가들이지."

"그럼 오빠와 쭉 함께 할 사람들이야?"

"아마도."

"그럼 만나게 해줘."

"그런데 좀 어색해."

"왜?"

"넌 좀 다르잖아."

"어떻게?"

"여러 개의 공기돌 가운데 딱 한 개만 눈에 확 띄는 그런 색감을 가진 공기돌처럼 보여."

"개성이잖아."

최기우는 빙그레 웃었다. 나는 초조했다. 이 사람은 내가 아직 불편한 것일까. 아니면 내가 확실히 남들과 다르기 때문일까.

그런 내 마음을 읽은 최기우는 내 손을 잡으며 지그시 말해주었다.

"맞아. 개성이야. 누구도 흉내낼 수 없는 너만의 개성."

나는 다시 기분이 좋아졌고 초조함은 사라졌다.

그 며칠 후에 나는 그를 따라 그가 활동하는 사무실을 찾아갔다. 간판은 노동상담소라고 적혀 있지만 노동상담만 하는 곳은 아니다. 상담 외에도 교육, 노동조합 지원, 타지역 노동단체와의 연계 등, 사실상 안산 지역 노동운동의 구심점이라고 부를만 한 곳이다, 라고 최기우가 그곳으로 가는 길에 설명을 해주었다.

사무실 안은 상당히 넓었고 인원도 수 십 명이 넘게 있었다. 서예체로 쓰여진 '함께가자'라는 커다란 글씨가 벽에 붙어 있고 그 옆에는 전태일의 사진이 있었는데, 운동권 동아리 사무실에서 느껴졌던 전투적인 느낌은 없었다. 아마와 프로의 차이랄까.

"왔어?"

노란 조끼를 입은 남자가 최기우에게 아는 척을 했다. 그는 최기우와 대충 악수를 하다가 뒤따라오는 나를 발견하고는 누구냐는 눈길로 최기우를 쳐다보았다.

"여자친구."

"오! 드디어!"

남자는 나와 최기우를 안쪽의 응접실로 안내했다. 남자는 최기우의 또래가 아니었다. 적어도 10살 이상 많은 30대 중반이나 후반으로 보였다. 안경을 썼고 육중한 체격이었는데, 어째서인지 아직 미혼일 것 같다고 생각했다. 응접실 안으로 또 다른 두 명이 들어왔다. 이번에는 둘 다 여자였다. 최기우가 그들에게 나를 소개하고 내게는 그들을 소개했다. 처음의 남자는 주성효 사무국장이고, 두 명의 여자 가운데 한 명은 이은영 선전부장, 그리고 나머지 한 명은 장숙희 여성부장이라고 했다.

첫 만남이라 다소 뻘쭘한 분위기였는데 주성효가 내 얼굴을 빤히 들여다보며 한 마디를 던졌다.

"미인이십니다!"

폭소가 터졌다.

"오빠는 그러니까 여자친구가 안 생기는 거야."

"저 오빠는 여자 손님만 오면 미인이래."

"오늘은 진짜라니까."

역시 주성효는 미혼이고 솔로였다.

"여기 있는 기우가 노동계에서 아주 중요한 역할을 맡고 있습니다."

주성효는 애인 앞에서 최기우의 프라이드를 살려주려 하는 것 같았다.

"이곳 노동자들은 1차적인 권익 확보에는 어느 정도 성공을 했다고도 할 수가 있어요. 임금이라거나 근로 조건 같은 것 말입니다. 이제부터가 중요해요. 노동자들을 정치적으로 조직화 하는 단계로 접어들어야 하니까요. 바로 그 일을 지금 기우가 하고 있다고 보면 됩니다."

그런가. 내 남자는 언제나 중요한 일을 하는 사람이다. 그런 생각이 들 때마다 나는 어쩔 수 없이 작아진다. 그의 거창한 꿈과 비교하면 나의 사랑은 작고 이기적이다. 나는 이 사람이 나에게 좀 더 집착하기를 바란다.

자리를 사무실 근처의 호프집으로 옮겼다. 계속 무거운 이야기가 나오면 부담될 것 같았는데 맥주가 한 잔씩 들어가자 개인적인 이야기들이 오갔다. 내가 연극 동아리에서 활동하는 걸 알게 된 이들은 연극에 대해 이런저런 견해를 내 놓았다.

주성효가 가장 말을 많이 했다.

"나도 예전에 연극 꽤나 봤습니다. 대학교 때 말이에요. 애인도 없으니까 늘 혼자 소극장을 찾아다니며 연극을 봤죠. 영화와는 달리, 연극은 혼자 보러 오는 사람이 꽤 있어요. 그래서 영화 대신 연극을 본 건지도 모르죠."

내가 그에게 관심을 보였다.

"성격이 좋으셔서 여자들이 좋아할 것 같은데요."

"허허, 어디가나 듣는 말이죠. 성격 좋다고. 남자고 여자고 성격만 좋아서는 안 돼요. 하기야 그 덕에 여기서 감투를 쓰고 있기는 하지만요"

"자신을 가지세요."

내가 진지하게 말하자 그도 진지해졌다.

"자신을 가져야 하는데, 나이가 들수록 단점만 늘어나요. 이 뱃살 좀 보세요. 이러니 여자가 좋아하겠습니까?"

맞는 말이라는 생각이 들었지만 초면에 그렇다고 곧이 곧대로 대답 할 수가 없어 위로의 말을 건넸다.

"뱃살이야 마음만 먹으면 뺄 수 있잖아요."

갑자기 주성효의 눈이 반짝반짝 빛났다.

"그런가요? 뱃살만 빼면 애인이 생길까요?"

"물론이죠."

"하지만…"

그는 다시 자신이 없는 말투가 되었다.

"뱃살 말고도 문제가 하나 더 있어서…"

"어떤 문제요?"

그는 내 앞으로 머리를 숙이고 정수리 쪽을 보여주었다. 조명에 비친 그의 정수리는 탈모가 상당히 진행되어 민둥산처럼 보였다.

"탈모 말이에요. 여자들이 가장 싫어하는 타입이 대머리라잖아요."

이번에도 맞는 말이라 바로 무슨 말이 안 나왔다. 하지만 애인을 갈구하는 그의 희망을 꺾고 싶지는 않았다.

"요즘은 가발 기술이 발달해서 커버가 된다더라고요."

"어쨌든 위로는 고맙습니다만… 저에게는 결정적인 핸디캡이 있습니다."

또 뭐가 남았냐?라는 말이 입 밖으로 튀어나오려는 걸 간신히 참았다.

"그건 이 자리에서 이야기할게 못 됩니다. 그냥 그렇다고만 알아주십시오."

"형님, 기왕 이야기가 나온 마당이니 다 털어놓아보세요. 고민은 나눌수록 가벼워진다잖아요."

최기우와 두 명의 여자들이 이야기를 해 보라고 재촉하자, 주효성은 울 것 같은 얼굴로 말했다.

"이런 이야기 해도 괜찮을지 모르겠지만… 사실 나는… 발기 부전이 좀 있습니다."

뱃살… 대머리… 발기 부전… 무슨 홈쇼핑 3종 세트도 아니고, 진짜 드라마틱하다는 생각이 들었다.

"이건 진짜 치명적이지 않습니까? 섹스가 잘 안 되는 남자를 좋아할 여자가 있을까요?"

더 이상은 나도 무리라는 생각이 들었지만 금방이라도 눈물을 떨굴 것 같은 그의 표정을 보니 그냥 넘어갈 수가 없었다.

"그럼 애인 대신 다른 것에 애정을 가지시면 어떨까요? 사진이라거나 그림이라거나…"

"역시 이대로는 어렵다는 말이군요?"

위기의 상황에서 최기우가 나서주었다.

"형님! 우리에게는 목표가 있잖아요!"

"그건 그렇지!"

"힘내세요!"

모두가 건배를 하는 것으로 주효성의 애인 문제는 애매하게 봉합이 되었다.

노동단체 활동가들이라 심각한 이야기만 나눌 것 같았는데 의외로 그냥 사람 사는 이야기들이 화제가 되었다. 두 명의 여자들은 모두 대학 졸업생들임에도 공장에서 일을 하며 노동운동을 하고 있는데 직장과 육아를 동시에 떠안아야 하는 현실의 고단함에 대해 많은 이야기를 했다. 따지고 보면 그녀들의 현실은 곧 나의 현실이기도 했다. 나는 이제 대학 2학년생이라 실감은 못하고 있지만 학교를 졸업하고 사회생활을 시작하면 맞닥뜨려야 할 문제였다. 그리고 보면 노동 운동이라는 것은 그다지 거창한 것이 아니라는 생각이 들었다.

그들과 헤어지고, 나와 최기우는 역 근처의 커피숍으로 들어갔다. 이제야 단 둘이 있게 되었다는 생각에 나는 안정감을 느꼈다.

"오빠, 나 때문에 방해받은 거 아냐?"

"방해라니? 왜 그런 말을 해?"

"오빠는 동료들과 더 시간을 보내야 하는 거 아닌가 해서."

"그렇지 않아."

"정말?"

"물론이지."

"그럼 나와 함께 있으면 어떤 면이 좋아?"

최기우는 잠깐 허공을 쳐다보며 생각에 잠겼다가 심각하게 이야기하기 시작했다.

"난 이상하게 어려서부터 주목받는 입장이 된 적이 많았어. 집안에서도 나는 남다른 아들로 대우 받았고 학교를 다닐 적에도 반장이라거나 학생 회장 같은 걸 한 적이 몇 번이나 있었어. 대학 때는 너도 잘 알다시피 학생운동의 중심이 되어 무거운 책임감을 느끼며 생활해야 했지. 지금도 마찬가지고… 그러다 보니 늘 어깨가 무겁고 마음에는 부담감이 드리워져 있었어. 그런데 널 만나고부터 사람이 살아가는 다른 면을 알게 되었다고 할까? 내가 세세하게 표현하지 않았지만 너에게 배우는 게 많아."

나는 기분이 좋아졌고, 그것을 그에게 표현하기 위해 그의 옆자리로 가, 그의 어깨에 살포시 머리를 기댔다. 나는 속으로 중얼거렸다. 나는 지금 최고의 남자와 함께 있다고…

30

명상, 동양철학… 그다음에는 전생이었다. 박희준말이다. 그녀는 친구들과 만난 자리에서 마치 자신만이 인생의 비밀을 죄다 알고 있고, 너희들은 무지몽매한 중생들이니 입 닥치고 내 말이나 듣고 있으라는 듯이 열변을 토했다.

"전생의 증거는 무수히 많다고! 미국에서 일어난 일인데 말이야. 5살짜리 여자 아이가 어느 날 엄마에게 자신이 시카고에서 1978년에 일어난 화재로 사망한 '파멜라'라는 여성이었다고 말을 했어. 엄마는 아이가 한 말이라 대수롭지 않게 생각했는데, 나중에 알아보니 시카고에서 실제로 1978년에 대형 화재가 발생해 13명이 사망했고, 그중에는 '파멜라'라는 여자가 있었다는 거야. 다들 어떻게 생각해?"

"와! 그거 진짜야? 그럼 진짜로 전생이 있나봐!"

박희준의 박식함을 내심 흠모하는 조영미는 탄성을 질렀다. 하지만 현실주의자인 성나라는 시큰둥했다.

"그런 이야기는 신빙성이 없어. 만일 전생이 있다고 해 보자. 그럼 인구가 늘어나는 건 어떻게 설명할 건데? 전생이 있다면 아득한 고대부터 현대까지 인구는 고정 불변이어야 이치에 맞잖아."

나는 박희준의 전생론에 흥미를 느꼈다가 성나라의 예리한 지적을 듣고는 그것도 일리 있는 지적이라는 쪽으로 생각이 흘렀다.

"그건 나도 아직 설명할 수 없지만 전생이 있다고 해야 삶의 모순이 풀린다고."

"희준아, 스포츠 신문에 생년월일로 전생 푸는 거 있잖아? 그거 보니까 난 전생에 그리스의 공주였다고 나오던데 믿을 수 있을까?"

조영미의 말에 박희준은 진지한 설명을 해 주었다.

"전생은 그렇게 볼 수 있는 게 아니야. 전생 퇴행이라는 거 들어봤어? 최면을 걸어서 무의식에 잠재되어 있는 전생의 흔적을 불러와야 볼 수 있어."

박희준은 전생에 푹 빠져 최면으로 전생을 보는 클럽에 가입했고 그곳에서 자신의 전생도 확인했으며 전생 퇴행법도 배웠다고 한다. 애는 진짜 돈 안 되는 일만 골라서 열심히 한다는 생각이 들었다.

나와 조영미는 그냥 흥미롭다고 생각하는 데 반해, 성나라는 박희준의 비현실적인 취미에 질색을 했다.

"너는 심신이 편한가 보다. 당장 눈앞의 미래가 어떻게 될지도 모르는데, 전생 같은 것에 심취하다니 말이야. 그런것 보다는 우리가 당면한 미래에 에너지를 쏟는 게 바람직하지 않을까? 그래서 하는 말인데 말이야."

성나라는 가방에서 카세트 테이프를 꺼내 펼쳐놓았다.

"이렇게 이야기하면 내가 꼭 세일즈라도 하러 이 자리에 나온 줄 알겠는데 너희에게 정말 필요한 정보를 알려주고 싶은 마음에 이러는 거야."

그녀가 펼쳐놓은 카세트 테이프는 중국어 회화 교재였다.

"중국 시장이 무섭게 크고 있다는 거 너희도 들어서 알고 있지? 아마 우리가 대학을 졸업할 때쯤이면 우리나라에게는 미국보다 중국이 더 중요한 위치에 있게 될 거라고. 이건 내 생각이 아니라 많은 전문가들의 견해야. 그러니 한시라도 빨리 중국어를 배워놓아야 해. 시중에 중국어 회화에 대한 교재는 많이 나와 있지만 정말로 실생활에 바로 응용이 가능한 교재는 이 판핑핑 중국어 회화뿐이라고."

행사 기간이라 1세트 가격에 2세트를 구입할 수 있는 절호의 기회라고, 갑자기 성나라는 홈쇼핑 쇼호스트가 되어 열변을 토하기 시작했다. 진짜 얼굴 두껍다, 지난번에 강매하다시피 구매한 영어 교재도 책상 서랍 속에 처박혀 있는데… 나를 비롯한 세 명의 표정이 곱지 않자, 성나라는 후다닥 중국어 교재를 가방 속에 집어넣었다.

"억지로 사라는 거 아니야. 너희들이 필요할 것 같아서 가져온 거라니까."

그리고 잠시 대화가 없어 심심다고 생각하던 와중에 박희준이 불쑥 내게 물었다.

"넌 잘 돼? 운동권 투사와의 연애 말이야."

최기우와의 연애에 대해서는 박희준에게만 털어놓았었다. 이상한 일이다. 지난번의 깡패두목 일로 감정이 틀어졌음에도 중요한 일이 생기면 이 친구에게 가장 먼저 말하게 되는 건 무슨 심리일까.

"정말? 너 정말 다시 시작했어?"

남의 연애 소식에 이상할 정도로 민감한 조영미가 눈을 반짝이며 재촉했다.

"그렇게 됐어."

"좋겠다! 정말 좋겠다!"

"누가 들으면 내가 백마 탄 왕자와 사귀기라도 하는 줄 알겠다."

"그래도 마음에 드는 남자랑 잘 되기가 쉬운 줄 아니?"

"그건 그래."

"하지만 그것도 잠깐이야. 막상 살아보면 달라진다고."

조영미의 말과 표정에서는 리얼함이 묻어나왔다. 그녀는 고등학교를 졸업하자마자 남자와 동거를 시작했는데 만날 때마다 헤어지겠다고 우는 소리를 해대지만 벌써 2년이 넘어가고 있었다. 미스코리아급의 미모를 자랑하는 조영미가 고졸 출신의 보잘것없는 남자에게 매여사는 걸 나와 친구들은 늘 신기하게 생각하고 있었다. 고졸이라는 핸디캡을 극복하려고 피나게 노력하는 남자였으면 얼마나 좋겠냐만, 벌써 직장을 몇 번이나 옮겼고, 바람을 피운 적도 있는데다가 심지어는 폭력까지 쓴다는… 절대 사귀면 안 되는 남자의 조건을 두루 갖춘 그를 우리의 조영미는 왜 차 버리지 못하는 것인가.

나의 최기우를 그런 허접한 인간과 비교할 수는 없다! 단연코!

"물론 이 사람도 나도 언젠가는 변하겠지만 사람을 사귀면서 나중의 일까지 생각할 필요는 없지 않을까?"

내가 좀 지나쳤던 것 같다. 최기우에 대해 이야기 할 때 확실히 나는 공중에 붕 떠있는 듯한 느낌이었다. 그것이 친구들을 자극했던 것 같다. 갑자기 그녀들은 말이 없어졌다. 그래, 너 잘 났어, 하는 듯한 뉘앙스가 전달되어와, 나는 부리나케 수습해야 했다.

"호호호, 내가 좀 콩깍지가 씌였나봐. 연애초기에는 다들 그렇잖아? 히히히, 호호호!"

하여간 그날 친구들과의 만남은 그렇게 정리 했는데 집에 돌아가는 길에 생각해 보니 박희준이 푹 빠졌다는 전생에 급 관심이 생기는 것 아닌가. 그 이유는 나의 나이브해진 심리 탓이다. 로맨스에 빠진 여자는 남들과는 다른 차원에 살고 있다고 봐야 한다는 말을 읽은 적이 있다. 한없이 감상적이 된 나는 아득한 전생에 나는 무엇이었으며, 그때는 어떤 삶을 살았는지, 그리고 나의 소울메이트는 누구였는지… 알고 싶어졌다.

박희준의 말이 아니더라도, 마침 그 무렵에는 전생 문제가 대중의 호기심을 불러일으키고 있기도 했다. 전생의 남자가 어딘가에서 주인공 여자를 지켜준다는 스토리의 소설이 베스트셀러가 되기도 했고, 전생에 은행나무였다는 사연의 영화가 대히트를 치기도 했다. 정신과 의사가 최면으로 환자의 전생으로 거슬러올라가서 심리적인 문제를 치료했다는 내용이 화제가 된 것도 그 무렵의 일이었다.

나는 다음날 박희준에게 전화를 걸었다.

"희준아, 너 어제 입고 나온 자켓 괜찮더라? 누가 보면 연예인인 줄 알겠어. 어디서 산 거니?"

아쉬운 소리를 할 일이 있을 때는 우선 칭찬부터 해야 하는 법.

"무슨 소리야? 지난 번 만날 때도 입고 나왔잖아."

"어머, 그러니? 그랬구나. 그리고 말이야. 다른 애들은 뭘 몰라서 그러는 모양인데, 네가 어제 말한 전생말이야. 그거 정말 그럴 듯하더라."

"그렇지?"

"그럼 그럼. 사람이 눈앞의 현실에 급급하면 동물과 다를 게 뭐니? 우리가 왜 태어났고 어디로 가는지… 그런 것에 어느 정도 관심이 있어야 지성인이라고 할 수 있지."

"너도 흥미가 생기는 모양이구나. 책 추천해 줄까?"

"아니, 책보다 나도 직접 전생을 볼 수는 없을까?"

"다짜고짜 전생 퇴행부터 받는 건 바람직하지 않아. 어느 정도 전생에 대한 정보를 알아보고 받아야 혼돈이 안 생긴다고."

"그것도 그렇기는 하지만 전생부터 확인하고 그 다음에 알아봐도 괜찮지 않아?"

"꼭 그렇게 하고 싶다면 해줄 수는 있어. 나한테 받아도 되고, 내가 가입한 전생클럽의 회장이 최면 전문가야. 하지만 그분에게 받으려면 비용이 만만치 않아."

돈을 들여 전문가에게 받거나, 그냥 심심풀이 비슷하게 자신에게 우선 받아보거나 선택하라기에 나는 우선 시험 삼아 박희준에게 받고 신뢰가 생기면 비용을 들여 전문가에게 받겠다고 했다.

박희준을 만나러 그녀의 집으로 가는 길에 묘하게 가슴이 두근거렸다. 전생이 실제로 있는지 없는지는 모르겠지만 최면을 통해 태어나기 전의 내 모습을 볼 수 있다는 건 진짜 드라마틱한 것이었다. 그것은 마치 극장에서 보고 싶어 하던 영화의 상영을 기다리며 앉아 있는 것과 비슷한 설레임을 주었다.

과연 나의 전생은 무엇이었을까? 나는 어떻게 살았으며, 그때 나의 연인은 어떤 사람이었을까? 나는 전생 퇴행을 통해 최기우를 볼 수 있으면 좋겠다는 생각을 하고 있었다. 지금 열렬히 사랑하는 그가 전생에도 나의 연인이었다면 나의 그에 대한 사랑은 더욱 굳건해질 것이다. 우리의 사랑이 잠깐의 유희가 아니라 전생에서부터 이어져 온 끊을 수 없는 인연이라면 얼마나 감동적인가.

그런 생각을 내비치면 필시 박희준의 질투심이 촉발될 것이므로 나는 대충 둘러댔다.

"전생을 꼭 믿는 건 아니지만 인생의 참고사항은 될 수가 있잖아. 그리고 어디서 보니 전생 최면을 받으면 병 같은 것도 낫는다고 하더라고."

박희준은 최면기법이 적힌 책을 들고 설명해 주었다.

"누누히 이야기 했지만 나는 최면 전문가가 아니라 배우는 학생에 불과하다고. 그러니 너무 큰 기대는 하지 마."

"알았어."

박희준의 집이 비었을 시간을 선택했기 때문에 나는 그녀의 집 거실에서 최면을 받기로 했다. 나는 박희준의 지시에 따라 거실의 소파에 길게 누웠고, 박희준은 내 앞에 의자를 놓고 앉았다. 조명을 모두 꺼서 어두운 가운데 박희준이 조용히 말했다.

"계단을 내려간다. 천천히…"

계단을 내려가는 상상을 하라는 것이다. 그녀의 지시대로 그런 상상을 했지만 최면에 빠지기는커녕 오히려 정신이 말짱했고, 결정적으로 너무나 진지한 박희준의 말투가 웃겨서 도저히 웃음을 참을 수가 없었다.

"집중을 해야지!"

"알았어, 미안해."

몇 번 실패하고 드디어 최면에 걸렸다. 그녀가 마지막 계단을 내려가면 문이 있다고 말하자 정말로 눈 앞에 문이 나타났고 그 문을 열면 전생으로 들어간다는 암시를 하기에 문을 열었더니 정말로 다른 세상이 나타났다.

눈부시게 밝은 태양이 하늘에 떠 있고 그 아래는 들꽃이 흐드러지게 피어 있는 드넓은 초원이었다. 내 복장을 살펴보니 하얀색의 두루마기 같은 것을 입었고 허리에는 금과 은으로 세공된 띠를 매고 있었다. 내 신분이 무엇일까 하고 생각하는 순간 머릿속에서 한 나라의 공주라는 생각이 퍼뜩 떠올랐다. 최면에 빠진다고 현실감이 없는 건 아니라는 걸 알았다. 나는 최면을 받고 있는 현재를 잘 알고 있었다.

내가 공주로 있는 그 나라는 삼국시대보다 훨씬 이전의 세계로, 역사에는 제대로 기록 되지 않은 아득한 옛날, 한반도 북부에 존재한 나라였다. 나라의 이름은 '루한'이라고 했는데, 높은 곳에 위치해 있다는 뜻이라고 한다.

나는 말을 타고 언덕에 올라 저 아래 펼쳐진 광야를 바라보고 있었다. 끝없이 넓은 대지에서 평민들이 농사를 짓고 있었다. 나는 잠시 그 모습을 바라보다가 말을 달렸다. 들판 위로 거칠게 말을 몰고 있는 나는 흔히 드라마에 나오는 고고한 모습의 공주가 아니었다. 그 시대의 여자들은 결코 얌전하지 않았다.

나는 말도 잘 탔고 남자들 못지않게 무술도 할 줄 알았다. 그 시대에는 힘이 없으면 바로 다른 나라의 침략을 받기 때문에 남자는 물론, 여자들도 무예를 익히지 않을 수가 없었다. 평민도 그렇지만, 나를 비롯한 왕족의 여자들은 더욱 그러했다.

박희준이 중요한 사건이 있는 시기로 가보라고 지시를 내리자, 눈앞이 캄캄해지다가 다시 밝아졌는데 나는 궁 안에 서 있었다. 내 앞에는 왕인 아버지가 서 있었고 그 옆에는 다른 나라의 사신과 그 일행이 서 있었다. 사신은 '여한'이라고 하는 나라에서 파견되어왔는데, 그들이 이 나라를 찾은 이유는 여한의 왕자 양모수가 내게 반해 청혼 하려는 것이었다.

여한이라는 나라는 루한과 혈맹을 맺은 나라였기 때문에 정략적인 이유에서 나는 그곳 왕자의 청혼을 거절 할 수 없었다. 나는 허락의 표시로 머리카락을 잘라 사신에게 건네주었다. 그러나 바로 결혼으로 이어지는 것은 아니었다. 준비 기간이 현재의 시간으로 6개월 이상 걸린다고 했다. 모든 준비가 끝나야 비로 서 예식을 올리고 합방을 하게되는 것이다.

박희준이 결혼식 장면으로 넘어가라고 지시를 내려, 나는 당연히 화려한 궁중의 예식이 있을 거라고 생각했는데 뜻밖의 풍경이 눈앞에 펼쳐졌다. 궁 안의 사람들이 혼비백산해서 뛰어다니고 있었고 궁의 여기저기에서 불길이 치솟고 있었다. 그 이유를 나는 곧 알게 되었다. 적의 침략을 받았기 때문이다. '갈'이라고 불리는 나라의 침입을 받아 궁이 함락되기 직전의 위기에 몰린 것이다.

나는 내 방으로 들어와 칼을 들었다. 궁이 함락되면 여자들은 적의 노리개가 될 것이므로 싸우다가 죽는 길을 택하기로 한 것이다. 나뿐 아니라 궁의 모든 여자들은 싸우다가 죽거나 자결하기로 결심 하고 있었다.

그런데 그날 밤 희소식이 하나 전해져왔다. 여한이라는 나라의 양모수 왕자가 대병력을 이끌고 이쪽으로 달려오고 있다는 것이다. 양모수 왕자는 나의 결혼 상대자였다. 그는 내가 궁 밖에서 말 타는 모습을 우연히 보고 내게 반해 청혼했던 왕자였다. 그가 도와주려는 이유는 전략적인 것도 있지만 나를 구출하려는 목적이 가장 컸다.

여한에서 구원군이 온다는 소식이 전해지자, 백성들은 살 길이 생겼다는 생각에 필사적으로 적과 싸웠다. 그렇게 이틀을 버티고 이제는 항복하는 수밖에 없다고 생각하는 찰나에 드디어 여한의 군사가 당도했다는 소식이 들렸다.

여한의 양모수 왕자는 적보다 두 배가 넘는 대병력을 이끌고 왔다. 게다가 그들은 잘 훈련된 최정예 병사들이었다. 갈의 군사와 여한의 병사는 궁 앞의 대지에서 결전을 벌였다. 처음부터 두 진영은 상대가 되지 않았다.

양모수 왕자가 이끄는 여한의 병사들은 거침없이 돌격해서 갈의 병력을 절반 이상 죽이고 최후에는 갈의 왕까지 죽였다. 완벽한 승리였다.

여한의 승리로 루한도 위기에서 벗어날 수 있었다. 궁은 다시 평화가 찾아왔다. 나는 양모수 왕자를 진심으로 흠모했다. 어서 그를 만나 한시라도 빨리 결혼식을 올리고 싶었다. 과연 양모수 왕자는 어떤 사람인지 궁금해서 애간장이 녹을 지경이었다. 박희준도 궁금했는지 빨리 결혼식 장면으로 넘어가라고 재촉했다. 진짜 내가 생각해도 이건 최고의 로맨틱 소설감이었다.

드디어 결혼식 날이 당도했다. 나는 화려한 예복을 입고 궁녀들의 시중을 받으며 궁의 마당으로 걸어갔다. 저편에 양모수 왕자와 그의 시종들이 나를 기다리며 서 있었다. 하지만 거리가 멀어 얼굴이 안 보였다. 최면을 받고 있는 나는 전생에 나의 베필이 과연 어떤 사람인지 궁금해서 미칠 지경이었다. 혹시 최기우가 아닐까? 아니면 전혀 모르는 사람일까?

그런 기대감을 안고 나는 천천히 마당을 가로질러 양모수 왕자에게 다가갔다. 나는 고개를 숙이고 그의 앞에까지 걸어가서 드디어 천천히 얼굴을 들고 그를 바라보았다. 그의 얼굴을 보는 순간 최면을 받고 있는 나는 경기 들린 사람처럼 비명을 질렀다.

그는 내가 아는 사람이었다. 바로 김범주였다. 김범주… 깡패 두목이란 말이다. 말도 안돼! 이 중요한 장면에서 이 사람이 왜 여기 있는 거냐? 나는 순식간에 최면에서 깨어나 일어나 앉았다.

"왜 그래? 아는 사람이었어?"

"몰라! 전생 같은 건 믿을 게 못된다고!"

나는 빽 소리를 지르고 나갈 채비를 했다.

298

31

내가 아득한 옛날의 고대 왕국에서 공주였다는 것 까지는 좋았다. 여자들이 흔히 하는 판타지 중의 하나가 전생에 자신이 공주였을지 모른다는 것인데 나는 전생에서 내가 공주였다는 걸 확인했으니 얼마나 좋았겠는가.

그런데 그때 나를 위기에서 구출해주고 나와 결혼 하는 남자가 바로 김범주였다니! 이건 또 무슨 운명의 장난이란 말인가. 물론 전생 같은 건 믿을 게 못된다. 정말로 내가 전생에 김범주와 결혼했으리라고는 1퍼센트도 믿지 않는다.

그런데 정작 중요한 건 그것이 환상이라고 하더라도 왜 그가 나의 반려자로 나타났느냐는 것이다. 아니, 내가 겉으로는 그를 냉대하면서 내면에서는 그를 좋아하고 있기라도 한 것인가. 결단코 아니다! 여자의 속은 여자 자신도 모를 정도로 복잡하다지만 나는 그를 이성으로 전혀 생각해보지 않았다고 하늘에 맹세할 수 있다.

단지 그가 깡패 두목이라는 한 가지 이유 때문만은 아니다. 그가 나쁜 사람은 아닐 수도 있다고 생각하는 건 맞다. 하지만 그의 스타일이라는 것이 그가 속한 직업군을 크게 벗어나지 않는다는 건 어렵지 않게 짐작이 가능하다. 그는 겉으로는 매너 있는 모습을 보이지만 실상은 마초적인 성향의 남자일 것이다.

설령 그런 남자이더라도 양지에서 정정당당한 사회인으로 살아간다면 혹시 모르겠다. 그런데 그는 누구나가 기피하는 깡패 두목이다. 여자를 유혹하기 위해서는 본성을 최대한 숨기겠지만 막상 자기 여자가 되고나면 돌변할 가능성이 백퍼센트다. 그런데 그런 그가 왜 전생에 나의 반려자로 나왔냐고!

그런데 사람의 심리란 묘한 것이다. 그가 그런 모습으로 나의 전생에 나타났다는 것 자체를 부정할 수는 없는 것이었다. 내가 아무리 발버둥을 치며 부정하려고 해도, 혹시 그가 정말로 나의 소울 메이트일지도 모른다는 생각이 내면에서 살포시 고개를 들고 일어나는 것까지 막을 수는 없다. 오해는 마시라. 그렇게 생각한다는 것이 전혀 아니라, 그런 생각도 한 켠에 있다는 것을 부정하지 않는다는 뜻이다.

더군다나 그는 내가 속한 연극 동아리의 후원자이기도 하고, 또 내게 피아노 아르바이트 자리를 마련해 주어 내게 현실적인 도움을 준 사람이었다. 나는 이제 22살이지만 이 세상이 얼마나 빠듯한 손익 계산에 의해 돌아가는지를 대충은 알고 있다고 할 수 있다. 그런 정도의 호의를 내게 보이는 사람이라면 어떤 필연이 작용할 수도 있다고, 운명이란 내가 생각하는 범위 밖에서 움직이는 것이기에 내가 부정한다고 하더라도 어떤 식의 인연이 있지 않겠는가, 하는 생각이 슬며시 떠오르고 있었다.

그러다가 퍼뜩 생각나는 것이 있었다. 잘 생각해보니 내가 전생에서 본 것은 결혼식 장면까지였다는 것이다. 그 후의 전개는 보고 싶은 생각이 없지만 전혀 뜻밖의 전개가 될지도 모르는 것이었다. 이를테면 나는 전생에서 양모수 왕자와 결혼했지만 결혼생활은 전혀 행복하지 않았을 수도 있다. 양모수 왕자는 무술 같은 것에는 능하지만 가정생활은 엉망이라, 매일 술 먹고 깽판을 치고, 폭력과 도박에 도가 튼 악질 남편일지도 모른다. 나는 인생의 말년에 그와의 결혼을 후회하며 다음 생에서는 절대로 그와 결혼하지 않을 것이며, 그와는 전혀 다른 스타일의 남자와 결혼하겠다고 다짐하며 눈을 감았을 수도 있다.

그렇게 생각하고 나니 머릿속의 혼돈이 좀 정리되는 느낌이었다. 서서히 먹구름이 걷히고 다시 햇살이 비추는 느낌이랄까. 나는 다시 기분이 유쾌해져, 혼자 큰 소리로 웃어제꼈다.

"호호호!"

이럴 때 필요한 게 애인이다. 최기우를 만나야 한다. 그를 만나서 사랑을 속삭이고, 생활 속의 에피소드를 미주알고주알 털어놓고, 그리고 그의 품에 폭 안기면 전생 퇴행으로 인해 꼬리를 물고 이어졌던 잡스러운 생각들은 먼지처럼 사라져버릴 것이다.

하지만 도움이 필요한 건 내가 아니라 최기우였다. 회사로 전화를 걸었더니 출근을 안했다기에 이상한 생각에 그가 활동하는 노동상담소로 전화를 걸어 주효성과 통화를 했는데, 그는 뜻밖의 소식을 내게 전해주었다.

"기우가 지금 경찰에서 조사를 받고 있어요. 기우가 회사의 노동조합 지도부장인데 노조원이 비리 혐의가 있다고 고발을 해서 말이에요. 기우 말고 위원장과 부위원장도 같은 혐의로 조사를 받고 있어요. 내막은요, 사측에서 노동조합의 정당한 활동을 방해하려고 노조원을 회유해서 고발하게 한 겁니다. 그래서 이건 그냥 넘어갈 일이 아니라는 생각에 저희들이 경찰서 앞에서 시위를 하기로 했어요. 혹시 시간 되시면 참여해 주세요. 기우에게도 힘이 될 겁니다."

나는 알겠다고 대답하고 외출 채비를 했다. 당연히 참여해야 하지 않는가. 억울하게 경찰서에 붙잡혀 있는 사람인데, 남이라면 모르겠지만 그의 애인인 내가 모른 척 할 수는 없는 일이다. 하지만 안산으로 달리는 전철 안에서 왜 나는 평범한 남자와 평범한 연애를 안 하고 별난 사람을 사귀어서 이런 일에 끼어들어야 하는가라는 회의가 어쩔 수 없이 찾아들었다.

시위에 참여해야 한다기에 다소 긴장도 되었는데 막상 경찰서 앞에 가 보니 그것은 내가 익히 보아왔던 시위와는 달랐다. 대략 20명가량의 사람들이 급조한 듯한 피켓을 들고 경찰서를 향해 항의 하는 정도였다. 그 앞을 막고 있는 10명가량의 전경들도 대수롭지 않은 듯한 모습으로 서 있었다.

나는 안면이 있는 주성효, 이은영, 장숙희 세 사람과 간단히 인사를 하고 시위대의 맨 끝에 섰다.

"노조 탄압 중단하라!"

이은영이 맨 앞에서 메가폰을 들고 선창 하면 나머지가 복창을 했다. 나 역시 어색했지만 구호를 복창하며 주먹을 불끈 쥐고 흔들었다. 날씨가 쌀쌀해서 손발이 시렸고 입에서는 하얀 입김이 뿜어져나왔다. 아무리 애인을 구해야 하는 막중한 임무가 있다지만 대충 빨리 끝내고 어디 따뜻한 곳에서 뜨거운 커피 한 잔을 마시고 싶다는 욕구가 간절히 떠올랐다. 최기우도 내가 엄동설한에 시위에 참여했다가 병이라도 나는 걸 바라지는 않으리라.

그런데 오후 7시가 되었을 때 상황이 돌변했다. 최기우가 소속된 회사의 노조원들이 몰려온 것이다. 그들은 노동 현장에서 잔뼈가 굵은 듯한 거친 남성들이었기에 그 직전까지의 소극적인 시위와는 다른 양상이 전개된 것이다.

"개새끼들아! 위원장 내 놓으라고!"

욕설을 퍼부었고, 경찰서 안으로의 진입을 시도했다. 몇 명은 돌을 던지기도 했다. 그러자 저쪽도 달라졌다. 안쪽에서 헬멧을 쓰고 방패를 든 기동 경찰이 열을 맞추며 달려와 진압을 시도한 것이다. 처음 시위에 나섰던 노동단체 회원들은 뒤로 빠지고 노조원들과 경찰 간에 심한 몸싸움이 시작되었다.

"해산하지 않으면 전원 체포하겠습니다!"

진압 책임자가 확성기로 경고를 했다. 하지만 경찰이 경고를 한다고 '예! 폐를 끼쳐서 죄송합니다!'라고 말하고 순순히 해산하는 시위대는 못 봤다. 그런 식의 경고는 시위대를 더욱 자극할 뿐이다. 욕설과 고함이 더욱 거세지면서 몸싸움은 실제의 폭력 사태로 변했다. 기동 경찰이 밀고 들어오며 시위대의 체포에 나섰고, 노조원들은 폭력으로 맞섰다.

경찰은 한심하게도 노조원들만 진압을 하지 않고, 뒤쪽에 서 있던 온건 시위자들까지 체포를 시도했다. 여성들이 다수인 온건 시위대는 사실 노조원들이 등장한 이후 시위가 확대되는 것을 막으려고 노력하고 있었다. 어차피 이런다고 저들이 순순히 노조원들을 내놓지는 않으리라는 것을 알기 때문에 적당히 의사 표시만 하고 해산 하려던 것이었다.

하지만 경찰이 체포를 시도하자 이쪽도 격앙이 되어 격렬해질 수밖에 없었다. 사람이란 역시 상황의 변화에 민감한 동물인가 보다. 생전 과격 시위를 해본 적이 없는 나임에도 경찰이 돌진해와 체포를 하려했을 때 과격하게 저항하고 있었다.

"민중의 지팡이가 이래도 되는 거야?"

이런 말이 내 입에서 나올 줄은 꿈에도 생각 못했다. 그뿐 아니었다. 나는 들고 있던 물병을 냅다던지고, 들고 있던 우산을 휘둘렀다. 그 대가는 너무나 처절했다. 나는 기동대 두 명에게 반짝 들려져 경찰서 안으로 끌려 들어가야 했다.

나는 감옥에 갇혔다. 물론 영화나 드라마에 나오는 그런 감옥은 아니다. 경찰서 보호실이라는 곳이었다. 하지만 분위기는 감옥과 다를 바가 없었다. 쇠창살이 가로 막혀 있는 방 안에는 시위로 연행된 나를 비롯한 몇 명과 일반인들이 있었다. 일반인들은 거의 모두가 술 때문에 들어온 사람들이었다. 그러다 보니 소란이 계속되었다. 창살을 붙잡고 고래고래 욕을 하는 여자도 있었고, 무엇 때문인지 얼굴에 잔뜩 멍이 든 모습으로 주정을 부리는 여자도 있었다.

"몇 시간 조사받고 나가게 될 테니 염려 말아요."

나와 함께 수감된 이은영이 아무 일도 아니라는 듯 나를 안심시켜주었다. 그녀들에게는 이런 경험이 흔한 것인 듯했다. 남편과 애들 밥 해줘야 한다는 걱정만 할뿐 이런 곳에 갇히게 된 것 자체에 대해서는 태연했다.

하지만 나는 그들과는 입장이 전혀 달랐다. 이런 곳에 이런 모습으로 앉아 있는 것 자체도 난생 처음이라 기가 막혔지만 그보다 더 걱정되는 일은 부모님이었다. 조금 전 조사를 받을 때 인적사항과 집 연락처까지 다 적었는데 만일 부모님에게 연락이 간다면 어떻게 대처를 해야 좋을지 알 수가 없었다. 그렇다고 이런 마당에 부모님이 알게 될까 봐 염려가 된다는 마음속 이야기를 꺼내는 건 너무 사사로운 것 같아 내색도 못했다.

"채수희 씨!"

1시간쯤 지났을 때 경찰이 밖에서 나를 불렀다.

"집에서 아버님이 데리러 온다고 했어요. 그렇게 아세요."

헉! 우려했던 사태가 벌어지고 말았다. 나는 대학생인데다가 동종 전과가 없어 귀가 처분을 내렸는데 대신 아버지가 나를 데리러 오기로 했다는 것이다. 눈앞이 캄캄하고 하늘이 무너져 내리는 듯했다. 혹시 엄마라면 대수롭지 않게 넘어갈 수 있을지 모른다. 하지만 아버지는 다르다. 왜 다르냐고? 모든 자식은 엄마보다는 아버지가 더 어렵고 무서운 것이다. 자기 딸이 이런 모습으로 이런 곳에 있는 것을 보고 과연 어떻게 나올지 상상조차 할 수가 없었다.

11시에 아버지가 왔다. 그리고 나는 끔찍한 상황의 주인공이 되어야 했다. 음료수를 한 박스 사온 아버지는 나의 담당 경찰에게 머리를 숙이며 그것을 전해주고 무슨 대화를 나누었다. 저자세가 된 아버지의 모습은 죄지은 자식 때문에 내가 이런 고생도 하는구나라고 웅변하는 듯했다. 나는 마치 본드나 부탄가스를 흡입하고 붙잡힌 불량 청소년 같은 심정으로 아버지를 바라보아야 했다.

나는 아버지가 운전하는 차를 타고 서울로 향했다. 서울 근교에 다다를 때까지는 아무 말도 없던 아버지는 서울 인근의 인터체인지에서 차가 밀릴 때, 불쑥 한 마디를 던졌다.

"남자친구 때문에 데모에 참여했다고 경찰에서 진술했다던데, 맞는 말이야?"

나는 경찰에게 사실대로 이야기를 안 하면 큰일 나는 줄 아는 사람이기 때문에 사실을 그대로 진술했던 것이다.

"그렇게 됐어요."

"남자친구가 뭐하는 사람인데?"

거짓말을 한다고 달라지는 것도 없을 것 같았고, 또 숨길 일도 아니라는 생각도 들어서, 최기우가 어떤 사람인지 대충 설명해 주었다. 나의 설명을 다 들은 아버지는 집에가서 이야기하자고 말하고 입을 다물었다.

"그 사람은 안 된다."

안방에서 아버지가 나를 앉혀 놓고, 마치 쇠망치로 내려치는 듯한 단호한 어조로 말했다. 어떤 이견도 허용하지 않겠다는 의지가 엿보였다.

"왜요? 그 사람이 운동권이라서요?"

아버지는 무겁게 고개를 저었다.

"수희야, 내 말 잘 들어라. 이념이건 뭐건, 사내 마음속에 다른 게 들어 있으면 가족이 불행해진다. 사내란 가족을 먹여살리는 것에만 충실해야 하는 법이야."

"아버지는 아직 어떤 사람인지도 모르잖아요. 만나보지도 않고 어떻게 알 수가 있어요?"

"널 차가운 경찰서 보호실에 있도록 만든 것만 봐도 알 수가 있어."

"그건 내가 자청한 일이었어요."

"고집 부리지 말고 내 말 들어."

"싫어요!"

아버지는 잠시 말이 없다가 입을 열었다.

"나의 큰 아버지가 좌익 사상가였어. 그때는 빨갱이라고 불렀지. 경찰에 쫓겨 숨어살다가 전쟁이 터져 인민군이 서울을 점령하자 그 분이 몸을 드러내고 활동을 했어. 하지만 얼마 못가 유엔군에 의해 서울이 수복되자 그 분은 또다시 쫓기는 몸이 될 수밖에 없었지. 그러자 큰 아버지는 가족들을 모아 놓은 후 권총을 한 자루 내 놓고 자살을 하라고 강요했어. 자신이 좌익활동을 하는데 가족이 방해가 된다고 생각했던 거야. 가족보다 더 중요한 게 있다고 믿는 사람은 반드시 가족을 불행하게 만든다.”

아버지가 내게 이토록 무거운 이야기를 하는 건 처음이었다. 하지만 나는 아버지가 무슨 말을 하는지 제대로 이해할 수가 없었다. 지금 왜 수십 년 전의 전쟁 이야기가 나와야 하는지, 왜 당사자를 만나지도 않고 질색을 하는지, 나는 화가 나고 답답했다.

“그건 아버지 생각이잖아요. 아버지가 제 미래까지 책임지실 수 있어요?”

“다 너를 위해서 하는 말이야.”

“제 인생은 제가 알아서 한다고요!”

“이건 고집부릴 일이 아니야.”

“몰라요!”

나는 화가 나기도 하고 눈물이 쏟아질 것 같기도 해 자리에서 벌떡 일어나 내 방으로 뛰어들어왔다. 보수적인 아버지가 운동권인 최기우를 달갑게 생각하지 않으리라는 건 예상했었다. 그래서 과연 어떻게 그를 소개해야 할지 궁리하던 와중이었다. 그런데 아버지의 조금 전 반응은 내가 예상했던 그런 것을 훨씬 뛰어넘는 것이었다.

아버지의 말대로라면 내가 결혼할 남자는 꿈도 없고 야망도 없이, 그저 가족을 위해 하루하루 살아가는 평범한 남자여야 했다. 그러고 보니 그것은 아버지의 삶이었다. 나는 아버지를 싫어하는 딸은 절대 아니었으나 내 남자는 아버지와는 달라야 한다고 생각했다.

“수희야, 얘기 좀 하자.”

엄마였다. 아, 그래, 엄마라면 내 마음을 알아주겠지!

"대충 이야기 들었다. 아버지가 단도직입적으로 얘기를 해서 마음이 상했을 테지만, 틀린 말은 아니야. 왜 하필 그런 사람이니? 대학도 졸업을 안 하고 공장 같은 데서 사람이나 선동하는, 그런 사람을 어떻게 믿을 수 있어?"

"엄마!"

"그리고 넌 아직 대학 2학년생이야. 벌써 결혼 상대를 점찍을 필요는 없잖아. 지금이야 그 사람 아니면 안 된다고 생각하겠지만 시간이 가면 생각은 변해."

요지부동이기는 엄마도 마찬가지였다. 설득조로 이야기를 했지만 결론은 이번 일에 대해서는 내 편을 들어주지 않겠다는 것이었다. 나는 갑자기 비련의 주인공이 되었다. 이것은 너무나 낯익은 장면이었다. 영화나 드라마의 단골 소재가 사랑하는 애인과의 결혼을 부모가 반대해서 갈등이 생기는 내용이었다.

내가 만일 대학을 졸업하고 성인으로 독립한 상황이라면 이야기는 달라진다. 내가 좋아서 결혼을 하겠다는데 부모님의 동의가 절대적인 것은 아닐 것이었다. 부모님이 데리고 살 사람이 아니지 않는가. 하지만 나는 22살이다. 22살이라는 나이가 적어서만이 아니라 내게는 아직 주도권이 없다는 사실이다. 나는 부모님의 보호 아래 대학 생활을 하고 있다. 그러므로 왜 애인 사귀는 것까지 간섭을 받아야 하는가? 라고 고집을 부리기보다는 타협책을 모색하지 않을 수가 없다.

다음날 나는 아버지를 설득할 생각을 하고 가구점으로 갔다. 아버지는 고급 소파를 손질하느라 땀을 흘리며 일을 하고 있었다.

"아버지…"

"응?"

"곰곰 생각해봤는데 아버지 말에도 일리가 있어요."

"물론이지."

"하지만 사람을 보지도 않고 예단을 하는 건 옳지 못하다고 생각해요. 왜냐하면 어떤 일을 하느냐보다는 어떤 사람이냐가 더 중요할 수 있으니까요. 그래서 제가 그 사람하고 부모님하고 만나는 자리를 마련해 볼 생각이에요."

나로서는 최대한 자제심을 발휘해 합리적인 대안을 제시한 것이라고 생각했는데, 아버지는 일거에 잘랐다.

"만날 필요 없다."

"왜요?"

"네 이야기 들은 걸로 어떤 사람인지 다 알 것 같으니까."

눈물이 핑 돌아 나도 모르게 반항적으로 외쳤다.

"정말 너무해요! 아버지가 신이에요? 아니면 용한 점쟁이세요? 어떻게 만나보지도 않고 다 알아요?"

"너는 지금 사람을 제대로 판단할 나이가 아니야."

"몰라요!"

다시 스트레이트 카운터 펀치를 맞고 내 방으로 들어와 그로기 상태에 빠졌다. 연속으로 케이오를 당하고 나니 무력감이 전신을 휩싸고 돌았다. 이런 나에게 엄마는 확인 사살까지 감행하셨다.

"수희야, 내가 맛집탐방이라는 주부 모임의 회원인 거 알지? 회원 중에 나하고 단짝인 여자가 있는데 그 여자 아들이 너랑 동갑이래지 뭐니. S대학에 과수석으로 입학을 했고 얼굴도 아주 잘생겼어. 지난번에 아들을 데리고 나와 밥을 같이 먹었는데 정말 탐나는 애더라. 어떠니? 한 번 만나보지 않을래?"

아무리 결혼이 현실이라고 하지만, 내가 좋아하고 그 사람을 위해서라면 무엇이건 할 수 있다고 생각하는 사랑의 힘을 왜 모르는가. 그 사람이라면 고난의 가시밭길이라도 기꺼이 함께할 수 있다고 생각하는, 이런 나의 생각이 철 모르는 어린애의 판타지일 뿐인 것인가. 오직 현실적 조건만 맞춰서 결혼 해야 한다면, 그것은 영혼이 없는 결혼이라고 밖에는 할 수가 없다. 절대로! 나는 그렇게 살지 않을 것이다!

'당분간 집을 떠나있겠어요. 반항한다고는 생각하지 마세요. 생각할 시간이 필요해서니까요.'

나는 짤막한 메모 한 장을 남기고 대충 필요한 것들만 챙겨서 집을 나왔다. 가출이 아니라 독립이다. 물론 이것은 나에게 최기우와의 사랑이 얼마나 중요한지를 부모님에게 알려주고 싶은 심정이 가장 컸다. 부모님이 반대한다고 포기해버릴 사랑이라면 애초에 시작하지도 않았다.

일단 최기우를 만나야 한다. 그와 이 문제를 의논하고 함께 대책을 세워야 한다. 안산의 노동상담소로 전화를 걸었더니 최기우가 경찰서에서 풀려났다는 반가운 소식을 전해주었다. 지금은 외부에서 노조원들과 함께 있는데, 곧 자신들의 사무실로 오기로 했다는 것이다.

나는 안산행 전철에 몸을 실었다. 무슨 이야기를 어떻게 해야 좋을지 알 수 없었다. 그는 자신이 처한 문제로도 복잡한 사람인데, 내 문제까지 해결을 요구하는 게 과연 바람직한 것인지 헷갈리기도 했다. 하지만 나보다 더 중요한 문제가 있다면 그건 사랑이라고 말을 할 수가 없다. 최기우는 그런 사람이 아니라고 나는 믿고 싶었다. 아니, 대책까지는 아니라도 좋다. 그저 그의 따뜻한 말 한마디, 따뜻한 위로만으로도 나는 힘을 낼 수 있을 것이다.

하지만 안산의 노동상담소에 들어갔을 때부터 나의 소박한 바램은 산산조각 나고 말았다. 최기우는 노동조합원들에 둘러 싸여 있었고, 그들의 심각한 분위기에 압도되어 나의 존재는 한없이 작아지기만 했다.

"오빠… 나 왔어."

나는 간신히 그의 곁에 다가가 모기만한 목소리로 내 존재를 알려주었다. 최기우는 나를 발견하고 말했다.

"수희! 나 때문에 고생했다면서? 이야기 다 들었어."

"고생은 오빠가 했지."

"내가 지금 대책회의를 하는 중이라 잠깐만 기다려줘."

나는 알았다고 대답하고 구석의 간이 의자에 앉아 기다렸다. 어쩌겠는가. 어마어마하게 큰일을 하는 사람인데, 내가 방해라도 되면 안 되지 않나. 하지만 10분, 20분을 기다려도 그들의 대책회의라는 것은 끝날 줄을 몰랐다. 다들 분주한 데 나만 넋놓고 시간을 보내는 모습을 보이고 싶지 않아 나는 최기우에게 건너편의 커피 전문점에서 기다리겠다고 말하고 그곳을 나왔다.

화가나서 그냥 이대로 서울로 가버릴까 하는 생각도 잠깐 했지만 그건 문제를 더 복잡하게 만들뿐이라는 생각에 커피전문점에 죽치고 앉아 기다리기로 했다. 시간은 모르겠지만 음악이 6곡이 흘러갔다는 건 똑똑히 기억할 수 있었다. 최기우는 7번째 음악이 흐르기 시작했을 때 들어왔다.

"미안… 사측에서 본격적인 방해 공작에 들어가서 말이야…"

그 순간 내 입에서는 생각지도 못한 말이 튀어나왔다.

311

"오빠! 우리 헤어져!"

"무슨 말이야?"

"나보다 그딴 일이 더 중요하다면 사귈 필요 없잖아!"

내 목소리가 커져서 다른 손님들이 이쪽을 주목하는 게 느껴졌다.

"수희야… 이 정도는 이해를 해줘야지."

"오빠는 지금 내 입장이 어떤지도 모르잖아!"

"내 입장은?"

"난 할만큼 했어."

"그래? 내가 경찰서에 있을 때 시위에 참여하다가 보호실 신세를 진 건 알고 있어. 하지만 넌 그 다음에 내 신상이 어떻게 되었는지 전혀 알려고 하지도 않았어."

기가 막혀서 말이 제대로 안 나왔다. 이제보니 이 사람은 나에 대한 불만을 감추고 있었던 것이란 말인가.

"적어도 내가 경찰서에서 풀려나는 날에는 나를 마중 나왔어야 하는 거 아냐?"

모든 것을 어찌 이리도 자신 위주로만 생각하는지… 나는 울먹해졌다.

"오빠! 내가 그 일로 집에서 어떤 처지에 놓였는 줄 알기나 해?"

"몰라. 하지만 넌 다짜고짜 헤어지자고 말했어."

"감정을 가진 사람이라면 그 정도 표현은 할 수가 있잖아."

"이해가 안 돼."

"알았어."

커피전문점을 나오는데 눈물이 핑 돌고 가슴이 먹먹했다. 이런 사람을 위해 부모님과 말다툼을 하고 집까지 나온 나 자신이 한심하게 생각되었다. 그러고 보니 그동안 나는 환상에 갇혀 있었던 게 아닌가 하는 생각이 들었다. 연애란 언제나 로맨틱하기만 한 것이 아닐 것이다. 사람과 사람 사이의 일인 이상, 갈등이 없을 수가 없다. 그 과정을 거치며 판타지는 사라지고 극명한 현실이 되는 것이다.

택시에서 내려 안산역 앞의 광장을 가로질러 걷는데 불법 음반을 파는 노점에서 흘러나오는 음악이 나를 붙잡았다. 멕시코 가수인 티시 히노호사(Tish Hinojosa)가 89년에 부른 'Donde Voy'라는 곡으로, 드라마 배경 음악으로 사용되면서 한국에서도 크게 히트한 곡이었다.

Madrugada me ve corriendo
새벽에 나는 달리고 있었어요

Bajo cielo que empieza color
태양이 비추기 시작하는 하늘 아래서…

No me salgas sol a nombrar me
나는 기도했어요, 태양 아래 내 모습이
드러나지 않게 해 달라고

A la fuerza de "la migracion"
내 마음이 드러나지 않도록..

Un dolor que siento en el pecho
내가 느끼는 이 극심한 이 고통은

Es mi alma que llere de amor
사랑의 상처로 인한 것이에요

Pienso en ti y tus brazos que esperan
지금 내게는 당신의 따뜻한 품이 필요해요

 Tus besos y tu passion
당신의 입맞춤, 당신의 애정을 기다려요

Donde voy, Donde voy
지금 나는 대체 어디로 가야 하나요?

32

인터폰이 울렸다.

"사장님, 어떤 여자가 사장님을 찾아왔는데요."

"어떤 여자가?"

"이름이 채수희라고 하던데요."

뜻밖의 일이라 나는 머뭇거렸다.

"어떻게 할까요?"

"모시고 와."

노크 소리가 나고 문이 열리며 종업원의 안내를 받은 채수희가 사무실 안으로 들어왔다. 나는 좀 어리둥절한 기분으로 자리에서 일어나 소파를 가리켰다.

"일단 좀 앉지."

그녀는 순순히 소파에 마주앉았다.

"무슨 일 때문인지는 모르겠지만 수희 양이 내 사무실로 들어오니 분위기가 확 밝아지는군."

"놀라셨죠?"

"좀…"

"용건이 있어서 찾아왔어요."

당돌한 눈빛이 나를 쏘아보고 있었다. 이 여자는 정말 여러 가지 모습이다. 어떤 때는 철 없는 10대 소녀처럼 보이고, 어떤 때는 성숙한 여인처럼 보이고, 또 지금은 남자 못지않게 도전적이다.

"아저씨 부자죠?"

"부자라… 틀린 말은 아니지. 내 또래에 비하면 여유가 있는 편이니까."

"그럼 돈 좀 꿔주실 수 있어요?"

말 한마디마다 화살이 되어 나의 심장에 박히는 듯 했다. 마치 나는 이유 불문하고 그녀가 원하는 것을 고스란히 들어주어야만 할 것 같은 그런 기분이 되었다.

"얼마나?"

"천만 원이요."

내가 나이트 클럽 사장이라고 하더라도 천만 원은 우습게 볼 수 있는 돈이 아니다. 하지만 싫다는 말이 안 나왔다.

"돈이 필요한데 아무리 생각해도 아저씨 밖에는 생각이 안 났어요."

"우선 어디에 쓰려는지는 알아야 하는 게 아닐까?"

"집을 나왔어요. 피아노 알바를 한 돈으로 먹는 건 해결 할 수 있다지만 먼저 방을 구해야 해요. 보증금으로 쓸 돈이니까 고스란히 되돌려드릴 수 있어요."

이 일은 빨리 결정을 내려야 한다는 순간적인 판단이 섰다. 그렇다. 이건 투자다. 저 여자의 주위에는 천만 원이라는 적지 않은 돈을 선뜻 내 줄 사람이 없다. 그래서 나를 찾아온 것이다.

나는 메모지를 그녀 앞에 내놓으며 말했다.

"여기 간단한 차용증을 쓰고 그 아래 계좌번호를 적어."

그녀의 당돌한 눈빛이 스러지는 게 보였다. 여기까지 왔지만 스스로도 성공을 확신 못했을 것이다. 몇 마디의 말로 자신의 욕망이 해결된 것이 말할 수 없는 만족감을 주었을 것이다. 채수희는 펜을 쥐고 메모지에 차용증을 써내려갔다. 나는 그녀의 손이 미세하게 떨리고 있는 것을 보고 있었다.

그녀는 펜을 놓고 메모지를 내 앞에 밀어놓았다.

"여기 있어요."

"돈은 오늘 안에 입금 시켜줄게."

"고마워요… 하지만 이건 말해야겠어요. 오늘 제가 사정이 너무 어려워 찾아왔지만 다른 마음이 있는 건 전혀 아니라는 사실이에요."

"알고 있어."

그러나 나는 그녀의 나에 대한 감정이 전과는 달라져 있다는 걸 눈치챌 수 있었다. 만일 나에 대한 경계심이 있다면 돈을 빌리러 찾아오지는 못했을 것이다. 깡패에게 사채를 썼다가 수난당한 케이스를 그녀도 잘 알고 있을 테니까.

"그럼 이만."

"잠깐만…"

"네?"

"차라도 마시고 가. 여기가 무슨 깡패 소굴도 아닌데 말이야."

그녀도 용건이 끝났다고 낼름 일어나려는 자신이 지나쳤다고 생각했는지 그대로 앉아 있었다. 나는 여직원에게 차를 갖다달라고 하고, 벽에 있는 오디오 쪽으로 갔다. 점수를 딸 기회라는 생각에 음악이라도 틀어주려는 것이었다. 하지만 애석하게도 내가 선호하는 CD는 모두 옛날의 뽕짝 음악이었다. 기성범이 준 CD가 여기 어디 있었던 것 같은 데 눈에 잘 안 들어왔다. 나는 진땀을 흘리며 한동안 뒤적인 끝에 최신 유행가요라고 쓰인 CD를 찾아 오디오에 넣고 플레이시켰다.

세상은 요지경, 요지경 속이다
잘난 사람은 잘난 대로 살고
못난 사람은 못난 대로 산다

도대체 이런 노래가 어디서 나왔는지 모르겠다. 술집 작부들이 젓가락을 두드리며 놀 때 부르는 음악도 이것보다는 수준이 높을 것 같았다. 이 중요한 순간에 왜 이 따위가 노래가 흘러나오는지, 화가 나면서 등줄기에 땀이 흘렀다.

나는 오디오를 끄고 내 자리에 앉았다. 그동안 채수희는 여직원이 가져온 차를 마시며 잠자코 있었다. 차를 다 마신 그녀는 일어나 나가려다말고 나를 향해 돌아보며 말했다.

"아저씨! 해피 뉴 이어요!"

그녀의 맑은 목소리가 한동안 내 귓가에 맴돌았다. 그러고 보니 내일이 올해의 마지막 날이었다.

해가 바뀌어 1994년이 되었을 때 나는 새해의 초입부터 긴장의 연속이었다. 첫 번째 사건은 한국관에서 일어난 폭행 시비였다. 장윤기라는 이름의 종업원이 손님과 시비가 붙어 주먹을 날렸다는 것이다. 이 종업원은 들어온지 한 달도 안 된 신입이라 나는 있는 줄도 몰랐다. 이 일로 나는 경찰서에 출석해 조사를 받고 피해자의 치료비까지 물어줘야 했다. 새해 연휴 직후 일어난 일이라 액땜이라고 생각하기로 했다.

그다음은 손만수 변호사 실종 건이었다. 실종이라는 것은 경찰의 공식 사건 명칭이고, 사실은 살해되어 현재 물속에 수장되어 있었다. 그런데 경찰에서 미래기업의 설기호 사장을 전격 체포하면서 내게도 위기가 닥쳤다. 내게 손만수의 처리를 청부한 것은 설 사장이었지만 사건과는 직접 관계가 없었기 때문에 경찰은 그를 기업의 다른 비리 혐의로 체포하면서 손만수 건을 샅샅이 조사했다고 한다. 만일 이때 설 사장이 내가 관여한 것을 자백했다면 나는 꼼짝없이 당했을 것이다.

하지만 설 사장이 자신과 무관하다고 끝까지 주장하면서 경찰의 수사망에서 벗어날 수 있었다. 이 사건은 매스컴에서도 크게 다루어 '시신 없는 살인 사건'이라는 제목으로 여러 매체에 보도가 되었다. 나는 마치 지뢰밭을 걷는 것처럼 아슬아슬하게 나락으로 굴러떨어질 위기를 피해가고 있었다.

그 며칠 뒤에 또 다른 사건이 터졌다. 안영표가 전화를 걸어와 단둘이 긴요하게 상의할 게 있다고 해 그의 사무실을 찾았다.

"MJ그룹이라고 알지?"

"그럼요."

MJ그룹이라면 재계 순위 상위권에 포진해 있는 대기업이었다. 안영표의 입에서 MJ가 나왔다는 것만으로도 보통 중요한 일이 아니라는 직감이 들었다.

"MJ는 창업주의 아들인 나문석 회장이 대표이사인데 말이야. 나 하고 좀 알아. 내가 그 사람 어려울 때 좀 도와줬어."

노사분규가 극심할 때 안영표가 조직원들을 이끌고 노조 파괴 공작을 주도한 적이 있었다는 것이다. 그것은 10여 년 전으로 AYP가 만들어지기 전의 일이다. 아무튼 그 일로 나문석과 안영표는 친분을 유지하며 지내왔다고 한다. 하지만 MJ그룹의 회장이 안영표와 교류를 할 리는 없고, 중간에 누가 다리를 놓아 얼굴 정도 아는 사이일 것이다.

"며칠 전에 나 회장이 식사나 하자고 해서 만났더니 사이비 기자 한놈 때문에 스트레스를 무지하게 받고 있다고 하더군."

"왜요?"

"사이비 기자가 하는 일이 뭐겠어? 남의 약점 캐서 잇속을 챙기는 거잖아. 이 사이비가 나 회장과 모 정치인 사이의 뒷거래 정보를 듣고 추적을 해서 뇌물 주는 현장을 사진으로 찍은 거야. 그런데 진짜 기자라면 이걸 터트리는 게 순서잖아? 그런데 이놈은 나 회장을 만나서 사진을 보여주고 돈을 요구했다더군."

"악질이네요."

"악질이지. 나 회장은 꼼짝없이 걸려든 거야. 그래서 사이비가 요구하는 1억을 송금하고 원본 필름을 받았다고 해."

"그럼 거래가 끝난 거잖아요."

"그런데 보통 대기업 회장들은 말이야. 자존심이 보통 아니거든. 자기가 인간 같지도 않은 인간한테 농락당했다고 생각을 하니까 분해서 잠이 안 온다는 거지."

"그럼 보복을 해 달라?"

"그래, 나더러 본때를 보여줬으면 좋겠다는 거야."

나 회장의 심정은 이해가 되었다. 사람이 감정의 동물인 이상 누군가에게 약점을 잡혀 굴복할 수밖에 없었다면 반드시 복수를 생각하기 마련이었다. 하지만 1차적인 복수는 생각만큼 단순한 게 아니다. 잘못 처리하면 엉뚱한 문제로 비화되는 경우가 적지 않다.

"이놈이야."

안영표는 테이블 위로 사진 한 장을 떨어뜨려놓았다. 30대 후반의 남자 증명사진이었다. 검정색 안경을 쓴 모습은 기자라기보다는 보통 회사의 샐러리맨처럼 보였다. 안영표는 그의 간단한 인적사항이 담긴 메모지도 함께 건네주었다. 사이비 기자의 이름은 노효만이었다.

"이번 건 잘 처리하면 너도 한몫 잘 챙길 수 있을 거야."

안영표가 헤어질 때 내 어깨를 두드려주었다.

사무실로 돌아와 차동만을 불러서 안영표의 지시 사항을 설명해 주고 사이비 기자인 노효만의 행적을 조사하라고 지시했다. 차동만이 나가고 나는 눈을 감고 머릿속에 계획을 그려보았다. 이것은 보복 폭행이다. 무슨 이권이 걸린 문제도 아니고, 대기업 회장의 자존심을 세워주는 일이었다. 그렇다면 MJ의 나 회장이 만족할만한 어떤 결과를 내야 한다. 이를테면 손가락을 잘라서 보여준다거나 그런 식이어야 했다. 그래야 보수가 만족스럽게 나올 것이다.

사흘 후에 차동만이 노효만의 행적에 대한 보고를 했다.

"원래 월간지 기자 출신이라 기자 연감에 자세한 이력이 나와 있더군요. 무슨 이유인지는 모르겠지만 월간지 회사에서 1년가량 근무하다가 해고되었고요. 그 뒤로 직접 월간지 회사를 차렸는데, 주로 금융과 기업 계통이었습니다. 아마 그쪽이 돈 뜯어낼 건수가 많아서인 것 같아요. 사이비 기자 단속 때마다 입건이 되어서 동종 전과만 4범입니다. 지금은 남영동에 집이 있고 집과 가까운 곳에 사무실이 있습니다. 물론 집 주소와 사무실 주소 모두 알아냈습니다."

"사무실에는 누가 있지?"

"제가 후배 시켜서 확인해보라고 했더니 노효만 하고 여직원이 한 명 있다고 하더라고요."

"그럼 사무실로 쳐들어가서 조져버려?"

차동만이 고개를 갸웃했다.

"잔머리가 뛰어난 놈이라, 무슨 대비책이 있을지 모르잖아요."

"김상만이라고 의사 있잖아?"

"아, 예."

"지금도 우리 일 하지?"

"그렇죠."

김상만은 나이가 70이 넘은 전직 의사다. 한때 잘 나가는 종합병원 의사였지만 의료 사고로 면허를 박탈당한 사람이었다. 독신에다가 알코올중독자인 이 사람은 AYP의 뒷일을 처리하는 것으로 생계를 유지하고 있었다. 폭력 사건으로 다쳐서 병원에 가면 사고 경위가 경찰에 고스란히 보고되므로 김상만에게 데려가 치료받게 하고 있었다.

나는 김상만과 직접 통화해 보았다.

"한국관 김범주입니다."

"오랜만이오."

"조만간 건수가 하나 있을 것 같은데, 괜찮겠어요?"

"글세, 요즘 내가 좀 어려워서…"

"중요한 일이라 보수가 셀 거예요."

"그럼 해야지."

MJ의 나 회장을 만족시키려면 아주 처참하게 망가뜨릴 필요가 있다. 그러자면 몇 대 두들겨 패는 것으로는 안 된다. 나는 차동만을 내보내고 의자에 깊숙이 파묻혀 노효만에 대한 테러 계획을 머릿속에 그렸다.

33

무슨 정신으로 김범주를 찾아갔는지 모르겠다. 부모님에게 화가 나 독립하겠다는 메모를 남기고 집을 나와, 바로 최기우를 찾아갔는데, 그와 다시 사귄 후 처음 말다툼을 하게 되었다. 연인 사이의 사소한 말다툼은 흔한 일일 것이다. 하지만 나로서는 처음 겪는 일이었고, 또 그에 대한 기대가 컸기 때문에 실망감도 그만큼 클 수 밖에 없었다.

그렇다고 정말로 헤어지겠다고 생각한 건 아니었다. 다만 그의 입장만을 생각하고 배려하지 않으면 안 되는 이런 관계를 바꾸고 싶었다. 그가 중요한 사람이고 중요한 일을 한다고 해서 나 자신의 삶을 포기해야 하는 건 받아들일 수 없었다. 나는 도대체 뭐란 말인가. 그런 질문이 가슴속에 박혔다.

아마 최기우는 내가 사과하기를 바랄 것이다. 그는 내가 자신의 여자이므로 응당 그래야 한다고 믿을지도 모른다. 하지만 내가 그의 여자라면 그는 어째서 나의 남자가 될 수 없는 것인가. 그와 본격적으로 사귀기 시작한 후, 만나는 장소는 언제나 그가 원하는 곳이었고, 만나는 시간 역시 그의 일정에 맞춰야 했다.

그런 사소한 것이 연인 사이에 왜 중요한가? 라고 반문하는 사람도 있을지 모른다. 하지만 언제나 악마는 디테일속에 있는 것이다. 구체적이고 자잘한 현실에서 균형이 맞지 않는 관계라면 그것은 언젠가는 파국으로 이어질 수 있다. 그래서 나는 위기를 느꼈다. 그를 사랑하는 건 분명하지만, 나 자신을 잃고 싶지도 않았다.

서울에 도착하고 보니 난감했다. 부모님에게 독립하겠다고 선언한 것은 최기우에 대한 믿음 때문이었는데, 그와의 애정 전선에 문제가 생기고 나니 어찌해야 좋을지 알 수가 없었다. 반나절도 지나지 않아 다시 집으로 돌아간다면 난 정말 웃음거리가 되고 말 것이다. 나는 아마 다시는 내 주장을 펼 수가 없게 될 것이다.

이런 애매한 상황에서는 친구밖에 생각이 안 난다. 그중에서도 박희준이 가장 먼저 떠올랐다. 고등학교 때는 공부한다는 핑계를 대고 그녀의 집에서 종종 잠을 잔 적이 있었다. 물론 그녀도 마찬가지다. 하지만 대학에 입학한 후에는 그런 경험이 없었다. 아무래도 성인이 되고 나서는 고등학교 때처럼 격의 없이 지내기가 어려워서인 듯 하다.

"수희야! 너 어떻게 된 거야? 난리 났어!"

전화를 받자마자 박희준이 호들갑을 떨었다.

"너네 엄마가 전화를 걸어와서는 네가 사상이 이상한 남자에게 조종 받고 있다고, 집까지 나갔다고 말이야. 얼마나 걱정을 하셨는 줄 알아?"

"어련하시겠니."

"너한테 연락오면 꼭 연락해달라고 하셨어."

"안 돼!"

"그럼 일단 우리집으로 와. 자초지종이나 좀 듣자 애."

역시 친구 밖에 없다는 생각에 울컥해졌다. 어쩌면 그녀는 이성에게 통 무관심하고 남들은 관심을 안 갖는 비현실적인 분야에 빠져서 사는 자신의 삶이 역시 옳았다고 속으로 쾌재를 부르고 있을지도 모르겠다. 그랬거나 어쨌거나 달리 갈 곳이 없는 와중이라 박희준의 배려에 감격해 그녀의 집으로 가는 전철 안에서 계속 '우리의 우정은 영원할 것이다.'라고 중얼거렸다.

박희준 집에 도착해, 그녀의 방에 들어가자마자 그녀가 사정 이야기를 해달라고 재촉하기에 경찰서 보호실에 갇힌 일부터 최기우와 싸운 이야기까지 남김없이 들려주었다. 이야기를 듣는 동안 박희준의 얼굴은 조금씩 밝아지다가 마지막에 싸운 이야기를 들려줄 때는 기다리던 소식을 듣기라도 한 것처럼 얼굴에 화색이 돌았다.

"잘 됐다, 잘 생각했어, 그런 자식은 잊어버려! 세상에는 남자 말고도 중요한 일이 얼마나 많은데 말이야. 이기적이고 여자를 배려하지 않는 그런 남자는 평생 혼자 살아야 한다고."

박희준은 조영미와 성나라에게 전화를 돌려, 내가 애인과 헤어지게 되었는데 만나서 위로라도 해 줘야 하지 않겠냐며 약속을 정해버렸다. 무슨 잔칫날이라도 되는 듯한 호들갑이었다.

나는 일이 이상하게 돌아간다는 생각에 다급히 외쳤다.

"아니, 잠깐! 희준아, 헤어지겠다는 건 아니야. 잠깐 싸웠다는 거야."

"네가 헤어지자고 했다며?"

"말은 그렇게 했지만 그렇다고 진짜로 헤어질 수는 없잖아."

"헤어져버려!"

"너 왜 흥분하니?"

"흥분? 내가 흥분했나?"

박희준은 그제서야 자신이 너무 앞서 나가고 있다는 걸 깨달았나보다.

"아니, 네 말 듣다보니 열 받아서 말이야."

"그 사람이 그 정도로 나쁜 사람은 아니야."

"그러니? 그럼 네가 잘 알아서 해야지."

박희준은 다시 평상시로 돌아왔지만 자신의 속마음이 다 노출되었다는 생각 때문인지 더 이상 그 문제를 입에 올리지 않았다.

저녁에 시내에서 나를 포함한 네 명이 모였다.

"너도 별 수 없구나. 나는 네가 진짜 대단한 남자를 만나기라도 한 줄 알았어."

고졸 출신에다가 직업도 변변치 않고 폭력 성향까지 있는 자신의 동거남과 미래의 정치지도자인 나의 애인 최기우를 비교하며 느껴야 했던 엄청난 압박감에서 이제야 해방된 듯한 홀가분한 표정으로 조영미가 말했다.

"남자는 다 똑같다니까."

고졸 출신에다가 직업도 변변치 않고 폭력 성향까지 있는 조영미의 동거남과 최기우가 동급으로 취급되는 것에 대해 경악했지만 무슨 말로 전세를 뒤집어야 할지 생각이 안 났다.

"난 수희를 이해할 수 있을 것 같아."

뜻밖에도 성나라가 내 편을 들어주었다. 뜻밖이라고 표현 한 것은 그녀와 안 친해서가 아니라 나와는 성향이 다르다고 평소 생각해 왔기 때문이다.

"연애란 판타지만으로는 안 돼. 언제나 달콤하고 언제나 서로를 배려하고 언제나 서로를 이해해 줄 수 있을 것이라고 생각하지만, 실제의 연애란 고통스럽고 때로는 혼자일 때보다 더 외로울 수 있어. 수희는 지금 그런 과정에 있는 거야.”

“맞아!”

그 말밖에 할 수 없었다. 너무나 내가 생각하는 바를 정확하게 족집게처럼 콕 찍어서 이야기한 것이다.

“두 사람이 정말로 인생의 동반자가 되기 위한 과정이라는 거지.”

“그 말도 맞아!”

“그래서 우리가 이러쿵저러쿵 참견하는 것보다는 가만히 지켜보고, 너무 힘들어하지 않도록 적절히 위로 해 주는 게 좋지 않을까?”

“맞아, 맞아!”

성나라가 이렇게 속이 깊은 아이인줄 왜 진작 몰랐을까. 역시 사람은 오래 사귀어야 진면목을 알 수 있는 거야, 라고 나는 속으로 감탄했다.

“수희야! 지금 너에게 필요한 건 활력을 되찾는 일이야! 지치지 않아야 연애도 할 수 있다고!”

“그렇지? 그럼 어떻게 해야 좋을까?”

성나라는 대답 대신 가방을 열고 비디오 테이프와 팸플릿을 꺼내 테이블 위에 척 올려놓았다.

“너에겐 이게 필요해. 이소연이라고 모델하다가 탤런트도 하고 MC도 하는 여자 알지? 그녀가 개발한 ‘활력 있는 20대 여성을 위한 헬스 댄스’라는 건데 딱 일주일이면 우울증 같은 건 흔적도 없이 사라진다고 장담해. 10개가 한 세트인데, 행사 기간에 구매하면 고급 훌라후프를 무료로 증정하고 있어.”

시바, 이년은 제약회사에 취직하면 독약도 영양제라고 속여서 팔아 넘길

년이야, 라는 말이 목구멍까지 올라왔지만 참았다. 친구들 탓은 아니다. 친구건 가족이건, 다른 사람이 도와줄 수 있는 것에는 한계가 있기 마련이다. 그렇다. 이건 최기우와의 문제 이전에 나 자신의 문제이다.

일단 박희준의 집으로 들어가 하룻밤 신세를 지기로 했다. 오랜만에 고등학교 때의 단짝 친구와 나란히 엎드려 도란도란 수다를 떨며 밤을 지새는 낭만적인 생각으로 박희준과 나란히 누웠는데, 그녀는 그동안 일방적으로 들어줄 사람이 없어서 미칠 것 같았다는 듯이 내게 명상과 동양철학 그리고 전생에 대해 지금까지 학습해온 것들을 쉬지 않고 주절주절 떠들어댔다. 잠들자마자 박희준이 비구니로 변해 내게 설법을 하는 기묘한 꿈을 꾸었다.

"수희야! 전화! 너희 엄마!"

박희준이 아직 비몽사몽 상태인 나를 깨워 무선 전화기를 내밀었다. 어느새 아침이었다. 무슨 드라마의 한 장면처럼 창밖에서 새들이 지저귀고 있었다.

"수희야! 너 왜 집 놔두고 남에 집에서 그러고 있어?"

"내가 써 놓은 메모지 못 봤어?"

"철딱서니 없이! 이것아! 다 너 생각해서 하는 말이었어!"

"꼭 그 일 때문은 아니야. 나도 이제 스물세 살이 되는데 독립할 때도 됐잖아."

"독립? 평생 친구 집에 얹혀살 생각이야?"

"하여간!"

"나도 다 너 같은 때가 있어서 이해 못 하는 건 아니지만 방황도 적당히 해야 해."

"알았어."

"빨리 집에 들어와. 독립을 하건 뭘 하건 집에 들어와서 이야기를 해야지."

전화를 끊고 나니 진짜 집에 들어가고 싶은 마음이 굴뚝 같아졌다. 현실적으로 지금의 내게 독립된 생활은 요원한 일이었다. 얼마간의 용돈이 있고 피아노 알바를 하고 있다지만 그 정도로는 택도 없었다. 다른 건 몰라도 방을 구하려면 목돈이 있어야 한다. 독립을 하건 뭘 하건 집에와서 상의하자는 엄마 말은 틀린 게 아니다. 내 힘으로 할 수 있는 건 고작 친구 신세를 지는 것 정도였는데 이것도 하루 이틀이지, 사흘만 넘겨도 친구 사이가 위태로워질 것은 불을 보듯 뻔한 일이다.

일단 박희준의 집을 나와 학교로 가서 마차의 모임에 참석했다. 내년 봄의 대학연극제에 출품할 작품은 이미 결정 되어 있었다. 동아리 내에서는 작품을 못 찾았고 교내의 문학 동아리 멤버가 쓴 '오늘은 그만 안녕.'이라는 작품이었는데, 평생을 누워지내야만 하는 희귀병 소녀의 이야기였다. 내 역할은 조연출이었다. 마차의 회장인 안창수는 내게 주인공의 언니 역할을 맡으라고 했지만 내가 처한 여러 가지 일신상의 문제로 매일 연습에 참가해야 하는 비중 있는 배역은 무리라는 생각에 양해를 구하고 조연출만 맡기로 했다.

1시간 정도의 연습을 마치고 캠퍼스로 나왔다. 그런데 학생회관 건너편의 분수대쪽에서 낯익은 여자와 눈이 마주쳤다. 그녀는 바로 박윤진이었다. 최기우가 예전에 사귀었던 바로 그 여자였다. 전에 그녀와 안 좋았던 일이 있기 때문에 그녀라는 걸 아는 순간 가슴이 철렁 내려앉았다. 안 그래도 심리적으로 어수선한데 저 여자와 마찰이라도 생기면 어쩌나 하는 걱정이 순간적으로 들었다. 하지만 그녀는 나를 잠깐 쳐다보다가 샐쭉 외면하고 제 갈 길을 갔다. 나는 다행이라고 생각하며 학교를 나와 전철역 쪽으로 걸었다.

바로 그때, 무슨 계시처럼 김범주 생각이 났다. 훗날 생각해보니 내가 그때 그를 생각해 낸 것은 나 자신이 그때 아직은 철이 없었다는 것을 반증하는 것이었다. 만일 내가 그때 그를 생각해내지 않았더라면, 아마 그 후 나의 인생은 전혀 달라졌을지 모른다. 그러고 보면 그것조차도 운명이었을지 모르겠다.

내가 아무리 세상물정에 어둡다고 하더라도, 1천만 원이라는 적지 않은 돈을 선뜻 내줄 사람이 내 주변에 없다는 것 정도는 알았다. 하지만 김범주는 다를지 모른다는 생각이 들었다. 사실 그때의 나는 부모님으로부터 독립을 했으면 좋겠다고 막연하게 생각을 했던 것이지, 꼭 그렇게 해야 된다고 절박하게 생각했던 것은 아니었다. 그러다 보니 밑져야 본전이라는 생각으로 그에게 말이라도 한번 해보자는 쪽으로 생각이 흘러갔던 것이다. 아니면 그가 어떤 사람인지 알고 싶다는 호기심이 내 속에 자리 잡고 있었던 것인지도 모르겠다.

한국관을 찾아가 입구의 종업원에게 김범주를 만나러 왔다고 하고, 그의 안내로 김범주를 만났다. 다짜고짜 천만 원을 요구하고 과연 그가 어떻게 나올지 궁금했는데 놀랍게도 그는 그야말로 묻지도 따지지도 않고, 그 돈을 내게 내주었다. 은행에서 통장을 정리해보니 1천만 원이 정확하게 찍혀 있었다. 김범주를 떠올리고 그를 찾아가 돈을 요구하고 그곳을 나와 통장을 확인하기까지 걸린 시간은 1시간도 되지 않았다. 나 자신이 무엇엔가 홀려서 그런 행동을 했던 게 아닌가 하는 생각도 들었다.

그날 집으로 돌아와 부모님에게 정식으로 독립을 선언했다.

"당분간이라도 제 힘으로 살고 싶어요."

"학교는?"

"한 한학기만 휴학할 생각이에요."

"네 인생이니 네가 알아서 하겠다면 나도 너에게 부모로서의 도움을 안 주겠다."

아버지는 그 말만 했고 엄마는 참견을 안 했다.

나는 다음날 안산으로 갔다. 언젠가 최기우에게 나도 이런 곳에서 일하고 싶다는 말을 했던 적이 있는데 이제는 그것이 나의 현실이 되었다. 공장에서 육체노동을 하는 건 한 번도 상상해본 적이 없었다.

물론 내가 그런 선택을 하게 된 가장 큰 이유는 최기우 때문이다. 그에게 좀 더 가까이 다가가 그를 온전히 내 남자로 만들려면 나도 그처럼 되어야 한다고 생각했다. 그는 중요한 일을 하는 사람인데 나는 항상 투정만 하는 위치에 서는 그런 관계는 싫었다. 그렇다고 내가 노동 운동에 투신하겠다는 생각이 있는 건 전혀 아니었다. 진보적인 측이 늘 주장하는 것이 일하는 사람이 주인 되는 세상이라면 나 역시 그 대열에 서고 싶었고, 그것을 받아들이는 건 내 인생에서도 긍정적인 영향을 줄 것이라는 믿음이 있었다.

안산역에서 내려 지난번에 방문했던 노동 상담소에 전화를 걸어 그곳의 선전부장인 이은영을 바꿔달라고 했다.

"수희 씨! 안 그래도 걱정했어요. 그날 아버님이 오셔서 데리고 갔다고 들었는데, 괜찮아요?"

나는 괜찮다고 대답하고 지금 안산에 왔는데 혹시 아무 경험 없이 일을 할 수 있는 곳이 있겠느냐고 조심스럽게 물어보았다. 이은영은 일단 사무실에서 이야기 하자고 대답해 나는 그러겠다고 하고 그곳으로 출발했다.

사무실에 도착해보니 이은영은 잠깐 손님 만나러 나갔다고 하고 지난번에 만난 주성효가 나를 응접실로 안내했다. 그가 내게 차를 타주고 멋쩍은 표정을 지으며 대화를 원하는 듯해, 내가 먼저 말을 걸었다.

"좀 어뗘세요?"

"여자요?"

"네."

"안 생기네요."

그의 대답은 그냥 안 생기는 게 아니라 죽어라고 노력해도 안 생기더라는 그런 절박한 뉘앙스였다.

"초조해하지 마세요. 언젠가는 딱 맞는 인연이 생기겠죠."

"노력은 하고 있어요. 뱃살 좀 들어간 것 같지 않나요?"

긍정적인 대답이 안 나왔다. 지난번에는 앞으로만 나온 것 같았는데, 지금은 살이 옆으로도 삐죽삐죽 새어나오고 있었다.

"머리도 많이 좋아졌죠? 탈모 약을 좀 쓰고 있어서요."

이번 질문도 부담스럽기는 마찬가지다. 지난번에는 원형 탈모라 언뜻 봐서는 몰랐는데, 지금은 앞쪽 머리도 확 줄어든 듯 했다.

주성효는 한참 망설이다가 어렵게 입을 열었다.

"저희 회사의 경리부에 여직원이 한 명 새로 들어왔는데 말이에요. 저에게 초코파이를 주더라고요. 이거 관심이 있다는 것 아닐까요?"

"그럴 수도 있지만 그것만으로는 알기 어렵네요."

"지난주에는 길에서 만났을 때 저를 향해 방긋 웃더군요. 그냥 인사를 한 건가 하고 유심히 살펴봤는데 말이에요. 다른 사람에게는 그렇게 친절히 인사를 안 했어요. 이건 확실히 관심이 있다는 것 아닌가요?"

"그럼 대시를 해 보시지 그랬어요."

"제가 아직 자신이 없어서요. 그래서 서점에서 여성 심리에 대한 책을
한 권 샀어요. '여자의 마음을 열어라'라는 제목이었어요. 그 책의 232페
이지에 여자가 남자에게 호감을 느낄 때는 웃는 모습을 잘 보인다고 나와
있더라고요. 그래서 잘 생각해보니 그녀가 내게 잘 웃었던 것 같아요. 확
실하죠?"

연애 못하는 남자의 가장 큰 특징 가운데 하나가 이론에 강하다는 것이
다. 여자는 이렇고 저렇고, 여성 심리는 이렇고 저렇고라고 장황하게 늘어
놓는 사람들은 대부분 애인이 없다. 어떤 남자는 여성심리에 대한 책을 3
천권 이상 읽고 이제 어떤 여자도 능수능란하게 유혹할 수 있다고 자신했
는데, 그 얼마 후 암에 걸려 죽었다고 한다.

그때 이은영이 들어와 주성효는 일어서고 그녀와 마주앉았다.

"뜻밖인데요? 수희 씨가 노동 현장에서 일을 할 생각을 했다니."

"무슨 거창한 이유가 있지는 않아요. 집에 독립을 하겠다고 말을 했는
데, 지금 내 입장에서 할 수 있는 일이 그것밖에 없잖아요."

"그래도 그 나이에 그런 생각하기가 쉽지는 않아요."

"아, 네."

"경험 없이 바로 시작할 수 있는 일이라면 컨베이어 라인 업무 같은 것
이 있어요. 영화나 드라마에 나오잖아요. 컨베이어에 부품이 쭉 지나가면
노동자들이 순서대로 조립하는 일이요."

"알 것 같아요."

"그런 일이라면 늘 사람을 구하기 때문에 당장이라도 자리를 알아볼 수

334

있어요."

나는 그렇게 해달라고 부탁했다. 이은영은 일어서지 않고 잠시 머뭇거리는 듯 하더니 조심스럽게 입을 열었다.

"기우 씨 하고는 어때요?"

마치 다 알고 물어보는 듯해, 나는 솔직하게 대답했다.

"싸웠어요."

"실은 기우 씨에게 이야기는 들었어요. 그래서 어떤 문제일지 대충 알 것 같더라고요. 진보 운동하는 남자들도 여성 문제에 대해서는 닫혀 있는 경우가 적지 않아요. 제 남편도 노조 일을 하는데, 집안에서는 남성 우월주의를 못 버려요. 그 문제로 종종 트러블이 생기고는 하죠. 아휴, 정말 힘들 때가 있어요."

그녀는 간단하게 자신의 속내를 표현했지만 그것은 빙산의 일각이고 결혼해서 함께 살지 않으면 알 수 없는 여러 가지 문제들이 가정 속에 있다는 뉘앙스 같은 것이 집혀졌다.

"Y대 다닌다고 했죠?"

이야기가 무거워진다고 생각해서인지 이은영이 화제를 바꾸었다.

"맞아요."

"나는 그 옆의 대학을 다녔어요."

"E대요?"

"네."

"정말요?"

"지금 제 모습으로는 잘 실감이 안 나죠?"

그건 그랬다. 이은영의 외모나 옷차림이 너무나 수수해, 그 눈 높고 까다

롭기로 소문난 E여대 출신이라는 게 믿어지지 않았다.

"사회 나와 결혼하고 애 낳고 그러면 비슷하게 변해요. 한국 아줌마들 억척같기로 유명하잖아요."

그런 분위기에서 이런저런 잡담을 나누는 도중, 최기우가 나타났다. 그는 주성효와 함께 이쪽으로 걸어왔다. 그를 모처럼 다시 보니, 그에 대한 안 좋은 감정이 순식간에 사라지고 반가워서 키스 세례라도 해 주고 싶었다. 하지만 나는 잠자코 앉아, 그가 어떻게 나오는지를 지켜보고 있었다.

"은영 씨에게 대충 이야기 들었는데 공장 일을 하겠다고 했어?"

최기우는 내 건너편 의자에 앉으면서, 마치 그동안 아무 일도 없었던 것처럼 태연히 물었다.

"못 할 것 없잖아."

"못 할 것 없고 좋은 생각이지만 너무 갑작스러워서 말이야."

그때 이은영이 끼어들었다.

"두 사람 오랜만에 만난 걸로 아는데 그런 이야기 말고 서로 회포를 풀어야 하는 거 아냐?"

"그럼 우리가 비켜줘야지."

주성효의 말에 나나 최기우나 전혀 아니라고 만류했지만 두 사람은 일어서서 자신들의 자리로 돌아갔다.

막상 단 둘이 되니 할 말이 없었다. 최기우는 들숨날숨을 내쉬며 가끔 머리를 긁적였고 나는 찻잔을 만지작거렸다. 그러다가 서로 눈이 마주쳤는데 누구랄 것도 없이 거의 동시에 웃음을 터트렸다.

그것이 화해의 신호탄이 되었다. 최기우가 나가서 이야기 하자고 해 나와 그는 그곳을 함께 나섰다. 칼바람이 쏴하고 불어닥쳐 얼굴을 때렸다.

그가 내 손을 잡기에 나는 그의 어깨에 머리를 기댔다. 그렇게 얼마쯤을 걷다가 여관으로 들어갔다.

"수희! 보고 싶어서 미칠 것 같았어!"

방 안으로 들어서자마자 최기우는 나를 안고 입을 맞추며 말했다. 어쩌면 사탕발림일지도 모르는 말이었지만 나는 감동해 눈을 감고 그에게 몸을 맡겼다. 나는 알몸으로 눕혀져, 그를 받아들였다. 그는 가쁜 숨을 몰아쉬며 나를 부둥켜안고 율동했다. 오랜만이라서인지 나는 그를 만난 후 처음으로 오르가즘을 경험했다.

34

텅 빈 한국관 나이트 클럽 안에는 나와 안영표, 그리고 기성범과 차동만
이 있었다. 라디에이터 한 대가 가동중이기는 했지만 계절이 한겨울이라
냉랭한 공기가 떠돌고 있었다.

"그냥 차로 밀어버리면 어때?"

안영표는 선 자세로 손가락 마디를 꺾으며 말했다. 사이비 기자인 노효
만의 처리 문제다. 대기업 회장이 청부한 중요한 일이기 때문에 안영표가
대책회의를 주재했다.

내가 대답했다.

"CCTV가 도처에 있어서 위험합니다."

"그럼?"

"저희가 계획한 건 말입니다. 이놈이 황학동에 있는 사설 도박장을 가끔
찾는다는 정보를 입수해서 말입니다. 여기 사장이 예전에 우리 쪽 일을 좀
했던 친구입니다."

"그래? 누구지?"

"조승수라고, 형님도 아실 거예요."

"아! 얼굴이 까맣고 키 작고…"

"맞습니다."

"잘됐네."

"그래서 말입니다. 그 안에서 문 잠궈 놓고 그러면 쥐도 새도 모르죠."

"그다음은?"

"김상만이라고, 의사 있잖아요."

"응."

"그 사람에게 맡기려고요."

"지난번처럼?"

"그렇죠."

윤삼원을 처리할 때 김상만의 도움으로 약을 써서 정신병원에 입원시킨
일이 있었다. 안영표는 마음에 든다는 듯 밝게 웃었다.

"또라이를 만들어 놓으면 나 회장이 좋아하겠어!"

"그 정도는 해야죠. 대기업 회장 일인데."

"하여간 믿을 테니 잘 처리해."

안영표는 회의를 마무리하고 나를 따로 불러, 안 주머니에서 봉투 하나
를 꺼내 내 손에 쥐어주었다. 진짜 묵직한 느낌이 들었다.

"착수금이야."

"감사합니다, 형님."

대기업 회장 일이라 확실히 무게감이 달랐다. 돈을 세어보지는 않았지만
어지간한 월급쟁이가 몇 달은 모아야 할 액수는 될 듯했다. 물론 이 돈을
나 혼자 쓸 수는 없다. 나는 기성범과 차동만을 따로 불러 정확히 절반을

나누어 그들에게 분배했다. 그들 역시 혼자 먹는 게 아니고 후배들과 나눌 것이다.

바로 작전에 들어갔다. 조승수가 운영하는 불법 사설 도박장은 낡은 4층 건물의 1층으로, 밖에서는 안을 볼 수 없도록 특수 선팅지가 붙어 있었다. 내부는 겉에서 보는 것과는 다르게 상당히 넓은 편으로, 기계가 30여대가 있었다. 노효만은 일주일에 한번 가량 들른다고 하는데, 그가 오면 승률을 조작해 계속 돈을 따도록 만들어 시간을 벌고, 그때 작전에 돌입한다는 것이다.

그러나 문제는 노효만이 언제 올지 알 수 없다는 것이었다. 일주일에 한 번은 평균이고, 때로 한 달 이상 안 올 때도 있고 사흘간 매일 올 때도 있고, 그렇기 때문에 작전 일자를 정할 수가 없었다. 어쩔 수 없는 일이기 때문에 조승수로 하여금 그가 오면 연락을 주도록 하고 나대로 준비를 했다. 이번 건은 중요한 일이기 때문에 내가 주도하기로 하고 당분간은 외부 약속도 잡지 않았다.

예상보다 빠른, 내가 조승수와 통화한 이틀 후에 연락이 왔다.

"형님, 조승수예요."

"그래."

"조금 전에 노효만이 들어왔어요."

"그래?"

"지금 자리에 앉아 빠친코를 하고 있는데요. 어떡할까요?"

"혹시 나가려고 하면 무슨 핑계를 대서라도 붙잡아두라고. 내가 지금 출발 할 테니까."

나는 한국관을 차동만에게 맡기고 기성범과 후배 두 명을 데리고 황학동

340

으로 출발했다. 황학동의 시장을 통과해야 해서 좀 시간이 지체되었다. 주차를 하고 안으로 들어가니 조승수가 나를 기다리고 있다가 눈짓으로 옆쪽을 가리켰다. 그가 가리킨 곳에는 약간 뚱뚱한 남자가 도박에 열중해 있었다. 그가 노효만이라는 말이었다.

나와 후배들은 노효만이 눈치채지 못하게 그의 주변을 둘러싸고 조승수에게 손님들을 내보내라고 지시했다. 조승수는 도박장 한 복판에 서서 손님들에게 외쳤다.

"죄송합니다! 단속 정보가 들어와서 오늘 영업은 종료해야겠습니다. 베팅하신 금액은 모두 환전 해 드리겠습니다!"

손님들이 일어설 준비를 했고 노효만 역시 일어서려 했다.

"선생님은 잠깐만 그대로 계세요."

나는 노효만에게 정중하게 말했다.

"왜 그러시는데요?"

"저희는 여기 직원인데요. 트릭을 쓴다는 말이 있어서요."

트릭이란 도박자가 게임을 조작해서 이득을 취한다는 뜻이었다.

"그런 일 없습니다."

"잠깐이면 되니까 앉아계세요. 문제 없으면 아무 일 없을 테니 안심하세요."

노효만은 이상하다는 낌새를 챘겠지만 심상치 않은 사내들이 자신을 에워싸고 있었으므로 어떻게 대응을 하기가 어려웠을 것이다. 그 사이 도박장은 손님들이 모두 빠져나가고 손님 가운데 노효만만 남게 되었다.

"개새끼!"

내가 먼저 그의 가슴을 발로 찼다. 어구구 소리를 내며 바닥을 구르는 노효만을 나머지 후배들이 짓밟기 시작했다. 인정사정없이, 닥치는 대로 두들겨 패도록 각본이 짜여져 있었다. 대략 20분가량 죽음의 구타가 계속되었다.

"그만."

나의 지시에 후배들이 뒤로 물러났다. 노효만은 큰 대자로 뻗어 있었는데, 눈동자가 풀린 채 간신히 숨만 쉬고 있었다. 그를 밖으로 데리고 나가 차 안에 실었다.

김상만의 집 앞에 도착했을 때는 밤 10시가량이었다. 그의 집은 봉천동의 다세대 주택2층이었다. 나와 기성범이 먼저 계단을 올라가 확인을 해보니 불이 꺼져있고 문이 닫혀 있었다. 출발하기 전에 통화를 했는데, 어쩐 일인지 알 수 없었다.

"술 먹고 뻗은 것 같은데요."

기성범은 그와 몇 번 접촉을 해서 그의 사정을 좀 알고 있었다. 알코올중독이라고 내게 알려주었었다.

"아저씨! 아저씨!"

기성범이 창문을 두드리며 몇 번 부르자, 안쪽에서 사람 소리가 났다. 나는 다행이라고 생각했다. 차 안에 반죽음이 된 노효만이 있는데 김상만을 못 만나면 낭패였기 때문이다. 잠시 후 문이 열렸다.

"이 시간에 누구시오?"

게슴츠레한 눈으로 문을 열고 내다보는 노인이 김상만이었다. 한 눈에도 만취한 상태임을 알 수가 있었다.

"또 술 먹었어요?"

"한잔 했지. 그런데 웬일이야?"

"오늘 일 있다고 나랑 통화 했잖아요."

"아, 그랬나?"

노효만을 데리고 와 거실 소파에 눕혔다. 아직도 그는 혼수상태와 비슷하게 헤매고 있었다. 그런데 문제는 만취한 김상만이 제대로 조치를 할 수 없다는 것이었다. 환각상태로 만들어 달라는 주문을 받고 일어선 그는 약을 보관하고 있는 책상 서랍조차도 제 손으로 못 열고 있었다. 이대로는 안 되겠다는 생각에 김상만을 세면장으로 데리고 들어가 찬물로 샤워를 시켰다. 그러고도 정신을 못 차려, 30분간 재우고 나서 시작했다.

김상만은 다소 정신이 든 모습으로 책상 서랍 속에서 약병을 꺼냈다.

"이게 LSD야. 이걸 맞으면 정신분열증과 흡사한 증상을 보이지. 이 정도 양이면 사흘 가량은 유지를 할 수가 있어."

그는 노효만의 팔에 주사기를 찌르고 약물을 주입했다. 나와 후배들은 노효만을 데리고 나와 차에 싣고 다시 달렸다. 서울 외곽에 있는 시립 정신병원 앞에 노효만을 던져두고, 그 병원에 전화를 걸어 정신병자가 있어 내려놓고 간다고 알려주었다. 그리고 이 과정을 카메라로 모두 촬영해 두었다.

"사진 보여줬더니 나 회장이 아주 좋아하더군."

구타하는 것부터 정신병원 앞에 내던지는 것까지 사진을 찍어 안영표에게 줬는데, 안영표는 그 사진을 보여주며 나 회장에게 결과를 보고했던 것이다. 사이비 기자의 협박으로 자존심에 상처를 입은 나 회장은 이것으로 분풀이를 했고, 또 자신의 힘을 확인할 수 있었을 것이다.

그래서 깡패는 존재하는 것이다. 아마 깡패라는 직업은 까마득한 고대에서부터 존재했을 것이다. 법은 멀고 주먹은 가깝다고 하지 않는가. 복수라

343

는 것은 단순할수록 빛이 난다. 원색적인 폭력을 바라는 부류들이 있기에 나 같은 사람이 살아갈 수 있는 것이다.

안영표가 처음에 언급한 대로, 대기업 회장의 청부 일이라 보수가 기대 이상이었다. 내가 이 방면 일을 하면서 받은 대가 가운데 가장 묵직했다. 그런데 내가 감사 인사를 하려 전화를 했을 때 안영표는 뜻밖의 말을 했다.

"합숙 한 번 하자."

앞에서도 설명했지만 건달 세계에서 합숙이라는 것은 조직원들을 교외에 집합시켜 비상시를 대비한 훈련을 하는 것을 뜻한다. 과거에는 조직 간의 대결이 워낙 살벌해서 합숙 역시 비상식적인 훈련이 주였다. 특수 부대의 훈련처럼 알몸으로 얼음 물속을 헤엄친다거나 셰퍼드와 대결을 시킨다거나 함으로서 정신력을 키우는 데 주력했다. 하지만 지금은 꼭 그런 의미만 있는 건 아니었다. 지금의 합숙은 조직원 단합차원이라는 의미가 강해졌다. 과거의 비상식적인 관행도 거의 없어지는 추세였다.

"무슨 이유가 있는 건 아니고, 이번에 어려운 일도 했고 또 우리 조직이 이만큼 컸으니까 한번 단합대회를 할 필요가 있어서 말이야."

"알겠습니다."

보스의 지시이므로 대답은 흔쾌히 했지만 부담이 없을 수가 없었다. 합숙이 과거와는 달라졌다지만 비즈니스 세계에 몸담고 있는 입장에서는 여러 가지로 불편을 감수해야 했다. 무엇보다 최소한 3일은 한국관의 문을 닫아야 한다.

그러나 어차피 거절할 수 없는 일이므로 좋게 생각하고 적극적으로 임하기로 했다. 나는 AYP의 중간 보스들인 장승용, 김현욱과 만나, 합숙 계획을 짰다. 장승용의 지인이 오대산에 모텔을 하고 있다기에 숙소를 그곳으로 정했고 일정은 2박3일로, 그리고 프로그램은 단합대회의 측면이 강하기 때문에 구보와 축구 정도를 하는 것으로 짰다. 이 내용을 안영표에게 보고 했더니 좋다고 해서 그대로 정해졌다.

매서운 겨울 한파가 몰아치는 2월의 어느 날, 오대산 중턱의 향원 계곡 인근의 모텔 앞에는 누가 보더라도 범상치 않아 보이는 남자들 20명가량이 집합해 있었다. 이들은 보스인 안영표에게 충성을 맹세하기 위해, 속옷 한 장만 걸친 알몸의 모습으로 서 있었다. 바늘로 찌르는 것 같은 칼바람이 몰아쳤지만 누구도 불평 한 마디 하지 않았다. 물론 나 역시 그들 가운데 하나였다.

"아주 든든하구나. 지금 우리 AYP는 다른 조직들과는 비교가 안 되는 위치에 있다. 모두 너희들 덕이라고 할 수가 있다. 하지만 여기서 멈추지 말자. 사람이 목표가 있어야 제대로 사는 것이라고 할 수 있는 것이다. 나는 AYP의 모든 식구들이 남부럽지 않게 사는 게 목표고 꿈이다. 계속 분발하자."

선글라스를 끼고 연설을 하는 안영표의 표정에서는 성공 가도를 달리는 자의 당당함이 뿜어져 나왔다. 그는 확실히 건달 세계에서는 이질적인 인간형이었다. 그가 나타나기 전만 하더라도 주먹 세계는 고리타분한 서열 싸움과 이권 다툼에만 사활을 걸었다. 그것은 일당 노가다의 삶과 크게 다르지 않은 것이었다. 하지만 안영표는 탁월한 비즈니스 감각으로 건달의 세계를 지하에서 양지로 끌어올렸다. 지금 AYP에 필적할 만한 건달 조직은 전무했다.

그날은 이동 하느라 피곤했기 때문에 저녁을 먹고 바로 잤다. 장승영의 후배가 운영하는 모텔은 아직 오픈전이었다. 안영표와 나를 포함한 중간 보스들에게는 방이 하나씩 배정되었고 나머지는 서너 명에 하나씩 배정되었다.

　다음날 오전에는 인근의 초등학교 운동장에서 축구를 했다. 눈이 딱딱하게 얼어붙어있는 운동장에서 뜨거운 김을 뿜으며 달리는 것은 상당한 체력과 정신력을 요구 했지만, 그래도 과거의 합숙에서 행해졌던 비상식적인 훈련과 비교하면 호강하는 것이었고, 그것을 모두가 알기에 불평 한 마디 없이 다들 열심히 뛰었다.

　저녁에는 회식을 했다. 모텔의 지하에는 단체 손님을 위한 식당이 있었다. 그곳에 전원 집합해, 고기를 굽고 술을 마셨다. 조직의 보스로서는 이례적으로 안영표는 술을 거의 못한다. 가끔 맥주를 한두 잔 입에 대는 것만 봤을 뿐이다. 그 탓에 다른 조직원들도 과음은 자제했다.

　그 자리에서 안영표는 자신의 포부를 밝혔다. 앞으로는 금융계와 연예계에도 진출할 계획이 있다는 것이다. 하지만 그의 말을 이해하는 조직원도 거의 없었고 관심도 없었다. 조직원들 대부분은 눈앞의 일에만 관심이 있다. 사는 방법이 다를 뿐, 날품팔이 노동자의 삶과 대동소이한 것이다.

　회식이 끝나고 마지막 일정을 위해 조직원들은 모텔 앞으로 집합했다. 영하 20도 이하의 강추위가 몰아치는 밤이었다. 이대로 끝나면, 마치 수학여행이라도 온 것처럼 너무 나이브한 합숙이 될 것 같다는 의견이 있어 건달세계에 어울리는 프로그램을 하나 만들었다. 그것은 내 조직원 가운데 선발한 한 명과 장승용 조직원 가운데 선발한 조직원 한 명이 맞대결을 하는 것이었다.

　"날도 추운데, 다치면 골치 아프니까 살살해."

　안영표가 팔짱을 끼고 주문했다.

내 조직원 가운데 선발된 한 명은 성낙현이라는 후배인데, 나이는 21살이고, 청소년기에 권투를 해서 전국대회에도 나간 적이 있다는 이야기를 들어, 미리 선발을 해 놓은 것이다. 장승용 쪽에서는 주진모라는 이름으로 역시 21살이고 예전에 5:1의 대결에서도 이긴 전력이 있다고 한다.

조직원들이 양쪽으로 도열 해 있는 가운데 성낙현과 주진모가 마주섰다. 그들의 입에서 뿜어져 나오는 하얀 입김이 담배 연기처럼 짙게 퍼지고 있었다. 선빵은 주진모가 먼저 날렸다. 그의 주먹이 크게 원을 그리며 성낙현의 안면을 향해 날아갔다. 성낙현은 권투 선수처럼 두 주먹을 앞으로 모으고 상체를 약간 숙였다. 주먹은 성낙현의 가드에 부딪쳤는데 그랬음에도 상당한 충격이 있는 듯 성이 약간 주춤거렸다.

그 기회를 틈타 주가 이번에는 발길질을 했다. 복부를 맞은 성은 뒤로 몇 걸음 물러났고 주는 계속 주먹과 발로 연타를 날렸다. 장승영 패거리들이 함성을 지르며 응원했고 내 패거리들 역시 응원의 함성을 보냈다.

코너에 몰렸던 성이 주먹을 뻗었는데 운 좋게 주의 턱에 명중했다. 기세 좋게 몰아치던 주는 갑자기 수세에 몰렸다. 성은 주먹을 세 번 연속으로 주의 안면에 적중시켰다. 이렇게 끝나는구나 하고 모두가 생각하는 찰나였는데, 갑자기 주가 악을 쓰면서 육중한 덩치로 성에게 달려들었다. 어깨가 성의 가슴팍에 부딪치면서 전세가 역전되었다.

주의 강력한 한 방이 스트레이트로 성의 안면에 적중하면서 게임이 끝났다. 그로기 상태에 빠진 주는 손을 흔들어 항복을 선언했다. 주진모는 마치 권투시합의 승자처럼 두 손을 공중으로 치켜들며 환호했고 그의 패거리들 역시 승리의 함성을 질렀다.

마지막 프로그램이 종료되어 이제 숙소로 들어가 쉬면 된다고 생각하고 정리를 하는데 갑자기 안영표가 잠깐이라고 외치며 주목을 시켰다.

"나도 오랜만에 몸 좀 풀고 싶어서 말이야."

그는 외투를 벗어던지고 마당의 한 복판으로 걸어갔다.

"범주야, AYP에서는 네가 젤로 세잖아. 나랑 한번 해 보면 어때?"

느닷없는 안영표의 제안에 나는 당황했다.

"네? 제가 감히 형님에게 어떻게…"

"이건 순수한 친목 게임이야. 단합 차원에서 말이야. 한번 해보는 것도
좋잖아?"

나는 도저히 그의 속셈을 알 수 없었다. 나는 안영표의 주먹이 어느 정도
인지 전혀 모른다. 구전되어 오는 이야기는 그도 만만치 않다는 것이었지
만, 그것은 내 눈으로 확인한 게 아니었다.

"긴장할 것 없어, 잠깐 애들한테 선배들 실력을 보여주려는 거니까."

건달 세계의 첫 번째 룰이 선배를 깍듯이 모시는 일이었다. 하지만 맞대결
에서 져주는 건 있을 수 없는 일이었다. 자존심의 문제이기도 하지만 내가
일부러 져준다면 그것은 안영표를 수치스럽게 만드는 일이 될 수 있었다.

"그렇다면 형님께 한 수 배우겠습니다."

나 역시 외투를 벗고 마당 한복판으로 가 안영표와 마주섰다.

"자, 간다!"

안영표가 스텝을 밟다가 주먹을 뻗었다. 후잉하는 바람 소리가 들릴 정
도로 빨랐다. 나는 상체를 젖히며 팔꿈치로 그의 주먹을 쳐냈다. 그러자
그는 훅을 날렸다. 이번에는 좌측으로 돌아서 피하면서 반사적으로 주먹
을 뻗었다. 안영표는 머리를 흔들어 내 주먹을 피했다. 그와 나는 다시 몸
을 추스르고 마주섰다. 땀이 흐르기 시작했다.

이번에는 안영표가 내 복부를 조준해서 뒤돌려차기를 해왔다. 재빨리 가드를 내려 막았지만 충격이 느껴져 뒤로 물러섰다. 그것을 기회라고 생각한 안영표가 붕 날라서 발 공격을 해왔다. 나는 일단 등을 돌려 막고 팔꿈치로 그의 가슴께를 쳤다. 둘 다 충격이 있어 주춤거리며 물러섰다.

"역시 강하구나."

"형님이 봐주시는 것 알고 있습니다."

"그럴 리가 있겠냐."

그때 승부를 지켜보던 장승용이 큰소리로 안영표에게 말했다.

"형님! 그 정도면 실력 발휘 하셨으니까 그만 두시죠."

안영표는 완강하게 고개를 저었다.

"기왕 시작했으니 승부를 가려야지."

나도 흔쾌히 말했다.

"좋습니다!"

이번에는 내가 선방을 날렸다. 그의 품으로 빠르게 파고 들어 훅을 날렸다. 안영표가 피하기는 했지만 턱에 스치면서 '흑!'하는 소리를 냈다. 승부를 끝낼 찬스라는 생각에 두 손을 번갈아 올려쳤다. 대부분 빗나갔지만 그 중 한 방이 안영표의 오른쪽 뺨에 명중하면서 승부가 갈렸다. 안영표는 흙바닥 위로 나뒹굴었다.

"형님 괜찮으세요?"

내가 부축하자 그는 입 안의 피가 배인 침을 뱉으며 말했다.

"내 주먹도 옛날 같지 않아."

조직원들은 장승용이 선도해서 먼저 숙소로 들어갔고 마지막으로 나와 안영표가 함께 모텔 계단을 올라갔다. 안영표는 내 어깨에 팔을 두르며 말했다.

"내가 오늘 왜 그랬는줄 아냐? 넌 2인자잖아. 만일 내가 어떻게 됐다고 생각해봐라. AYP를 이끌 사람은 너밖에 없어. 안 그래?"

나는 뭐라고 대답을 해야 좋을지 알 수 없어 잠자코 있었다. 안영표의 말투는 다정다감했지만 그의 속마음은 알 수가 없었다. 왜 다른 사람이 아닌 나였을까. 이제 2인자로 확고부동하게 자리 잡은 나를 견제하려는 것은 아니었을까. 그렇다면 속 모르고 그를 자빠트린 오늘의 결과는 나의 실수가 아니었을까. 하지만 모르겠다. 그가 무슨 생각을 하는지는 그 자신 외에는 아무도 모른다. 타인의 생각에 대해 오래 생각하면 안개 속을 헤매는 것처럼 혼돈이 찾아온다. 나는 잊어버리기로 했다.

다시 서울로 돌아와 이전의 생활로 돌아갔다. 2월로 접어들며 봄기운이 약간이나마 느껴지기 시작했다. 한국관에는 울긋불긋한 아웃도어 차림의 손님들이 늘어났다. 이 지역에서 전철로 한 정거장을 더 가면 잘 알려진 산이 하나 있는데, 산행을 하고 내려온 손님들이 주점에서 1차를 마시고 2차로 한국관을 찾는 경우가 많다. 내일이 되면 평범한 사회인으로 돌아가 있을 그들을 보면 묘한 느낌에 사로잡히고는 한다. 그것은 그들과 나 사이의 거리감이다. 내가 깡패가 되지 않았더라면 나 역시 그들처럼 살지 않으면 안 되었을 텐데, 과연 문제없이 해 낼 수 있었을까. 아무래도 자신이 없었다.

사무실에서 CCTV를 통해 한국관을 살펴보며 그런 생각에 빠져있을 때 전화벨이 울렸다.

"여보세요?"

"깡패 두목이시죠?"

"누구시죠?"

"핏! 날 좋아한다면서 목소리도 잊어버렸어요?"

그녀, 채수희였다. 내게는 그녀의 목소리가 천상에서 들리는 듯 느껴졌다. 수화기를 쥔 나의 손에 저절로 힘이 들어갔다. 최대한 자연스럽게 대답 하려고 했지만 내 목소리는 어딘가 부자연스럽게 흘러나왔다.

"수희! 반가워! 오랜만이야."

그녀는 한동안 말이 없었다. 그녀의 침묵이, 마치 바늘로 심장을 찌르는 것처럼 나를 압박했다.

"힘들어서요."

수화기 저편에서 흘러나온 그녀의 목소리에는 눈물이 젖어있었다. 그녀가 울고 있다는 것을 아는 순간 나 역시 가슴이 무너지는 듯했다. 이유는 알 수 없었지만 그녀의 슬픔이 나의 책임이라도 되는 듯했다.

(2권에서 계속)